소중한 저주

**Precious Bane: Selected Short Fiction**

**SELECTED SHORT FICTION**
by Gerald Murnane

When the Mice Failed to Arrive
Stream System
Land Deal
The Only Adam
Stone Quarry
Precious Bane
There Were Some Countries
The White Cattle of Uppington
In Far Fields
Emerald Blue
The Boy's Name Was David
Last Letter to a Niece

Copyright © Gerald Murnane 2018
All rights reserved.

Korean translation edition is published by arrangement with
Giramondo Publishing Company through Rightol Media.

Korean Translation Copyright © Minumsa 2025

이 책의 한국어 판 저작권은 Rightol Media를 통해
Giramondo Publishing Company와 독점 계약한 (주)민음사에 있습니다.

저작권법에 의해 한국 내에서 보호를 받는 저작물이므로
무단 전재와 무단 복제를 금합니다.

세계문학전집 466

# 소중한 저주

Precious Bane: Selected Short Fiction

제럴드 머네인
차은정 옮김

민음사

**일러두기**
1 이 책에 수록된 단편 소설들은 2018년 Giramondo에서 출간된 *Selected Short Fiction*을 저본으로 삼아 우리말로 옮겼다.
2 원문의 주석은 '(원주)'로 표기했다. 나머지 주석은 모두 옮긴이 주다.

## 차례

생쥐들이 도착하지 않았을 때  7
하천 체계  42
땅 거래  71
유일한 아담  79
채석장  91
소중한 저주  121
몇 나라들이 있었다  137
어핑턴의 하얀 소 떼  147
아득한 들판에서  175
에메랄드 빛깔 푸른색  238
그 소년의 이름은 데이비드였다  375
조카에게 보내는 마지막 편지  394

감사의 말  411

작품 해설  413
작가 연보  419

## 생쥐들이 도착하지 않았을 때

아내가 직장에서 근무하고, 내가 집에서 아들과 딸을 돌보고 집안일을 하던 몇 년의 기간 중 어느 해의 어느 오후에, 아들이 폭풍우 때문에 오도 가도 못하게 되었다. 내가 살던 교외 도시에서 폭풍우는 학교가 파하는 시간인 3시 반에 시작되었다.

나는 그날 아침 아이들이 등교했던 8시 반부터 집에 혼자 있었다. 오후 내내 나는 창가에서 모여드는 구름을 바라보았다. 내 삶의 다섯 번째 해부터 열 번째 해까지 살았던 도시에 여름이면 며칠에 한 번씩 들이닥치던 폭풍우를 생각했다. 그 도시는 내가 아내와 두 아이와 살고 있던 멜버른의 외곽 도시보다 100마일 더 내륙 쪽에 있었다. 내륙 도시를 떠난 후 33년 동안, 낮에 하늘이 어두워지는 걸 볼 때마다 나는 1940년대에 우리 교실 창밖으로 다가오던 폭풍우를 기억하곤 했다.
그 시절 폭풍우는 언제나 이른 오후에 덮쳤다. 폭풍우가 상공에 다다르면 선생은 어두워진 교실의 불을 켜야 했다. 첫 번개가 번득이기 전, 나는 교실 창문에서 최대한 먼 쪽으로 갔다. 집에서는 침대 밑에 기어들어 벼락을 피하곤 했다. 학교에서는 책상 위에 얼굴을 밀착하고 벼락이 창문을 뚫고 내게 내리치는 일이 없도록 해 달라고 신에게 빌었다. 아이들 여럿에게 벼락이 칠 거라고는 절대 생각하지 않았다. 검은 구름에서 금빛의 지그재그 모양이 내리꽂혀 그날 오후에 죽기로 지정된 한 아이의 심장과 뇌를 꿰뚫는 모습을 내 마음속에서 보았다.
벼락에 맞아 죽는 상상을 할 때면, 그 사태로 인해 초래될 혼란이 두려웠다. 늘 하교하던 시간에 집에 도착하지 않으면, 아버지는 매일 오후 내가 따라 걷겠다고 약속했던 모든 거리에서 나를 찾을 것이다. (첫 등교 전에 나는 매크레 스트리트, 백스터 스트리트, 매카이버 로드에서 절대 다른 길로 새지 않겠다고 약속했다. 어쩌다 그 거리들에서 벗어나 개울천가를 잠시 걸을 때면, 내가 골풀 사이를 서성이는 동안 아버지가 매카이버 로드를 따라 서둘러 걷고 있으리라고 나는 추측했다. 아버지가 나를 마중하기 위해 집을 나섰으리라고 추측했다. 아버지는 우리 집이 불타 없어졌거나 어머니가 죽임을 당했다고 말해 주기 위해 오고 있는데, 우리는 알지 못한 채 서로를 지나쳐 버렸을 것이다. 그런 오후마다 개울천가에서 되돌아서다시피 하여 아버지가 뒤쪽 어딘가에서 내게서 멀어지고 있는 건 아닌지 확인해야 했다. 그리고 길을 되돌아가야 하는 건 아닐지 망설이는 동안에도, 아버지가 학교에 도착했다가 집으로 되돌아가는 길에 이번에는 거리를 벗어나서 내가 서성대고 있으리라 짐작되는 개천가를 따라 잠시 걷는 반면, 나는 이번에는 거리를 따라 학교를 향해 가다가 아버지를 보지 못한 채 지나쳐 버릴 거라고 상상했다.) 아버지는 늘 다니던 거리에서 내가 보이지 않으면 폭풍우가 온 후 개천에서 빠르게 흐르는 물을 보려고 개천가로 내려갔으리라고 지레짐작했을 것이다. 그가 개천가로 내려가 골풀 사이에서 나를 찾는 동안, 내가 다니는 학교 옆 사제관의 한 신부가 집에 없는 아버지에게 그의 외동아들이 번개에 맞아 죽었다는 소식을 전해주기 위해 자전거를 타고 매크레 스트리트와 백스터 스트리와 매커이버 로드를 지나갔을 것이다. 내가 폭풍우 때문에 죽지 않기를, 그리고 구름이 갑자기 동쪽으로 물러가고 곧 어둠으로 바뀔 것 같던 황혼이 햇빛 속에서 젖은 이파리들이 반짝이고 증기가 지붕에서 피어오르는 밝은 오후로 바뀌는 시간이 찾아오면, 나는 아버지가 길을 잃고 혼란스러워하지 않기를 기도했다. 나는 기도했고, 언제나 화를 모면했으며, 도랑에 물이 흐르고 마지막 검은 구름이 동쪽 지평선 위에서 우르르 소리를 내는 동안 집으로 걸어갔다.

 배수구에 물이 흐르고 젖은 이파리들이 반짝이고 철제 지붕에서 증기가 피어오를 때, 이번엔 화를 모면했지만 그래 봐야 고작 이틀이나 사흘 미뤄진 데 불과하다는 걸 나는 알고 있었다. 나를 죽일 수도 있었던 번개는 액스데일과 히스코트 너머 아스라한 곳의 검푸른 우듬지를 찔러 대고 있었다. 자정 즈음이면 금빛 지그재그 모양은 태평양을 아무 영향력 없이 쏟아 댈 것이다. 며칠 후 어쩌면 몇 주 후에는 구름이 뉴질랜드나 남아메리카의 산에 조용히 정착할 것이다. 그러나 내가 집을 향해 동쪽으로 걸어가는 동안, 내 뒤 어딘가에서 또 다른 폭풍우가 이내 생성될 것이다.

　나는 각각의 여름 폭풍우가 동쪽의 아득한 곳, 한 번도 가 본 적 없는 세인트 아르노 주변 지방의 헐벗은 들판에서 발생한다고 생각했다. (바로 지금 빅토리아주의 지도를 들여다보면서 내가 벤디고 동쪽의 시골 지방을 평생 외면해 왔다는 사실을 깨달았다. 손가락으로 바로 지금 벤디고에서 시작해 북서쪽 스완힐로, 그다음에는 남서쪽 호샴으로, 다음에는 대략 동쪽의 캐슬메인으로, 다음 북쪽 벤디고로, 내가 한 번도 발 디딘 적 없는 5000제곱마일 이상의 면적을 포함하는 삼각형 땅을 그릴 수 있다. 이 삼각형의 중심 부근에 세인트 아르노시가 위치한다. 어릴 때 그 도시 이름을 들을 때마다 천둥의 전조인 우르릉 소리 같다고 느꼈다.)

　폭풍우가 시작되는 걸 생각할 때면, 내가 자주 물끄러미 들여다보곤 했던 『천일야화』의 삽화에서 사악한 지니가 수백 년간 갇혀 있던 항아리에서 새어 나오듯이, 검은 구름이 땅에서 피어오르는 걸 보았다.

　아버지는 살아생전 자신을 위해서든 다른 사람을 위한 선물로든 단 한 번도 책을 사지 않았다. 그러나 이따금 책 몇 권이 아버지의 수중에 떨어질 때가 있었다. 그중 한 권이 『천일야화』였다. 그 책은 내가 열세 살 때까지 읽어 본 책들 가운데 가장 크고 오래된 것이었다. 어렸을 때 나는 그 책의 삽화를 물끄러미 들여다보았다. 수염을 기르고 터번을 쓴 통통하고 땅딸막한 남자들. 곡선 칼을 들고 있는 장대한 흑인들. 잔인할 정도로 많은 짐에 짓눌린 당나귀들. 삽화에 나오는 젊은 여자들이 미인으로 보이게 그려졌다는 걸 알았지만, 나는 그들에게 역겨움을 느꼈다. 그들은 저지종 젖소 같은 커다란 검은 눈을 갖고 있었고, 코는 이마에서 곧바로 뻗어 나온 듯 보였다. 이 모든 사람이 살고 있는 도시들의 거리와 골목은 비좁고 음울했다. 도시에서 멀리 떨어진 시골은 험준하고 황량했다. 하늘은 흐리든 개었든 간에 항상 잿빛이었다.

『천일야화』의 삽화는 석판이나 철판에 새긴 그림을 찍어 낸 판화였던 것 같다. 그러나 나는 아버지의 책 앞에 앉아서 내가 아라비아 사람들이라고 부르던 이들이 평생 폭풍우의 위협을 받으며 사는 것에 대해 생각하던 때나 지금이나, 철판 또는 목판 또는 석판에 그림을 새기는 방법에 대해 하나도 모른다. 이제, 맞는지 틀리는지 모르지만 판화라고 여겨지는 삽화를 책에서 우연히 보게 되면, 여자들은 못생기고 날씨는 폭풍우 치는 오후가 계속되는 것처럼 보였기 때문에 아라비아라는 나라 전체에 연민을 느꼈던 것이 기억난다. 또는 당나귀나 지니에게 집중하다가 시선을 들어 눈을 쉬게 하던 것과 아라비아의 모든 것에 잿빛이 드리운 이유를 찾으려고 노력했던 게 기억나고, 그럴 때면 한편에 있는 나 자신과 다른 편에 있는 아라비아 남자들과 소의 얼굴을 한 그곳 여자들 사이에 수백 개의 가는 선으로 이뤄진 꿰뚫을 수 없는 그물이 형성되는 걸 보기 시작했던 게 기억난다.

글 읽기를 처음 익힌 때부터 나는 『천일야화』 전체를 읽고 싶었다. 아라비아의 기이함과 잿빛을 깊이 들여다보고 싶었다. 내가 아직 산발적인 단어들과 구문들밖에 읽지 못하던 해의 어느 날 오후에 아버지는 내 등 뒤로 다가와 아라비아 사람들에게 배울 만한 유익함은 전혀 없으리라고 경고했다. 아버지와 나 그리고 우리 내륙 도시의 사람들은 최악의 죄라 여기고 피할 법한 짓들을 아라비아인들은 거리낌 없이 한다고 경고했다.

나는 생애 열 번째 해의 어느 날 아버지의 『천일야화』에 나오는 이야기 한 편 전체를 처음으로 읽었다. 그 시절 나는 벤디고와 히스코트 사이의 숲 지대에 튼튼하고 서로 맞물린 높은 철조망 울타리 뒤에 위치한 (굴뚝마다 피뢰침이 설치된) 저택에 사는 성인이 된 나 자신에 대한 꿈에 포함될 구체적인 사항들을 찾을 목적으로 책을 읽었다. 저택의 방 하나에는 개인 전용 영화관 시설을 갖출 것이다. 저택 주변 지역 사람들이 폭풍우의 첫 전조가 될 구름을 찾아 이글거리는 하늘을 올려다보는 흔한 더운 오후에, 나는 전용 영화관에 있을 것이다. 영화관 창문에 달린 블라인드는 바깥 빛을 차단하기 위해 굳게 닫혀 있을 것이다. 현대적인 전기 선풍기 날개가 천천히 회전하는 철제 안전망 속에서 웅 하는 소리를 낼 것이다. 서늘한 박명 속에서 나는 저택 주변 지역 사람들이 최악의 죄라고 피할 짓들을 먼 나라들의 남자들과 여자들이 거리낌 없이 하는 것을 보여 주는 소위 진정한 영화들을 볼 것이다.

나는 생애 열 번째 해에 읽었던 이야기에서 단 한 가지를 제외한 모든 자세한 내용을 잊어버렸다. 그 이야기에서 한 여자가 어떤 남자를 단죄하고 싶어 노예들에게 그 남자의 옷을 벗겨 황소 음경 채찍으로 매질하라고 명령했던 건 잊지 않았다.
　그 부분을 읽은 후 오랫동안 『천일야화』의 이야기들이 전적으로 공상적인 것만은 아니라고 믿으려고 했다. 책 속 회색 음영의 아득한 곳에 위치한 어느 나라의 어떤 곳에서는, 여름휴가에 아버지와 내가 지켜보는 가운데 아버지의 동생이 저지 암소 젖을 짜고 있는 마당 둘레의 높은 울타리를 신음 소리 내며 밀쳐 대는 황소의 아랫부분이 튀어나와 있어도, 내가 보지 못한 척한 벌거벗은 그 분홍색 물체를 한 여자가 수줍음이나 부끄러움 없이 바라보고 지칭할 수 있으리라는 사실을 믿어 보려고 했다. 그리고 어떤 여자가 한때 그런 짓을 했으리라는 추측이 주는 유쾌한 충격을 즐기고 난 후, 내가 아직 읽지 않은 다른 이야기에 나오는 한 여자가 노예의 손 위에 놓인 그 물체에 섬세한 손가락을 갖다 댔을지, 아니, 심지어는 손가락 전체를 오므려 그 물체를 잡고 노예의 손에서 들어 올린 다음(그리고 이 부분에서 나는 움츠리거나 나 자신을 부여잡거나 거친 숨을 들이쉬었다.) 그동안 손으로 음부를 가리고 여자에게 등을 돌린 채 벌거벗은 몸을 수그리고 있던 남자를 향해 우아한 발걸음을 내딛고는, 길고 미세하게 흔들리는 물체로 그의 하얀 궁둥이를 내리쳤을지 감히 자문해 보았다.
　만일 책 삽화 속 회색 세계의 아득한 부분에서 이 같은 일이 단 한 번이라도 일어났다면, 그렇다면 나도 언젠가는 그런 일이 일어나는 걸 목격할 수 있으리라 생각했다. 단순히 낡은 책을 읽으며 내 마음속에서 보는 게 아니라 높은 철조망 울타리로 보호받는 내 저택에 있는 전용 영화관의 영상에서 볼 수 있으리라 생각했다.

내가 그 책을 처음 보았을 때보다 훨씬 오래전에 누군가가 아버지의 『천일야화』의 회색 삽화 여백 여러 곳에 고무 인장과 잉크대를 이용해 검은 환형에 둘러싸인 '질롱, H. M. 교도소 도서관.'이라는 글귀를 찍어 두었다.

아버지는 내가 태어나기 전에 교도관으로 12년간 일했고 내가 태어난 후 2년 더 일했다. 그가 14년에 걸쳐 일했던 교도소 네 군데 중 마지막이 질롱 교도소였다. 내가 두 살이 되던 달에, 아버지는 교도관 일을 그만두고 아내와 아들과 함께 질롱시에서 멜버른시로 이사했다. 아버지가 교도관이던 14년의 마지막 며칠 동안, 내가 질롱에 2년간 살 때 보았던 걸로 기억하는 유일한 광경이자 내 삶에서 최초로 무언가를 보았던 기억인 그 광경을 자주 목격하곤 했다.

나는 질롱시의 벨몬트라는 교외 도시에 있던 부모님의 셋집 뒤 나무 계단의 높은 층계참에서 아래쪽을 내려다보고 있었다. 먼저 마당 끝에 있는 뾰족한 회색 말뚝 울타리를 보았고, 그다음에는 그 옆 마당에 회색 벽과 희끄무레한 지붕을 갖춘 헛간이 줄지어 있는 걸 보았다. 각각의 헛간 벽은 철망으로 지어져 있었다. 철망 너머로는 열두어 마리 암탉들이 비좁은 헛간에서 왔다 갔다 하며 흐릿한 회백색 형체를 만들어 내고 있었다.

나는 바라보면서 소리에도 주의를 기울였다. 하루의 어느 순간 아무 소리 내지 않는 암탉들도 많았을 것이다. 소리 내는 암탉들은 그들이 집단으로 내는 소리 중에서도 이런저런 여러 다른 소리를 내었을 것이다. 그러나 헛간보다 훨씬 높은 내가 서 있는 곳에서는 모든 회색 헛간에 있는 모든 암탉이 영원히 불평하고 있는 듯 하루 종일 매 순간 날카롭고 지속적인 소리가 들려왔다.

질롱을 떠난 후 살았던 여러 집에서 아버지는 라이트서식스종 닭을 열두어 마리 키웠다. 그가 살았던 모든 집 뒤쪽에 뒷마당 면적 4분의 3을 울타리로 막아서 이른바 새들이 날개를 펼 공간을 마련해 주었다. 어머니와 나는 닭들이 풀밭을 밟아 뭉개고 마당이 먼지투성이나 진흙투성이가 된다고 가끔 불평하기도 했지만, 아버지는 절대로 암탉들을 헛간에 가두지 않았다.

질롱을 떠난 이후 19년간의 삶에서 아버지는 교도관으로 일했던 14년에 대해 거의 입에 올리지 않았다. 언젠가 나는 비 오는 날 아버지가 뒷마당에 나갈 때 입는 괴상한 회색 비옷을 어디서 구했는지 물어본 적이 있다. 아버지는 그것을 유포(油布) 망토라고 불렀고, 교도관들은 모두 비 오는 날 그런 것을 입었다고 말해 주었다. 교도관 일을 그만두었을 때 깜박 잊고 반납하지 않았다고 했다.

생애 열세 번째 해의 어느 날 밤, 나는 내가 태어나기 얼마 전 여러 해에 걸쳐 멜버른 주변 지역의 어린 소녀 세 명을 죽였던 남자에 관한 라디오 프로그램을 들었다. 그걸 들으면서 그 남자와 소녀들이 허구적 인물들이라고 생각했는데, 프로그램이 거의 끝날 즈음 아버지는 그 내용 대부분이 실제로 일어난 일이었다고 말했다. 살인자의 이름은 아널드 소더먼이었고, 그는 내가 태어났던 멜버른의 교외 도시에 있는 펜트리지 교도소에서 교수형을 당했다. 아버지는 소더먼이 교수형을 당했던 바로 그 아침에 근무했던 교도관 중 한 사람이었다. 그가 교수형을 당하기 직전 어떻게 보였고 어떻게 행동했는지 묻자, 소더먼의 얼굴이 살아 있는 사람에게선 절대 볼 수 없는 잿빛으로 변했다고 아버지는 대답했다.

아버지는 세상을 떠날 때까지 옷장 바닥에 팔뚝 정도 길이의 나무 막대 하나를 신발 가운데 보관해 두었다. 나무 막대는 끝으로 가면서 살짝 가늘어지는 형태였고 까만 칠이 되어 있었다. 막대의 가는 쪽 끝에 뚫린 구멍에 고리 모양의 튼튼한 끈이 걸려 있었다. 그 나무 막대는 아버지가 질롱 교도소에서 근무할 때 갖고 다녔던 곤봉이었다.

아버지가 죽은 지 20여 년이 지나고 그의 거의 모든 친구역시 세상을 떠났으리라고, 아버지의 삶에 대해 내가 이미 알고 있는 얼마 안 되는 사실 외에 더 이상 알게 될 게 없으리라고 짐작하던 차에, 나는 인쇄된 리플릿에서 아버지에 관한 글 한 단락을 읽게 되었다.

그 리플릿에는 웨스턴포트에 있는 프렌치 아일랜드의 역사에 관한 갖가지 상세한 설명이 실려 있었다. 아버지가 죽은 지 10년쯤 되었을 무렵 나는 신문에서 프렌치 아일랜드가 관광객들이 가 봐야 할 곳으로 묘사되는 걸 보기 시작했다. 그러나 그로부터 50년 전 프렌치 아일랜드의 일부는 아버지가 14년간 교도관으로 일했던 네 교도소 가운데 한 곳이었다. 아버지가(그의 성 철자가 잘못 인쇄되어 있었다.) 내가 태어나기 10여 년 전 프렌치 아일랜드에 자고새를 들여왔고 자고새들은 리플릿이 작성되던 당시까지 그곳에 번성했다는 사실을 리플릿에 실린 글에서 읽었다. 아버지는 교도소에 있는 우리에서 자고새를 사육했고 어린 새들을 섬 곳곳의 덤불숲에 풀어놓았다.

나는 그 리플릿을 읽은 후 누가 아버지와 자고새에 대한 항목을 리플릿 작성자에게 제공했는지 알고 싶었다. 리플릿 작성자 중 한 사람이 멜버른의 교외에 사는 (쇠약하고 연로하다는) 한 여자에게서 그 항목을 제공받았다는 사실을 내게 알려 주었다. 그래서 나는 그 여자에게 편지를 썼다.

그 여자는 흠결 없는 필체로 쓴 답장에서 아버지를 잘 알지는 못했다고 답했다. 자고새에 대한 항목은 자기 여동생이 알려 준 것이라고 했다. 아버지가 프렌치 아일랜드에 있는 교도소의 교도관이었을 때, 그녀의 여동생은 섬에서 농사짓는 부모와 살았다고 했다. 그녀의 여동생과 아버지는 가까운 친구였다. 편지를 쓴 여자는 당시 부모를 만나러 프렌치 아일랜드에 올 때마다 아버지가 여동생에게 구애하고 있다고 짐작했다. 그러나 그녀의 여동생은 나중에 집을 떠나 수녀가 되었다. 관광객들에게 프렌치 아일랜드의 역사에 대한 정보를 알려 주기 위한 리플릿이 작성되고 있다는 사실을 편지 쓴 여자가 여동생에게 말하자, 여동생은 섬에 자고새를 들여온 사람에 대한 정보를 리플릿 작성자에게 꼭 전달해 달라고 부탁했다.

편지를 쓴 여자는 자기 여동생이 입회한 수녀회와 여동생이 아직도 살고 있는 수녀원을 편지로 알려 주었다. 그 수녀회에 대해 내가 아는 바는 어린 시절 들었던 사실, 즉 그곳은 수녀들이 수녀원을 절대로 떠나지 않는 봉쇄 수녀회라는 것뿐이었다. 아버지의 친한 친구였던 수녀는 아버지가 덤불숲에 어린 자고새 암컷들과 수컷들을 방생한 프렌치 아일랜드를 떠났던 1930년대의 어느 해부터 멜버른의 교외에 있는 수녀원에서 살아왔다. 자기 언니 눈에는 나중에 나의 아버지가 된 남자로부터 구애받는 것처럼 보였던 수녀는 그 이후로 수년간 가장 가까운 가족만 방문객으로 받았을 것이다. 방문객들은 방문자실에 앉아 있었을 것이고, 수녀는 방 벽에 설치된 철창살 뒤에서 그들에게 말을 건넸을 것이다.

나는 폭풍우가 몰아치던 날 대문에서 아들을 맞아 책가방을 받아 들고 얼굴과 머리를 닦으라고 수납장에서 수건을 꺼내 건네주었던 걸 기억한다. 아들이 욕실에서 젖은 옷을 벗고 수건으로 닦는 동안 그를 위해 코코아 한 잔을 만들던 걸 기억한다. 이후 욕실에 들어가 젖은 옷가지를 주워서 셔츠와 러닝셔츠와 팬티를 세탁물 바구니에 넣었다. 아들은 거실에서 운동복을 입은 채로 코코아를 마시며 가스 난방기 앞에 서 있었고, 그동안 나는 그의 앞에 놓인 빨래 건조대에 스웨터와 바지를 널었다.

아들은 내가 샌드위치 도시락을 싸 주고 코코아를 만들어 주고 벽장을 정리해 주고 옷 빨래를 해 주고 밤에 이야기를 읽어 주던 세월에 관해 내가 중요한 상세 내용들을 잊어버렸다며 때로 책망하곤 한다. 그가 7년 전 어느 오후 거실 난방기 앞에 서서 코코아를 마시면서 내게 했던 말을 최근 어느 날 내가 똑같이 했더니, 그는 마치 내가 그 어두웠던 오후에 대해서, 열두 살 난 아들이 폭풍우 속에 오도 가도 못 했던 것에 대해서, 도착하지 않았던 생쥐들에 대해서 꿈을 꾼 것이라 여기는 듯한 표정으로 나를 바라보았다.

"나는 폭풍우가 몰아치던 날……"로 시작하는 위의 단락을 쓰던 동안, 나는 아들이 젖은 옷을 벗고 있는 동안 코코아를 만든 게 아니었으리라는 사실을 기억했어야 했다. 나는 아들이 매일 오후 집에 도착하자마자 하는 일과를 마칠 때까지 기다렸을 것이다. 그가 자기 기계라고 부르는 장치가 내는 칙칙, 쉿쉿 하는 소리가 아들의 방에서 들려오기까지는 코코아를 만들기 시작하지 않았을 것이다.

아들은 매일 몇 시간마다 약을 복용하는 천식 환자였다. 한 가지 약은 증기로 흡입하는 액체였다. 아들은 하루에 서너 번씩 코와 입에 투명 플라스틱 마스크를 10분 동안 쓰고 앉아 있었다. 약은 마스크의 하단에 부착된 원형 통에 들어 있었다. 이 원형 통은 전기 모터로 움직이는 펌프에 고무 튜브로 연결되어 있었다. 펌프는 공기를 고무 튜브로 그리고 원형 통으로 올려 보냈다. 어떻게 작동되는지는 전혀 이해할 수 없었지만, 압축된 공기가 원형 통에 든 액체 약을 증기로 변화시켰다. 증기 대부분은 마스크 안에서 맴돌다가 아들에게 흡입되었지만, 일부는 마스크의 가장자리 주변과 환기구로 새어 나왔다. 한 줄기 증기가 부유하며 제 얼굴 주변을 감싸는 걸 처음 본 아들은 그것을 수염이라고 불렀다.

생애 첫 다섯 해 동안 아들은 병원에 자주 입원했다. 아이가 병원에 입원했을 때, 아내가 직장에 있고 딸이 이웃집에 가 있던 아침부터 오후까지 나는 그의 병상을 지켰다.

병원은 가파른 비탈에 있었고, 아들의 병실은 높은 층에 있었다. 병실 한쪽에는 야라 계곡이 내려다보이는 베란다로 연결되는 유리문이 있었다. 아들이 병원에 입원했을 때는 언제나 늦가을이나 겨울이었고, 안개가 자욱하거나 비가 내렸으며, 아무도 베란다로 나가지 않았다. 그런 날들마다 나는 아들 침대 옆에 앉아서 창문 너머로 베란다를 가로질러 시선을 고정하고는 안개나 이슬비 사이로 템플스토 언덕이나 워런다이트 주변의 숲 지대를 보려고 애썼다.

안개가 자욱하거나 비가 내리는 날이면 나는 아들이 가장 좋아하는 책들, 그의 누이의 책들, 그리고 매일 내가 그를 위해 샀던 새 책들을 읽어 주었다. 그에게 종이와 색 사인펜과 색연필을 계속 갖다주었고, 그가 너무 피곤해서 그걸 쓸 수 없을 때는 내가 아들 앞에서 그림을 그리고 종이 모형을 만들었다. 나는 매일 병원으로 가는 길에 아들의 수집 목록에 더할 매치박스 미니카를 하나씩 샀다. 그와 나는 초록색 침대 덮개 밑에 동물 인형을 집어넣고 불룩한 초록색 부분을 언덕이라고 부르며 장난감 자동차로 가짜 지형을 오랫동안 구불구불 여행했다.

날씨가 좋고 아들의 호흡이 원활한 날이면, 그를 베란다로 데리고 나갔다.

우리 베란다 난간에서 위층 베란다 바닥까지 튼튼한 철망 벽이 있었다. 아들과 나는 철망에 얼굴을 들이밀곤 했다. 아이는 때로는 내 옆에서 서 있었고, 때로는 내 어깨에 턱을 괸 채 내 등에 업혀 있었다. 우리는 저 아래쪽 길 위의 자동차들을, 고가교를 건너가는 기차를, 카멜산 성모 학교 운동장의 회색과 푸른색 교복을 입고 있는 소녀들을, 템플스토의 푸른 언덕들을 물끄러미 바라보았고, 하늘이 꽤 맑을 때면 30마일 떨어진 산 지대가 시작되는 곳에 솟아오른 높고 검푸른 도나 부앙산을 바라보았다.

베란다에 있을 때 아들은 대체로 쾌활했고 퇴원을 손꼽아 기다렸다. 그는 철망 너머로 보이는 것에 대해 이야기하곤 했다. 나는 그가 미래에 대해 생각할 때마다 늘 하는 질문 두 가지를 기다렸다. 다른 아이들은 자유롭게 숨을 쉬는데 자신은 왜 천식을 앓는지, 그리고 언제 천식으로부터 영원히 자유로워질 것인지 물어보기를 기다렸다.

아들의 각 질문에 대해 나는 상투적인 답을 갖고 있었지만, 그저 말로만 대답한 건 아니었다. 나는 중등학교를 마친 후 초등학교 교사 교육을 받았다. 아들이 태어나기 전 해에 교사직을 그만두었지만, 그 전 10년 동안 아홉 살과 열 살짜리 남녀 학생 학급을 가르쳤다. 나는 아들이나 딸에게 이야기할 때 교사 기술을 즐겨 활용했다.

병원 베란다에서 나는 일단 아들에게 모든 사람은 평생에

생쥐들이 도착하지 않았을 때

걸쳐 견뎌야 할 동일한 분량의 고통을 부여받는다고 말했다. 하지만 어떤 종류의 남자는 어릴 때 대부분의 고통을 겪었다고 말했다. (이 대목에서 나는 손짓으로 아들 머리 위에 검회색 구름을 나타내는 모양을 만들었다. 그다음에는 양손을 좌우로 펼쳐서 구름이 갈라지는 모습을 표현했고, 그 직후 아들 머리 위 공중에서 열 손가락을 흔들어 아이에게 쏟아지는 거센 비를 나타냈다.) 다른 종류의 남자는 아이일 때 견뎌야 할 고통이 없었다고 말했다. (나는 베란다 바닥 쪽으로 약간 몸을 굽히고 가볍고 근심 없이 팔짝대는 소년을 묘사하려고 노력했다.) 세월이 흐르고, 이 두 종류의 소년들이 성인 남자로 성장했다고 나는 말했다. 첫 번째 남자, 즉 어릴 때 고통을 겪었던 남자는 이제 힘세고 건강했다. (나는 아들을 등에 업고 철망 쪽으로 잽싸게 가서 그걸 갈가리 헤집어 버리는 시늉을 했다.) 그러나 두 번째 남자는 고통에 맞설 대비가 되어 있지 않았다. 고통이 이 남자를 위협하자, 그는 그것으로부터 도망치고 그것에서 숨으려 하고 그것을 두려워하며 살았다. 이 대목에서 나는 아들을 베란다 바닥에 내려놓고 그에게서 물러나 고통받는 법을 예전에 배우지 못한 사람 역할을 했다. 나는 공중을 올려다보았다. 내 머리 바로 위에서 내 손이 커다란 원을 그리고 있는 걸 보았고, 그 원이 검은 뇌운이라고 이해했다. 그런 다음, 검지를 쭉 펼친 내 손이 내 머리 주위에서 아래쪽으로 거듭 내리꽂는 걸 보았다. 이것이 벼락이 내 주변 사방에 번득이는 걸 표현한 것이라고 이해했고, 나는 도망쳤다.

어린이 병동의 베란다는 세월이 흐르면서 장난감과 가구로 쓰레기장이 되었다. 나는 아들의 질문에 대답할 때마다 특정한 곳에 서 있으려고 주의를 기울였다. 고통을 두려워하는 남자 역할을 할 때, 베란다 구석에 놓인 쓸모없는 병원 침대로 몇 발짝 재빨리 움직일 수밖에 없었다. 그런 다음 벼락을 피하기 위해 침대 밑으로 기어들었다. 그러나 침대에 매트리스나 침대보가 없어서, 내 위에는 매트리스 받침용 철망 바닥의 가는 철사뿐이었다. 그리고 나의 무언극은, 마치 도망쳤던 남자가 이제는 안전하다고 생각하는 것처럼, 언제나 내가 침대 밑에서 아들에게 미소를 지어 보이는 것으로 끝났다. 그러는 사이, 내 위쪽 시야에서 벗어난 곳에서는 내 한 손 검지가 늘어진 매트리스 받침용 바닥의 틈 사이를 찌르며 파고들었다.

아들의 다른 질문에 대답할 때는 신중하려고 했다. 그 어떤 의사도 일정 비율의 아이들은 사춘기가 된 후 천식 공격의 빈도가 훨씬 낮아진다는 것 이상의 희망적인 말을 아내나 나에게 하지 않았다. 그러나 나는 때때로 신문에서 어린 시절 심한 천식 환자였다는 달리기 선수나 기수나 축구 선수에 관한 기사를 읽곤 했다. 아들이 매일 볼 수 있도록 냉장고 문에 그 사람의 사진을 붙여 두곤 했다.

아들의 생애 일곱 번째 해의 겨울에 그의 천식은 전년 겨울보다 훨씬 심했다. 그러나 나는 그해 겨울이 다가오기 전 여름에는 아들이 천식을 극복할 징후가 보인다고 생각했었다. 일곱 번째 겨울에 병원에서 아들이 두 번째 질문을 했을 때 나는 경솔하게 행동했다. 최악의 상황은 이제 드디어 지나갔다고 말했다. 그해 이후 매년, 그에게 너는 점점 더 튼튼해질 것이고 천식은 점점 약해질 것이라고 말했다. 그해로부터 오 년이 지났을 때, 우리의 꿈이 이루어질 것이라고, 너는 천식으로부터 자유로워지고 자유롭게 호흡하게 될 것이라고 말했다.

아들 생애 일곱 번째 해가 되기 14년 전, 나는 방에서 블라인드를 내린 채 매일 오후 시간을 보냈다. 그 방은 젊은 사업가 부부나 전문직 커플에게 적합한 호화롭고 가구가 완전히 구비된 독립 플랫[1]이라고 부동산 업자가 묘사했던, 세낸 플랫의 거실이었다. 나는 당시 혼자 살고 있었고, 플랫의 월세는 내 순수입의 40퍼센트에 달했지만, 그로부터 5년 전 부모님의 집을 떠난 후 살아왔던 기숙사나 하숙집에서 기이하고 외로운 남자들, 여자들과 욕실과 화장실과 부엌을 공유하는 데 신물이 났기 때문에 그곳에 살기로 결정했다.

플랫은 1층에 있었고, 거실 창문으로는 자갈 진입로와 거리 일부와 플랫 건물 앞에 있는 오솔길이 내다보였다. 나는 이웃 사람들이나 행인들이 내가 집에 없다고 생각하도록 플랫 거실 창문의 블라인드를 계속 내려 두었다.

아들의 생애 일곱 번째 해가 되기 14년 전, 나는 멜버른의 남동쪽 외곽 교외 도시에 있는 초등학교 교사였다. 그 외곽 교외 도시는 당시 멜버른의 외곽 교외 도시였던 현재의 교외 도시에서 초원과 늪과 소규모 농장으로 분리되어 있던 예전의

---

[1] 호주에서는 주택이나 건물의 일부를 독립적으로 사용하는 거주 공간을 지칭할 때 플랫(flat)과 아파트먼트라는 단어가 혼용되는데, 아파트는 주로 현대식 고층 건물에 사용된다.

해변 휴양지였다. 1960년대에 내가 젊은 교사로 생활했던 지역은 1950년대 말까지도 젊은 부부들이 신혼여행 장소로 선택하던 곳이었다. 내가 블라인드를 내린 채 살았던 플랫 건물은 교외 도시의 오래된 지역에 있었고, 한때 신혼부부들이 거닐었던 곳이었다. 내가 교사 생활을 했던 초등학교는 교외 도시의 가장자리에, 필립만(灣) 항구뿐 아니라 남동쪽으로는 웨스턴포트가 아스라이 보이고 맑은 날이면 프렌치 아일랜드의 끄트머리인 회청색 얼룩까지 내려다보이는 언덕의 구석에 있었다.

내가 교사로 재직했던 학교의 거의 모든 학생은 내가 사는 곳에서 2마일 넘게 떨어진 곳에 살았다. 세낸 플랫에 처음 이사했을 때 학생들이나 학부모들이 내가 그들과 같은 교외 도시에 산다는 걸 모르길 바랐다. 내가 매일 오후와 매일 저녁과 거의 모든 토요일과 일요일을 플랫에서 혼자 보낸다는 사실을 학생들이나 학부모들이 모르길 바랐다. 특히 부모들이 왜 내가 남자든 여자든 친구가 하나도 없는지 궁금해 하거나 혹은 세낸 플랫에 혼자 있을 때 내가 뭘 하는지 궁금해 하지 않길 바랐다.

세낸 플랫에서 산 지 몇 달 지났을 때, 우리 반 아이들 몇 명이 내가 어디 사는지 알게 되었다. 그 아이들은 아홉 살짜리 소녀 셋으로, 어느 토요일 아침에 내가 주말 장거리를 들고 집으로 걸어가고 있을 때 우연히 내가 사는 거리에서 자전거를 타고 있었다. 소녀들과 나는 예의를 갖춰 대화를 나누었고, 그다음 나는 그들이 자전거를 타고 원래 가던 길을 갈 거라고 예상했다. 그러는 대신, 그들은 스무 걸음 정도의 거리를 두고 자전거로 내 뒤를 밟았다.

나는 플랫 안에 들어서서 등 뒤로 현관문을 닫은 후, 내려진 블라인드 옆 틈으로 밖을 내다보았고 세 소녀가 오솔길에 서서 내 플랫 쪽을 바라보고 있는 걸 보았다. 몇 분 후, 장 본 물건을 꺼내고 있을 때, 현관문 두드리는 소리가 들렸다.

나는 현관문을 열었고 세 소녀 가운데 한 명이 외부 현관에 서 있는 것을 보았다. 다른 두 소녀는 자전거 세 대를 가지고 여전히 오솔길에 서 있었다. 외부 현관에 선 소녀는 자신과 친구들이 내 플랫을 좀 청소해도 되겠느냐고 공손하게 물었다.

나는 그 소녀에게 감사를 표하고 내 플랫은 상당히 깨끗하다고 말했다. (사실 깨끗했다.) 그런 다음 그건 그렇고 나는 이제 외출해서 하루 종일 밖에 있을 예정이라고 말했다. (외출할 계획이 없었다.)

나는 소녀에게 부드럽게 대답하고 그 아이의 머리에 가깝게 내 머리를 낮췄다. 내 말소리가 옆 플랫 여자에게 들리지 않길 바랐던 것이다. 그 여자가 내려진 블라인드 뒤에서 나와 소녀를 보고 있을 거라고 짐작했다. 그 소녀에게 말하는 동안 그녀가 곧 몸을 돌려 현관문을 떠나리라는 사실을 그녀의 얼굴에서 읽을 수 있어 나는 기뻤다. 그러나 말을 건네는 동안 우연히 시선을 들어 올렸다가 거리를 지나가던 한 여자가 플랫 현관문에서 독신 남자가 어린 여자아이에게 뭔가 속삭이는 광경을 빤히 쳐다보는 것을 보게 되었다.

그날 이후로 나는 현관문 두드리는 소리에 절대 응답하지 않았다. 거리를 지나가는 이웃 사람이나 어떤 어른이 내가 아홉 살 소녀들에게 매력을 느끼는 부류의 독신 남자라고 생각하지 않았으면 했던 것이다.

사실, 나는 우리 학급의 대여섯 명 정도의 소녀들에게 매력을 느꼈고, 두세 명의 소년들에게 끌렸다. 매일 소녀들의 부드러운 피부와 소년들의 신뢰하는 눈을 곁눈질했다. 내가 느끼는 바를 조금이라도 암시할 만한 방식으로 아이에게 손끝조차 감히 갖다 대는 일은 절대 없었다. 하루 종일 좋아하는 아이들을 가르치면서 내가 바란 건 그들이 나를 호의적으로 생각해 줬으면 하는 것뿐이었다. 그러나 그들의 시선에서 완전히 벗어나 있을 때면 그 아이들에 대해 몽상하곤 했다.

빅토리아주 북동쪽의 울창한 숲 지대에 있는 높은 철조망 울타리에 둘러싸인 저택에서 내가 좋아하는 아이들이 나와 함께 사는 몽상을 했다. 그 아이들은 더 이상 아이들이 아니었고, 거의 성인들이었다. 산만하게 펼쳐진 내 저택의 멀리 떨어진 스위트룸에서 그들은 자유롭게 자신의 삶을 살 수 있었다. 나는 절대 그들에게 함께 있자고 강제하지 않았다. 나는 저택 1층의 한쪽에 있는 독립 플랫에 혼자 살았다. 그러나 더 이상 아이들이 아닌 아이들은 언제나 내 플랫 문을 두드려도 괜찮다는 것을 알고 있었다. 나는 거의 모든 오후와 저녁에 블라인드를 내린 채 앉아서 내가 좋아하는 아이들은 절대 꿈도 꾸지 않았으면 하는 짓을 수치심이나 수줍음 없이 하는 세계 속 머나먼 나라들의 남녀들에 관한 흑백과 회색 영화를 보는 방에 아이들을 언제나 기꺼이 받아들였다.

아들 생애의 일곱 번째 해가 되기 14년 전, 나는 우리 반에서 아이들이 자신에 대한 글을 쓰도록 독려하는 프로젝트를 고안했다. 아이들의 가슴속에 이미 저장된 기쁨이나 슬픔의 기억을 알고 싶었다. 내가 좋아하는 아이들이 공중을 멍하니 바라보는 것을 볼 때 그들이 무슨 꿈을 꾸는지 알고 싶었다.

어느 날 나는 학생들 각각의 뉴질랜드 펜팔을 찾았다고 발표했다. 학급의 모든 학생은 앞으로 2주일간 영어 시간에 펜팔에게 보낼 긴 편지를 준비하게 될 거라고 알렸다. 각 아이는 뉴질랜드로 보낼 편지에 동봉할 그림, 그리고 어쩌면 편지 쓴 아이가 가족과 친구들과 반려동물들과 찍은 사진 같은 것도 준비해야 했다. 학급의 마흔여덟 명 아이 모두가 편지와 그에 동봉할 자료를 준비했을 때, 나는 소포를 꾸려서 뉴질랜드의 큰 학교에서 가르치는 특정한 교사에게 부치겠다고 발표했다. 그 교사는 우리의 편지를 그의 학교 학생들에게 나눠 줄 것이다. 몇 주 후 나는 우리 반 학생들에게 뉴질랜드 아이들이 보낸 그림과 어쩌면 사진 같은 것도 동봉한 편지가 든 소포를 받게 될 것이다.

뉴질랜드의 교사는 그때로부터 2년 전 교환 교사 프로그램 조건에 따라 멜버른에 왔던 남자였다. 그는 멜버른을 떠나기 직전 뉴질랜드의 주소를 내게 주었고, 매년 우리 학생들을 펜팔로 짝지어 주자고 제안했다. 그 교사가 뉴질랜드로 돌아간 첫해에는 그의 제안을 받아들이지 않았지만, 두 번째 해에는 내가 뉴질랜드의 아이들이 자신들의 편지를 기다리고 있다고 말해 준다면 우리 반 아이들이 스스로에 대해 쓸 모든 말들에 대해 돌연 생각하게 되었다.

　이 프로젝트를 시작하기 전 뉴질랜드의 교사에게 확인해 봤어야 했지만, 나는 아이들이 글쓰기를 시작했으면 해서 안달이 났었다. 아이들이 일주일째 글을 쓰고 있었을 때, 나는 뉴질랜드 교사에게 아이들의 편지가 담긴 소포가 곧 도착할 거라는 짧은 편지를 썼다. 그 편지를 뉴질랜드로 부치려는데 뉴질랜드 교사의 주소를 찾을 수 없었다. 내 주소록엔 만난 기억 없는 사람들의 이름과 주소가 있었지만, 뉴질랜드 교사의 주소는 찾을 수 없었고, 그는 내가 아는 유일한 뉴질랜드 거주자였다.

　우리 반 학생들에게 뉴질랜드 교사의 주소를 찾을 수 없었다는 말은 하지 않더라도, 당분간 편지와 그림을 미뤄 두라고 말했어야 했다. 그런 다음 뉴질랜드 교사용 정기 간행물들의 주소를 알아내서 각 정기 간행물의 편집자에게 호주 멜버른의 외곽 교외 도시에 사는 한 학급 아이들을 위한 뉴질랜드 펜팔을 구하는 광고를 정기 간행물에 실어 달라고 편지를 보냈어야 했다. 그러나 다음 날 아이들이 편지를 고치고 다시 쓰는 것을 보고 있자니 그들이 받을 사람 없는 편지를 쓰고 있다는 말을 차마 할 수 없었다.

　그 이후, 내가 무슨 짓을 저질렀는지 아이들에게 결코 말할 수 없다는 것을 깨달았다. 아이들이 편지를 보낼 뉴질랜드의 다른 학급을 찾아보려는 방안도 강구하지 않았다. 나는 닷새 동안 매일 아이들의 편지를 읽으며 연필로 연하게 철자와 구두법 오류를 고쳤다. 나는 매일 아이들이 단어들을 다시 쓰고 구두점을 덧붙이고는 연한 연필 자국을 편지지에서 지우는 것을 지켜보았다. 나는 매일 아이들이 자신들의 집과 자전거와 휴일에 놀러 갔던 곳을 그린 밑그림에 색연필로 색칠하는 것을 지켜보았다. 나는 매일 아이들이 집에서 가져온 사진을 단단히 붙이도록 도와주었다. 그런 다음, 그 주의 막바지에, 아이들의 모든 편지를 가방에 넣고 플랫으로 가져와서 침실 붙박이 옷장 바닥에 있는 골판지 상자 안에 죄다 집어넣었다.

나는 아이들의 편지를 수거했을 때 한동안 답장을 기대하지 말라고 경고했다. 편지를 부쳤다는 사실을 잊어버려야 한다고, 그래야 답장이 마침내 도착하면 더 놀라게 될 거라고 말했다. 그리고 내 교사 친구가 나에게 뉴질랜드의 주소를 준 이후로 이사를 하지 않았기를, 그리고 사고를 당하지 않았기를 바란다는 말까지 덧붙였다.

아이들이 내게 편지를 준 건 6월이었다. 학년은 12월까지 계속되었다. 그해 6월부터 12월까지 나는 아이들이 뉴질랜드로 편지 쓴 것을 잊게 해 줄 것이라고 기대되는 새로운 활동을 매일 제공했다. 일부 아이들은 고작 몇 주가 지나자 편지 썼던 사실을 잊어버린 듯했다. 다른 아이들은 편지를 거의 매일 기억했고 아직도 답장이 오지 않았다는 사실을 내게 상기시켰다.

그해 9월에 나는 멜버른의 다른 방향에 있는 인근 도시의 학교에 전근을 신청했다. 그해의 마지막 수업일 다음 날 옷가지와 책을 포장해서 기사 딸린 렌트 트럭으로 새로운 주소로 보낼 채비를 했다. 6월부터 옷장 바닥에 보관되어 있던 골판지 상자도 밀봉하고 포장했다.

 골판지 상자를 밀봉하기 전, 상자 옆 마룻바닥에 한 시간 동안 무릎을 꿇고 앉아서 상자 안에 든 모든 봉투와 모든 봉투 안에 든 모든 종이를 잘게 찢었다. 종이를 찢는 동안 내 손이 하는 짓을 단 한 번도 내려다보지 않았다. 아이들의 이름이나 아이들이 뉴질랜드에 있는 미지의 아이들에게 쓴 어떤 글도 보고 싶지 않았다. 모든 종이를 잘게 찢고 밀봉하기 전 그 조각들을 상자 안에 눌러 담았을 때, 8년 전에 부모님 집 뒤 헛간에서 내가 키웠던 생쥐들의 번식용 상자로 사용했던 작은 골판지 상자에 잘게 찢은 종이 조각을 눌러 담았던 것이 생각났다.

 내가 아이들의 편지를 찢어 버렸던 건 아이들이 사는 교외 도시에서 나의 새 거주지로 가는 도중에 렌트 트럭에서 편지 상자가 떨어지는 것을 생각해 봤기 때문이었다. 누군가가 거리에서 상자를 발견해, 봉투 뒷면에 있는 이름을 읽고 나의 학급에 있던 아이들에게 봉투를 보내 주는 것을 생각했고, 아이들과 부모들이 편지의 행방을 알게 되는 걸 생각했다.

 플랫에 있는 내 물건들을 포장하기 시작했을 때, 플랫 뒤의 작은 마당에서 불을 피우고 봉투들과 그 내용물들을 태워야겠다고 생각했다. 하지만 그러다가 불탄 종이가 바람에 들려서 플랫 건물 둘레의 울타리를 넘고 바람을 타고 내 학생이었던 아이들의 집을 향해 동쪽으로 날려 가는 것을 생각했다. 회색 바탕에 검은 펜 자국이 선명하게 보이는 회색 파편 하나하나를, 그리고 모든 회색 파편이 원래 흰 종이의 일부였을 때 그 위에 편지를 썼던 각각의 어린이들에게 흘러가는 광경을 마음속에서 보았다.

내가 젖은 옷가지를 건조대에 너는 동안 아들은 선 채로 코코아를 마셨다. 나는 일단은 어려운 상황을 피했다고 그에게 말했다. 그는 폭풍우를 맞은 뒤 집에서 안전하고 물기 없이 뽀송했고, 기계 덕분에 천식이 완화되었고, 나와 함께 거실에 앉아서 폭풍우의 마지막 기세가 집 위를 지나가는 걸 바라볼 수 있었다.

아들은 힘든 하루는 아니었다고 말했다. 오히려 상당히 즐거웠다는 의견을 피력했다. 그가 다니는 고등학교 학급은 오후 수업이 거의 없었다고 했다. 일단, 한 선생이 병가를 냈고, 그다음으로는 과학 선생이 생쥐들이 도착하지 않았기 때문에 학생들에게 마지막 시간을 자유 시간으로 주었다고 했다.

서너 주 동안 과학 수업에서는 생쥐들이 도착하기를 고대해 왔다고 아들은 말했다. 과학 선생은 실험실에서 생쥐 50마리를 주문했다고 학생들에게 말했다. 그 전에 그녀는 학급 학생들과 일련의 실험을 계획했다. 소수의 생쥐가 분리된 우리에 놓일 것이다. 일부 생쥐들은 번식이 허용될 것이다. 학급의 아이들은 제각각 생쥐 우리를 하나씩 맡아 먹이를 주고 관찰해야 할 것이다.

생쥐들은 바로 그날 아침 학교에 도착하기로 되어 있었지만, 도착하지 않았다고 아들이 말했다. 아들은 자기가 맡은 생쥐들이 들어갈 우리를 청소했다. 잘게 찢은 종이를 낮게 쌓아서 생쥐들이 골판지 상자 우리의 내부에 쏠 수 있도록 했다. 그러나 그날의 마지막 수업이 시작될 때 과학 선생은 생쥐 공급업자들 때문에 계획이 틀어졌다고 학생들에게 말했다. 생쥐들은 오지 않았고, 그녀는 생쥐들에게 무슨 일이 일어났는지 알아보려 전화를 하며 과학 시간 대부분을 보내야 했다. 선생은 자신이 교실에 없을 때 학생들이 개별적으로 공부하며 시간을 보내야 한다고 말했다. 그러고는 교실을 비웠고 아들은 친구들과 잡담하거나 폭풍우가 몰려오는 걸 보며 남은 과학 시간을 보냈다고 했다.

아들의 이야기를 듣는 동안 나는 콕 짚어 말할 수 없는 어떤 사람 혹은 어떤 것에 대한 슬픔을 느꼈다. 아들과 그의 친구들이 오지 않는 생쥐들을 너무나 오래 기다렸기 때문에 그들에 대해 안쓰러움을 느낀 것일 수도 있다. 아니면 학생들을 낙담시킬 수밖에 없었던, 혹은 (생쥐 주문하는 일을 등한시했거나, 생쥐가 도착하지 않으리라는 걸 오래전에 알았지만 학생들에게 차마 말하지 못했기 때문에) 거짓말을 할 수밖에 없었던 과학 선생에게 연민을 느낀 것일 수도 있다. 아니면 학교로 생쥐를 싣고 오던 택시 트럭이 폭풍우에 전복되고, 생쥐들이 담긴 상자가 도로 위로 쏟아져 내려 뚜껑이 열리고, 그런 후 흙투성이가 된 채로 젖은 회색 도로 위를 기어다니거나 세차게 흐르는 도랑 물에 휩쓸려 간 생쥐들에게 가련함을 느낀 것일 수도 있다.

'생쥐'라는 단어를 말할 때마다 아들은 눈과 입과 어깨로 희미한 몸짓을 했다. 아마도 나 외에는 아무도 그 몸짓을 알아차리지 못했을 것이다. 그는 눈을 한쪽으로 아주 살짝 돌리고 양 입가를 밖으로 아주 조금 늘이고 어깨를 아주 살짝 수그렸다. 아들이 이런 희미한 몸짓을 하는 걸 보고, 나는 '생쥐'라는 단어를 말할 기회를 만들어서 그 단어를 말할 때 화답으로 희미한 몸짓을 했다.

그 희미한 몸짓은 아들의 유년기 초기에 우리가 생쥐나 다른 털 달린 작은 동물에 대해 이야기할 때마다 아들과 내가 함께 해 보였던 몸짓의 마지막 흔적이었다. 그 시절에, 아들이나 나는 서로가 듣는 가운데 생쥐라든가 생쥐들 같은 단어를 말할 때마다 곁눈질을 하며 양어깨를 머리에 가깝게 구부리고 입을 양옆으로 늘이고 손을 가슴 앞에 앞발 모양으로 들었다.

예전에 나는 아들의 몸짓이 스스로가 실제로는 생쥐라는 걸 내게 말해 주는 것임을 언제나 이해했다. 자신이 다른 아이들보다 작고 천식 때문에 약하다는 걸 내게 말해 주고 있었던 것이다. 그 시절 내가 화답으로 나만의 몸짓을 통해 아들에게 말했던 건 그가 생쥐라는 사실을 내가 인정하며 매일 그의 접시에 납작귀리를 소복이 담고 베지마이트[2]를 바른 네모진 빵 조각과 상추 한 조각을 꼭 담아 두겠다는 것, 혹은 밤에 날씨가 쌀쌀해질 때 그의 우리에 젖은 종이 한 더미를 꼭

---

[2] Vegemite. 맥주 효모를 이용해 만든 호주의 스프레드로, 빵, 크래커 등에 발라 먹는다. 1차 세계 대전 이후 영국의 맥주 효모 스프레드인 마마이트 품귀 현상이 일어나자 호주 식품 회사 프레드 워커 앤드 컴퍼니가 그 대체재로 베지마이트를 개발했다.

넣어 두겠다는 것이었다.

아들이 폭풍우가 친 오후에 내게 희미한 몸짓을 했을 때, 그는 자신이 언제까지나 부분적으로는 생쥐일 거라고 내게 말하는 것 같았다. 5년이 지나면 천식에서 자유로워질 거라고 내가 5년 전에 말했던 걸 잊지 않았다고 말하는 것 같았다. 그는 잊지 않았지만, 나의 말이 맞지 않았다는 걸 알고 있었다. 내가 5년 전 자신에게 말해 주었던 걸 매일 기억하고 있다고 말하는 것 같았다. 그는 이제 막 지나간 폭풍우 속에서 숨을 쌕쌕거리고 헐떡거리며 집으로 돌아오는 길에도 그것을 기억했다. 그러나 단지 어린 시절의 그가 앞으로 언젠가는 더 이상 생쥐가 아닐 거라고 믿게 하기 위해 내가 그런 말을 했던 것임을 그는 알고 있었다.

폭풍우가 몰아친 오후에 아들은 생쥐로서 살아온 삶이 견딜 수 없는 건 아니었다고 내게 말하는 것 같았다. 빗속에서 집으로 걸어오던 동안 그는 불행하지 않았다. 이제 나와 함께 앉아서 마지막 구름이 멜버른의 북동쪽 언덕으로 흘러가는 걸 바라보는 동안 그는 불행하지 않았다. 마지막으로 나 역시 생쥐이며 언제나 그럴 것이라는 사실을 이해했기 때문에 자기가 내게 이런 이야기를 해 주는 거라고 말하는 것 같았다.

생애 열네 번째와 열다섯 번째 해에 나는 멜버른의 남동쪽 교외 도시에 위치한 부모님 집 뒤에 있는 시멘트 보드로 된 헛간의 우리에서 생쥐들을 키웠다. 대다수 생쥐는 흰색이나 회색이나 담황갈색이었다. 일부 생쥐들은 얼룩이었다. 나는 얼록 생쥐만 생산할 목적으로 생쥐들을 선별적으로 번식시켰다. 암쥐 열두어 마리를 커다란 우리 하나에 넣었고, 숫쥐 네댓 마리를 작은 우리에 한 마리씩 넣어 암컷 우리 맞은편의 벽에 두었다. 수컷과 암컷을 함께 두는 작은 번식용 우리도 있었는데, 암컷이 새끼를 배어 부풀어 오르면 수컷은 단독 우리로 되돌아갔다. 나는 한배의 새끼들 가운데 한두 마리만 살려 뒀다. 나머지 생쥐들은 익사시켰다. 내가 원치 않는 생쥐들을 조약돌 한 줌과 함께 낡은 양말에 넣어 물이 담긴 양동이에 집어넣었다. 물속에 양말을 드리우고 있는 동안 내 손이 하는 짓을 내려다보지 않았다.

나는 하루에 적어도 한 시간씩 혼자 헛간에서 생쥐들과 시간을 보냈다. 생쥐들에게 먹이를 주고 우리를 청소하고 보금자리를 만들도록 잘게 찢은 종이를 놓아 주었다. 그런 다음 생쥐들의 가계를 보여 주는 도표와 일람표를 연구했고, 어떤 암컷과 수컷을 다음의 번식 짝으로 삼을지 결정하고자 노력했다.

나는 생쥐들을 돌보는 동안 헛간의 회색 벽 바깥쪽에서 들려오는 특정한 소리에도 귀를 기울였다. 옆집 여자가 언제 자기 집 뒷마당에 나오는지 알아내기 위해 귀를 기울였다.

그 여자는 서른 살 정도였다. 그녀는 남편과 어머니와 아기인 딸과 함께 살았다. 가족 모두 라트비아 사람들이었고 서로 라트비아어라고 짐작되는 언어를 사용했다. 나는 헛간 벽을 통해 그 여자의 목소리를 들을 때마다, 헛간의 문을 잠그고 일부 생쥐 우리 뒤의 한구석에 쭈그려 앉았다. 구석에서 나는 번식하는 한 쌍 중 하나가 되고 싶은 독신 남자가 할 수

밖에 없는 짓을 했다. 구석에 쭈그려 앉아 있을 때 단 한 번도 내 손을 내려다보지 않았다. 그 대신, 자신의 언어로 이야기하는 여자의 목소리를 듣기 위해 시멘트 보드에 귀를 바짝 갖다 댔다. 그 목소리를 들으면서 그 여자가 나에게만 말하고 있으며 어떤 수줍음이나 수치심도 없이 말하고 있다고 스스로를 설득했다.

11월과 12월에는 아이들 대부분이 뉴질랜드로 편지 썼던 걸 잊어버린 듯했다. 단 한 명의 남학생만이 편지 소포에 무슨 일이 생겼는지 며칠에 한 번씩 조용히 묻곤 했다. 그 남학생은 학급에서 가장 똑똑한 학생 중 한 명이었지만 내가 좋아하는 학생 중 한 명은 아니었다. 그는 안절부절못할 때가 잦았고 말이 많았기 때문에 내가 좋아하는 학생에 포함되지 못했다. 아버지의 아들에 대한 심한 불안증 때문에 그 남학생이 그렇게 된 거라고 이전 담임 선생 중 한 명이 내게 알려 주었다. 그 아버지는 자신도 교사였는데 자기 아들을 과도하게 보호했다. 그 학년도의 마지막 몇 주 동안 이 남학생이 편지에 대해 물어볼 때면, 내가 편지를 뉴질랜드로 보내지 않았다고 의심하는 거라는 생각이 이따금 들기도 했다. 편지를 렌트 트럭에 실어 보내기 전 잘게 찢어 버리기로 결정했을 때 이 남학생을 떠올렸다.

내가 이사한 곳은 다량의 종이를 태울 마당이 없는 플랫 위층이었다. 하지만 새로운 집으로 이사한 지 얼마 되지 않았을 때, 나는 멜버른 북동쪽에 있는 언덕 지대역에 사는 남자와 그의 아내를 방문하기 시작했다. 그들을 방문했던 어느 토요일, 내 가방은 뉴질랜드로 보내는 편지 찢은 조각으로 가득 차 있었다.

나는 시원한 산들바람이 불어오는 흐린 오후에 편지 조각을 태웠다. 멜버른 근처 지역의 거의 모든 산들바람과 바람이 그렇듯, 그날 산들바람은 서쪽에서 동쪽으로 불었다. 모든 편지 쪼가리가 다 타 버렸을 때, 나는 재를 막대기로 두드렸다. 여전히 까매진 단어들이 보이는 그을린 종잇조각 하나라도 땅에 남지 않길 바랐던 것이다. 그러나 불이 타오르는 동안 회색 종이 몇 조각이 바람에 날려 가까운 우듬지 위로 넘어가는 걸 보았다.

내가 서 있던 멜버른 북동부의 언덕 지역은 내가 태어났던 해 여름에 일어났던 빅토리아주 기상 기록상 최악의 화재로 타 버린 산악 지대의 변방에 있었다. 그 화재로 생긴 연기가 태즈먼해를 가로질러 떠내려가서 뉴질랜드의 하늘을 검게 만들었다는 이야길 읽은 적이 있다. 서쪽 멀리에 있는 빅토리아주의 불타는 숲에서 흘러간 검은 구름에서 불탄 나뭇잎과 잔가지 부스러기들이 뉴질랜드의 도시들 위에 떨어졌다는 것도 읽었다. 회색 종이가 내가 피운 불에서 우듬지를 가로질러 동쪽으로 실려가는 걸 보았을 때, 나는 편지 조각들이 드디어 뉴질랜드로 흘러 내려가고, 그 조각 하나가 아홉 살이나 열 살짜리 소년이나 소녀의 시야에 들어오고, 그 소년이나 소녀가 종잇조각에 적힌 한 아이의 손으로 쓴 글자를 몇 개 읽게 되는 걸 생각했다.

아들이 폭풍우를 만났던 해로부터 5년 후, 그리고 내가 아이들의 편지 조각들을 태워 버렸던 해로부터 거의 25년 후, 나는 마흔여덟 명 학생 가운데 마지막으로 뉴질랜드로 보낸 편지의 답장이 도착하지 않았다는 걸 상기시켜 주던 소년이었던 남자의 작은 사진을 멜버른의 신문에서 보았다. 나는 거의 25년 전 남동부 외곽 교외 도시를 떠난 후 그 소년에 대한 소식을 전혀 듣지 못했지만, 성인이 된 그는 내가 그의 사진을 발견한 신문의 남태평양 지역 특파원이 되어 있었다.

한때 내 학생이었던 남자의 작은 사진 밑에는 그가 신문 기자의 언어로 쓴 보도 기사가 있었다. 일부 뉴질랜드인들은 독성 물질 구름이 동쪽에서 다가오고 있다고 두려워 한다는 것, 그리고 일부 호주인들은 똑같은 구름이 뉴질랜드 위를 지나간 후 호주로 접근해 오라리고 두려워 한다는 걸 그 남자가 보도하는 거라고 나는 이해했다. 그 구름은 뉴질랜드에서 한참 떨어진 태평양의 한 장소, 프랑스의 과학자들이 폭탄을 폭파시킨 곳에서 발생한 것이었다.

나는 신문에서 보도 기사를 읽은 후에도 독성 구름이 두렵지 않았다. 독성 구름이 동쪽에서 서쪽으로 움직이는 게 아니라 어릴 때 나를 공포로 몰아넣었던 폭풍우같이, 그리고 아들 위로 쏟아졌던 폭풍우같이, 그리고 내가 태어나던 해 산불에서 발생한 연기같이 서쪽에서 동쪽으로 움직인다고 생각했다. 나는 독성 구름이 드디어 남아메리카 인근 바다로 떠내려가는 걸 마음속에서 보았고, 세인트 아르노 인근의 방목 들판에서 『천일야화』에 나오는 지니의 회색 형상처럼 발생했던 각각의 폭풍우가 지난간 뒤엔 마지막 구름이 그곳에서 안식을 취했다.

내 생애 열다섯 번째 해가 끝날 즈음, 아버지는 우리 가족이 뒷마당에 회색 시멘트 벽 헛간이 있는 집을 곧 떠날 것이라고 말했다. 우리가 이사할 집 뒤에는 헛간이 없었다.

내가 앞으로 살게 될 곳에서는 생쥐들을 번식시킬 수 없으리라는 걸 알았다. 벽의 다른 편에서 여자가 외국어로 이야기하는 동안 벽에 기대어 쭈그려 앉을 수도 없을 것이다.

뒤편에 헛간이 있는 집을 떠나기 전 마지막 몇 주에, 나는 모든 생쥐를 익사시키고 생쥐들의 가계와 교미 관계를 기록해 둔 공책을 찢고 태워 버릴 준비를 했다. 기록을 살펴보다가 수컷 한 마리가 번식에 사용되지 않았다는 걸 알아차렸다. 다른 수컷들은 혼자만의 우리에서 암컷이 새끼를 배어 부풀어 오를 때까지 암컷과 함께 지낼 수 있는 번식용 우리로 적어도 한 번은 옮겨졌다. 그러나 수컷 한 마리는 반쯤 자란 수컷으로 어미 생쥐와 한배들로부터 분리된 이후로 독신으로 남아 있었다.

나는 언제나 독신으로 남아 있었던 생쥐의 우리를 들여다보았다. 그 생쥐는 우리 앞에 있는 작은 방충망 문에 서 있었다. 앞쪽에는 촘촘한 방충망이 있고 방충망 건너편에는 내가 서서 생쥐를 바라보고 있는 헛간의 어스름이 드리운 가운데 우리의 어둠 속에 서 있는 생쥐에겐 흐릿한 회색의 형태만 보이리라고 나는 짐작했다.

생쥐는 코를 방충망에 갖다 대고 킁킁거렸다.

독신 생쥐는 내가 우리에 집어넣은 이후부터 수컷이든 암컷이든 다른 생쥐들은 하나도 보지 못했다는 걸 나는 알고 있었다. 그러나 그 생쥐가 때때로 수컷이든 암컷이든 다른 쥐들의 냄새를 맡았는지, 혹은 다른 쥐가 찍찍거리는 소리, 특히 내가 수컷과 암컷을 번식용 우리에 함께 넣었을 때 그곳에서 들려오는 찍찍거리는 소리를 들었는지 궁금했다.

우리 앞에 서 있었을 때, 내가 모든 생쥐를 익사시키는 날까지 독신 생쥐를 홀로 놔둘지도 모른다는 것, 그리고 내가 그걸 죽이는 순간에도 홀로 놔둘지도 모른다는 걸 나는 알고 있었다. 또한 바로 그 순간에 그 생쥐를 우리에서 꺼내 암컷 생쥐 열두 마리가 있는 우리에 집어넣고 모든 생쥐를 익사시킬 때까지 열두 마리 암컷 가운데 유일한 수컷으로 남겨 둘 수도 있다는 걸 알았다. 그리고 독신 생쥐의 우리를 헛간의 반대편으로 가져갈 수도 있다는 걸 알았다. 그런 다음 우리 앞의 방충망이 암컷 열두 마리가 있는 우리 앞의 방충망에 맞닿도록 둘 수도 있었다. 그런 다음 각자 분리된 우리에 있는 생쥐들을 모두 꺼내 익사시킬 때까지 우리를 그 위치에 그대로 놓아둘 수도 있었다.

생쥐들이 도착하지 않았을 때

## 하천 체계[3]

오늘 아침, 지금 있는 곳에 오기 위해 나는 평소 다니던 길에서 살짝 벗어났다. 나의 집에서 당신들이 아마도 '남쪽 입구'라고 알고 있을 곳으로 가는 최단 경로를 택했다. 다시 말하자면, 집의 정문에서 정서향으로 가서 솔트 개천이 있는 곳으로 언덕을 내려갔다가 올라와 솔트 개천에서 여전히 정서향에 있는, 솔트 개천과 데어빈 개천으로 흘러드는 이름 없는 개천 사이의 분수령으로 갔다. 이름 없는 개천으로 물을 흘려보내는 고지대에 이르렀을 때, 『멜웨이 멜버른 광역시 거리 지도 안내서』 18판의 66A쪽에 '하천 체계'라고 표시된 곳에서

---

[3] (원주) 「하천 체계」는 1988년 라 트로브 대학교의 영문과 모임에서 낭독될 목적으로 집필되었다.

남동쪽으로 30미터 정도 떨어진 곳에 발을 딛고 설 때까지 북서쪽으로 걸었다.

지도에 '하천 체계'라는 단어로 표시된 곳을 보고 있다는 사실은 거의 의심의 여지가 없었다. 그러나 내 눈에 들어온 건 대략 타원 형태인 황갈색 수역 두 곳이었다. 며칠 전 '하천 체계'라는 단어들을 보았을 때, 그 각 단어는 윤곽이 독특한 연푸른 수역 두 곳 위에 하나씩 인쇄되어 있었다.

'하천'이라는 단어가 인쇄된 연푸른 수역의 윤곽은 흔해 보이면서도 살짝 뒤틀린 인간 심장 모양이었다. 지도에서 이 윤곽을 처음 알아보았을 때, 대략 타원 형태인 황갈색 수역을 보면서 내가 왜 살짝 뒤틀린 인간 심장을 생각했는지 자문했다. 나는 살짝 뒤틀린 것이든 흔한 모습이든 간에 내가 인간 심장을 본 적이 없다는 사실을 떠올렸다. 내가 목격한 것 중 살짝 뒤틀린 심장 형태에 가장 가까운 건 1946년에 직판 장신구 개인 유한 회사에서 발행된 카탈로그에 실린 금 장신구 선(線) 그림의 일부로, 그것은 점점 가늘어지는 특정한 모양을 하고 있었다.

아버지는 누이가 다섯이었다. 그 다섯 여자 중 단 한 명만 결혼했다. 나머지 넷은 유년 시절 살던 집에서 거의 평생 살았다. 당연히 내게 고모들인 아버지의 미혼 누이들을 처음 알게 됐던 당시, 그들은 대부분 집에만 있었다. 그러나, 고모들은 많은 신문과 정기 간행물을 구독했고 우편 주문 상품 카탈로그를 받기 위해, 그들 표현에 따르면, '요청 서간'을 많이 썼다. 고모들이 살던 집에서 여름휴가를 보내곤 했던 1940년대의 어느 휴가에, 나는 매일 한 고모의 침실 겸용 거실에 30분씩 앉아서 100장이 넘는 직판 장신구 회사 카탈로그를 훑어보았다.

 카탈로그를 처음 훑어보기 전에 내가 본 유일한 금붙이는 어머니가 끼고 있는 가느다란 결혼반지였지만, 어머니의 반지는 카탈로그의 책장에 실린 어떤 물품에도 비길 만한 게 못 된다고 생각했다. 나는 신사용 커프스단추와 인장 반지같이 한 번도 본 적 없는 많은 장신구에 대해 고모에게 질문했다. 여성용 반지와 팔찌와 펜던트에 대해 집중적으로 물어보았다.

 한 번도 본 적 없는 장신구를 하고 있는 남녀들을 마음속에서 보고 싶을 때, 나는 고모들이 구독했던 《새터데이 이브닝 포스트》[4]에 실린 사진을 생각했다. 그 사진에 나온 남자들과 여자들은 미국의 남녀들이었다. 미국 영화에서 전면에 등장한 주요 인물들에게서 시선을 돌리면 눈에 들어오던, 제각기 할 일을 하는 남녀들이었다.

 언젠가 한 번도 본 적 없는 장신구를 만지게 되거나 심지어 몸에 걸치게 될지 스스로에게 물을 때, 내가 언젠가 미국 영화의 주인공들에게서 멀리 떨어져 있던 미국 남녀들 사이에서 살게 될지를 스스로 물었던 것 같다. 그렇게 자문할 때마다 내가 앉아 있는 곳에서 미국을 보려고 노력했던 것 같다.

---

[4] The Saturday Evening Post. 19세기 말과 20세기 전반에 걸쳐 인기와 영향력이 높았던 미국 잡지. 1960년대까지는 매주 발간되었으나 현재는 1년에 여섯 번 발간된다.

앉은 곳에서 미국을 보려고 노력할 때마다, 나는 무한하게 펼쳐진 듯 보이는 초원을 둘러보는 것 같았다.

고모의 방에서 등나무 의자에 앉으면 북쪽을 바라보게 되었다. 의자 안에서 몸을 약간 돌리면 북동쪽을 향할 수 있었는데, 내게는 그것이 미국이 있는 방향으로 느껴졌다. 집 주변의 돌담이 들려 사라진다면, 나는 반 마일의 황갈색 풀밭을 가로질러 롤러스 언덕이라고 알려진 가녀린 산등성이를 볼 수 있었을 것이다. 롤러스 언덕을 지나서는 연푸른 하늘만 보이겠지만, 만약 의자에 앉아 있는 동안 내가 롤러스 언덕에 서서 북동쪽을 바라본다고 상상한다면, 황갈색 풀밭이 북동쪽으로 1마일 넘게 펼쳐져서 가녀린 다음 언덕을 향해 다다르는 걸 마음속에서 볼 수 있었을 것이다.

만약 고모들의 집에서 어떤 방향으로 걸어서 다다를 수 있는 가장 높은 위치에 서 있는 내 모습을 생각해 보고 싶었다면, 고모의 의자에 앉아 있을 때 내 뒤에 뭐가 놓여 있는지도 생각해 보았을 것이다.

집의 돌담 뒤에는 라이 방목 들판이라는 이름의 울타리 친 들판이 있었는데, 직경 4분의 1마일 정도 규모였다. 라이 방목 들판에서 가장 멀리 있는 울타리는 주변 지역에 쳐진 수백 개의 가시철조망 울타리와 다를 바 없는 가시철조망 울타리였다. 그러나 그 울타리는 주목할 만했다. 그 울타리는 호주 본토에 있는 모든 농장의 남쪽 경계선의 일부를 이루고 있었던 것이다.

그 울타리의 끝 쪽에서 땅이 솟아올랐다. 남쪽으로 갈수록 더 가파르게 솟아올랐다. 땅이 더 가파르게 솟아오르고 남쪽으로 더 나아갈수록 땅을 덮은 황갈색 풀이 성글어졌지만, 솟아오르는 땅 위를 걸을 때마다 황갈색 풀이 여전히 풀숲에서 자라는 걸 볼 수 있었고 내가 여전히 초원에 서 있다는 걸 알 수 있었다.

내가 얼굴을 북쪽이나 북동쪽으로 향해 앉아 있던 농장의 남쪽 경계선에서 남쪽으로 300야드 정도 떨어진 곳에서 땅은 내가 고모들의 집에서 어떤 방향으로든 걸었다면 도달할 수 있었을 가장 높은 지점까지 솟아올랐다. 그 지점에서 땅은 끝에 이르렀다. 그 지점을 바라볼 때마다 나는 땅이 계속 솟아오르고 계속 남쪽으로 향하고자 하는 마음을 가졌다는 걸 볼 수 있었다. 풀 또한 땅이 최대한 솟아오른 곳과 최대한 남쪽으로 향하는 곳까지 자라고자 하는 마음을 가졌다는 걸 볼 수 있었다. 그러나 그 지점에서 땅은 끝에 이르렀다. 그 너머로 연푸른 하늘이 있었고, 연푸른 하늘 밑에는 물밖에 없었다. 남대양의 짙푸른 물.

만일, 고모의 방에 앉아 있는 동안, 땅이 끝에 이르는 가장 높은 지점에 서서 미국을 바라보고 있는 내 모습을 상상한다면, 그럴 때조차 북동쪽으로 끝없이 펼쳐진 듯 보이는 황갈색 풀밭만 바라보고 있는 나 자신을 상상했을 것이다. 만일, 고모의 방에 앉아 있는 동안, 끝없이 펼쳐진 듯 보이는 황갈색 풀밭 이외의 것을 보고 있는 내 모습을 상상하고 싶었다면, 뭔가 불가능할 정도로 유리한 위치를 점유하고 서 있는 나 자신을 상상해야 했을 것이다. 만일 내가 그런 유리한 위치를 점유하고 서 있는 걸 상상할 수 있다면, 끝없이 펼쳐진 듯 보이는 황갈색 풀밭과 연푸르게 보이는 하늘뿐 아니라 황갈색 풀밭의 다른 편에 있는 검푸른 물과 검푸른 물의 아득한 쪽에 있는 미국의 끝없이 펼쳐진 연푸른 하늘 아래 끝없이 펼쳐진 황갈색 초원까지 볼 수 있다고 생각했을 것이다.

내가 카탈로그에 그려진 장신구를 어디서 볼 수 있느냐고 묻자, 고모는 자신의 기혼 자매가 펜던트를 갖고 있다고 대답했다. 펜던트는 유일한 기혼 고모가 남편에게 받은 결혼 선물이었다.

기혼 고모와 그녀의 남편은 당시 황갈색 풀밭을 북동쪽으로 가로질러 4마일 정도 떨어진 곳에 살았다. 고모와 그녀의 남편은 때때로 미혼 자매들을 찾아왔다. 펜던트에 대한 말을 들은 이후로, 내가 장신구 그림이 그려진 책장을 넘기던 바로 그 집에서 아버지 누이의 목 아래서 언젠가 보게 되리라고 예상되는 것을 마음속에서 자주 떠올려 보려고 했다. 금줄과 그 금줄에 달려 있는 금 심장을 마음속에서 보았다.

어렸을 때 나는 성인 남자가 된 나 자신과 성인 남자가 된 후 내가 살게 될 집을 떠올려 보려고 노력했다. 장신구 카탈로그를 보고 있을 때면 커프스단추와 인장 반지를 끼고 있는 성인 남자가 된 나를 떠올려 보려고 노력했다. 《새터데이 이브닝 포스트》를 넘기고 있을 때면 미국 풍경 같은 장소에서 살아

하천 체계

가는 성인 남자가 된 나를 떠올려 보려고 노력했다.

성인 남자가 된 내 모습은 절대 볼 수 없었지만, 성인 남자가 된 내가 말할 단어 일부는 때때로 마음속에서 들을 수 있었다. 성인 남자가 된 내가 내 아내가 될 젊은 여자에게 말할 단어를 때때로 마음속에서 들을 수 있었다. 그리고 때로는 그 젊은 여자가 바로 옆에서 내게 말하는 것까지도 들을 수 있었다.

고모의 펜던트에 대한 말을 들은 이후로, 때로는 마치 성인 남자가 된 나 자신이 한 것처럼 들리는 다음과 같은 말을 듣게 되기도 했다. "여기 당신 결혼 선물이야, 자기." 그리고 때로는 마치 내 아내가 될 젊은 여자가 한 것처럼 들리는 다음과 같은 말을 듣기도 했다. "오! 황금 심장이 있는 펜던트네. 고마워, 자기."

나는 '체계'라는 단어가 인쇄된 연푸른 수염을 보았을 때, 마음속에서 립스틱을 과감하게 바른 여자의 입술 윤곽을 보았다.

그런 입술 윤곽을 처음으로 보았을 때 나는 어머니와 나의 유일한 형제인 어린 남동생과 어두운 영화관에 앉아 있었다. 영화관은 프레스턴의 서클 영화관이거나 벤디고의 리릭 영화관 혹은 플라자 영화관 또는 프린세스 영화관이었을 것이다. 그 입술은 곧 남편이 될 남자에게 키스하려는 젊은 여자의 얼굴에 있었다.

나는 나중에 그 젊은 여자를 마음속에서 볼 수 있도록 그녀를 지켜보다가 입술의 그런 윤곽을 처음 보았다. 그녀가 내가 성인 남자가 되었을 때 내 아내가 될 젊은 여자라고 생각하고 싶었다. 그러나 그녀의 입술 형태를 보고 그 젊은 여자가 이제 곧 키스 받으리라는 걸 깨달았을 때, 나는 머리를 돌리고 전면에 있는 주요 등장인물들에게서 시선을 돌렸다. 내가 어머니와 남동생 옆에 앉아 있다는 사실을 기억했기 때문이었다.

고모 방에서 성인 남자인 내가 펜던트를 결혼 선물로 주는 걸 마음속에 그려 보면서, 나는 때때로 이제 곧 내 아내가 될 젊은 여자의 입술 윤곽을 마음속에서 보았다. 그러나 입술 형태를 보고 그 젊은 여자가 이제 곧 키스 받으리라는 걸 깨닫자마자, 마음의 전면에서 시선을 돌렸다. 내가 고모 가까이 앉아 있다는 것과 다른 고모 세 명이 가까운 그들 방에 있다는 걸 기억했기 때문이었다.

'하천'이라고 쓰여 있는 수역과 '체계'라고 쓰여 있는 수역과 이 둘을 연결하는 가느다란 연푸른 수역으로 이루어진 연푸른 수역의 윤곽을 보았을 때, 즉 '하천 체계'라고 쓰여 있는 연푸른 수역을 구성하는 두 개의 커다란 수역과 가느다란 작은 수역을 보았을 때, 나는 전체 수역의 윤곽이 내 마음에 처진 콧수염을 상기시킨다는 걸 깨달았다.

내가 처음으로 보았던 처진 콧수염은 나의 아버지의 아버지이자 다섯 명 중 네 명은 미혼인 아버지 누이들의 아버지였던 남자의 콧수염이었다. 아버지의 아버지는 1870년에 호주 본토에 있는 모든 농장의 남방 한계선 주변에서 태어났다. 그는 영국인 어머니와 아일랜드인 아버지의 아들이었다. 그의 아일랜드인 아버지는 1850년경에 아일랜드에서 호주로 왔다. 아버지의 아버지는 내가 그의 집에서 장신구 카탈로그를 보았던 때로부터 약 3년 후, 1949년에 죽었다. 그는 내가 카탈로그의 책장을 넘기며 성인 남자가 된 나 자신이 젊은 여자에게 결혼 선물을 주는 상상을 하고 있을 때 그 집에 있었을 테지만, 그곳에 앉아 있는 나를 보지는 못했을 것이다. 그는 그 방문 옆을 지나쳤을 수도 있지만, 그랬다 하더라도 내가 앉은 의자가 방 입구의 한쪽에 치우쳐 있었기 때문에 내가 카탈로그 책장을 넘기는 건 보지 못했을 것이다. 나는 아버지의 아버지가 보지 못할 곳에 앉아 있는 걸 선호했다.

아버지의 다섯 누이 중 네 명이 왜 결혼하지 않았는지 궁금할 때마다, 나는 그 네 여자 중 한 사람이 방에 앉아서 장신구 카탈로그나 《새터데이 이브닝 포스트》 페이지를 넘기는 모습을 마음속에서 보았다. 그런 다음 아버지의 아버지가 그 여자의 방 문으로 다가가고 그 여자가 고개를 돌리고 이제 막 보려던 것에서 시선을 돌리는 걸 마음속에서 보았다.

그러나 '하천'이라는 단어가 인쇄된 연푸른 수역과 '체계'라는 단어가 인쇄된 연푸른 수역 그리고 그 둘을 연결하는 가느다란 연푸른 수역을 볼 때 아버지의 아버지의 처진 콧수염이 마음속에서 보게 되는 유일한 처진 콧수염은 아니었다. 1943년경에 평생 딱 한 번 보았던 한 남자의 처진 콧수염 또한 마음속에서 보았다. 만일 1943년경 어느 오후 내가 보았던 그 남자가 서 있던 그 자리에 오늘 아침 여전히 서 있었다면, 오늘 아침에 내가 지도에 연푸른 수역과 '하천 체계'라는 단어들로 표시된 황갈색 물의 남동쪽에 서 있었을 때 그를 볼 수 있었을 것이다. 그 남자는 내가 서 있는 곳에서 황갈색 물을 사이에 두고 맞은편에 서 있었을 것이기 때문에 나는 그 남자를 볼 수 있었을 것이다.

내가 오늘 아침 서 있던 곳 근처에서 거의 45년 전 처진 콧수염 있는 그 남자를 마지막으로 보았을 때, 그 남자나 나나 혹은 다른 어떤 남자들도 1988년의 지도에 '하천 체계'라는 단어들로 표시된 장소에서 황갈색이든 연푸른색이든 어떤 수역도 보지 못했다. 그곳에서 우리가 본 건 블랙베리 관목이 무성하고 흙탕물을 배출하는 배수구가 있는 늪지대였다. 배수구는 허름한 목재 건물로부터 언덕을 따라 늪지대로 연결되었다.

내가 1943년경 처진 콧수염 있는 남자를 마지막으로 보았을 때, 그는 허름한 목재 건물 근처에 서 있었다. 그 남자는 흰색에 검은 얼룩점이 있는 폭스테리어 한 무리와 한 무리의 남자들에게 지시를 내리고 있었다. 지시를 받는 한 무리의 남자들 중 세 사람은 내가 이름을 아는 이들이었다. 한 사람은 나의 아버지였고, 다른 한 사람은 뚱보 콜린스라는 이였고, 세 번째 사람은 소년 웹스터라는 젊은 남자였다.

나는 남자가 개들과 남자들에게 지시 내리는 걸 봐도 괜찮다고 허락받았지만, 아버지는 내게 멀찍이 서 있으라고 경고했다. 일부 남자들은 물을 뿜어내는 호스를 들고 있었고 일부 남자들은 시궁쥐를 죽이기 위해 막대기를 들고 있었다. 호스를 든 남자들은 허름한 건물 아래쪽에 난 구멍에 물을 흘려보냈다. 막대기 든 남자들과 폭스테리어들은 허름한 건물 아래 난 구멍에서 시궁쥐들이 비틀거리며 나오기를 기다리며 서 있었다. 그런 다음 막대기 든 남자들은 시궁쥐들을 내려쳤고 폭스테리어들은 이빨로 쥐들의 목을 물었다. 폭스테리어들의 주인인 처진 콧수염 남자는 막대기 든 남자들이 시궁쥐 대신 개를 내려치지 않도록 경고하느라 자주 고함을 질렀다. 뚱보 콜린스와 소년 웹스터와 다른 일부 남자들이 법적 정의상 온전한 지적 능력을 갖추지 못했기 때문에 그 남자는 막대기 든 남자들에게 자주 고함을 질렀다.

아래쪽 구멍에 시궁쥐들이 살고 있는 허름한 건물은 돼지 50마리가 진흙투성이 우리에 살고 있는 양돈장이었다. 양돈장에서 언덕 아래로 유출되어 '하천 체계'라는 단어들로 표시된 곳에 1943년에 존재했던 늪지대로 흘러내리던 액체의 일부는 돼지들이 먹이를 먹던 여물통 찌꺼기에서 나온 것이었다. 돼지들이 먹도록 여물통에 담긴 음식 일부는 늪지대와 양돈장의 북동부에 위치한 고지대에 있는 몬트 파크 병원의 병실에서 수백 명의 남녀들이 먹은 식탁의 찌꺼기에서 나온 것이었다. 내가 기억하는 그날 양돈장 주변에 서 있던 남자들 중 아버지와 처진 콧수염 남자를 제외한 모든 이들은 몬트 파크 병원에 살았다. 아버지는 그 남자들을 환자들이라고 불렀고 내게도 그들을 그렇게만 부르라고 경고했다. 어머니는 아버지가 듣지 않는 데서 때로 그들을 미치광이들이라고 칭하기도 했다.

처진 콧수염 남자는 양돈장에서 시궁쥐를 몰아내기 위해 왔던 그날 하루만 환자들에게 지시를 내렸다. 아버지는 1941년 중반부터 1943년 말까지 매일 환자들에게 지시를 내렸다. 그 기간 동안 아버지는 외양간과 건초 창고와 양돈장과 그 외 모든 허름한 건물들이 철거되고 그 자리에 대학교가 지어질 때까지 40년간 몬트 파크 병원의 일부였던 농장의 보조 관리자로 일했다.

양돈장 아래쪽에서 시궁쥐가 더 이상 나올 것 같지 않자, 뚱보 콜린스와 소년 웹스터와 다른 환자들은 호스에서 뿜어져 나오는 물줄기를 풀 위에 죽어 있는 시궁쥐들에게 향하기 시작했다. 환자들은 죽은 시궁쥐들을 젖은 풀밭 위와 언덕 아래로 밀어 내 늪지대로 떨어뜨리고 싶어 하는 것 같았다. 아버지는 환자들에게 물을 잠그라고 지시했다. 쥐들의 사체가 늪지대에 떨어지는 게 싫어서 그런 지시를 내렸다고 나는 생각했지만, 사실 아버지는 그 남자들이 시간을 낭비하지 않기를 바랐던 것뿐이었다. 물을 잠그자, 아버지는 환자들에게 죽은 시궁쥐들을 등유 통에 모아 담으라고 지시했다. 환자들은 죽은 시궁쥐들을 손으로 주워 등유 통에 담아서 내 지도에 연푸른색으로 표시된 현재의 황갈색 물로 이어지는 비탈 아래로 날랐다.

연푸른 수역의 윤곽은 아버지의 아버지의 콧수염과 폭스테리어들 주인의 콧수염만 닮은 건 아니었다. '하천'과 '체계'라고 쓰인 수염과 그것을 연결하는 가느다란 수염으로 이루어진 연푸른 수역의 윤곽 그리고 또 두 개의 작은 영역이 양쪽에 있는 것을 볼 때 나는 오늘날 대다수가 브라라고 부르지만 1940년대와 그 이후 수년간 브래지어라고 불렸던 여성용 속옷을 이따금 마음속에서 보게 된다.

오늘 아침 정문에서부터 현재 있는 곳으로 오는 길에서, 앞서 말한 대로 평소 다니던 길을 약간 벗어났다. 나는 우회로를 걸었다.

나는 이제부터 내가 '하천 체계'라고 부를 장소의 남동쪽에 잠시 서 있다가, 두 개의 큰 수역 사이에 놓인 다리를 걸어서 건넜다. 그러니까 '하천'과 '체계' 사이를 걸은 것이다. 혹은 브래지어(혹은 브라)의 연푸른색(혹은 황갈색) 컵 사이의 가느다란 연결 부분을 걸어서 건넌 것이라고 할 수 있다.

나는 대략 북서쪽을 향해 45년 전 뚱보 콜린스와 소년 웹스터와 다른 남자들이 뿜어져 나오는 물줄기를 죽은 쥐를 향해 쏘던 젖은 풀밭이었던 경사진 길을 걸어 올라갔다. 자동차들이 줄지어 서 있는 땅을 가로질렀고 다들 '북쪽 입구'라고 알고 있는 장소를 지나쳤다.

플렌티 로드에 이르기 직전에 나는 멈췄다. 나는 돌아서서 대략 남서쪽을 향했다. 현재 킹즈베리 드라이브로 불리는 거리를 가로질러 킹즈베리 드라이브와 플렌티 로드의 교차로의 남동쪽 모퉁이에 있는 붉은 벽돌집을 바라보았다. 그 집의 북동쪽 모퉁이의 동쪽에 있는 첫 창문을 바라보았고, 내가 그 창문이 있는 방에 앉아 있었던 1943년경의 어느 날 밤이 기억났다.

내가 팔로 동생의 어깨를 감싸고 앉아서 브래지어가 무슨 용도로 사용되는지 동생에게 가르치려고 애썼던 게 기억났다.

내가 바라본 건물은 더 이상 주택으로 사용되지 않지만, 그 건물은 내가 살았던 집들 중 기억나는 첫 집이다. 그 붉은 벽돌 건물에서 부모님과 남동생과 함께 내가 두 살에서 네 살 사이였던 1941년 중반부터 1943년 말까지 살았다.

오늘 아침에 기억났던 1943년경의 어느 날 밤에 나는 신문에서 브래지어라고 생각되던 것을 걸친 젊은 여자의 사진을 발견했다. 나는 동생 옆에 앉아 팔로 그의 어깨를 감쌌다. 브래지어라고 생각되던 것을 가리키고, 그다음에는 젊은 여자의 드러난 가슴을 가리켰다.

동생이 내가 해 준 말을 거의 알아듣지 못했을 거라고 나는 지금 믿고 있고, 심지어 1943년에도 그렇게 믿었던 것 같다. 그러나 나는 브래지어 그림을 처음으로 보았다고 믿었고, 당시 말 건넬 대상은 동생밖에 없었다.

아버지가 방에 들어왔을 때 나는 동생에게 브래지어에 대해 말하고 있었다. 아버지는 방 밖에서 내가 동생에게 하는 말을 들었고 방 입구에서 내가 동생에게 보여 주는 그림을 보았다.

아버지는 내가 동생과 함께 앉아 있던 의자에 앉았다. 아버지는 나를 들어서 한쪽 무릎에 앉혔고 동생을 들어서 다른 무릎에 앉혔다. 내가 기억하기로 아버지는 한참 동안 이야기했다. 그는 동생보다는 내게 이야기했고, 동생이 가만히 있지 못하자 그를 무릎에서 내려놓고 내게만 이야기했다. 아버지가 했던 말 중 기억나는 건 그림 속의 젊은 여자는 브래지어가 아니라 이브닝드레스를 입고 있다는 것, 그리고 젊은 여자들은 목에 걸려 있는 귀중한 장신구에 대해 찬사를 듣고 싶어서 가끔 이브닝드레스를 입는다는 것뿐이다.

아버지는 그런 이야기를 하면서 신문지를 집어 들고 젊은 여자의 드러난 가슴, 이브닝드레스에서 약간 올라온 곳을 툭툭 쳤다. 자신 앞에 닫혀 있는 문을 두드리듯 손가락을 오므리고 툭툭 쳤다.

아버지가 손가락을 오므리고 젊은 여자의 드러난 가슴을 툭툭 치던 걸 오늘 아침 떠올렸을 때, 나는 이브닝드레스 위쪽이 '하천 체계'라고 이름 붙여진 연푸른색 수역이라고 생각했다. 그런 다음 나는 아버지가 오므린 손으로 자기 아버지의 얼굴을 툭툭 치던 것과 환자들에게 죽은 시궁쥐들을 등유 기름통에 모아서 오랜 세월 후 '하천 체계'라는 단어로 표시될 늪지대에 버리라고 지시하기 전에 죽은 시궁쥐들이 한때 누워 있었던 황갈색 풀밭을 툭툭 치던 것을 마음속에서 보았다.

내가 살았던 집들 가운데 기억나는 첫 집이었던 건물을 바라본 후, 한때 죽은 시궁쥐들이 누워 있었던 곳이었으나 이제는 내 지도에 따르면, 이브닝드레스를 입고 있는 젊은 여자의 드러난 가슴, 아버지가 손가락을 오므리고 툭툭 쳤던 곳, 젊은 여자가 귀중한 장신구를 내보였을 곳, 아버지의 아버지의 얼굴인 경사진 풀밭으로 걸어서 되돌아갔다.

그 모든 장소에 서 있었을 때, 내가 또 다른 장소에도 서 있다는 걸 깨달았다.

나는 어렸을 때 한 장소를 둘러싸고 있는 다른 장소들의 이름을 알지 못하면 그 장소에 절대 만족할 수 없었다. 붉은 벽돌집에 살던 유년 시절, 우리 집에서 어느 방향에 있는 곳의 이름이 프레스턴이라는 걸 알았고, 어머니와 동생과 함께 그곳에 있는 서클 영화관에 때때로 앉아 있곤 했다. 우리 집 주변의 다른 곳 이름은 코버그라고 아버지가 말해 줬는데, 비록 전혀 기억나지 않지만 내가 태어나고 처음 살았던 곳이었다.

붉은 벽돌집의 정문에 서서 주변을 둘러볼 때마다 초원에 둘러싸인 듯한 느낌이었다. 나는 드디어 장소들에 둘러싸여 있다는 걸 깨달았지만, 초원이 나와 장소들 사이에 놓여 있는 것도 보았다. 그 어떤 장소가 내가 있는 곳으로부터 이 방향에 있든 저 방향에 있든, 그 장소는 초원의 아득한 곳에 놓여 있었다.

코버그 방향을 바라보면 1940년대에 플렌티 로드의 서쪽에 있던 초원이 보였다. 현재 킹즈베리라는 교외 도시가 있는 곳에는 한때 텅 빈 초원이 플렌티 로드에서 서쪽으로 시야가 미치는 곳까지 펼쳐져 있었다.

프레스턴 방향을 바라보면 초원이 묘지를 지나 데어빈 개천을 향해 경사져 있는 게 보였다.

프레스턴 방향의 반대쪽을 바라보면 아버지가 매일 환자들과 일했던 농장 건물들만 보였다. 하지만 나는 언젠가 아버지와 함께 농장 건물들과 병원 건물들을 지나서 땅이 솟아오르는 곳까지 가 보았고, 그곳에서 더 많은 초원과 초원의 아득한 곳에 있는 검푸른 산들을 보았다. 나는 아버지에게 그 산들 가운데 어떤 장소들이 있는지 물었고 그는 "킹레이크"라는 한마디만 내뱉었다.

'킹레이크'라는 단어를 들은 후, 집의 정문에 서서 나를 둘러싼 세 초원의 아득한 곳에 있는 장소들을 마음속에서 볼 수 있었다. 프레스턴의 중심가와 서클 영화관의 어두움을 마음속에서 볼 수 있었다. 코버그 방향을 바라보면 감옥의 검푸른색 장벽과 감옥 옆 공원에 있는 코버그 호수의 황갈색 물이 보였다. 아버지는 언젠가 나와 함께 검푸른색 장벽과 황갈색 호수 사이를 걸으며 자신이 검푸른색 장벽의 안쪽에서 교도관으로 10년간 일했다고 말해 주었다.

킹레이크 방향을 바라보면 산들 가운데 있는 호수가 보였다. 호수 주변의 산들은 검푸른색이었고, 호수의 물은 교회 창문 유리처럼 밝은 푸른색이었다. 호수 바닥에 밝은 푸른색 물에 둘러싸인 한 남자가 황금 왕좌에 앉아 있었다. 그 남자는 황금 왕관을 썼고 가슴과 팔목에는 황금 장신구를 했고 손가락에는 인장 반지를 끼었다.

내가 살았던 집들 중 기억나는 첫 집 정문에 서서 바라보았던 세 방향을 이제 막 언급했다. 내가 태어났던 장소 방향인 정면을 언급했고, 내 양옆 방향을 언급했다. 내 뒤쪽은 언급하지 않았다.

내가 살았던 집들 중 기억나는 첫 집 정문에 서 있었을 때 내 뒤쪽에는 이 글의 첫 부분에 내가 서 있는 곳이라고 묘사했던 장소가 있었다. 내 뒤쪽에는, 이 글에 쓴 바에 따르면, 오늘 아침에 내가 서서 지도에 연푸른색 수역으로 표시된 황갈색 물을 바라보던 장소가 있었다. 내 뒤쪽에는 한때 죽은 시궁쥐들이 누워 있던 경사진 풀밭이었던 장소가 있었다. 귀중한 장신구를 내보일 수 있도록 이브닝드레스를 입었을 수도 있는 젊은 여자의 드러난 가슴이기도 한 장소였다. 처진 콧수염 남자의 얼굴의 일부이기도 한 장소였다. 이제 막 키스를 받으려는 젊은 여자의 입술 바로 앞이기도 한 장소였다. 내 뒤쪽에는 이런 장소들과 동떨어진 다른 장소도 여전히 있다. 내 뒤쪽에는 지금 내가 서 있는 장소로 오기 위해 오늘 아침에 출발했던 장소가 있었다. 내 뒤쪽에는 지난 25년간 살아 왔던 장소, 내가 첫 픽션을 썼던 해부터 살아 왔던 곳이 있었다.

 붉은 벽돌집에 살던 시절 어느 날, 나는 이제 막 내 뒤쪽이라고 칭한 그 방향에 어떤 장소가 있는지 아버지에게 물었다. 그 질문을 했을 때 그와 나는 당시에는 물과 기타 물질을 양돈장에서 늪지대로 흘려보내는 경사진 풀밭에 불과한 것으로 보였던 경사진 풀밭 가까이에 서 있었다. 아버지도 나도 마음속에서 황갈색 또는 연푸른색 수역을 보지 못했을 것이다.

 내가 물어본 방향에 있는 장소는 매클라우드라는 곳이라고 아버지는 말해 주었다.

 아버지가 그걸 말해 주었을 때, 나는 내가 물어보았던 방향을 바라보았고, 그 방향은 그 순간에는 내 앞쪽이었으나 내가 태어난 곳을 바라보고 있을 때는 내 뒤쪽이었고, 이 글의 첫 부분에서 묘사한 대로 내가 서 있을 때도 그 방향은 내 뒤쪽이었다. 그 방향을 바라보았을 때 처음에는 초원을, 그다음에는 연푸른색 하늘과 하얀색 구름을 보았다. 늪지대의 아득한 곳에서는 초원이 부드럽게 솟아올라 하늘과 구름에 닿기 직전에 멈춘 듯 보였다.

아버지가 "매클라우드"라는 단어를 말하는 것을 들었을 때, 나는 그 장소가 있는 방향에서 보이는 것에서 이름을 따서 부르는 거라고 믿었다. 프레스턴이나 코버그나 그날 내 앞쪽에 있던 아득한 초원에 있던 킹레이크 같은 곳은 마음속에서 볼 수 없었다. 하늘을 향해 솟아오른 초원에 서 있는 한 남자만 마음속에서 보았다. 그 남자는 연푸른색 하늘을 향해 솟아올라 하늘에 닿기 직전에 끝나는 황갈색 초원에 서 있었다. 초원은 끝났지만 그 남자는 초원이 끝나지 않았다면 다다랐을 곳으로 가고 싶어 했다. 그 남자는 연푸른색 하늘에서 흘러가는 하얀색 구름 바로 아래 초원의 가장 먼 지점에 서 있었다. 그 남자는 짤막한 소리를 내뱉고 그다음에는 단어 하나를 말했다.

그 남자는 신음처럼 첫 짤막한 소리를 내뱉었다. 그는 초원의 언저리에서 위로 뛰어오르며 소리를 냈다. 위로 뛰어올라서 하얀색 구름의 언저리를 붙잡고는 구름 위로 자기 자신을 끌어 올렸다. 구름을 붙잡고 그 위로 자기 자신을 끌어 올리는 일은 순식간에 이루어졌다. 그런 다음, 자신이 초원의 언저리를 지나 흘러가는 하얀색 구름 위에 안착했고 아래쪽에 있는 남자와 소년의 시선에서 벗어나고 있음을 알았을 때, 그 남자는 단어 하나를 말했다. 그 단어와 그가 뱉었던 짤막한 소리가 아버지가 명명한 장소의 이름을 구성했다고 나는 생각했다. 그 남자는 구름을 뜻하는 "클라우드"라는 단어를 말했다.

코버그와 매클라우드 사이, 그리고 프레스턴과 킹레이크 사이에 있는 붉은 벽돌집에서 부모님과 남동생과 살았던 시기에, 나는 아버지가 환자라고 부르는 남자들을 자주 보았다. 내가 말을 걸었던 유일한 환자는 소년 웹스터라고 알려진 젊은 남자였다. 어머니는 그 장소 주변에 보이는 남자들은 미치광이들이니까 그들에게는 말을 걸지 말라고 했다. 하지만 소년 웹스터는 미치광이가 아니므로 그에게는 말해도 된다고 했다. 그는 그저 덜떨어졌을 뿐이었다.

나는 소년 웹스터에게 가끔 이야기했고 그는 나에게 자주 이야기했다. 소년 웹스터는 내 동생에게도 말을 했지만, 동생은 소년 웹스터에게 말을 하지 않았다. 동생은 아무에게도 말을 하지 않았다.

동생은 아무에게도 말을 하지 않았지만 사람의 얼굴을 들여다보며 이상한 소리를 내곤 했다. 어머니는 그 이상한 소리가 동생이 말하기를 배우는 방법이라고 했고 자신은 그 소리의 의미를 이해한다고 말했다. 그러나 동생의 이상한 소리에 의미가 있다는 걸 아무도 이해하지 못했다. 부모님과 동생과 내가 붉은 벽돌집에서 이사한 지 2년이 지났을 때 동생은 말문이 트이기 시작했지만, 그가 구사하는 언어는 이상하게 들렸다.

동생이 학교에 다니기 시작했을 때 나는 학교 운동장에서 그가 보지 못하게 숨곤 했다. 그가 이상한 언어로 내게 말을 걸지 않기를 바랐다. 내 친구들이 동생이 말하는 걸 들은 다음 왜 그가 이상하게 말하는지 내게 묻지 않기를 바랐다. 이후의 유년기에 그리고 부모님 집을 떠날 때까지, 나는 동생과 함께 있는 걸 절대 남의 눈에 띄지 않으려고 노력했다. 불가피하게 동생과 같은 기차를 타게 되면 그에게 딴 객실 칸에 앉으라고 지시했다. 불가피하게 동생과 같이 거리를 걷게 되면 내 쪽을 바라보지 말고 내게 말을 걸지 말라고 지시했다.

동생이 학교에 다니기 시작했을 때 어머니는 그애가 여느 소년들과 다를 바가 없다고 말했지만, 몇 년 후에는 동생이 약간 발달이 더디다고 인정했다.

동생은 내가 마흔여섯 살이었을 때 마흔세 살의 나이로 죽었다. 동생은 결혼을 하지 않았다. 많은 사람이 그의 장례식에 참석했지만, 그들 중 어느 누구도 동생에게 친구가 되어 주지 못했다. 분명 나는 동생에게 친구가 되어 주지 못했다. 동생이 죽기 전날 나는 어느 누구도 동생에게 친구가 되어 주지 못했다는 걸 처음 깨달았다.

소년 웹스터가 내게 자주 말을 걸었던 몇 년 동안 그는 주로 소방차와 소방수에 대해 이야기했다. 자동차가 프레스턴이나 킹레이크 방향에서 플렌티 로드를 따라 우리 집으로 다가오는 소리가 들릴 때마다 소년 웹스터는 그 차가 소방차일 거라고 말하곤 했다. 그 차가 소방차가 아닐 때는 다음에 올 차가 소방차일 거라고 말했다. 소방차가 곧 도착할 것이고 소방차가 멈춰 서면 자신이 거기에 올라탈 거라고 말하곤 했다.

동생이 죽은 해에, 그러니까 우리 가족이 붉은 벽돌집에서 이사한 지 41년 후 어느 날, 한 남자가 매클라우드에 있는 나의 집 실내를 페인트칠 하고 있었다. 그 남자는 다이아몬드 개천에서 태어나서 로워 플렌티에 살고 있었는데, 이는 그가 자신의 출생지에서 내 출생지 쪽으로 대략 서쪽으로 이동해 온 반면 나는 내 출생지에서 그의 출생지 쪽으로 대략 동쪽으로 이동을 해 왔다는 의미였다. 그 남자는 그 전해에 몬트 파크 병원 건물들의 실내 페인트칠을 했다고 말했다.

나는 41년 전에 몬트 파크 병원 주변에 살았다고 그 남자에게 말했다. 이제는 대학교가 된 농장과 나의 아버지와 함께 일했던 환자들에 대해 말했다. 소년 웹스터와 그가 주로 소방차와 소방수에 대해 이야기하던 것에 대해 말했다.

내가 소년 웹스터에 대해 말하던 중 남자는 붓을 내려놓고 나를 쳐다보았다. 내가 소년 웹스터를 알고 지내던 당시 그가 몇 살이었는지 내게 물었다.

나는 소년 웹스터를 마음속에서 떠올려 보려 했다. 나는 그를 볼 수 없었지만 소방차가 오고 있고 자신이 소방차에 탈 거라고 내게 말하던 그의 이상한 목소리는 마음속에서 들을 수 있었다.

내가 소년 웹스터를 알던 당시 그가 스무 살에서 서른 살 사이였을 거라고 페인트공에게 말했다.

그러자 페인트공은 자신이 몬트 파크 병원의 병실 하나를 페인트칠하고 있을 때 어떤 노인이 자신을 따라다니며 말을 건넸다고 했다. 페인트공은 그 노인에게 응대해 줬고, 그 노인은 자기 이름이 웹스터라고 소개했다. 그는 페인트공에게 다른 이름은 말하지 않았다. 스스로가 웹스터라고만 알고 있는 듯했다.

웹스터는 소방차와 소방수에 대해 이야기했다. 그는 병원 건물 밖의 도로에 곧 소방차가 도착할 거라고 페인트공에게 말했다. 그는 페인트공에게 몇 분마다 한 번씩 소방차에 대해 이야기했고 소방차가 도착하면 그가, 즉 소년 웹스터가 거기에 올라탈 거라고 말했다.

페인트공의 아버지는 전차 선로 검사원으로 일하다가 은퇴했다. 페인트공의 아버지는 죽었지만, 페인트공의 아버지가 전차 선로 검사원으로 일할 때 입었던 긴 초록색 외투와 뾰족한 끝부분이 반들거리는 검은 모자는 페인트공의 어머니가 사는 집 뒤편 헛간에 여전히 걸려 있었다.

페인트공은 긴 초록색 외투와 뾰족한 끝부분이 반들거리는 모자를 몬트 파크 병원으로 가져가서 웹스터라는 노인에게 내밀었다. 그는 웹스터에게 외투와 모자가 일종의 제복이라는 건 알려 주지 않았다. 페인트공은 외투와 모자를 그냥 웹스터에게 내밀었고, 웹스터는 그것을 자신이 입고 있는 옷 위에 즉시 걸쳤다. 그런 다음 웹스터라는 노인은 페인트공에게 자신이 소방수라고 말했다.

동생이 죽기 전날, 나는 병원 병실에 있는 그를 방문했다.

나는 그날의 유일한 병문안객이었다.

병원 의사는 동생이 어떤 특정한 병을 앓고 있는지 말해 줄 수는 없었지만, 동생이 곧 죽음을 맞이할 위중한 상태라고 믿고 있었다. 동생을 만나고 난 뒤 나 역시 그렇게 생각하게 되었다.

동생은 병상 옆의 의자에 앉고 몇 걸음을 걷고 잔에 든 물을 조금 넘길 수 있었지만, 아무에게도 말을 하지 않았다. 눈은 뜨고 있었지만, 그를 바라보는 사람이나 그에게 말을 건네는 사람 방향으로 시선을 돌리지 않았다.

나는 거의 하루 종일 동생 옆에 앉아 있었다. 그에게 말을 건네고 그의 얼굴을 쳐다봤지만, 그는 내게 아무 말도 하지 않았고 내 쪽을 바라보지 않았다.

나는 그날 거의 하루 종일 팔로 동생의 어깨를 감싼 채 앉아 있었다. 지금 돌이켜 생각해 보면 병원에서 보낸 그날 전에는 붉은 벽돌집에서 동생에게 브래지어의 용도가 무엇인지 설명하려고 애썼던 어느 저녁 이후로 동생의 어깨를 감싸 준 적이 없었다.

내가 동생과 앉아 있는 동안 이런저런 유니폼을 입은 여자가 이따금 병실에 들어왔다. 유니폼은 흰색이나 황갈색이나 다양한 색조의 파란색이었다. 그 여자들 가운데 누군가가 병실에 들어올 때마다 내가 팔로 동생의 어깨를 감싸고 있다는 사실을 알아보길 기다렸다. 이 환자가 내 동생이라고 그 여자에게 큰 소리로 말해 주고 싶었다. 그러나 그 어떤 여자도 내가 환자 옆에 앉아 있는 동안 내 팔이 어디 있는지 알아보는 것 같지 않았다.

그날 늦은 시간에 나는 동생을 두고 동생이 입원한 병원에서 북동쪽으로 거의 200킬로미터 떨어진 매클라우드에 있는 나의 집으로 돌아왔다. 내가 동생을 떠났을 때 그는 혼자 있었다.

다음 날 밤에 나는 동생이 죽었다는 전화를 받았다. 죽었을 때 그는 혼자 있었다.

동생의 장례 미사에서 신부는 동생이 40년 넘게 고대해 왔던 존재 상태에 이제 도달했으므로 만족할 거라고 말했다.

곧 내 아내가 될 젊은 여자에게 펜던트를 선물할 생각을 처음 했던 날 이후 돌아온 일요일에, 내가 앉아서 장신구 카탈로그를 보고 있던 집으로 아버지의 기혼 누이가 왔다.

미혼 고모 중 한 명이 기혼 고모에게 내게 펜던트를 보여 주라고 말했다. 그 순간 나는 기혼 고모의 목과 만일 그녀가 이브닝드레스를 입고 있었다면 이브닝드레스 윗부분이었을 곳 사이에 있는 기혼 고모의 신체 부위를 쳐다보았다.

기혼 고모는 이브닝드레스가 아니라 앞에 단추가 달린 평범한 드레스라고 할 만한 것을 입고 있었다. 드레스의 첫 단추만 풀려 있었기 때문에, 기혼 고모를 쳐다보았을 때 보이는 건 작은 황갈색의 삼각형 피부뿐이었다. 그 황갈색 삼각형의 어디에서도 펜던트는 조금도 보이지 않았다.

내가 장신구 카탈로그의 펜던트 그림을 매우 좋아한다는 것과 펜던트를 한 번도 본 적이 없다는 사실을 미혼 고모가 기혼 고모에게 말하자, 기혼 고모는 목 아래 황갈색 피부 삼각형의 가장 아랫부분으로 한쪽 손을 가져갔다. 손을 거기에 두고 손가락 끝으로 드레스 앞의 두 번째 단추를 풀었다.

 기혼 고모가 펜던트를 갖고 있다는 말을 처음 들었을 때부터 나는 펜던트의 주요 부분이 심장 모양일 거라고 생각했다. 고모가 드레스의 두 번째 단추를 풀었을 때 나는 그녀의 목과 그녀가 이브닝드레스를 입었더라면 이브닝드레스의 윗부분이었을 곳 사이의 피부 어딘가에서 밑으로 갈수록 좁아지는 금빛 심장을 보게 되리라고 기대했다.

 드레스 앞섶의 두 번째 단추를 풀었을 때, 기혼 고모는 손가락으로 드레스의 양쪽 섶을 옆으로 젖히고 손가락으로 드레스 앞부분 뒤에 보이지 않게 놓여 있던 가는 금 목걸이 줄 양쪽 부분을 찾아냈다. 고모는 손가락으로 목걸이 줄 부분을 살짝 올린 다음 목걸이 줄 끝에 매달려 있는 물체를 오목하게 오므린 손에 놓았다. 그런 다음 드레스 앞의 양쪽 섶에서 손을 올리고 나를 향해 손을 돌려서 그녀의 오목하게 오므린 손에 놓인 목걸이 줄 부분 끝에 달린 물체를 내가 볼 수 있도록 해 주었다.

 이제 돌이켜 보건대 기혼 고모의 손에 있던 물체는 대략 타원형의 다듬어진 오팔이었고, 그 물체는 여러 색조의 푸른색과 다른 색들을 지니고 있었다. 그러나 고모는 손에 놓인 것을 잠시만 보여 주었고, 보여 줄 때 손을 살짝 돌렸기 때문에 처음에는 전체가 연푸른색이라고 생각되는 물체가 보였고, 그다음에는 검푸른 색이라고 생각되는 물체가 보였으며, 그다음 고모가 그 물체를 드레스 뒤로 다시 집어넣었을 때는 고모의 목과 그녀가 이브닝드레스를 입었더라면 이브닝드레스 윗부분이었을 곳 사이의 황갈색 피부 일부만 보였다.

오늘 아침에 내가 살았던 집들 가운데 기억나는 첫 번째 집과 최초로 기억나는 초원의 전망을 향해 매클라우드에서 걸어 나오기 바로 전, 나는 마음속에서 처음 보았던 기억이 나는 수역을 마음속에 상기시키는 무언가를 읽었다.

나는 유명한 종마가 이 지역에 도착한다는 소식을 신문 지면에서 읽었다. 내가 읽은 바에 따르면, 이 종마는 티퍼러리 계곡의 유명한 말 번식장에서 오는 거라고 했는데, 티퍼러리 계곡 지방은 나의 아버지의 아버지의 아버지가 이 나라에 왔을 때 떠나온 아일랜드 지역이다.

그 유명한 종마는 프레스턴과 킹레이크 사이의 도로에 있는 위틀시의 몬무트 말 번식장에서 기르는 50여 마리 암말의 임신에 사용될 것이다. 유명한 종마의 이름은 킹스 레이크다.

아버지의 다섯 누이 중 유일하게 결혼한 여자는 초등학교 교사의 아내였다. 결혼 후 그녀는 빅토리아주의 다양한 지역에 살았다. 고모가 대략 타원형의 다듬어진 오팔을 내게 보여 주었을 당시, 그녀와 그녀의 남편은 내가 남대양을 등지고 앉아서 장신구 카탈로그나 《새터데이 이브닝 포스트》를 들여다보곤 했던 장소에서 4마일 정도 내륙으로 들어간 곳에 살고 있었다. 고모와 그녀의 남편이 살던 곳의 이름은 메평가 이스트다. 같은 지역에 메펑가 웨스트라는 장소가 있다. 그 지역 지도에서 '메펑가'라는 단어는 그 두 장소 이름에만 나타난다.

『평원』5)의 본문 대부분은 원래 훨씬 더 방대한 책 본문의 일부였다. 그 방대한 책은 어린 시절 세즈윅 노스라는 장소에 살았던 한 남자의 이야기였다. 그 장소 주변 지역을 그린 지도가 있었다면, 그 지도에는 세즈윅 노스에서 남동쪽으로 몇 킬로미터 떨어진 곳에 세즈윅 이스트라는 장소가 그려져 있었을 것이다. '세즈윅'이라는 단어는 그 두 장소 이름에만 나타났을 것이다.

어린 시절 세즈윅 노스라는 장소에 살았던 남자는 어린 시절 그가 사는 지역에는 이른바 진정한 중심가가 없다고 생각했다. 때때로 그는 '진정한 중심가'라는 단어 대신 '심장부'라는 단어를 사용했다.

세즈윅 노스 주변 지역에 대해 집필하던 동안, 나는 메펑가 이스트 주변의 일부 장소들을 마음속에서 보았다.

나의 동생은 거의 평생 동안 지체라는 말을 들으며 살았지만, 내가 절대로 할 수 없었던 몇 가지 일을 할 수 있었다.

동생은 살면서 비행기 여행을 많이 할 수 있었는데, 그것은 내가 결코 할 수 없는 일이었다. 동생은 크기가 제각기 다른 비행기를 타고 여행해 보았다. 동생이 타 본 가장 작은 비행기에는 동생과 조종사만 타고 있었다. 동생은 호주 본토의 남방 한계선 일부의 상공에 데려다 달라고 조종사에게 돈을 지불

---

5) *The Plains*. 1982년에 출간된 머네인의 장편 소설이다.

했다. 공중에 있을 때 동생은 카메라와 컬러 필름을 사용해서 주변에 보이는 것을 기록으로 남겼다. 나는 동생이 그 상공에 있었다는 사실을 그가 죽은 후에야 알게 되었다. 동생이 죽은 후, 컬러 필름을 인화한 사진들을 넘겨받았다.

요즘 그 사진들을 볼 때마다 호주 초원의 남방 한계선 위 상공에 있었을 때 동생이 혼란스러웠을지, 혹은 그 비행기 조종사가 비행기를 공중에서 옆으로 기울이거나 심지어는 거꾸로 뒤집히도록 몰아서 동생을 즐겁게 하거나 겁주려 했을지, 혹은 동생이 호주의 초원이 분명히 나아가고자 하는 마음을 가진 곳의 상공에 서 있는 사람이라면 누구라도 보았을 풍경에 단순히 렌즈를 들이대고 찍었던 것인지 궁금해진다.

그 사진을 볼 때 때로는 모든 것이 연푸른색인 장소를 보고 있는 것처럼 보이고 때로는 모든 것이 검푸른 색인 장소를 보고 있는 것처럼 보이고 때로는 모든 것이 황갈색인 장소를 보고 있는 것처럼 보인다. 그러나 어떤 때는 불가능할 정도로 우월한 시점에서 검푸른 물을, 그리고 검푸른 물의 아득한 곳에서 미국의 끝없이 펼쳐진 황갈색 초원과 끝없이 펼쳐진 연푸른색 하늘을 보고 있는 것처럼 보인다.

# 땅 거래

나는 내 목적이 무엇인지 충분히 설명한 후에 그들에게서 커다란 경작지 두 필지를 샀고(대략 60만 에이커) 땅에 대한 대가로 그들에게 담요, 칼, 거울, 토마호크 도끼, 구슬, 가위, 밀가루 등등을 갖다주었고, 그뿐 아니라 매년 공물, 또는 임대료를 내기로 합의했다.

1835년, 존 배트먼

당연히 그때 우리는 불만을 가질 이유가 전혀 없었다. 바다 건너편에서 온 남자들은 우리가 서명하기 전 계약서의 자세한 내용을 모두 정중하게 설명했다. 물론 우리가 문의했어야 할 소소한 문제들이 있었다. 그러나 우리의 가장 경험 풍부한 협상가들도 우리에게 제시된 지불액에 정신이 팔렸다.

이방인들은 분명 자신들의 물건이 우리에게 생소하리라고 추정했을 것이다. 우리가 밀가루 자루에 손을 찔러 넣어 보고, 담요를 몸에 둘러 보고, 칼날을 바로 옆에 있는 나뭇가지에 시험해 보는 동안 그들은 참을성 있게 바라보았다. 그리고 우리는 그들이 떠난 후에도 새롭게 소유하게 된 물건들을 여전히 흥미롭게 만져 보았다. 그러나 우리가 가장 경이로워한 건 그 물건들이 색다르다는 사실이 아니었다. 이방인들의 철제와 유리와 모직과 밀가루가 우리가 그토록 자주 상정하고, 상상하고, 꿈꾸어 보았던 금속과 거울과 직물과 음식과 기적같이 상응한다는 사실을 우리는 알아보았다.

완강한 나무와 나긋나긋한 풀과 피투성이 육체에 대항해 돌 외에는 쓸 만한 것을 아무것도 사용하지 못하는 민족, 그런 민족이 금속 도구라는 관념에 그토록 익숙하다는 사실이 놀라운 일인가? 우리 각자는 꿈속에서 나무껍질 안의 창백한 속살에 깊이 박히는 칼날로 큰 나무를 쓰러뜨렸다. 어느 누구든 씨앗 맺은 풀 무더기에 연마한 금속을 휘두르는 시늉을 하거나 점점 가늘어지는 칼날 아래에서 지방과 근육이 정확하게 분리되는 것을 묘사할 수 있었다. 우리는 강철의 강함과 광택과 그 칼날의 충직성을 가능한 현실로 너무나 자주 떠올려 보았기 때문에 그것에 대해 잘 알고 있었다.

유리와 모직과 밀가루도 마찬가지였다. 자신의 일렁이는 모습을 찾아 작은 파문이 이는 진흙탕 속을 그토록 자주 응시했던 우리가 거울의 완벽함을 유추하지 않을 수 있었겠는가? 비 오는 겨울 저녁에 주머니쥐의 뻣뻣한 생가죽 아래 옹기종기 모여 앉아서 우리가 추측해 보지 않았던 모직의 품질은 없다. 그리고 먼지투성이 방앗간에서 여자들이 매일 힘겹게 빨아 대는 노력은 우리가 한 번도 맛본 적 없는 밀가루의 풍부함을 상기시켰다.

그러나 우리는 언제나 가능성과 실제를 분명히 구분했다. 거의 모든 것이 가능성의 영역에 속했다. 어느 신이 뇌운이나 폭포 뒤에 깃들 수 있었고, 어느 요정 종족이 바다 경계 아래의 땅에 거주할 수 있었다. 어느 새로운 날이 철제 도끼나 모직 담요 같은 기적을 우리에게 가져다줄 수 있었다. 가능성의 거의 무한한 범위는 실제의 발생에 의해서만 제한될 뿐이었다. 그리고 어떤 의미에서 존재하는 것이 다른 의미에서는 결코 존재할 수 없다는 사실은 말할 나위도 없었다. 거의 모든 것이 가능성의 영역에 속했다. 물론, 실제를 제외하고.

우리의 개인적 혹은 집단적 역사에서 가능성이 실제가 된 예가 있었는지 질문을 받게 될 수도 있을 것이다. 특정한 무기나 여자를 소유할 꿈을 꾸었다가, 하루 혹은 1년 뒤에 자신이 욕망하는 것을 움켜쥐게 된 남자가 그 누구도 없었던가? 자신이 소유한 것이 한때 소유하고 싶었던 가능성 속의 대상과 조금이라도 닮았다고 주장하는 사람이 우리 가운데 아무도 없다는 확언으로 이 질문에 대해 간단히 대답할 수 있을 것이다.

같은 날 저녁, 등에 두른 담요는 따뜻하고 칼날은 옆에서 여전히 빛나는 가운데, 우리는 불쾌한 명제를 대면해야 했다. 우리 가운데 그토록 갑자기 나타난 물건들은 가능성의 세계에만 속한 것이었다. 그러므로 우리는 꿈꾸고 있는 것이었다.

땅 거래

이 꿈은 우리 가운데 어느 누가 경험한 것보다 더 생생하고 지속적인 것이었다. 하지만 아무리 오래 지속된다 하더라도 그건 여전히 꿈이었다.

우리는 꿈의 섬세함에 경탄했다. 꿈꾸는 자(혹은 '꿈꾸는 자들'인 우리는 스스로 공동 책임을 지고 있을 개연성을 이미 인정했다.)는 가능성의 물건들을 실제로 통용하고 있는 남자들 종족을 고안했다. 그리고 그 남자들은 그 자체가 실제가 아닌 것에 대한 보상으로 그들 귀중품의 소유권을 우리에게 넘겨주어야겠다고 느꼈던 것이다.

우리는 사태에 대한 이런 설명을 뒷받침할 더 많은 증거를 발견했다. 우리가 그날 만난 남자들의 창백함, 목적성이 결여된 그들의 모든 행동, 그들 설명의 막연함, 이런 것들은 성급하게 꾼 꿈속에 나타난 남자들의 결함일 것이다. 그리고, 아마도 역설적으로, 우리에게 제공된 물건들의 거의 완벽한 특성은 꿈꾸는 자의 산물, 자기 꿈의 중심적 물품에 실제 물체에서는 절대 찾을 수 없는 바람직한 요소들을 풍성히 쏟아부은 누군가의 산물인 것처럼 보였다.

그날 사건에 대한 우리의 설명 일부를 바꾸도록 한 건 바로 이 점이었다. 그때 일어났던 일이 어떤 꿈의 일부라는 것에 우리는 여전히 동의했다. 그렇지만 꿈의 본질적인 내용이, 꿈꾸는 시점에서는, 꿈꾸는 자에게 실제적으로 보인다는 점이 대부분 꿈의 특징이다. 만일 우리가 이방인들과 그들의 물건들에 대한 꿈을 꾼 것이라면, 우리가 그들을 실제 남자들과 물체로 받아들였던 것에 대해 우리는 어떻게 반론을 제기할 수 있었던 것인가?

　우리 가운데 꿈을 꾼 사람은 아무도 없다고 우리는 판단했다. 그렇다면, 누가 꿈을 꾸었는가? 혹시, 우리 신들 가운데 하나인가? 그러나 그 어떤 신도 우리를 거의 속일 만한 환상을 성공적으로 만들어 낼 만큼 실제를 그토록 잘 알고 있지는 않았을 것이다.

　단 하나의 합당한 설명이 있다. 창백한 이방인들, 그날 우리가 처음으로 본 그 남자들이, 우리와 우리의 혼란에 대한 꿈을 꾸고 있었던 것이다. 아니, 그 진정한 이방인들은 자신들의 꿈속 자아와 우리 사이의 만남에 대한 꿈을 꾸고 있었던 것이다.

　단번에, 여러 수수께끼가 풀리는 것 같았다. 이방인들은 서로를 관찰하듯 우리를 관찰하지 않았다. 그들이 우리의 흐릿한 윤곽을 무시해버리고 자신들이 더 쉽게 인지할 수 있는 광경 쪽을 바라보는 듯한 순간이 있었다. 그들은 마치 우리가 상당히 멀리 떨어져 있다는 듯이, 혹은 그들의 꿈속에 우리가 들어오도록 허용했던 목적이 달성되기 전에 우리가 자신들의 시야에서 완전히 사라져 버리는 것을 두려워하기라도 하듯이, 기이하게 목소리를 높여 우리에게 말했고 과장된 손짓으로 우리의 관심을 끌었다.

　이 꿈이 언제 시작되었던가? 이방인들을 처음 만났던 그날에야 시작되었기를 우리는 바랐다. 그러나 우리의 전체 삶과 우리 역사의 총합이 우리가 거의 알지 못하는 이 사람들에 의해 꿈꾸어진 것일 수도 있다는 사실을 부정할 수 없었다. 그렇다고 해서 우리는 완전히 낙담하지 않았다. 꿈의 등장인물들로서, 우리는 언제나 가정해 왔던 것보다 훨씬 덜 자유로운 것일 수도 있었다. 그러나 우리가 나오는 꿈의 저자들은 적어도, 이 모든 세월이 지난 후에, 우리가 복잡한 세계라고 여겨 왔던 것 이면의 단순한 진실을 인지할 수 있는 자유는 우리에게 부여해 준 것으로 보였다.

그렇다면 왜 이런 식으로 일이 일어났는가? 우리(꿈속의 꿈 꾸는 자들)가 자주 꿈에 젖어 드는 것과 같은 목적으로 이 다른 남자들도 꿈을 꾸는 게 아닐지 가정할 따름이었다. 그들은 잠시 동안 가능성을 실제로 착각하고 싶었다. 그 순간에, (그 진정한 기원을 알게 된 지금은 이미 미묘하게 달라 보이는) 친숙한 별들 아래서 우리가 숙고하는 동안, 꿈꾸는 남자들은 멀리 있는 실제 땅에서 그들의 꿈속 자아가 실제의 무엇을 획득했다는 환상을 잠시라도 즐길 수 있도록 우리의 바로 그 숙고를 조정하고 있었다.

그리고 그들 꿈의 이 비실제적인 대상은 무엇이었는가? 우리가 서명한 서류에 모든 게 설명되어 있었다. 그날 오후 우리가 그들의 유리와 금속에 정신이 팔리지 않았더라면 그날 사건이 어처구니없는 것이었다는 사실을 그때 이미 알아차렸을 것이다. 그 이방인들은 땅을 소유하려 했던 것이다.

물론 본성상 분할이 불가능한 땅을 사람들 간의 단순한 합의를 통해 측정하거나 나눠 갖는 게 가능하다고 상정하는 건 극히 멍청한 짓이었다. 어쨌든, 우리는 이방인들이 우리 땅을 보지 못했을 거라고 자못 확신했다. 대지 위에 서 있을 때 어색해하고 불편해하던 모양새로 미루어 보건대, 그들은 땅이

제공하는 지원이나 땅이 요구하는 경의를 인지하지 못하는 것 같았다. 그들이 대지를 가로질러 짧은 거리를 갈 때조차 경로를 내어 주는 장소들에서 벗어나 침입하면 안 되는 게 분명한 장소들에 발을 디뎠을 때, 우리는 그들이 진짜 땅을 찾기도 전에 길을 잃게 되리라는 걸 알아차렸다.

그래도, 그들은 땅 같은 것을 보았다. 그 땅은, 그들의 말에 따르면 농장을 만들기 좋은 장소였고, 심지어 어쩌면 마을을 세우기 좋은 장소라고 했다. 그들이 서 있는 아무도 들어 본 적 없는 도시를 설립한다는 이야기를 했더라면, 그들을 감싸고 있는 꿈의 범위와 좀 더 잘 맞아떨어졌을 것이다. 그러나 우리의 관점에서 볼 때 그들의 모든 책략은 다 똑같았다. 마을들이나 도시들은 모두 가능성의 영역에 있는 것이고 실제 존재를 가질 수 없었다. 땅은 땅으로, 여전히 우리를 위해 만들어진 곳으로 남아 있을 것이고, 그와 동시에, 우리 땅이나 자신들이 꿈꾸는 땅을 전혀 보지 못할 사람들의 꿈속 배경이 되어 줄 것이다.

당시 알고 있었던 것으로 우리가 무엇을 할 수 있었는가? 우리는 혼자 꾼 꿈에서 보았던 이상하게 힘없는 다리로 달리려고 애쓰던 인물들처럼 무력했다. 그래도 만일 꿈의 사건을 완결시키는 것 외에는 별다른 선택의 여지가 없다 하더라도, 우리는 여전히 그 꿈의 경이로운 창의성에 경탄할 수 있었다. 그리고 자신들이 결코 거주할 수 없는 가능성의 땅을 꿈꾸고, 우리처럼 한 가지 약점을 지닌 민족에 대해 더 꿈꾸고, 그런 다음 절대 존재할 수 없는 땅을 우리에게서 얻어 내는 그들이

땅 거래

자신들의 머나먼 나라에서 어떤 부류의 사람들이었는지 우리는 끊임없이 궁금해할 수 있었다.

물론, 우리는 매우 교묘하게 고안된 계약을 준수하기로 결정했다. 그리고 비록 우리에게 속하지 않은 꿈에서 우리가 결코 진정으로 깨어날 수 없다는 것을 알았지만, 그래도 언젠가, 적어도 스스로에게는, 깨어나는 것처럼 보일 수도 있을 것이다.

상실의 꿈을 꾼 뒤 진짜로 눈물을 흘리며 깨어났던 걸 기억하는 일부 사람들은 우리가 손에 쥔 강철과 어깨에 두른 모직의 진정성을 어떻게든 확신하며 깨어나게 되길 바랐다. 다른 이들은 우리가 그런 물건들을 만지작대는 한 우리는 우리 위에 내려앉은 광대한 꿈속의 등장인물들에 불과할 거라고 주장했다. 우리에게 알려지지 않은 땅의 인간 종족이 자신들 역사의 그 많은 부분이 언젠가 끝나야 할 꿈인지 알아차릴 때까지 결코 종결되지 않을 꿈.

## 유일한 아담

A.가 드디어 놀라 포머로이와 사랑에 빠지거나 정사를 나누거나 어디 외딴곳에서 그녀와 뭔가 특별한 것을 하기로 결심했던 건 뇌우가 닥친 오후였다.

늦은 아침에 구름이 쌓이기 시작했다. 여름에 폭풍우는 보통 바다가 있는 남서쪽에서 다가왔다. 그러나 이번 폭풍은 예상 밖의 구역에서 발생했다. A.는 학교 북쪽 창을 통해 그것이 시작될 즈음부터 보았다. 검은 폭풍우 덩어리가 내륙 깊은 곳의 평원에서부터 세즈윅 노스로 접근해 왔다.

점심시간 후 학교 위 하늘에는 연기나 난기류처럼 계속해서 흩어지다가 흘러가는 불룩한 구름 외에는 아무것도 없었다. 패런트 선생이 미첼 소령[6]에 관한 슬라이드 필름이 휴대품 보관실에 준비되었는데 뭘 기다리느냐고 7학년 학생들에게 말하는 순간 A.는 첫 번개를 보았다. 그들은 줄지어 문을 빠져나갔다. 패런트 선생이 뒤에서 불렀다. "너, A., 영사기를 조작하고 자막을 읽어 주고 꼼지락거리고 키득거리는 녀석들은 나한테 보내라."

휴대품 보관실이 너무나 어두워서 A.는 누가 연인들의 모퉁이로 갔는지 볼 수 없었다. 그러나 어둠 때문에 영상은 이제까지 보았던 어떤 것보다 더 선명하고 깨끗하게 보였다. 그는 빅토리아주 전반이 너른 공백으로 표시된 호주 남동부 지도를 보여 주었다. 그는 영사기의 둥근 손잡이를 계속 돌렸다. 미첼의 점선은 머리강을 떠나 남서쪽으로 돌진했다. A.의 청중은 평소와 달리 조용하고 엄숙했다. 철제 지붕 위에 무거운 첫 빗방울이 떨어지기를 기다리는 모양이라고 그는 추측했다.

A.는 화면의 자막을 큰 소리로 읽었다. 미첼은 풍부하고 쾌적한 땅에 감명해서 그곳을 '아우스트랄리아 펠릭스', 즉 축복받은 남쪽 나라라는 의미의 이름을 붙였다. A.는 무릎까지 오는 풀과 식물원의 나무처럼 무리 지어 있는 거대한 유칼리나무들이 있는 평평한 지대 사진을 열심히 들여다보았다. 그런 풍경이 자신이 사는 주의 일부라는 걸 믿을 수 없었다. 그러나 다음 슬라이드에서 미첼의 점선은 빅토리아주 서부 깊숙한 곳까지 다다랐다. 밋밋한 지도에서 세즈윅 노스가 어디인지 확신할 수 있었다면 A.는 그들이 자신들이 사는 구역으로

---

6) 토머스 리빙스턴 미첼경(Sir Thomas Livingstone Mitchell, 1792~1855). 스코틀랜드 출신의 군인으로, 당시 영국의 식민지였던 호주의 남동부에서 토지 조사관 및 탐험가로 일했다.

향하고 있다고까지 말했을 것이다.

여전히 아무도 농담을 하거나 소리를 질러 그의 말을 막으려 하지 않았다. 연인들의 모퉁이에서조차 아무 소리도 들려오지 않았다. A.는 같은 학년 학생들이 드디어 그들의 상상력을 사로잡는 역사를 발견한 것인지 궁금했다. 어쩌면 그들은 그와 마찬가지로, 탐험가가 자신들이 사는 지역으로 다가오는 걸 보고 깜짝 놀란 것일 수도 있었다. 역사 시간에 등장하는 유명한 사람이 그들의 낙농장과 자갈길로 접근한 것이다.

비가 내리기 시작했다. 그리고 왜 모든 학생이 조용하고 생각에 잠긴 듯 보이는지 설명이 될 만한 소식을 가지고 한 소년이 A. 뒤로 다가왔다. 방과 후에 정사를 나눌 특권을 가진 사람들은 8학년들만이 아니었다. 그때 휴대품 보관소에 있던 한 커플이 그 전날 밤에 어딘가의 덤불 속으로 들어가 한 번 시도했던 것이다. A.는 지붕에 떨어지는 빗소리 때문에 그들의 이름을 알아듣지 못했다. 그러나 그들이 오후마다 정사를 즐기게 될 것이기 때문에 그는 그들의 이름을 곧 알아내게 될 것이다. 그리고 그들의 친구들이 합류할 수도 있었다.

폭풍우는 그들 바로 위에서 몰아치고 있었다. 천둥과 빗소리가 너무 요란해서 A.는 자막 읽기를 포기했다. 미첼의 여정에서 나온 장면들은 아무런 설명 없이 화면을 지나갔다. 탐험가는 '아우스트렐리아 펠릭스'의 깊숙한 곳까지 들어갔지만, 지도 위에는 A.가 아는 장소에 그가 얼마나 가까이 왔는지 보여 줄 표시가 아직 하나도 없었다. 소년은 화면에 나타난 땅을 보면서 그 자신은 그것에 비견할 뭔가를 발견할 수 있을지 의

문을 품는 것 외에는 아무것도 할 수 없었다.

그러나 그는 정사를 즐기게 된 커플에 대해서도 생각해야 했다. A.의 학년 학생들 가운데 그걸 제대로 할 만큼 성숙한 사람은 아무도 없다고 선배 남학생들은 언제나 주장했었다. 개척자가 되기 위해 자기들끼리 몰래 나가 버렸다는 점에서 A.는 그 두 사람이 누구든 간에 그들에게 경탄하지 않을 수 없었다. 틀림없이 그들은 정사를 나누는 선배들이 방해하거나 조언할 수 없는 장소를 발견했을 것이다. 모든 커플(연인들, 그리고 정사를 나누는 이들)은 스스로 탐사하고 지역 전반에 걸쳐 안락한 둥지를 틀어야 한다고 A.는 생각했다. 만일 포머로이의 덤불숲을 자신을 위해 남겨 놓을 수 있었다면, 그는 세즈윅 노스가 진취적인 커플들을 위한 은신처로 인도하는 숨겨진 길들의 네트워크라고 즐겨 생각했을 것이다.

오래 지속되던 비의 포효가 잦아들었다. A.는 빅토리아주 교육부의 낯익은 휘장이 탁한 회색 들판을 배경으로 나타날 때까지 영상 슬라이드를 되감았다. 평상시처럼 영상이 끝났다고 불평하는 야유를 보내는 사람도 없었다. 사실, A.는 뒤쪽의 어둠 속에서 아무 소리도 듣지 못했다. 그가 영상 나머지 부분을 응시하고 있는 동안 다른 모든 이들이 지역에서 가장 좋은 지형에서 정사를 계획하기 위해 조용히 빠져나갔다면, 그는 자신이 얼마나 바보로 보일지 생각했다.

그렇지만 적어도 놀라 포머로이는 영사기 주변의 제자리에 여전히 있었다. A.는 뒤를 흘낏 보았고 마치 화면에서 단 한 번도 눈을 떼지 않은 듯한 그녀를 보았다.

하교 시간 전 마지막 30분 동안 내륙의 하늘이 개기 시작했다. 지평선에 가까운 일부 운 좋은 지역에는 긴 햇살도 내리꽂혔다. 패런트 선생은 A.의 학년 학생들에게 읽기 책에서 토머스 리빙스턴 미첼의 『호주 동부 내륙 원정 3회』에서 발췌한 「1936년, 빅토리아주의 피라미드 언덕에서」를 펼치라고 했다.

학생들은 돌아가며 책을 낭독했고, 세즈윅 노스 출신인 어느 농부의 아들이 평원의 경치로 이어지는 길고 굽이치는 문장에서 휘청거리는 동안 A.는 조바심을 냈다. 그다음에는 놀라 포머로이 차례였다. 그녀는 A. 자신이 읽고 싶었던 문단을 맡았다. 그러나 그녀는 글을 잘 읽었고, 여학생인 그녀는 남학생이었더라면 우스꽝스럽게 보였을 진지한 태도로 글을 낭독했다.

우리는 문명화된 사람을 즉시 맞을 준비가 되어 있고 오랜 탐사 후에 지구상 가장 위대한 민족들 중 한 민족의 거주지로 알맞은 땅을 발견했다. 지장이 될 정도로 지나치게 나무가 많지 않지만 모든 용도에 맞게 쓸 정도로 충분하고, 온화한 기후에 비옥한 토양을 지녔고, 해안과 웅장한 강이 경계를 이루고, 웅장한 산에서 흘러내리는 하천에 물이 풍부하게 흐르는 이 몹시도 흥미로운 지역은 모든 특징이 창조주의 손에서 떨어졌던 모습 그대로 새롭고 훼손되지 않은 상태로 내 앞에 놓여 있었다. 이 에덴 동산에서 내가 유일한 아담인 것 같았다. 그리고 실로, 그곳은 내게 일종의 낙원이었다.

A.는 놀라를 쳐다보지 않기 위해 자신을 단속했다. 그 대신 그는 어떤 인상적인 슬라이드 필름에 나온 이미지처럼 빅토리아주의 지도 위에 투영된 '아우스트랄리아 펠릭스'의 평원을 바라보았다. 그는 흔들리는 풀과 흩어져 있는 나무를 향해 손을 내미는 자신을 보았다. 그러나 이내 팔 그림자가 지도 위에 드리웠고, 빛과 어둠의 무의미한 조각들이 그의 피부에 얼룩덜룩하게 반영되었다. 그의 뻗은 팔은 빛이 나오는 근원과 그가 추구하는 영상 사이에 놓였다. 그리고 놀라는 여전히 뒤쪽의 어둠 속에 있을 수도 있었다.

학년의 마지막 주에는 가장 소란한 학생들조차도 더 조용하고 더 예의 바르게 행동했다. 수업 시작 전 매일 아침, 교실 문을 잠그고 블라인드를 내린 상태에서 패런트 선생은 기말 시험 문제를 칠판에 썼다. 오후에는 선생이 교사 책상에 앉아 시험지를 채점하는 동안, 고학년 학생들이 줄을 서서 접이문 반대쪽의 유아반으로 가서 '크리스마스트리' 행사 연습을 했다. 패런트 선생 부인이 피아노를 쳤고, 고학년 학생들은 캐럴을 불렀고, 소수의 선택된 어린아이들은 성탄 성극 연기를 점검했다. A.와 그의 친구들은 색종이 사슬 고리 아래 유아반 교실 벽에 나른하게 기대서서, 한 해가 일종의 절정을 향해 가고 있다고 느꼈다.

물론, 그들은 '크리스마스트리'가 별게 아니라는 걸 알았다. 학년도의 마지막 날 밤에 하는 행사였다. 접이문들을 모두 열고 책상은 구석에 쌓아 올렸다. 부모들과 아이들은 페인트칠

된 기름 드럼통 안에 꽂힌 사람 크기의 소나무 가지가 중앙에 있는 빈 공간에서 마주 보았다. 아이 한 명당 하나씩 준비된 선물은 나무 아래 쌓여 있었다. 선물 비용을 지불한 학교 위원회 남자들은 패런트 선생 옆의 의자에 앉아서 그를 사회자라고 불렀다.

A.와 그의 친구들은 마지막 15분을 위해 캐럴과 성탄 성극과 연설, 그리고 마지막으로 선물 증정 순서를 견뎠다. 그다음, 부모들이 트리 주변에 둘러앉아 차와 케이크를 먹는 동안, 고학년 남학생들은 어둠 속으로 빠져나가 흩어졌다. 그들은 학교 정원에서 달음박질치고 부딪히고 넘어졌고, 길에서 맞닥뜨리는 모든 사람에게 주먹을 휘두르며, 비밀스러운 은신 장소로 향했다. 그리고 느린 학생들은 아직 뛰고 있는데도, 울부짖음이 시작되었다.

A.는 수년 전, 동참하기에는 너무 어렸던 때, 이것에 대해 처음 들었다. 큰 학생들은 그때부터 매년 크리스마스트리 행사 때마다 울부짖었고, A.는 고학년이 되자마자 그들과 함께 시도해 보았다. 그는 규칙이 무엇인지 물어보는 어리석은 짓은 하지 않았다. 울부짖는 학생들로부터 규칙 따위는 없다는 퉁명스러운 대답을 들었을 것이다. 그러나 그는 울부짖는 자가 무엇을 해야 하는지 몇 년에 걸쳐 배우게 되었다.

울부짖는 소리를 내뱉을 때 아무도 보지 못하도록 다른 사람들로부터 최대한 멀리 숨어야 했다. 실제로 울부짖을 필요는 없었지만, 인간 소리를 내서는 안 되고, 그러므로 당연히 단어를 말해서는 안 되었다. 다른 사람들과 번갈아 가며 울부짖으려고(혹은 짖거나 으르렁거리거나 꼬꼬댁 소리를 내려고) 노력해야 했다. 어둠 속에서 그렇게 조정하기가 쉽진 않았으나 인내심을 가지고 주의를 기울여 들으면 주목할 만한 효과음을 들을 수 있었다. 자신만의 특별한 호출 신호 순서가 마련되어 있는, 가까운 곳과 먼 곳에서 들려오는 흡사 박자를 맞춘 듯한 이상한 외침의 연속.

  A.는 자신만의 장소를 찾고 울부짖음에 참여하는 것만으로도 언제나 즐거웠지만, 그보다 훨씬 많은 것을 성취하는 사람들이 있었다. 일부 소년들은 한 번의 울부짖음과 그다음 것 사이에 움직였다. 만약 그들이 소리 내며 넘어지거나 모습을 드러내면 행사를 망치는 사태가 벌어졌다. 그러나 눈에 띄지 않게 장소를 바꾸면, 그들 차례가 왔을 때 우리는 즐거운 충격을 경험하게 되었다. 지난 순서에 운동장 끝에서 들려왔던 울부짖음이 몇 발 떨어진 덤불 뒤에서 들릴 수도 있었다. 또는 가까이서 들리리라 예상되던 울부짖음이 멀리 떨어진 소나무 대농장에서 희미하게 들려오고, 우리는 누군지 모를 그 녀석이 두 번의 울부짖음 사이에 어떻게 그토록 먼 거리를 달려갔는지 궁금해했다.

  아무리 멋진 울부짖음이어도 행사는 몇 분 지속되는 것에 불과했다. 이내 학교 문이 열렸다. 실내의 빛이 깃대 옆 정방형 아스팔트 위로 쏟아져 나왔다. 부모들이 나와서 어슬렁거리며 울부짖음에 귀를 기울이는 무리 가운데서 어린아이들을 찾았다. 가장 가까이에 있던 울부짖던 아이들은 어둠 속에서 기어 나와 가족들과 어울렸다. 조랑말 방목 들판을 지난 아래쪽 가장 먼 곳에 있는 울부짖는 아이들은 곧 외침의 연속에 빈틈이 생긴 걸 알아차리고 마지막 거친 외침 후에 조용히 돌아왔다. 그러나 부모님이 언제나 모임을 가장 빨리 떠나곤 했던 A.는 언제나 가장 대담한 울부짖는 자들의 희미한 소리가 여전히 들려오는 가운데 아버지의 트럭 뒤에 올라탔다.

각각의 울부짖음에서 A.는 가장 괴상한 외침과 자신이 판단하기에 가장 멀리 있는 울부짖는 자들의 위치를 머릿속에서 파악하려고 했다. 그는 울부짖음 자체를 즐겼지만, 그보다 훨씬 더 큰 쾌락을 기대했다. 그는 나중에 다른 아이들에게 물어보고 특정한 울부짖는 이들이 어두운 학교 운동장 전반에 걸쳐 따르는 정확한 경로를 찾아낼 계획을 세웠다. 그가 제대로 알아낼 수 있었더라면, 자신이 가망 없는 위치에 서서 특이한 외침을 내뱉고 있었을 때 각 소년이 차지하고 있었던 영토를 표시한 자세한 지도를 그렸을 것이다.

그러나 A.는 울부짖음 이후에도 울부짖는 자였을 때 알게 된 얼마 안 되는 지식보다 더 많은 것을 절대 알아내지 못했다. 밝은 낮에는 똑같은 익숙한 방목 들판에 둘러싸여 있으면서도 소년들은 울부짖음에 대해 말하기를 꺼리는 듯 보였다. 심지어 그들은 A.가 마치 자신과 그들이 어떤 연례행사에 참여했다는 듯이 천연덕스럽게 '울부짖음'이라는 단어를 꺼내는 것조차 싫어하는 것처럼 보였다. 소수의 거친 녀석들이 과시하기 위해 어둠 속으로 뛰쳐나갔고 몇몇 아이들이 그들을 따라간 것이 전부였던 것인 양 가장하고 싶어 하는 듯 보였다.

A.는 놀라 포머로이를 울부짖음에 초대했다. 그는 그녀가 참여할 수 없다는 걸 알고 있었다. 가장 거친 8학년 학생이라도 여학생의 부모님이 학교 건물 안에 있을 때 여학생을 어둠 속으로 이끌지 않았을 것이다. 그리고 어떤 소녀도 '크리스마스트리' 행사를 위해 잘 차려입고서 미친개처럼 행동하고 싶지 않았을 것이다. A.가 염두에 두었던 건 놀라가 학교 건물 밖 아스팔트 위에서 조용히 응시하며 서 있는 것이었다.

이후에 그녀는 다른 소년들이 어둠 속으로 재빨리 사라졌을 때 어느 쪽으로 갔는지 그에게 말해 줄 수 있을 것이다. 울부짖음이 끝나고 며칠 후에 그녀는 학교 운동장과 소나무 대농장과 가장 가까운 방목 들판이 그려진 그의 지도를 놓고 그와 함께 앉아서 그녀가 엿보았던 모든 울부짖는 자들의 경로 시작 부분을 점선으로 표시해 줄 수 있을 것이다. 그녀가 볼 수 없었을 모양과 그림자 가운데서 그가 더듬거렸던 급박한 몇 분 동안 그 자신이 관찰한 바를 덧붙일 수 있을 것이다. 그녀는 전체 행사를 이해할 수 있는 더 나은 위치에 있었기 때문에 이따금 그의 실수를 고쳐 주었을 것이다. 그러나 그들이 특정한 문제에 대해 동의할 수 없다면 대안 도해를 그리는 것이 나을 것이다.

실제 그날 밤에 놀라는 교실 현관에서 몇 걸음 나와서 창문을 등지고 서 있었다. 먼저 울부짖기 시작한 이들은 벌써 라벤더 덤불을 뛰어넘고 달리아 꽃밭 사이를 피하며 어둠 속 자신들의 자리를 차지하러 갔다. 그러나 A.는 교실의 밝음으로부터 천천히, 신중하게 걸어 나왔다. 그는 울부짖는 자들의 어두운 경관 속으로 들어가는 자기 모습을 놀라가 지켜보는지 확인하고 싶었다. 그가 왜 방과 후에 길 옆 덤불숲 속으로 그녀 자신을 데려가지 않았는지 궁금해한 적이 있다면, 이제 그녀는 그가 훨씬 더 기이한 장소를 염두에 두고 있었다는 사실을 깨닫게 될 것이다.

그는 순간 몸을 돌렸고, 밝은 학교 창문을 배경으로 혼자 있는 그녀의 모습에 잠시 멈췄다. 한 해 동안 그녀는 물품 보관실에 그와 함께 서서 슬라이드 필름에 나온 그림자 패턴 속에서 탐험가들의 여정을 보았다. 이제 세즈윅 노스에, 그리고 그들이 상상할 수 있는 호주 나머지 부분에 어둠이 내렸고, 놀라는 주변 수 마일 내에 존재하는 가장 밝은 빛 앞에 서 있었다. 그녀가 만들어 낸 그림자는 학교 운동장을 가로질러 멀리까지 뻗어 있었다. 그것은 울부짖는 자들이 각자 떨어진 기지로 향하는 경로를 이미 따라가고 있는 빛 없는 영토와 연결되었다.

A.는 울부짖는 자들 사이로 뛰어나가야겠다는 초조함이 좀 사그라드는 걸 느꼈다. 그는 학교 건물로부터 좀 더 멀리 움직였지만, 관목과 울타리의 낯선 형태들 가운데 은신처를 찾는 건 아니었다. 그는 빛나는 유리창에서 뿜어져 나오는 광채의 경계로 보이는 곳에서 정지했다. 자신 주변 그림자의 모양이 갑자기 바뀌도록 자신 뒤에 서 있는 소녀가 조금 움직이거나 어떤 신호를 보내 주길 바랐다. 단순한 손짓으로 그녀가 풍경에 얼마나 변화를 초래할지 궁금했다.

유일한 아담

그는 다시 돌아보았다. 그녀는 반대 방향으로 걸어가고 있었다. 그녀는 더 이상 그와 빛 사이에 서 있지 않았다. 그리고 이내 첫 번째 울부짖음이 들려왔고, 어둠 속으로 달려 나가 울부짖을 장소를 찾았어야 했을 때 자신이 서서 망설였음을 그는 깨달았다.

탐험을 하기에는 이미 늦었다. 그는 서 있던 곳에 주저앉았다. 마른풀에 대고 꿈틀대고 꼼지락대면서, 여름 방학의 길고 지루한 나날 동안 누군가가 우연히 발견하고 궁금해할 산토끼 거처 같은 장소를 자신의 몸으로 표시하겠다고 생각했다.

그해의 가장 주목할 만한 울부짖음은 어디서든 들려올 수 있었다. 한번은 A.와 너무나 가까운 곳에서 들려서 그가 낸 소리라고 여겨질 수도 있을 정도였다. 다른 경우에는 어떤 소년에게도 들리지 않을 정도로 먼 곳에서 들리는 것 같았다. 누군가가 발정 난 암소에게 가기 위해 울타리를 들이받는 수소의 미친 듯한 울음소리를 냈다. 수컷이 냄새 맡고 올라타 주기를 암컷이 기다리는 장소 외에 더 이상의 다른 경관을 필요로 하지 않는 동물 한 마리의 단순한 소음에 불과했다. 그러나 A.에게는 어둠 속에, 때때로, 무언가 더 많은 게 있는 것처럼 느껴졌다.

## 채석장

나는 어쩌다 기반암 위에 설 때마다 그것이 얼마나 깊은지 알아내야 한다고 주장하는 남자에 관한 픽션 한 편을 이제 막 읽었다.

이 픽션을 쓴 여자의 이름을 알고 싶다. 그녀는 밝은 갈색 머리와 흥미로운 눈을 가졌지만, 피부는 햇빛과 풍상에 노출돼 거칠었고 이마는 기이하게 주름졌다. 나는 사람들 나이를 절대 알아맞히지 못한다. 이 여자는 서른다섯 살일 수도 있고 마흔다섯 살일 수도 있다.

그 여자의 픽션은 모두 1인칭 시점으로 서술되었고, 화자는 자신이 남자라고 밝혔다. 저자(이마가 주름진 여자)는 이야기에 나오는 남자가 소위 마음의 병을 앓고 있는 자기 남동생을 바탕으로 한 인물이라고 주장한다.

내가 어디 있고 이걸 왜 써야 하는지 설명하겠다.

나는 멜버른 중심가에서 북동쪽으로 34킬로미터 떨어진 언덕 꼭대기에 있는 방 열 개짜리 돌집의 뒤 베란다에 있는 낡은 정원 탁자에 앉아 있다. 가느다란 유칼리나무들이 자란 숲이 집 둘레와 저 아래 가파른 협곡까지 서 있는 게 보인다. 대략 한 시간에 한 번씩 아득한 아래쪽 나무들 사이에서 자동차가 자갈길 지나가는 소리가 들려온다. 보통은 새들이 짹짹거리고 찍찍거리고 깍깍거리는 소리와 잎사귀들과 잔가지들이 바람에 스치는 소리가 들린다. 베란다를 따라 걸으면 벽의 두꺼운 돌을 통해서 새어 나오는 타자 치는 소리를 가까스로 들을 수 있다. 돌벽을 따라가면 다른 두 군데에서 똑같은 희미한 소리를 들을 수 있다. 집의 깊숙한 안쪽에서는, 내게 들리지 않게, 두 사람이 전자 자판과 화면을 사용하고 있다. 작가 워크숍이 진행되고 있다.

돌집은 어느 화가 것이다.(이 돌벽 안쪽에 걸려 있는 그림들로 판단하건대, 상당히 평범한 사막과 대초원의 풍경을 그리는 화가다.) 바로 이 순간 그 화가는 하타 호수로 가는 도로 어딘가에 있다. 그러나 이런 자잘한 사실은 중요하지 않다······. 화가의 집은 현재로서는 우리 집이다.

우리는 새소리와 우듬지를 스치는 바람 소리에 둘러싸인 이 높은 곳에서 6박 7일 동안 글을 쓰고 우리 글을 서로에게 보여 주는 일에 착수한 남자 세 명과 여자 세 명, 여섯 명의 작가다. 우리 가운데 다섯 명은 잡지나 선집(選集)에 픽션을 발표했다. 나로 말하자면, 산문 분야로 진출하려고 하는 (출간 경력이 별로 없는) 시인이다. 우리의 워크숍은 당장 출판될 만한 글을 써내는 게 목표가 아니다. 이 언덕 위 우리의 모임은 픽션의 깊은 원천에 접하기 위한 것이다.

금요일이었던 어젯밤에 우리 각자는 첫 작품을 쓴 다음 회기 책임자에게 제출해야 했다. 오늘 아침 식사 시간에 동료 작가들이 쓴 다섯 작품의 복사본을 각각 받았다.

대개 작가 워크숍에서는 참석자들이 모여 앉아 자신들의 작품에 대해 토론한다. 그들은 주제와 상징과 의미와 기타 등등에 관해 이야기한다. 우리 여섯 명은 그런 건 전혀 하지 않았다. 우리 워크숍은 월도 워크숍이다. 이곳의 규칙은 미국의 부부 작가인 프랜시스 다 파비아와 패트릭 매클리어가 고안한 것이다. 이 두 사람은 1949년에 메인주 월도 카운티에 있는 자신들의 여름 별장에서 일련의 워크숍을 시작했다. 이후 프랜시스 다 파비아와 패트릭 매클리어는 죽었지만 메인의 별장을 포함한 재산을 월도 픽션 재단에 물려주었고, 그 재단은 계속해서 연례 워크숍을 개최하고 미국과 다른 나라들에서 월도 픽션 이론을 존속시켜 나간다.

월도 워크숍의 규칙은 첫 여름에 공동 창립자들과 네 명의 사도들이 바다 건너 아일스버러섬이 보이는 암석 지대 반도에 일주일간 은둔했던 때 이후로 거의 바뀌지 않았다. 가능한 한 작가들은 서로 몰라야 한다. (공동 창립자들은 첫 워크숍이 열렸던 당시 부부가 아니었고, 결혼한 후에는 작가 자격으로 돌집에 함께 오는 일이 없었다.) 첫 회기에 모든 사람이 필명을 택해야 하고 매일 필명을 바꿔야 한다. 그러나 가장 중요한 규칙은 절대적인 발화 금지다.

그 문제에서 월도 워크숍은 트라피스트[7] 수도원보다 더 엄격하다. 트라피스트 수도사들은 적어도 수어는 써도 되지만, 월도 워크숍의 작가들은 산문 픽션 집필을 제외한 다른 어떤 소통 수단도 허용되지 않는다. 월도 작가들은 함께 지내는 일주일 동안 몇 개의 메시지를 교환하든 상관없지만, 모든 메시지는 산문 픽션으로 암호화되어야 한다. 다른 어떤 종류의 메시지도 허용되지 않는다. 의도치 않게 메시지를 받는 것까지 금지된다. 만일 한 작가가 다른 작가의 눈길을 우연히 가로챈다면, 그 두 사람은 즉시 각자의 분리된 집필 책상으로 가서 눈길 이면에 놓인 것이나 눈길로부터 읽어 낼 수 있는 것보다 몇 배 더 정교하고 미묘한 픽션 한 편을 서로에게 써 주어야 한다.

월도 작가들은 통상적인 워크숍에 참여한 작가들이 서로의 작품에 대해 하는 논평조차 할 수 없다. 우리 각자는 매일 아침 이 집에서 가장 최근 배포된 픽션을 열심히 들여다보며 월도의 다채로운 패턴 속에서 우리 자신의 이야기들의 산재한 흔적을 찾을 것이다.

깨지지 않는 침묵의 이상을 보존하기 위해서, 월도 설명서에서는 집 주변과 경내에서 산책할 때 특정한 걸음걸이를 권고하고 식탁이나 베란다에서 앉을 때 특정한 자세를 권고한

---

[7] Trappist. 시토회의 분파인 세속에서 분리된 가톨릭 수도회. 침묵 맹세를 하지는 않지만 불필요한 발화를 극도로 제한한다.

다. 눈은 내리깔아야 하고, 모든 걸음은 다소 주저함을 띠어야 한다. 손이 낯선 소매를 스치거나, 더 끔찍하게는 드러난 손목이나 손가락을 스치는 일이 없도록 팔과 손의 움직임이 조심스러워야 한다. 집과 경내는 당연히 외지고 고립되어 있어야 한다. 내가 우연히 사진에서 본 공동 창립자들의 집은 앤드루 와이어스[8]의 그림에 나올 법한 것이었다.

침묵 맹세를 뒷받침하는 이론은 담화란 (진지하고 심오한 담화 또는 글쓰기 자체에 관한 담화조차도) 작가의 가장 소중한 자원, 즉 작가는 세계의 모든 지혜를 독서의 대상으로 담고 있는 이미지들의 고갈되지 않는 풍부함을 목격하는 고독한 증인이라는 신념을 감소시킨다는 것이다. 각 워크숍이 시작될 때마다, 모든 작가는 프란츠 카프카의 일기에 나온 유명한 구절을 베껴서 그걸 집필 책상 위에 걸어 놓아야 한다.

나는 문학과 관련 없는 모든 것을 싫어하고, 대화에(그것이 문학에 관련된 것이라도) 지루함을 느끼고, 사람들 방문에 염증이 나며, 친척들의 기쁨과 슬픔에 영혼 깊숙이 싫증을 느낀다. 대화는 내가 생각하는 모든 것으로부터 중요성과 진지함과 진실을 앗아 가 버린다.

---

8) Andrew Newell Wyeth, (1917~-2009). 미국의 화가. 자신이 거주했던 펜실베이니아주와 메인주의 지역 풍경과 사람들을 주로 그렸다. 즐겨 그림의 소재로 삼았던 메인주의 올슨 하우스와 펜실베이니아주의 커너 농장을 대상으로 한 연작에서 그는 홀로 서 있는 집들, 혹은 외로워 보이는 거주민을 그려 냈다.

침묵 맹세가 위반될 때마다 책임 작가에게 보고되어야 한다. 다른 사람이 들을 수 있는 위치에서 한숨 쉬는 것처럼 매우 사소해 보이는 것도 보고할 가치가 있는 위반 사항이며, 누군가의 숨이 새어 나가는 소리가 암시하는 의미를 파악한 사람은 그러므로 조만간 한숨 쉬는 허구적 인물과 한숨에 대해 글을 써야 할 뿐 아니라 간략한 정보 제공자 보고서 초안을 작성해야 한다. 그와 마찬가지로, 입꼬리를 일부러 내리는 모습을 목격하는 것, 심지어 머리를 양옆으로 천천히 흔드는 모습이나 양손을 얼굴에 밀착하는 모습을 멀리서 본 것까지 포함해서, 이런 일들이 있으면 작가는 가장 최근에 목격한 월도 위반 사항을 각색한 것과 위반 사항 보고서와 그에 관련된 다른 자료가 포함될 수 있도록 집필 중인 작품을 수정해야 한다.

'위대한 침묵'을 처음 위반한 사람은 자기 방에 가서 카프카, 에밀리 디킨슨, 자코모 레오파르디, 에드윈 알링턴 로빈슨, 미셸 드 겔드로드, A. E. 하우스먼, 토머스 머턴, 제럴드 바질 에드워즈, C. W. 킬리턴[9]같이 대체로 고독한 삶의 방식을 선택했던 작가들의 작품 일부를 옮겨 쓰는 처벌을 받는다. 월도 픽션 재단은 적어도 5년 동안 친구나 연인에게 편지나 쪽지는 썼지만 말은 전혀 하지 않았던 모든 이들의 명부를 갖고 있다.

두 번째로 위반하면 워크숍에서 즉각 퇴출당한다. 퇴출 소

---

[9] C. W. 킬리턴은 실존 작가가 아니라 머네인의 첫 작품인 『태머리스크 로 (Tamarisk Row)』의 주인공이다.

식은 절대 아무에게도 발표되지 않지만, 나른한 오후에 곤충들의 웅웅거리고 딱딱거리는 소리와 새들의 짹짹 지저귀는 소리 가운데 갑자기 자동차 시동이 걸리고, 대략 한 시간 후에 사람들은 특정한 신발 한 켤레의 삐걱대는 소리가 복도에서 더 이상 들려오지 않는다는 것을 깨닫게 된다. 혹은, 어쩌면, 베란다의 특정한 지점에 서 있을 때, 누르스름한 바위를 오르락내리락하는 개미들의 똑같은 행렬과 바스러진 모르타르 구멍 속에서 꼼짝하지 않는 똑같은 조그마한 거미는 볼 수 있지만 타자기의 희미한 탁탁 소리는 벽 너머에서 더 이상 들려오지 않는다. 혹은 나중에 저녁 식탁에는 이전에 눈을 내리깔고 훔쳐보았던 한 쌍의 손이 건드리지 않은 둥근 빵이 그대로 놓여 있다.

이 글을 읽고 있는 사람들 가운데 누군가는 적어도 한 작가의 픽션을 매일 더 방대하고 복잡하게 만드는 사람을 워크숍에서 왜 쫓아내야 하는지 묻고 싶을 것이다. 그런 질문을 할 수 있는 사람은 내가 이제까지 기술한 것을 단 한 글자도 이해하지 못한 것이다. 반대자에게는 심각한 도발로 보였을 수도 있는 규율은 설명서에 한 문장으로 남는다. "방이 한 칸 비게 되면 집에 픽션의 메아리가 더욱더 오래 머물게 될 것이다."

침묵에 관한 규율에 대해서는 아무도 의문을 제기하지 않지만, 월도의 신규 참가자들은 워크숍에 참여한 작가가 이제 막 퇴출당한 누군가에게 급박한 편지나 성명서나 변명서 보내는 것을 금지하는 규율이 왜 없는지 때로 궁금해한다. 만일 남겨진 작가가 픽션 창작에 열중하는 대신 월도의 기본적 원칙을 손상한 것으로 보이는 누군가에게 긴 담화 초안을 작성한다면 워크숍의 목적에 어떻게 부합할 수 있겠는가?

약간만 생각해 봐도 의심하는 사람의 의혹을 대략 잠재울 수 있다. 워크숍의 작가는 매일 픽션 완고뿐 아니라 그날 쓴 초고나 작성한 쪽지나 끼적인 것, 그리고 당연히 편지나 편지 초안까지 책임 작가에게 제출해야 한다. 월도 워크숍에서 어느 누구도 어떤 편지나 쪽지나 다른 방식의 소통 수단을 책임 작가에게 먼저 제출하지 않고 송신할 수 없다. 간단히 말해서, 퇴출당한 동료 작가에게 메시지를 보내는 작가는 누구에게도 도달하지 못할 글을 쓰는 것일 수도 있다. 월도가 책임 작가라는 인물을 통해 실제로 편지를 전달해 준다 하더라도, 편지를 쓴 사람에게 편지 수신자의 주소는 고사하고 진짜 이름을 밝혀야 한다는 의무 사항조차 없다. 그리고 각 워크숍 마지막에 의식 절차로 피우는 모닥불은 한 주 동안 쓴 모든 글뿐 아니라 월도의 모든 기록을(이런저런 작가들이 한때 몇 개의 필명하에 괴상한 미국 종파로부터 진정한 픽션의 비밀을 배웠다는 것을 언젠가 입증할 자료로 제출될 수 있는 모든 작은 증거까지) 태워 버리기 위한 것이다.

그렇기 때문에 퇴출당하기 전 특정한 방법으로 한두 번 흘끗거리거나 응시했던 누군가에게 연락하려고 애쓰면서 워크숍의 막바지를 보내는 작가는 대개 어떤 편지도 전달되지 않았거나 편지는 전달되었어도 송신자가 필명과 "월도"라는 주소로만 표시된다는 사실을 때가 되면 깨닫게 될 것이다. 이러한 깨달음을 얻은 작가는 이후 월도라는 것으로 체화된 이론과 전통의 총합에 감사하게 될 것이다. 만일 그 작가가 처음 원했던 대로 할 수 있었더라면, 낯선 두 사람이 관습적인 방법으로 서로를 알아가는 동안 소중한 집필 시간을 잃어버렸을 것이고 어쩌면 워크숍 자체를 포기했을 수도 있다. 그러나, 월도 덕분에, 작가는 워크숍에 계속 참여했고 나중에 충실한 픽션이 될 첫 기록이나 초고를 시작했던 것이다.

그런 소설들이나 중편 소설들이나 단편 소설들이나 산문시들은 널리 읽히겠지만, 그 작품들이 실제 무엇이었고 누구를 대상으로 썼던 것인지는 저자만이 알 것이다. 그 사람, 더운 오후에 메뚜기들의 메마른 소리 가운데 갑자기 시동이 걸렸던 자동차의 주인인 그 사람은 이 출간된 픽션을 읽지 않을 게 거의 확실하다. 그 사람은 수년 전에 월도의 교리에 설득되었을 것이고, 우리 단체 설립 이후로 그 오랜 세월 동안 단 한 건의 변절도 기록되지 않았다. 퇴출당한 작가는 여전히 우리의 일원이고, 월도의 다른 모든 추종자와 마찬가지로 생존 저자의 픽션은 읽지 않을 것이다. 그는 최근에 출간된 책들을 사서 집 전체에 늘어놓겠지만, 저자가 죽을 때까지 그 저자의 책은 절대 읽지 않을 것이다.

생존 저자의 작품을 읽으면 어느 날 저자를 찾아가 본문에 대해서, 혹은 이런저런 내용이 처음 집필되었던 날의 날씨에 대해서, 혹은 글의 첫 문장이 존재하기 전 저자 삶의 특정한 해에 대해서 질문을 하고 싶을 수 있기 때문에 생존 저자의 작품을 읽지 않는 것이다. 그리고 그런 질문을 하는 건 단순히 월도의 가장 신성한 전통을 위반하는 걸로 그치지 않는다.

그것은 페놉스콧만[10] 옆의 오래된 돌집이 존재하지 않았고 프랜시스 다 파비아와 패트릭 매클리어는 픽션의 등장인물처럼 실체가 없으며 윌도의 픽션 이론은 (우리 시대의 가장 훌륭한 작가 몇몇을 배출하기는커녕) 그 자체가 한 작가의 고안에 지나지 않는다고 말하는 것과 진배없다. 즉 작가 워크숍에 참가한 한 남자가 기반암에 대해 걱정하는 남자에 관한 이야기에 매우 감명받았다는 사실을 밝은 갈색 머리칼과 찌푸린 얼굴을 가진 여자에게 아직 말하지 않았던 이유를 그녀에게 알려 주기 위해 몽상 속에서 만들어 내 책임 작가에게 제출한 일종의 기발한 이야기라는 것이다.

이 단락의 초고(당신은 절대 읽게 되지 않을 원고)에서 나는 이런 단어들로 글을 시작했다. "당신은 한참 앞쪽에서 언급된 의식용 모닥불이 궁금할 것이다……." 그러나 그 단어들을 읽었더라면 워크숍 기간 동안 집필된 모든 글이 마지막 날 밤에 의식(儀式)을 통해 불태워지는데 어떻게 그걸 읽을 수 있는지뿐 아니라, "당신"이라는 단어가 누구를 지칭하는지도 궁금했을 것이다. 당신은 이렇게 자문할 수도 있을 것이다. 이 글이 작가 워크숍 기간 동안 돌집의 베란다에서 집필되었다면, 왜 나에게, 완전히 다른 환경에서 읽는 누군가에게 쓴 것처럼 느껴지는 걸까?

그러나 당신은 스스로 제기한 반론에 대해 거의 대답을 한 셈이다. 당신은 이 글을 픽션이라고 칭했다. 그것이 진실이다.

---

10) Penobscot Bay. 대서양 연안에 위치한 메인주의 만이다.

이 단어들은 픽션 작품의 일부이다. 작가와 독자 사이의 대화로 읽힐 수 있는 마지막 몇 문장들조차 픽션이다. 생각 깊은 독자라면 그 본질을 인식할 것이다. 그리고 월도 워크숍의 작가들은 가장 생각 깊은 독자들이다. 이 글이 그들 앞에 놓였을 때, 나의 동료 작가들은 이미 익숙한 일에 대한 묘사를 읽어야 할 이유를 알려 달라고 요구하지 않을 것이다. 그들은 평상시보다 더 기민하게 글을 읽을 것이다. 내가 왜 그들만이 읽을 수 있는 한 편의 픽션을 이 언덕 정상에서 멀리 떨어져 있는 낯선 이들에게 쓴 픽션 형식으로 집필했는지 알아내려고 애쓸 것이다.

그렇지만 당신은 여전히 특정한 수수께끼들에 대한 설명을 바란다. (아니, 더 명확히 말한다면, 만일 당신이 존재한다면 당신은 여전히 이 수수께끼들에 대한 설명을 바랄 것이다.) 만약 의식에 따라 피운 모닥불이 워크숍의 모든 증거를 삼켜 버린다면, 나는 왜 이 모든 글이 보존되기라도 할 듯이 집필하는가?

나의 우선적인 충동은 이렇게 대답하는 것이다. "그러지 않을 이유가 있겠는가?" 월도 추종자들 사이에서 가장 소중히 여겨지는 일화 가운데 한 가지는 워크숍의 다른 작가들이 이미 모닥불 주변에 앉아서 글 쓴 종이를 돌돌 말아 월도의 색깔인 연회색과 해록색으로 된 필수적인 비단 끈으로 종이 뭉치를 묶고 그 뭉치를 불꽃에 던져 넣고 있을 때, 마지막 몇 분을 더 달라고 애원했던 작가에 관한 이야기이다. 그 마지막 몇 분간 그 작가는 불꽃이 발하는 빛 속에 웅크리고 앉아서 종속절 간의 올바른 순서와 올바른 균형을 아직 찾지 못한 한 문장을 몇 번이고 휘갈겨 쓰고 있었다.

월도에서는 형식보다 정신이 중요하다. 어떤 작가도 워크숍을 떠나기 전 속속들이 검색당하는 일은 없을 것이다. 떠나는 날 아침 앞 베란다에서 짐 가방이 강제로 열리는 일도 없을 것이다. 아직도 내가 워크숍 밖의 누군가가 읽어 주기를 바라며 이 글을 쓰고 있는 거라고 생각한다면, 당신은 내가 이 타자 친 글을 어젯밤에 내 속옷 빨랫감 더미 아래 슬쩍 집어넣는 모습을 상상하기만 하면 된다…….

지금 나는 월도가 상황에 따라 변화할 수 있는 단순한 일련의 관습들인 듯 보이게 만드는 위험을 초래하고 있는 것일 수도 있다. 단언컨대 월도는 정말 큰 부담으로 나를 내리누른다. 내가 여기 이 베란다에서 글을 쓴 모든 종이는 오늘로부터 다섯 밤이 지난 후에 바다색과 안개 색 끈에 묶인 채, 내가 이름은 절대 알 수 없겠지만 그들이 주는 좋은 의견을 존중하는 다섯 작가가 바라보는 가운데 불태워질 것이다.

그리고 나는 워크숍의 마지막 날에 우리가 결국 월도를 심각하게 여길 필요는 없다는 것, 즉 까다로운 의식, 모든 규범이 적힌 설명서, 메인주의 집이 동반된 수도승의 삶 같은 이 피정(避靜)은, 물론 견고한 세계의 일부이지만, 작가의 상상력에만 작동하도록 의도된 것이고 이상적 세계에서 픽션 집필을 얼마나 심각하게 여길 것인지 제안하기 위한 것이라는 함의를 이따금 읽었기 때문에 월도의 방식을 더 엄격하게 따른다.

이 글을 읽기 전에는 월도에 대해 한 번도 들어 본 적이 없는 사람에게, 월도 작가들의 고립이란 어둠이 찾아오는 시간에도 완화되지 않다는 점을 이 시점에서 상기할 필요가 있겠다.

공동 창립자들은 각 워크숍에 참가하는 작가들이 서로 모르는 사람들이어야 하고 남자와 여자의 수가 같아야 한다는 이해할 수 없는 결정을 내렸다. 어떤 사람들은 이것을 보고 우리가 문학적 짝짓기 서비스를 제공한다고 결론 내렸다. 어쩌면 나의 독자들 가운데 어떤 사람은, 내가 이제까지 소상히 설명했음에도 불구하고, 심지어 지금도 워크숍 기간 동안 밤에는 침실들의 절반만 사용될 거라고 추측한다.

나의 의심 많은 독자가, 다른 모든 독자처럼, 내가 오늘 아침에 이 베란다에서 창조한 존재에 불과할지라도, 나는 여전히 진실하게 대답해야 할 의무가 있다고 생각한다. 어찌 되었든, 이런 상황에서 내가 진실 아닌 걸 써서 뭘 얻겠는가?

나는 어젯밤을 내 방에서 혼자 보냈다. 오늘 밤과 워크숍 기간 동안의 매일 밤을 내 방에서 보내지 않을 이유를 상상할 수 없다. 단, 월도 운동의 역사 전체가 나를 유일한 놀림거리로 전락시키는 정교한 나쁜 장난이 아니라면, 그리고 내가 오늘 밤 혹시라도 어떤 문손잡이를 돌리려고 시도한다면 그건 이제까지 쓴 모든 원고 뭉치를, 내 실제 이름도 적지 않은 채, 어둠 속으로 살짝 밀어 넣고 내 방으로 살금살금 돌아오기 위해서라는 사실을 작가들 가운데 유일하게 나만 믿는 것이 아니라면 말이다.

물론 다른 작가들의 대답을 내가 대신 할 수는 없지만, 나는 시를 포기하고 이 돌투성이 언덕으로 와서 진정한 글쓰기를 배우도록 설득한 원칙에 대한 나의 믿음을 이에 선포한다.

월도 작가로서 내 존재는 산문 픽션 집필로써만 정당화된다고 믿는다. 그리고 영감을 얻기 위해 나는 '캠포벨로 인간'을 참조했다.

이 원고를 읽는 당신네 월도 작가들은 내가 어느 작가에 대해 말하는지 매우 잘 알 것이다. 그러나 이 언덕에서 멀리 떨어진 곳에 있는 나의 상상의 독자는 모든 것을 설명해 주는 이 책의 제목조차 들어보지 못했을 것이다.

『안개에 갇힌 섬들: 미국의 잘못된 편에 선 작가』. 이 책의 가치에 걸맞은 제대로 된 독서를 하고, 그에 따라 삶을 전환한 사람이 우리 가운데 있는가? 나 역시 당신들보다 나을 바가 없다. 책의 각 장의 논지에 대해 자세히 설명할 수 있지만, 마지막 부분에서 약속된 기쁨을 아직 가슴속에서 느껴 보지 못했다. 월도에 나 자신을 전적으로 내맡긴다면 나의 사방에서 보게 될 변화된 세계를 아직 보지 못했다.

내가 보는 모든 것을 더도 아닌 덜도 아닌 픽션 작품의 세부 묘사로만 생각할 수 있겠는가? 나는 아침 식사 전 이 언덕을 조금 내려갔다. 돌과 자갈의 모든 노두(露頭)에서 보라싸리의 작은 덩굴이 자랐다. 멜버른의 교외 도시에서 모든 정원을 지나칠 때마다 찾아보게 되는 똑같은 연보라색이다. 하지만 금빛 도는 갈색을 배경으로 연보라색을 응시했지만 내가 집필할 수도 있는 산문 픽션의 어느 부분에서도 그걸 끼워 넣을 적합한 곳을 찾을 수 없었다. 어쩌면 연보라색과 갈색은 다른 작가의 픽션에 들어가는 것일 수도 있고, 어쩌면 이것이야말로 월도의 영감받은 책 마지막 부분에 나오는 애매모호한 구절의 의미일 수도 있다.

 무릎을 꿇고 땅을 만졌을 때 놀라운 이미지가 내게 다가왔다. 겹겹이 부서지기 쉬운 돌들은 정신이 온전치 않은 여자가 얼굴에 괴상하게 치덕치덕 바른 두꺼운 화장 파우더 층과 비슷한 모양새와 느낌을 지니고 있었다. 다른 부류의 작가라면 이 이미지가 이끄는 대로 따라갔을지도 모르겠다.

 나는 내가 읽어 본 프랜시스 다 파비아와 패트릭 매클리어의 작품들에서 주로 사소한 세부 묘사와 별난 명제들을 기억한다. 초기 워크숍들에 대한 묘사에서 새로 도착한 작가들에게 모든 방과 복도를 둘러보며 창의 숫자를 세라고 했던 관습이 생각난다. 그들은 한동안 스스로가 픽션의 집 거주자라고 여길 수 있지만, 그 집에는 헨리 제임스가 주장했던 것보다 창문이 훨씬 더 적었다는 것을 인정해야 할 것이다.[11] 창문에 관해 말하자면, 비록 나는 북아메리카에 단 한 번도 발을 디딘 적이 없지만 검푸른 하늘, 페놉스콧만, 그리고 무엇보다도, 안개의 진줏빛 광택이 흐르는 회색을 볼 수 있으며, 월도의 교리에 충실하게 따라 살고 싶었던 사람들 방의 이중창에 채색된 안개까지 볼 수 있다.

 나는 밤낮으로 동료 작가들을 염탐하고 싶어 했던 사람들을 위해 집에 설치되었던 장치들도 익숙하게 알고 있다. (우리

---

11) 헨리 제임스는 『여인의 초상』 1908년 뉴욕판 서문에서 픽션의 집에는 창문이 하나가 아닌 백만 개, 아니, 셀 수 없이 많으며, 창문은 각자의 비전과 의지에 의해 생기는 거라고 말한다. 머네인이 2016년 발표한 픽션 『백만 개의 창문』은 제임스의 이 구절을 따서 제목을 지은 것이다.

가 머물고 있는 이런 한시적 숙소에는 월도가 직접적으로 권장하지는 않으나 언제나 허용해 왔던 집중적인 염탐 기회가 없다. 월도 작가는 염탐하기보다는 언제나 면밀한 감시하에 있다고 느껴야 하며, 메인주의 집 사방에 있는 염탐용 구멍과 부주의하게 감춰진 카메라는 이런 느낌을 고취하기 위한 것이다. 월도가 공식적으로 굳이 알고자 하는 않는 이런 일들을 얼마나 많은 월도 작가가 활용하는지. 이 언덕 꼭대기에 있는 사람들은 아무도 예술가 집의 벽에 구멍을 내지 않았겠지만, 누구든 자신의 도구를 가져올 수 있었을 테고, 이 글의 초고를 읽는 당신들 다섯 독자 가운데 누군가는 이 글을 처음 읽는 게 아닐 수도 있을 것이다.)

나는 월도의 눈을 통해서 세계를 이따금 흘낏 보았을 뿐이지만, 다 파비아와 매클리어가 가르쳐 준 방식대로 북아메리카의 지도에 대해 자주 곰곰이 생각해 보았다. 그 대륙의 사람들은 대부분 잘못된 방향으로 가고 있다.

사람들은 모두 맹목적으로 서쪽으로 몰려가고 있다. 그들은 모두 긴 여정의 마지막에 걸맞은 의미심장한 행위를 보게 될 밝은 햇빛의 장소에 다다르기를 바라고 있다. 그러나 사람들은 모두 잘못된 길로 가고 있다.

메인주의 해안은 일단의 미국 작가들이 자신들은, 영적으로 그리고 문자 그대로, 나라의 전반적인 흐름에 거슬러 갔노라고 서서 선포할 수 있는 거의 가장 먼 곳이다. 그러나 월도 카운티에 있는 이 돌집에서조차, 작가들은 이보다 더 많은 것을 말하고 싶어 했다. 그래서 '섬 차지하기 시합'이 시작된 것이다.

미국 사람들은 태양의 경로를 따라 맹목적으로 몰려가지만, 월도의 작가들은 그러지 않는다. 그들은 절벽 꼭대기에 옹기종기 모여 서서 페놉스콧만을 향해 얼굴을 돌린다. 미국은 하나의 책이라고 이 작가들은 말한다. 그들 자신은 미국이라는 책 속에 놓여 있을지언정, 자신들 픽션의 주제는 독자들 뒤에, 그리고 심지어는 미국 작가들 뒤에 놓여 있음을 표명하기 위해 현재의 장소에 서 있는 것이다.

스탕달이라는 이름으로 집필했던 남자는 1830년에 자신은 1880년의 독자들을 위해 픽션을 쓴다고 말했다고 한다. 프랜시스 다 파비아와 패트릭 매클리어는 1950년에 그해 집필된 자신들의 픽션은 1900년의 독자를 위한 것이라고 선언했다. (그들의 연도 계산을 더 정확히 하자면, 그들은 1960년에 1890년의 독자들을 위해 썼고, 공동 창립자들이 오늘날 1985년에 살아 있었다면 그들은 1865년의 독자들을 염두에 두고 있었을 것이다.) 말년에 다 파비아와 매클리어는 픽션이 단 한 글자도 쓰이지 않았다는 추측 속의 시대로 더욱 가까이 다가가는 특권을 누리고 있다고 생각했다. 그리고 우리 창립자들은 갑작스럽게 죽기 직전에, "나를 월도라고 부르시오······." 같은 문장과 그것이 의미할 수 있는 모든 것이 사실적 세계의 견고한 항목인 세대를 위해 운 좋은 작가가 어떤 픽션상 화술 방식을 택할 것인지의 문제에 몰두하고 있었다.[12]

---

12) "나를 월도라고 부르시오"라는 문장은 허먼 멜빌의 『모비 딕』의 첫 문장을 연상시키는데, '이스마일'이라는 이름으로 화자의 본명을 가리고 새로운 정체성을 스스로에게 부여하는 것과 월도의 작가들이 원래 정체를 숨기고

내가 참여할 수 있었던 모든 픽션 학파 가운데 월도에 우선 이끌렸던 것은 이것 때문이었다. 즉 월도 작가들이 시대의 사고 습관에 따르지 않고 마치 각 작가가 본토의 관념적 시작 지점에서 어느 정도 떨어진 개별적 섬에서 쓰기라도 하듯이 문장을 진지하게 다듬는다는 사실 때문이었다.

섬 차지하기 시합 초기에 작가들은 실제 섬 가운데서 골랐다. 워크숍을 시작하기 전에 각 작가는 대축척 해안 지도를 참조했다. 그런 다음, 돌집에서 처음으로 맞는 아침에 밖의 안개가 여전히 움직이지 않는 상태에서, 착석한 작가들이 텅 빈 두 쪽짜리 미국 지도를 대면하도록 책상과 의자가 배열되었고, 수도원 같은 방에서 한 단어가 속삭임같이 발화되었다. 워크숍의 나머지 엿새 동안, 몬히건, 마티니커스, 또는 그레이트 워스[13]가 미국의 진정한 이야기가 집필되는 장소로 지목되었다. 이 방의 작가가 오직 꿈속에서나 떠올릴 수 있는 작가가 쓸 단어를 발견하는 곳. 비가시적인 것이 이제 곧 가시적인 것으로 변화되는 곳.

이러한 장소들에서 집필되었다는 모든 원고는 남김없이 절차에 따라 불태워졌다고 하지만, 돌집 주변에는 여전히 소문과 뒷말이 무성했고, 각각의 새로운 작가들 무리는 이전에 어

---

필명을 채택하는 점에서 연관성이 보인다. 비평가 에밋 스틴슨은 월도라는 이름이 유명한 문학 워크숍 야도(Yaddo)와 월도라는 중간 이름으로 불렸던 19세기 미국 시인 랠프 월도 에머슨과 그의 '자립' 사상에 대한 언어 유희적 인유라고 주장한다.

13) Monhegan, Matinicus, Great Wass. 메인주 해안의 섬들이다.

떤 섬이 사용되었는지, 그리고 점점 수가 줄어드는 섬들 가운데 어떤 섬에서 한 번도 작품이 집필되지 않았는지 아는 듯했다. 재단의 활동이 방향을 바꾸기 바로 전해에, 워크숍의 일원들은 바위에 불과한 곳과 무명의 모래톱 가운데 한 곳을 선택해야 했다. 그런 이후 잉크로 인쇄된 바다에 남서쪽으로 이상하게 방향을 트는 국경[14]을 나타내는 점선과 줄 선을 보지 못했다고 훗날 주장했던 어떤 이는 누군가가 캠포벨로[15]에 관한 꿈 같은 산문을 쓰는 꿈을 꾸었다고 썼다.

그 이후 한 주 동안 일어난 일은 월도의 이론과 전통을 공동 창립자의 바람을 훌쩍 뛰어넘어 헤아릴 수 없을 만큼 풍부하게 만들었다고 했다. (다 파비아와 매클리어가 '캠포벨로의 이주(移住)'에 관해, 자세하지는 않더라도 그 범위를 자신 있게 예측하고 사라진 그들의 최고 타자 원고에 그것에 대해 썼다고 나는 믿고 싶다.) 간단히 말해서, 그 한 주에 모인 작가들은 상당히 우연하게도 두 무리로 갈라졌다. 첫 번째 무리는 월도 서재에서 (책이 거의 없는 이 집에 있는 우리는 누구나 원래 돌집의 서재가 난해한 전래 이야기의 매우 소중한 보고라는 걸 상상할 수 있지 않은가?) 지도책 한 면의 지정 주제인 민족이나 국가에만 색 잉크

---

14) 미국 메인주의 북동쪽에 좁은 해협을 사이에 두고 캐나다 노바 스코샤주가 있기 때문에 바다 국경선은 남쪽으로 급격히 꺾인다.
15) Campebello Island. 메인 해안에 가까운 캐나다 뉴브런즈윅주의 섬. 원래 파사마쿼디족이 거주하던 곳이었으나 프랑스가 먼저 점령했고 이후 영국 식민지의 일부가 되었다. 그곳의 소유권을 두고 미국과 분쟁이 있었으나 19세기 초에 뉴브런즈윅의 일부로 합의되었다.

가 사용되고 주변 지역은 유령같이 색깔이 없고 이름도 거의 찍히지 않은 지도책을 참조했다. 두 번째 무리는 어떤 정치적 또는 지리적 경계선의 유무에 상관없이 지도책 모든 면의 가장자리까지 색인쇄가 된 지도책을 참조했다. 그래서 한 무리의 작가들에게 있어 하나의 섬이자 그곳에 가서 글을 쓰기로 되어 있는 사람을 지칭하는 말이자 그 단어 이면의 비가시적인 수많은 가능성을 나타내는 캠포벨로는 안개를 헤치고 도해상 미국의 경계선을 따라 더 멀리 여행하고자 할 정도로 문자 그대로 받아들이는 작가라면 실제로 가 볼 수 있는 장소에 삐딱하게 자리하고 있기 때문에 만족감을 안겨 주었다. (이 무리는 캠포벨로섬이 뉴브런즈윅주의 일부임을 인정하는 사람들과 메인주의 최전방 외진 장소라고 믿는 사람들의 두 무리로 더 나뉘었다.) 지도에서 창백한 덩어리만 보고 총천연색 캐나다를 보여 주는 지도책 면으로 넘기기를 의도적으로 거부하며 그 덩어리의 이름도 알고 싶어 하지 않는 다른 무리는 캠포벨로와 그곳에서 일어나는 모든 것이 기발하게 조작된 대격변의 결과라고 추측했다.

　대륙의 텅 빈 두 쪽짜리 지도를 채워 나가는 동안, 그리고 이른바 미국의 잉크가 아직 마르기도 전에, 광범위한 상상력을 지닌 누군가가 각 쪽의 맨 끝을 잡고, 두 쪽을 위쪽으로 그리고 안쪽으로 들어 올려서, 그것을 겹쳐서 단단히 누르고, 단순한 즐거움을 위해 특정한 부분을 무작위로 격렬하게 서로 문지르기까지 했을 거라고 그들은 추측했다.

　이 작업의 결과를 어떻게 가장 잘 묘사할 수 있을까? 자신의 거울 역할을 하는 미국? 겉과 속이 뒤집히고 앞과 뒤가 바뀐 미국? 꿈의 지도책 속 한 쪽으로서의 미국? 이 지도를 기억하고 있으면 작가는 뉴잉글랜드의 숲속에서 뉴멕시코 사막의 색깔들을 볼 수 있다. 내가 한 번 보았듯이(고백하건대 영국에서 출간된 지도책에서), 애리조나주 플래그스태프 가까이에 선명히 인쇄된 메인이라는 단어를, 그리고 오하이오주의 러브랜드 근처에서 메인빌이라는 단어를 볼 수 있었을 것이다. 그러나 이제 미국에 더해진 모든 수천의 장식과 언어 수수께끼와 목적 없는 또는 파편화된 길들과 등산로들 가운데, 돌집의 작가들이 가장 이끌렸던 것은 픽션의 원초적 배경이 되는 '아름다운 대평원'과, 모든 픽션 작가의 원형은 아니라 하더라도, 모든 픽션 인물들의 원형이 되는 '잘생긴 평원인간'이라는 단순한 개념이었다.

이 주제에 관한 짧은 소설 한 작품을 써낼 수도 있겠지만, 나는 픽션 작가로서 불안정한 첫걸음을 내딛는 하찮은 시인에 불과할 뿐이다. 그리고 어찌되었든 나의 첫 과업은 월도의 역사 가운데서 가장 훌륭한 일주일에 관한 지금의 글을 끝내는 것이다.

그 주의 모닥불 피우기가 끝난 후 작가들은 캠포벨로에 관한 두 가지 의견에 관해 숙고했다. 즉 실제 지도에서 텅 빈 공간을 발견하는 사람으로서의 작가와, 상당히 새로운 두 쪽짜리 지도를 발견하는 사람으로서의 작가에 대해 생각해 본 것이다. 그리고 그 작가들이 결코 잊지 않았던 사실은 각 무리의 작가들이 집필한 픽션을 구분하는 게 불가능하다는 것이었다. 그 이후에 이어진 소위 '캠포벨로의 이주'라는 것은 월도의 모든 작가가 그 이후로부터 앞으로 픽션의 이상적인 원천을 뉴브런즈윅보다 동쪽으로 더 먼 곳 또는 지도책의 특정한 면들을, 비유적으로 표현하자면, 잉크 색이 완전히 마르기도 전에 겹쳐 문질렀을 때 이름의 전부나 일부가 나타나는 곳에 자유롭게 위치시킬 수 있다는 단순한 의미였다.

가장 가까이 있는 나무들의 그림자가 이제 내 집필 책상 아래 놓인 노란 널돌에 다다랐다. 때는 늦은 오후이다. 그리고 조금 전 자동차 시동 걸리는 소리가 들렸다.

이 집을 소유한 예술가는 지하 저장 창고에서 언덕으로 물을 길어 올리는 펌프를 작동하는 방법을 난필로 쓴 쪽지를 남겨 두었고, 무슨 이유에서였는지 맨 밑에 이렇게 갈겨 놓았다. "날이 기울어 갈 즈음 스모그가 없다면 멜버른의 끝내주는 스카이라인을 볼 수 있는 뒤 베란다 자리를 찾아 보시오."

내가 이 글을 쓰고 있는 동안, 광택 없는 금색 활석(滑石) 노두 사이에서 흐린 푸른색 보라싸리가 야생으로 자라나는 단단한 언덕 사이의 구불구불한 길을 따라 자동차가 내려가고 있다. 자동차에는 월도 픽션의 주장을 내가 믿듯이 전적으로 믿는 작가가 타고 있다. 그 작가는 픽션의 구절 속에 암시를 삽입하는 것 이외의 수단으로 동료 작가에게 메시지를 보낸 데 대한 처벌로 퇴출당한 것이다. 내가 그 메시지를 받도록 의도한 것이라면, 나는 절대 그걸 받은 적이 없다고 진실하게 쓸 수 있다.

나는 자동차에 탄 사람의 이름을 모른다. 아마도 그 이름을 영원히 알 수 없을 것이다. 이 나라에서 출간된 모든 픽션을 읽는 데 내 모든 시간을 쓸 수 있다면, 자신의 발아래 깊은 곳에 놓인 기반에 대해 끊임없이 생각하고, 눈에 보이는 모든 돌의 표면을 관찰하고, 돌집에서만 살고 싶어 하며, 매일 픽션을, 심지어 시를 읽도록 강요당한다 해도 불평하지 않았을 사람에 관한 픽션을 한 번 읽었던 것을 상기시키는 한 구절을 언젠가 읽게 될지도 모르겠다…….

월도의 규칙에 따르면 지금 쓰고 있는 것을 끝내려면 일몰 때까지밖에 시간이 없다. 이것이 나와 비슷한 취향과 관심사를 가진 소수의 작가를 즐겁게 해 줄 목적으로 고안된 픽션에 불과하다면, 월도와 기반암에 대해 궁금해 하는 남자뿐 아니라 연갈색 머리를 가진 여자도 이 원고에 아직 언급되지 않은 일단의 작가들을 위해 만들어진 것이라면, 분명 지금이야말로 나 자신을 설명하기에 최적의 시간일 것이다.

거의 스무 살이 될 때까지 나는 내가 시인이 될 운명이라고 생각했다. 그러다가, 1958년 12월에, 멜버른의 버크 스트리트에 있는 앨리스 버드의 헌책방에서 제임스 조이스의 『율리시스』 한 권을 보았다. 그 책을 읽은 후 산문 픽션 작가가 되고 싶어졌다.

그 시절 내 심경의 변화에 관심을 가질 만한 사람은 두 명뿐이었다. 우리 세 사람이 멜버른의 교외 도시인 몰번의 스토닝턴이라는 저택 마당에 있는 거대한 떡갈나무 아래 우연히

서 있었을 때, 나는 그 두 사람에게 내가 결정한 바를 선언했다. 그 당시 빅토리아주 교육부가 스토닝턴을 사범 학교의 일부로 사용하고 있었다. 나는 1959년 말에 초등 교사 자격증을 따기 위해 공부하던 사범 학교의 학생이었고, 그 과정이 끝나면 낮에는 교육부 산하의 학교에서 가르치고 밤과 주말에는 산문 픽션을 쓸 작정이었다.

산문 픽션을 쓰겠다는 결심을 알린 후 뭔가 더 하고 싶어졌다. 나는 조이스에 관한 정보를 찾아 도서관들을 뒤졌다. 어딘가에서 오늘날까지도 기억하는 문장을 발견했다. "그는 차분한, 심지어 보수적인 옷차림을 하고 있었고, 반지 낀 손가락이 그의 유일한 이국적 면모였다."

나는 멜버른의 러셀 스트리트에 있는 전당포에 가서 싸구려 반지 두 개를 샀다. 제각각 검은 줄마노 조각이 붙은 순도 낮은 금반지였다. 나는 손가락에 반지를 끼었지만, 그 외 후줄근한 옷 스타일은 바꾸지 않았다.

내가 처음 발견한 조이스 사진은 그 이후로 거의 보지 못한 사진의 복사본이었다. 나는 내가 가장 위대한 산문 작가라고 여겼던 남자에겐 중등학교 4년 차 때 일반 과학 공책에 기반암의 지반 층을 나타내기 위해 그렸던 선들과 같은 모양으로 (세 개의 평행선과 그것을 사선으로 가로지르는 하나의 선) 이마에 날카롭게 자국이 나 있을 거라고 믿었다.

나는 아버지에게 반지를 숨겼다. 반지와 넥타이핀과 커프스링크는 그가 코크니 유대인이라고 부르는 스타일이었다. 나는 『율리시스』도 숨겼다. 아버지는 그 어떤 문맥에서도 제기랄이라든가 씹이라는 단어를 견디지 못했고, 아마 그런 단어를 읽고 싶지도 않을 것이라고 나는 짐작했다.[16)]

아버지가 죽은 지 이제 25년이 되었다. 그는 어떤 산문 픽션이나 시도 남기지 않았고, 가족들에게 남긴 유언조차 없었다. 그러나 빅토리아주 남서쪽 해안의 메펑가 이스트 지역에 있는 버클리 개천 어귀 주변의 쿼리 언덕이라 불리는 언덕 위의 사암(沙巖) 채석장 담에 아버지의 성과 이름의 머리글자 두 자가 1924년이라는 연도 위에 아직도 깊이 새겨져 있다. 이름을 새겼을 때 아버지는 스토닝턴이라는 건물의 마당에 있는 떡갈나무 아래서 결심을 선언했던 때의 나와 같은 나이였다.

1924년에 제임스 조이스는 마흔두 살이었고 『율리시스』는 출간된 지 2년 된 작품이었다. 채석장에서 자신의 이름을 새기는 젊은 남자는 아직 살아갈 36년의 세월이 남아 있었다. 파리에서 『피네간의 경야』를 집필하는 남자에게는 그 절반 정도의 세월만 남아 있었다. 채석장의 남자는 당시 조이스나 그의 글에 대해 아무것도 몰랐고 죽을 때도 마찬가지로 아무것도 몰랐다.

나는 마지막 유서와 함께 아들들에게 유용하리라 생각되는 정보를 적은 종이 다섯 장을 동봉했다. 한 장은 맏아들이 태어나기 10년 전에 죽은 그들의 할아버지가 새긴 글자를 찾는 방법이었다. 아들들 가운데 한두 명은 내가 죽고 25년 후에 아버지의 글씨를 점검해 보고, 내 글씨가 아직 잘 보이는지

---

16) 『율리시스』에는 비속어가 많이 등장한다.

또는 거의 지워졌는지 살펴볼 것이다.

채석장에서 약 1킬로미터 떨어지고 남대양의 소리가 들리는 곳에 있는 '코브'라 불리는 집을 짓는 데 사용된 사암 덩어리가 쿼리 언덕의 채석장에서 채취되었다. 나의 아버지의 아버지가 그 집을 지어서 1949년에 죽을 때까지 그곳에 살았다. 오늘날에도 집은 탄탄하게 서 있지만, 내가 이름도 모르는 사람들이 소유하여 살고 있다. 그 집을 안 본 지 거의 10년이 되었다. 나는 그것에 대해 거의 생각하지 않는다. 페놉스콧만 옆 월도의 돌집에 대해 쓰고 있을 때조차도 그것에 대해 생각하지 않았다. 이것은 집에 관한 이야기가 아니라 집이 지어질 수 있었던 공간에 관한 이야기이다. 이 이야기에서 할아버지의 집을 언급한 건 집을 짓기 위한 채석이 아버지에게 60년간 보존된 자신의 글을 위한 장을 마련해 주었기 때문이다.

평생 동안 나는 바위나 자갈의 노두 또는 땅의 진정한 색이 노출된 거친 장소를 찾아 보았다. 개미집 주변의 흙 부스러기도 멈춰 서서 살펴본다. 철도선 옆의 단면, 가로수 아래쪽의 드러난 땅 조각, 그리고 참호에서 퍼 올린 흙을 바라본다. 걷는 동안 내 발아래 땅의 색깔에 대해 명료하게 생각하고 싶다.

오늘 내가 글에서 읽은 남자는 대지의 색깔에 관심이 없다. 그는 기반암이 자신이 상상할 수 있는 만큼 아래쪽까지 깊고 정확한지 확인하고 싶어 한다. 그는 대부분 비가시적인 셀 수 없는 층들의 세계를 믿으며, 단 한 층의 결점이라도 다른 모든 층에 영향을 미친다고 믿는다. 일부 사람들이 그의 정신병이라고 부르는 것은, 자신의 머리 정도 높이에 있는 미묘하고 비가시적인 세계의 층들에 있는 결점이라고 믿는다. 이 결점의 궁극적인 원인은 한참 아래쪽 지반에 있는 끔찍한 주름이라고 믿는다.

내가 묘사하고 있는 남자는 픽션 한 편의 등장인물이지만, 픽션을 쓴 여자는 글을 쓰거나 읽을 때마다 이마에 주름이 지는 살아 있는 여자다. 잠시 전까지 그 여자는 이 집에 나와 함께 있었지만, 이제 떠나 버렸고 나는 그녀를 다시 볼 수 없을 것이다.

이마에 주름이 팬 여자는 내가 쓰고 있는 것을 이미 읽었기 때문에 집을 떠났다. 오늘 아침에 내가 언덕 비탈에 쭈그리고 앉아 연보라색 보라싸리를 응시하며 손가락으로 고운 갈색 흙을 만지고 있을 때 그녀가 내 책상에 다가왔다. 그녀는 내 원고를 읽었고 내가 왜 그걸 쓰고 있는지 나보다 더 명확히 이해했다. 그런 후 그녀는 내게 메시지를 남겼다. 산문 픽션에 암호화되지 않았고 그러므로 월도의 규칙을 심각하게 위반한 선명하고 확실한 메시지였다. 그다음 그 여자는 모든 원고와 초고를 책임 작가에게 제출하고 이 집을 떠났다.

내가 이 한 편의 픽션을 끝내려면 그 여자가 떠난 후 그녀의 메시지를 찾으러 갔다가 가장 뻔한 장소, 즉 이 집에서 서재와 가장 비슷한 장소에서 찾았다고 쓰기만 하면 되었을 것이다. 예술가의 처참한 책장 속 책들 가운데 한 권이 마치 주의를 끌기라도 하듯이 이상하게 기대져 있었다고 쓰기만 하면 되었을 것이다…….

 그것은 존 캐너데이의 서문이 있고 템스 앤드 허드슨이 1982년에 발간한 행크 오닐의 『베러니스 애벗, 60년간의 사진』이라는 책이었다. 덧표지 앞쪽에는 마흔여섯 살 때 제임스 조이스의 빛나도록 선명한 사진이 있었다. 손가락에는 반지 두 개가 선명히 보였다. 표지 안에는 노라 리라는 이름이 볼펜으로 쓰여 있었다. 나의 어머니의 어머니도 같은 이름을 지녔지만 그녀에겐 책이 한 권도 없었다. 책의 뒷부분에서 나는 메인주 해안 가까운 섬에 있는 스토닝턴이라는 장소의 사진을 발견했다.

 또는 내가 자신들의 지성이 위협받는다고 느끼는 작가들에게 항상 이끌렸다고 언급함으로써 이 픽션 작품을 끝낼 수도 있을 것이다. 1960년에 리처드 엘먼의 조이스 전기를 읽었을 때 나는 그의 딸의 광기에 대한 설명을 주의 깊게 살펴보았다. 조이스가 단언했던 것처럼 그가 그녀 생각의 재빠른 도약을 따라갈 수 있었는지 궁금했다.
 1960년 10월 어느 날 밤에 나는 멜버른 북동부의 언덕에 있는 유명한 예술가들의 집에서 환대받았다고 자랑하는 남자의 집에서 술을 마시고 있었다. 그 남자와 내가 매우 취했던 늦은 밤에 그는 스테이션왜건에(그것은 그가 세일즈맨으로 몰고 다니던 회사 차였다.) 나를 태우고 처음에는 엘섬으로 차를 몰았다가 그다음에는 언덕진 시골길을 따라 달려서 내가 보았던 가장 기이한 건물로 갔다. 나는 이후에 그 장소가 몬트샐

벗[17]이라는 사실을 알게 되었지만, 1960년의 그 어두운 밤에 나를 그곳으로 데려간 남자는 그저 예술가들이 모여 사는 곳 이라고만 말했다. 나는 이후에 돌성에서 만난 남자가 저스터 스 조젠슨이라는 사실을 알게 되었지만, 그저 예술가라고만 소개를 받았다.

예술가는 정문에서 우리를 쫓아 보낼 명분이 충분했겠지 만, 우리를 집 안으로 초대해서 매우 정중히 대해 주었다. 우 리는 한 시간가량 이야기를 나누었지만, 내가 기억하는 건 예 술가가 1920년대에 파리에 살았다는 사실을 알게 된 것, 그가 제임스 조이스를 본 적이 있는지 내가 물어봤던 것, 본 적이 있다고 그가 대답했던 것, 조이스의 딸 루시아를 본 적이 있는 지, 그녀가 어떤 면으로든 이상하게 보였는지 내가 물어봤던 것, 루시아 조이스는 어떤 불완전함도 찾아볼 수 없었던 아름 다운 젊은 여성이었다고 그가 대답했던 것뿐이다.

나는 이 픽션 작품을 위에 개요를 서술한 두 방식 중 한 방 법으로 끝낼 수도 있었겠지만, 물론 그렇게 하지 않았다. 나는 월도와 운명을 함께하기로 결심했다. 나를 어떤 종류의 작가 라고 칭할 수 있다면 나는 월도 작가이다. 내가 쓰는 것이 어 떤 일관된 이론에 근거한 것이라면, 그것은 자기 나라의 잘못 된 쪽에서 안개 속을 응시하고 섬의 이름들을 중얼거리는 이

---

17) Montsalvat. 호주의 건축가이자 예술가인 저스터스 조젠슨(1893~1975) 이 멜버른의 외곽에 설계하고 설립한 예술가 공동체이다.

들에 의해 고안된 교리들에 근거한다.

  그러므로, 월도의 지혜를 전적으로 신뢰하면서, 그리고 나의 집에서 동편으로 아득한 곳에 있는 예술가의 돌집에서 바라보았을 때 희미한 자주갈색의 흐릿함으로 나타나는 멜버른의 북부 외곽 도시 아래로 태양이 이제 막 지려고 하는 것을 살피면서, 나는 이 픽션 작품을 끝낸다. 아니, 끝내려고 준비한다.

  이 돌집에서 내가 집필한 모든 픽션은 특정한 여성을 향한 암호 메시지였다. 이 메시지를 보내기 위해 나는 그 여자가 존재하지 않고 나 역시 존재하지 않는 세계를 상상해야 했다. 나는 대명사 '나'가 자신이 존재하지 않는 세상을 상상할 수 있고 월도의 이론에 깊이 잠겨 있는 사람만이 그를 상상할 수 있는 부류의 사람을 지칭하는 세계를 상상해야 했다.

## 소중한 저주

나는 보슬비가 내리는 어느 날 프란의 헌책방에서 이 이야기를 처음 생각해 냈다. 나는 헌책방에 있는 유일한 고객이었다. 주인은 문 가까이 앉아서 비와 끝없는 교통 행렬을 내다보고 있었다. 그는 하루 종일 그러고 있는 것 같았다. 나는 그 책방을 자주 지나쳤고 그 남자의 시야를 가로질러 걸었다. 그 시선과 교차한 순간 나는 보이지 않는 존재가 된 느낌을 받았다. 보슬비가 내리던 그날 나는 그 남자의 책방에 처음으로 들어갔다. (나는 헌책을 많이 사지만, 카탈로그로 주문한다. 헌책방에 가면 불행한 기분이 든다. 카탈로그를 읽는 것만으로도 기분이 안 좋아진다. 하지만 내가 사는 헌책은 나를 슬프게 만들지 않는다. 포장지에서 책들을 꺼내 책장에 꽂으면서, 드디어 좋은 집을 찾았다고 책들에게 말한다. 그리고 내가 죽은 후에도 내 책을 팔면 안 된다고 아이들에게 자주 경고한다. 아이들은 책을 읽지 않아도 되지만, 사람들이 때때로 책을 둘러보거나 심지어 약간 만지고 경탄할 수 있는 방의 책장에 책을 그대로 놔둬야 한다.) 내가 책방에 들어가자 그 남자는 나를 흘낏 보았지만, 이내 시선을 거두고 계속 밖을 내다보았다. 그리고 내가 책을 뒤져 보는 동안 그는 단 한 번도 내게 눈길을 던지지 않았다.

    책들은 엉망으로 배열되었고, 먼지투성이였으며, 방치되어 있었다. 그 남자가 책방을 정리할 마음이 있었다면 쉽게 책장에 정돈될 수 있었을 책들이 일부는 탁자 위에, 심지어는 바닥에 쌓여 있었다. 나는 '문학'이라고 표시된 구역을 살펴보았다. 나는 책 구매 공책이라고 부르는 것을 손에 들고 있었다. '1900~1940⋯⋯. 부당하게 도외시된 책'이라고 이름 붙인 공책이었다. 공책이 다루는 40년은 단순히 한 세기의 첫 40년이 아니었다. '1940~1900'이라고 쓰여 있는 이 시대는 내 출생부터 내가 책의 시대라고 생각하는 시기까지의 40년을 가리키는 것이었다. 만일 내 삶이 그 방향으로 흘러갔다면 나는, 바로 그 순간, 책의 묘지에서 비를 피하는 게 아니라 책의 도시에 있는 나의 저택에서 벽을 가득 채우고 있는 가죽 장정 도서를 살펴보고 있었을 것이다. 혹은 역량이 충만한 작가로서 책상에 앉아 다음 문장이 내게 다가오기를 기다리는 동안 긴 창문을 통해 책의 전원 지대 속에 있는 공원 같은 풍경을 내다보고 있었을 것이다.

    나는 책을 너덧 권 골라서 밖을 내다보는 남자에게 가져갔다. 그가 책의 첫 장에 연필로 표시된 가격을 살펴보는 동안 나는 눈을 내리깔고 그를 훔쳐보았다. 그는 내가 생각했던 것만큼 나이가 많지는 않았다. 그러나 그의 피부에는 알코올을 연상시키는 잿빛이 깃들어 있었다. 서점 주인은 간이 거의 썩어 버렸군, 하고 나는 스스로에게 말했다. 이 가련한 자식은 알코올 중독자야.

그 시절에 나는 나 자신이 알코올 중독자가 되어 가고 있다고 믿었고, 20년 후 또는 10년 후 또는 그보다 더 짧은 시간 후 나타날 내 몰골의 징후에 언제나 신경쓰곤 했다. 책방 주인의 간이 술에 절어 버렸다면, 그가 왜 그렇게 자주 앉아서 밖을 내다보는지 이해할 만했다. 내가 마흔여덟 시간 동안 술을 마시다가 드디어 멈추고 술에서 깨어나 주말마다 끝내기로 한 픽션 네 쪽 집필을 시작하려고 노력하는 매주 일요일 오후마다 내게 찾아오는 기분에 그는 하루 종일 시달리고 있었던 것이다.

일요일 오후의 기분에 젖어 있을 때 나는 보통 글쓰기를 포기하고 내 책장을 살펴보았다. 보통 밤이 내리기 전 나는 1980년에 내가 쓰는 종류의 픽션을 쓰는 건 소용없는 짓이라고 판단했다. 만일 내 작품이 드디어 출간된다 한들, 그리고 몇 년 동안 몇몇 사람이 그걸 읽는다 한들, 그 모든 것의 끝은 어떻게 될 것인가? 가령, 내 책은 40년 후에 어디 있을 것인가? 그때면 책의 저자는 사라져 그런 문제를 살펴볼 수도 없을 것이다. 그는 마지막 뇌세포를 독살해 버리고 오래전에 죽었을 것이다. 실제로 팔린 얼마 안 되는 몇 권 가운데 여전히 책장에 꽂혀 있는 책들은 더 적을 것이다. 세월이 흘러가면 더 적은 책들 가운데 독자들이 펼쳐 보거나 눈길이라도 받는 책들은 더 적을 것이다. 그리고 실제로 책을 읽었던 소수의 생존 독자 가운데, 몇 명이나 책의 일부 내용이라도 기억하겠는가?

꼬리에 꼬리를 무는 궁금증 끝에 이 지점에 이르면 나는 2020년경의 장면을 상상해 보곤 했다. 때는 일요일 오후였다. (아니면, 예측대로 영업일이 줄어든다면, 월요일이나 혹은 화요일 오후까지도 가능할 것이다.) 나와 무언가 비슷한 어떤 사람, 자신이 가장 바랐던 일을 성취하지 못한 남자가 우울한 황혼 속에서 벽면을 가득 채운 책장 앞에 서 있었다. 자신은 알지 못하지만, 그는 우연히도 40년 전 잿빛 일요일 오후에 집필된 특정한 책의 마지막 한 권을 갖고 있는 지구상의 마지막 사람이었다. 바로 그 사람은 그날 오후 책장에서 그 책을 찾기 여러 해 전, 언젠가 그 책을 실제로 읽었다. 그뿐 아니라, 그는 여전히 그 책에 관한 특정한 무언가를 어렴풋이 기억하고 있었다.

이 남자가 기억하는 것을 지칭할 단어는 없다. 그건 너무나 희미하고 그의 다른 생각들에 파묻혀 거의 감지되지 않는다. 그러나 나는 (내 생각 속에서, 수많은 일요일 오후에) 그 남자가 내 책에 관해서 아직도 정확히 무엇을 간직하고 있는지 자문하기를 멈춘다. 그가 반쯤 기억하는 무엇은 그의 기억 속에 남아 있는 다른 모든 어렴풋한 무엇과 약간은 다를 것이라고 나 자신을 다독인다. 그러고 나서 나는 그 남자의 뇌에 대해 생각한다.

나는 인간의 뇌에 대해 아는 바가 거의 없다. 나의 3천 권 장서에도 아마 뇌에 관한 설명은 없을 것이다. 누군가 내 장서에서 신체 부위를 칭하는 명사들이 얼마나 자주 나오는지 세어 본다면, '뇌'의 수치는 매우 낮을 것이다. 그래도 나는 그 모든 책을 샀고, 거의 절반은 읽었으며, 책들을 통해 사람들의 생각과 느낌에 대해 알아야 할 모든 것을 배울 수 있다고 믿기 때문에 책 읽기를 옹호했다.

나는 그 남자의 뇌가 책장 앞에 서서 기억해 내려고 애쓰는 것을 마음대로 상상한다. 비록 자각하지 못하지만, 그는 내 글의 마지막 흔적을 구하려고, 내 사고가 소멸하지 않도록 애쓰고 있다. 이런 내 생각은, 어떤 면에서는, 틀렸다는 걸 나는 알고 있다. 그러나 나의 뇌가 내가 생각하도록 돕고 있다고 확신하기 때문에 내 생각을 변함없이 신뢰한다. 그리고 하나의 뇌가 같은 종류인 다른 뇌에 대해 완전히 틀릴 수 있다는 것을 믿을 수 없다.

나는 그 남자의 뇌가 많은 세포로 이루어진 것으로 상상한다. 각 세포는 높은 담으로 둘러싸여 있고 앞쪽 담과 정문 사이에 작은 정원이 있는 카르투시오회[18] 수도원의 수도실 같다. (카르투시오회 수도자들은 거의 은둔자들이다. 각 수도사는 수도원에 소속되어 있지만, 수도실에서 독서하거나 담장으로 둘러싸인 정원을 가꾸며 하루의 대부분을 보낸다.) 그리고 각 수도실은 정보의 저장소이다. 각 수도실에는 책들이 가득 쑤셔 박혀 있다.

일부 책들은 천 장정에 종이 덧표지가 있지만, 대부분은 가

---

18) Carthusian Order. 성 브루노가 프랑스 샤르트뢰즈에 설립한 봉쇄 수도원. 샤르트뢰즈라는 지명은 라틴어로 카르투시아이고, 수도회의 이름은 그 지명에서 유래한 것이다.

죽 장정이다. 그리고 책들보다 훨씬 더 많은 건 필사본이다. (필사본을 마음속에 떠올리는 건 쉽지 않다. 일요일 오후, 내 방 장서 가운데 한 권에는 채색 필사본 낱장 사진이 수록되어 있다. 그러나 그런 낱장을 모아 두면 어떤 모습일지, 그리고 그것이 어떻게 제본될 수 있는지 궁금하다. 그리고 그렇게 제본된 필사본 여러 권은 어떻게 보관되는지 전혀 모르겠다. 눕혀서 서로 겹쳐 쌓을 것인가? 비스듬하게? 내 책장에 있는 천 장정본들처럼 정렬하여 세워 둘 것인가? 어떤 가구류에 필사본을 보관하거나 진열할 것인지도 궁금하다. 그래서, 나는 각자 방에 있는 수도사가 좀 더 현대에 가까운 시대의 책에 손을 뻗는 건 그려 볼 수 있지만, 그가 거대한 장서 전체에서 책 찾는 모습을 상상하려고 하면 오직 회색만 보게 된다. 수도복의 회색, 수도실 돌담의 회색, 그의 작은 창문 밖에 보이는 오후 하늘의 회색, 그리고 흐릿하고 난해한 텍스트의 회색.)

　세상에는, 그러니까 일요일 오후 잿빛 하늘 아래 내 창문 밖 세상에는, 카르투시오회 수사들이 거의 없다. 그러나 내가 그렇게 말하는 건 거의 30년 전 수도사가 되어 작은 정원이 딸리고 담으로 둘러싸인 서재에서 살기를 꿈꾸던 때, 중등학교에서 한 신부가 내게 해 주었던 말을 반복하는 것에 불과하다. 신부의 막연한 대답 이외에 카르투시오회에 대해 내가 알고 있는 건 영국의 《지오그래피컬 매거진》 기사에 나온 사실뿐이다. 그러나 그 기사는 책의 시대로 회귀하는 나의 다른 삶 속에서 내가 글 읽기를 배우던 즈음인 1930년대에 실린 것이다. 나의 모든 오래된 잡지는 회색 쓰레기 비닐봉지에 싸여 우리 집 천장 위에 보관되어 있기 때문에 나는 지금 그 기사를 찾아볼 수 없다. 나는 3년 전 앞으로 절대 읽지 않을 책 400권과 함께 그 잡지들을 거기로 치워 보관했다. 내가 사들이고 있던 최근 책들을 위해 책장에 공간이 더 필요했던 것이다.

그 기사에 관해 내가 주로 기억하는 사실은 사진 없이 모두 글자로만 되어 있었다는 점이다. 나는 때때로 기사의 짤막하고 전문어가 가득한 본문을 건너뛰고 사진 아래 달린 설명에서 필요한 정보를 모두 얻는다. 그러나 (황혼 속에서 내 머리 위 천장 위 회색 비닐봉지에 담겨 있는) 1930년대의 잡지에는 사진이 하나도 없는 기사가 많이 포함되어 있었다. 나는 그런 기사들의 저자들이 트위드 옷을 입고 산울타리 사이에서 산책하다 돌아와 서재 책상에 앉아서 (만년필로, 줄을 그어 지우는 일은 거의 없이) 뛰어난 에세이와 경탄할 만한 기사와 유쾌한 회고록을 쓰는 책벌레 샌님들이라고 상상한다. 나는 그런 작가들을 선명히 본다. 1920년대가 물러가고 세계 대전이 앞에 어렴풋이 도사리던 10대 시절에 그들을 잘 알았다. 그런 신사-작가들은 자신들의 미문(美文)을 편집자들에게 보낼 때, 사진을 하나도 포함하지 않았다. 실제로 그 신사들은 카메라나 축음기나 다른 현대적 도구를 사용할 줄 모른다는 걸 자랑하고, 독자들은 그런 별난 점 때문에 그 신사들을 좋아한다. (나는 카메라나 테이프 녹음기 사용법을 배운 적이 없지만, 내가 사람들에게 그 사실을 말하면 그들은 내가 관심을 끌기 위해 괴상한 태도를 취하는 거라고 생각한다.)

신사-작가들이 수도원 사진을 몇 장 찍는 것을 카르투시오회 수도사들이 반대했을 것 같지는 않다. 그러니까 그 기사의 저자는 자신의 단어들과 문장들이 자신이 본 것을 명확하게 묘사해 줄 거라고 믿었던 것 같다. 수도회는 서리에 있었다. 아니, 켄트였을지도 모르겠다. 그 사실에 나는 실망했다. 기사를 처음 읽었을 당시 나는 수도사가 되겠다는 꿈은 더 이상 품지 않았지만, 수도사들이 외딴 풍경 속에 은둔자들처럼 사는 것을 곧잘 꿈꾸었다. 그리고 평화로운 서재를 꿈꾸기에 서리나 켄트에는 사람이 너무 많았다. 내가 그 기사에서 기억하는 유일한 장소 이름은 파크민스터였다. 나는 이제 막 『타임스 세계 지도책』을 들여다보았고 색인에서 파크민스터를 찾지 못했다. (들여다보면서 예전에 똑같은 단어를 한 번 이상 찾아보았던 것과, 그때도 결과가 같았던 것이 어렴풋이 기억났다.) 파크민스터는 그러니까 지도에 표시되기에는 너무 작은 마을인 것이다. 혹은 어쩌면 수도원 자체 이름이 파크민스터일 수도 있고, 호기심 많은 관광객들이 자신들의 방을 엿보는 것을 원하지 않았던 수도사들이 작가에게 지명을 기사에 언급하지 말아 달라고 부탁했을 수도 있다.

그러나, 어찌 되었든, 그 기사는 1930년대에 실렸고, 카르투시오회 수도사들과 그들의 방과 '파크민스터'라는 단어는 나도 모르게 수도원의 시대를 향해 흘러가고 있었고, 나는 그것을 기억하는, 또는 한때 그것에 대해 기록한 글만이라도 기억하는 유일한 사람일 수도 있다.

그렇지만, 2020년 어느 잿빛 오후에 자신의 책장으로 손을 뻗는 그 남자를 생각할 때, 나는 나무들이 가지를 드리운 널찍한 자갈길을 보았다. 전체 구역에 길이 펼쳐져 있고 길옆에 수도실이 있고 각 수도실에서 수도사가 책과 필사본에 둘러싸여 있는 광경을 보았다.

책장 앞에 선 그 남자는(내 책을 기억하는 마지막 사람) 내 책에서 무엇을 읽었는지 기억하지 못할 뿐 아니라 책장의 어느 부분에서 내 책을 마지막으로 보았는지도 기억하지 못한다. 그는 그곳에 서서 기억하려고 애쓴다.

한 평수사가 수도원의 거리를 따라 걷는다. 평수사들은 다른 수도사들처럼 엄숙한 맹세로 수도원에 속하게 된 사람이지만, 그들의 의무와 특권은 다소 다르다. 평수사는 수도실에 틀어박혀 있지 않다. 매일 사제 수사가 수도실에서 독서를 하거나 성무일도를 낭독하거나 정원을 가꿀 때, 평수사들은 수도원 전체를 위해 일한다. 전언과 지시를 받고 심지어, 제한적이기는 하나, 수도원 바깥세상 일을 처리하기도 한다. 각 평수사는 수도원의 외곽 일부를 잘 안다. 그는 특정한 지역에서 어느 수도사가 어느 담 뒤에 사는지 안다. 평수사는 심지어 은둔 수도사가 서재에 무엇을 갖고 있는지, 즉 어떤 책과 필사본을 읽으며 하루를 보내는지 대략 알게 된다. 평수사들은 책이 별로 없기 때문에 책과 서재를 편리하고 간략한 방식으로 생각한다. 그는 한 번도 펼쳐 보거나 읽은 적이 없는 책들의 제목 전체를 인용하는 걸 배우게 되는 반면, 수도실의 수도사는 특정한 책을 읽거나 특정한 필사본을 베끼고 장식하며 1년을 보낼 수 있고, 책이나 필사본이란 안쪽으로 나선을 그리는 대문자들, 그리고 책과 필사본이 갖춰진 수도실을 꿈꾸게 만드는 다른 수도원들의 거리 같은 단어들의 긴 오솔길이 있는 무지

소중한 저주

갯빛 책장(冊張)들의 거대한 패턴이라고 여생 동안 생각한다.

평수사가 수도원의 거리를 따라 걷는다. 그는 볼일을 보러 가야 하지만 서두르지 않는다. 수도원에 대해 무지한 사람들에게 이를 설명하기란 쉬운 일이 아니다. 담장 속의 수도사들은 바깥세상 사람들과 다른 방식으로 시간을 준수한다. 수도원 밖에서는 평범한 잿빛 오후에 몇 안 되는 순간만이 지나가는 것처럼 보이지만, 담장 반대편의 수도사는 오랜 시간 간격을 두고 필사본 책장을 한 장씩 넘겼을 것이다. 어느 누구도 수도원의 바깥과 안에 동시에 존재할 수 없기 때문에 그 신비는 절대로 설명될 수 없다.

그래서, 평수사는 서두르지 않는다. 그는 방문하라고 지시받은 각 수도실의 정원에 있는 채소와 향신채를 감탄하며 바라보고 서 있는다. 각 수도사가 정문으로 나오면, 평수사는 특정한 질문 또는 질문들을 하지만 절대 다급해 하는 티는 내지 않는다. 평수사는 다음 날이나, 어쩌면, 이틀 후에 다시 오겠다고 말한다. 그사이에, 만일 수도사가 필요한 정보를 찾기 위해 책이나 필사본을 참조할 수 있다면…….

물론, 평수사는 두 명 이상이다. 수백 명, 수천 명이 모두 수도원의 잎이 무성한 거리를 성큼성큼 걷거나 느긋하게 걷고 있을 것이고, 그러는 동안 나의 마지막 독자가 손가락으로 책 등을 어루만지며 내 책의 무언가를 기억하려고 노력한다. 그리고 나는 평수사들이 주로 수도원의 특정한 구역이나 지역을 걸어 다닌다고 생각하지만, 그것 너머에 여러 지역과 더 많은 지역이 있다는 것을 알고 있다. 그 지역들 가운데 한 곳에서,

글쓰기를 시작할지 계속 술을 마실지 결정해야 하는 잿빛 일요일 오후에 나는 결심한다. 그 지역들 가운데 한 곳에, 주변 모든 지역의 모든 거리에 있는 모든 회색 담과 다를 바 없는 회색 담이 있는 수도실 안에, 수많은 오후가 지나는 동안 아무도 손대지 않은 채 놓여 있던 다수의 필사본 속에 2020년의 한 남자가 기억에 떠올리고 싶은 대목을 수도사가 한때 읽거나 썼던 필사본 한 쪽이 있다. 수도사 자신은 한때 무엇을 읽거나 썼는지 거의 잊어버렸다. 어쩌면 그는, 수도실에서 읽고 쓰며 보냈던 그 모든 세월에 그가 읽고 썼던 다른 모든 글 가운데 그 구절을 찾으라는 요청을 받는다면, 그것을 다시 찾을 수 있을지도 모른다. 그러나 수도사에게 그런 것을 찾아보라고 와서 요청하는 평수사는 없다. 수많은 오후가 지나는 동안 수도사의 회색 담 밖에서는 단 하나의 발소리도 들리지 않는다.

그 남자는 한때 내 책에서 무엇을 읽었는지 기억할 수 없다. 그는 책장 어느 부분에 내 얇은 책을 꽂아 놓았는지 기억할 수 없다. 그 남자는 다시 잔을 채우고 21세기의 비싼 독물을 계속해서 홀짝인다. 그는 자신이 망각했다는 사실의 중요성을 알아차리지 못하지만, 나는 알고 있다. 이제 내 글을 기억하는 사람은 아무도 없다는 것을 나는 안다.

그래서, 수많은 일요일 오후에 나는 내 글을 서류철 안에 놓아 둔다. 내가 상상하기 어려운 원고 더미 속에서 결국 회색이 되어 버릴 것을 차마 쓸 수 없다.

책방에서 나는 책값을 지불하고 잔돈을 주머니에 집어넣었다. 책들은 그 남자가 책의 가격을 확인하는 동안 쌓아 두었던 탁자 위에 여전히 놓여 있었다. 그 남자는 계속 밖을 내다볼 수 있도록 내가 책을 가져가기를 기다렸지만, 나는 그 남자에게 무언가 말을 하고 싶었다. 책들이 자신들의 새로운 집에서 안전할 거라고 그를 안심시켜 주고 싶었다. 일부 책들은 내가 오랫동안 갖고 싶었던 것이라고, 부당하게 도외시되었으나 이제 다시 읽히고 기억될 책들이라고 그에게 말해 주고 싶었다.

가장 위에 놓인 책은 메리 웹의 『소중한 저주』였다[19]. 나는 색 바랜 노란색 천 표지를 만지며 『소중한 저주』를 오랫동안 찾았다고, 그리고 곧 읽을 작정이라고 그 남자에게 말했다.

그 남자는 책이나 나를 바라보지 않고 비를 내다보았다. 창밖 잿빛으로 얼굴을 향한 채, 『소중한 저주』를 잘 알고 있다고 말했다. 당대에는 유명한 책이었다. 그는 그 책을 읽었지만, 내용은 거의 기억하지 못한다고, 특히 건강이 예전 같지 않아서 더욱 그렇다고 말했다. 그렇지만 상관없다고, 그는 말했다. 책에 대해 아무것도 기억하지 못해도 상관없었다. 중요한 건 책을 읽는 것, 내면에 그것을 저장해 두는 것이었다. 내면 어딘가에 다 있다고, 그는 말했다. 모두 안전하게 보존되어 있었다. 그는 자기 두개골의 어떤 소중한 지점을 가리키려는 듯이 손을 들었다가, 이내 밖을 내다볼 때 으레 놓여 있던 대로 다시

---

[19] 메리 글래디스 웹(Mary Gladys Webb, 1881~1927)은 20세기 초에 주로 활동했던 시인이자 소설가로서, 고향인 영국 슈롭셔를 배경으로 한 이야기를 주로 썼다. 『소중한 저주(Precious Bane)』는 1924년에 첫 출간된 역사 로맨스 소설이다.

내려놓았다.

나는 집으로 책들을 가져갔다. 책 제목과 저자 이름을 내 목록에 쓴 다음, 저자의 성에 따라 알파벳 순서로 배열되어 있는 내 서재의 올바른 자리에 각 책을 꽂았다.

다음 주 일요일에 술을 그만 마시고 글쓰기를 시작할 때가 되었을 때, 나는 늘 그러듯 2020년의 남자를 생각했다. 그는 여전히 특정한 책, 내가 그 시점에서 볼 때 40년 전에 썼던 책을 기억하려고 애쓰다가 실패했다. 그러나 책장 앞에서 걸어 나와 술을 마시기 위해 앉았을 때, 내 책이 결국 여전히 안전하게 보존돼 있음을 알게 되는 그의 모습을 생각했다.

그런 다음 나는 수도원을 생각했고, 그 위의 하늘이 변화한 것을 보았다. 공중에 금빛 광채가 퍼졌다. 햇빛은 노란색이라기보다는 메리 웹의 부당하게 도외시되었던 책의 표지나 맥주의 호박색이나 위스키의 가을색 같은 짙은 금색에 가까웠다. 하늘의 빛 때문에 수도원의 거리는 더욱 고요해 보였다. 각 수도실을 방문하는 평수도사들은 걷기보다는 어슬렁거렸다. 수도실의 각 수도사는 특정한 책이나 필사본에 손을 뻗을 때 아주 침착하고 신중했다. 그리고 책장 한 장을 들고 살펴볼 때, 창문을 통해 들어오는 빛이 섬세한 펜 놀림이나 채색된 머리글자 위에 옅은 금빛으로 내려앉았고, 찾아 달라고 요청받았던 것을 쉽게 찾았다.

그날 오후, 그리고 이후 수많은 일요일에, 나는 술을 홀짝이며 글을 썼다. 다음에 책방을 방문했을 때 나는 6개월 동안 일요일마다 글을 써 왔던 터였다.

나는 그 남자에게 책값을 낸 후, 내가 작가라고 그에게 말했다. 그를 마지막으로 본 이후로 일요일마다 글을 써 왔다고 말했다. 다가올 겨울에 나는 집필하던 글을 마칠 것이다. 그리고 그다음 겨울에 내 글은 책으로 보존될 것이다. 내 책의 표지가 풍부한 금색이었으면 좋겠다고 나는 그 남자에게 말했지만, 그는 별 관심을 보이지 않았다. 나는 덧표지 색깔에 상관하지 않았지만, 40년이 흐르고 덧표지가 찢겨 나가거나 없어지고 내 책이 그의 책방 같은 서점의 한구석에 꽂혀 있을 때, 거의 잊힌 모든 책의 회색과 녹색과 짙은 청색 가운데 내 책등의 금색이 두드러졌으면 좋겠다.

나는 이 모든 것을 그 남자에게 말했고 그동안 그 남자는 그가 절대로 잊을 수 없었던 책들에 대해 내게 말해 주었을 때 응시했듯이 바깥이 여전히 똑같은 회색인 양 햇빛 속을 내다보았다. 그러나 이번에 그 남자는 나를 안심시키지 않았다. 자신은 사라지는 종족의 마지막 사람이라고 그는 내게 말했다. 40년 후에는 자신의 책방 같은 곳은 더 이상 없을 것이다. 그때는 사람들이 한때 책 속에 있던 내용을 보존하고 싶다면, 컴퓨터 안에, 컴퓨터 속 실리콘 칩의 수많은 작은 회로 안에 저장할 것이다.

그 남자는 손을 들어 올렸다. 그의 엄지와 검지는 두 손가락 살 사이에 좁은 간격을 두고 집게 모양을 하고 있었다. 그는 잠시 바깥의 빛을 배경으로 손가락을 들고 손가락 사이 틈을 응시했다. 그런 다음 손을 내리고, 평상시처럼 밖을 내다보았다.

그다음 주 일요일에 나는 짙은 금색 표지 책이 되기를 바랐던 글 집필을 계속하지 않았다. 앉아서 술을 마시며 회로와 실리콘 칩에 대해 생각했다. 실리콘이 회색이라고, 회색 하늘 아래서 화강암이 비에 젖었을 때의 회색이라고 생각했다. 그리고 회로는 회색 속의 금색 선로로 된 격자무늬라고 생각했다. 회로의 선로가 수도원의 길들과 거의 다르지 않은 패턴을 갖고 있는 걸 보았다. 내가 생각한 회로는 그 어떤 수도원보다 내게서 더 멀리 떨어져 있는 것 같았다. 그러나 패턴은 똑같았다. 나는 회색을 가로지르는 금색의 가느다란 선로만을 보았지만, 금색이 회로의 긴 거리 양쪽에 무리 지어 서 있는 나무들의 우듬지에서 비롯된 것이리라고 추측했다. 회로가 있는 곳의 날씨는 기억하기 가장 좋은 날씨인 끝없는 고요한 가을 오후였을 것이다.

사방으로 펼쳐진 가을 금빛 아래 어떤 부류의 사람들이 걸어갈지 여전히 상상할 수 없었다. 그러나 처음으로 회로에 대해 생각했던 때로부터 몇 번의 일요일이 지난 후, 원고 한 장이 회색 방에 있는 필사본 더미 깊숙이 묻히더라도 절대로 없어지거나 잊히지 않는 수도원에 대해 글을 쓰기 시작했다. 글을 쓰면서 나의 글 자체, 수도원에 대한 나의 묘사가 회로의 도시에서 무성한 금빛 이파리들 아래 위치한 어떤 상상할 수 없는 책의 방에 영원히 안전하게 놓이게 되리라고 믿었다. 그 수도원은 이야기에 나오는 수도원에 불과하지만 이야기는 안전하게 보관되었고, 그러므로, 수도원과 그 안에 존재하는 모든 것이 안전하다고 나는 썼다. 나는 이야기, 수도원, 회로, 이야기, 수도원, 회로가⋯⋯나를 책의 황금시대로 데려다주었을 일생과 같은 방향으로 끝없이 물러나는 것을 보았다.

그러나 글을 쓰면서 수도원은, 당연히, 끝없는 곳이 아니라는 것을 보게 되었다. 어딘가, 수도원 담의 아득한 곳에, 다른 회색이 시작되었다. 야만인들 땅의 회색, 사람들이 책 없이 사는 길 없는 스텝 지역의 회색.

그 사람들이 영원히 스텝에만 머무르지는 않을 것이다. 즉 책의 시대는 영원히 지속되지 않을 것이다. 어느 날 야만인들은 말에 올라타 수도원을 향해 달려와서 내가 그토록 자주 꿈꾸었던 역사를 뒤집어 버릴 것이다.

나는 글쓰기를 멈추었다. 술을 한 잔 더 따르고 술잔 안의 짙은 색 속 깊은 곳을 들여다보았다. 그런 다음 내 이야기에 대해 쓴 것을 소리 내어 읽었고, 술을 마시기 위해 이따금 낭독을 멈추었고, 술을 한 모금 마신 후에는 내가 기억할 수 있는 모든 것 위에 드리운 하늘의 붉은 금빛 황혼을 응시했다.

## 몇 나라들이 있었다

　이 도시에서 너무나 멀리 떨어져 있고 내 지인들 사이에서 거의 회자되지 않아서 내가 그곳의 지형과 국민을 몇 마디로 요약해도 아무도 반론을 제기하지 않는 몇 나라들이 있었다. 내가 절대 읽지 않을 책 서평이나 절대 구독하지 않을 잡지에서 그 나라들에 대한 그처럼 간략한 묘사를 발견해도 나 역시 반론을 제기하지 않았다.
　내가 실제 지리의 섬세함을 감당할 수 없어서가 아니다. 관심을 기울였다면 나는 타슈켄트나 울란바토르 내 각 동네의 특징들을 잘 구별해 냈을 것이다. 그러나 내가 거주하는 공간의 아득한 경계에 머무르면서, 한눈에 알아볼 수 있는 나라들을 파악하는 걸 선호했다.
　나는 외진 곳에 대해 내가 묘사한 것을 받아들이는 사람들, 심지어 내 필요에 부합한 문장들을 써내는 사람들과 이러한 선호를 공유하고 있다고 추측했다. 그러므로 미국 일간지에서 얼마 전 읽은 것, 즉 전쟁 전의 루마니아 사람들은 성도착을 즐기는 걸로 유명했다는 내용에 이의를 제기할 이유는 전혀 없었다.

자신들이 드디어 발견한 장소들의 위치와 심지어 특징들까지 정확하게 예상한 탐험가들이 있었을 것이다. 그러나 그들 가운데 어느 누구도 나의 가장 사적인 지도에서 내가 추측한 나라의 위치를 찾아냈던 것처럼 정확하게 추측 속 나라를 찾아내지 못했다.

나는 그 나라가 종국에 어떤 이름을 갖게 될지 몰랐지만, 오랜 세월 동안 그 나라의 습속에 대해 알고 있었고, 그 가련한 역사 일부까지 인지하고 있었다. 물론 그 세월 동안 내 추측과 직관을 확인할 수는 없었다. 내가 아는 나라의 국경 안쪽 깊은 곳에 밀집된 산들 가운데 무엇이 숨겨져 있는지 자유롭게 이야기하기 전에 조금 머뭇거렸다.

그곳의 음울한 건축물, 어색하게 통제된 동작으로 이루어진 춤, 그리고 언어의 도발적인 유동성에 대한 나의 해석을 혼자 간직했다. 그리고 어떤 왕조의 몰락이나 어떤 다스리기 힘든 종파 박해에 대한 나의 설명을 반박할 기회를 가진 사람은 거의 없었다.

그러나 나는 그 나라가 어디 있는지 알게 될 가능성이 거의 없을 때조차 그곳의 존재에 대해 단 한 번도 의심을 품지 않았다. 그곳이 이 국경 혹은 저 국경 너머에 존재할 리가 없다고 확신할 때마다 더 가열차게 그 문화에 대해 조사했다. 어느 이름 없는 민족에게 필요하리라고 생각되는 삶의 방식을 어느 여행자가 실제의 땅에서 이미 발견했지만, 자신의 여행에 대한 그의 묘사가 억압되거나 끔찍하게 훼손되었을 거라고 추측하기까지 했다.

전쟁 전의 루마니아에 대해 짤막하게 언급된 것을 드디어 처음 읽었을 때, 학창 시절부터 알았던 나라들에 대해 이름 외에는 더 이상 배운 점이 없다는 걸 확신하게 되었다. 당시 나는 소장 중인 중고 《내셔널 지오그래픽》으로 내가 지리학이라고 부르는 것을 공부하기 시작했다. 유럽 사진은 대부분 흑백이었고, 나는 허름한 양복을 입은 남자들과 칙칙한 드레스를 입은 여자들이 폭격에 잃어버린 귀중한 자수 장식 옷을 다시 장만할 때까지만 그런 옷을 입는 것이기를 바라곤 했다. 지도는 너무 자세해서 베끼기 힘들었지만, 선생은 발트해 북동부 연안에 밝게 채색된 국가들과 유명한 인근의 자유 도시 단치히가 표시된 학교 지도책을 따라 그린 나의 복제본을 칭찬했다.

당시 내가 처음 발견한 나라에는 누더기를 걸친 양치기가 산의 가파른 경사면에서 양 떼 옆에 대자로 누워 있었다. 그는 협곡 맞은편에 옹기종기 모여 있는 집들 사이로 마을 사람들이 오가는 걸 하루 종일 바라볼 수 있었다. 그러나 그 자신은 울창한 숲의 가장 낮은 가장자리에서 눈에 거의 띄지 않은 채 누워 있었다. 오후의 나른한 시간에, 그의 시야를 넘나드는 남자들과 여자들은 그가 누운 곳 위쪽의 나뭇가지들 사이로 바람을 불게 만들거나 코를 킁킁거리는 양을 그의 다리가 놓인

몇 나라들이 있었다

곳의 그 풀밭으로 데리고 오는 바로 그 끈덕진 에너지에 의해 움직이는 흐릿한 사지의 형체에 불과했다.

이 남자에게 떠오른 생각은 나를 제외한 다른 모든 사람에게는 터무니없는 것으로 여겨졌을 수도 있다. 나는 어둑한 사진들에서 먼 곳에 있는 많은 마을을 보았고 그곳의 거주민들이 내 주위 사람들에게서 감지되는 도덕적 직물의 비가시적이지만 버거운 겹들을 벗어 버린 걸 보았다. 그 남자의 얼굴은 초췌하고 주름졌다. 나는 내가 아득한 언덕 비탈 사이에서 꼭 하는 행위를 그도 고향 계곡에서 했다는 걸 알고 있었다. 그리고 그의 고향이 루마니아라고 불린다는 걸 알게 되기 훨씬 전에 그곳을, 편의상, 루마니아라고 불렀다.

한 무리의 농장 일꾼들이 타작하다가 허리를 펴고 잠시 쉬었다. 여자들과 남자들은 팔꿈치가 닿을 정도로 가까이 서 있었다. 그늘 없이 햇볕 내리쬐는 들판에서 행해진 그들의 일이 비천하다는 것과 날카로운 눈을 가진 나이 지긋한 여자들 가까이 있다는 것 때문에 내가 관심을 가졌던 유일한 소녀에게 아무나 쉽게 접근할 수 없었어야 했을 것이다. 그리고 비록 그녀가 카메라를 들고 지나가는 어느 여행객의 눈을 기꺼이 바라보았지만, 얼굴 절반을 가리는 하얀 숄을 두르고 있었다는 사실은 그녀가 주변의 얼굴을 찡그리는 다부진 남자들에게 거리를 두고 있었다는 증거였을 것이다. 그러나 나는 그녀의 섬세한 이목구비를 해치는 걱정스러운 표정에 대해서는 오직 한 가지 설명밖에 생각해 낼 수 없었다. 비록 어렸지만, 그녀는 자기 종족의 지배적인 악에 이미 오염되었던 것이다.

조금 시간이 흐른 후에야 나는 그녀가 얼마나 큰 곤경에 처해 있었는지 차분하게 평가할 수 있었다. 그러나 그녀를 괴롭히는 사람들을 오히려 더 조장할 체념과 증오와 후회의 복합체 자체를 그녀의 얼굴에서 보았다. 물론 나는 그 남자들이 루마니아인들이라고 여겼고, 수년 후에 내가 틀리지 않았음을 확인했다.

내가 아는 다른 모든 나라들과 마찬가지로, 루마니아에도 추방된 자들이 있었다. 민족 내에서 경멸당하는 민족으로서 그들의 주된 기능은 이미 방탕한 시민들이 소위 더 열등하다는 사람들에게 쏟아붓는 최악의 비난을 감내하는 것이었다. 나는 품위 있는 여느 루마니아인과 마찬가지로 집 없는 집시들의 불결한 방식에 역겨움을 느꼈지만, 나의 하얗게 칠한 별장이나 박공지붕 저택에서 나 자신 역시 할 법한 행위에 대해서는 그들을 비난하지 않았다.

나의 동포들과 내가 영토 전반에 걸쳐 강박적 여행을 하는 동안에 간과했던 땅의 면모를 집시들은 방랑하며 보았을 거라고 나는 짐작할 뻔했다. 집시들의 가장 폐쇄적인 비밀들조차 루마니아의 실제 국경 내의 어딘가에 여전히 보존되어 있다는 사실을 결국 알게 되면서 약간은 안도감을 느꼈다.

루마니아의 모든 구전 지식과 관습을 루마니아 사람들이 실제로 알고 있다는 걸 드디어 알게 되었을 때, 나는 나의 동료들, 우뚝 솟은 카르파티아산맥[20]의 봉우리가 석양으로 붉

---

20) 동유럽에 아치 모양으로 펼쳐진 산맥. 여러 나라에 걸쳐 있는데 루마니아

어질 때 자두 술을 마시는 음울한 사람들에게 더욱더 친밀한 연대 의식을 느꼈다. 이제 나는 그들에게 감정적으로 가장 중요한 것이 무엇인지 알게 되었다. 한때 너무나 가망이 없는 일이라 생각했던 것을 내게서 불가능할 정도로 아득히 멀리 있는 민족의 상상 속에서 발견했던 것이다.

나는 제오르제 에네스쿠[21]의 음악이나 에우제네 이오네스코[22]의 작품에 대한 나만의 해석을 즐겼을 수도 있었다. 트리스탕 차라[23]가 루마니아 출신 국외 거주자라는 것을 알게 된 후에는 다다이즘의 기원에 대한 나만의 연구를 시작했을 수도 있다. 나는 미르체아 엘리아데[24]의 학술 논문에 반응하기보다는 자신의 평생 업적은 소위 옛 루마니아에 대한 경외심 어린 기억에서 촉발된 것이라는 그의 모호한 발언에 더 관심을 가지는 소수의 독자 가운데 한 명이 되었어야 했다. 그리고 호주의 풍경에서는 어쩌다 보게 되는 무언가를 선명히 보여 준다는 인기 있는 특정한 영화를 보았을 때, 이글거리는 하늘

---

에 가장 길게 뻗어 있으며 두 번째로 높은 산봉우리 역시 루마니아에 있다.
21) George Enescuo(1881~1955). 루마니아의 국민 음악가로 존경받는 작곡가. 루마니아의 민속 음악 영향을 받은 작품을 여러 편 작곡했다.
22) Eugène Ionesco(1909~1994). 주로 프랑스어로 작품을 집필했던 루마니아계 프랑스 극작가. 20세기 아방가르드 극장의 기수였다.
23) Tristan Tzara(1896~1963). 루마니아의 아방가르드 시인, 행위 예술가, 극작가, 문학 및 예술 평론가. 다다이즘의 창립자이다.
24) Mircea Eliade(1907~86). 루마니아의 종교가, 소설가, 철학자, 교수. 성(聖)과 속(俗), 영원 회귀 등 20세기에 많은 영향을 끼친 종교학 개념을 발전시켰다.

과 화강암 산봉우리와 북유럽 안색을 가진 여학생들의 영상에 루마니아 토박이의 오므린 입술 아래를 스치는 팬파이프 소리가 곁들여 나오는 걸 들으며 즐거워했을 수도 있었다.

 그러나 나는 이런 반응을 하나도 보이지 않았다. 내가 루마니아의 위치를 완전히 잘못된 방법으로 알아냈기 때문이었다. 멜버른 교외 도시 골목길의 내 책상 앞에 혼자 앉아서 나는 스스로가 투도르 아르게지[25]의 시 선집을 가진 유일한 호주 사람이며 분명 그 시간에 그의 대담한 이미지를 음미하는 유일한 호주 사람일 거라고 생각했다.

> Statuia ei de chihlimbar
> Ai rastigni-o, ca un potcovar
> Mînza, la pamînt,
> Nechezînd.[26]

 하지만 그런 것이 진짜로 루마니아 것이라는 사실을 알면서도, 나는 그런 것에 대한 비밀스러운 탐구를 더 이상 즐길 수 없었다. 루마니아에 대한 진실이 발행 부수가 수백만 부인 잡지에 실렸다는 사실을 잊을 수 없었던 것이다.

 모든 대륙의 서적 매대에 그 친숙한 잡지 표지가 전시되어

---

25) Tudor Arghezi(18801~1967). 시와 아동 문학으로 이름 높은 루마니아의 작가이다.
26) '그녀의 호박색 동상을/너는 십자가에 박으리,/땅에 누워 우는/어린 암말에 편자를 박듯이.'라는 뜻이다.

있었다. 책을 읽지 않는 사람들도 라디오와 텔레비전에서 끊임없이 흘러나오는 신호보다는 좀 더 일관성 있는 무언가를 찾아 여전히 매대를 둘러보았다. 루마니아에 대한 나의 소중한 정보를 셀 수 없이 많은 사람이 구할 수 있게 되었다. 전에는 바나트[27]의 쓸쓸한 언덕 비탈을 떠올릴 수 없었던 수많은 사람이 이제는 철문(鐵門)[28]에서부터 프루트[29] 강변까지 이르는 모든 땅 가운데 선택한 것을 무엇이든 자유롭게 상상할 수 있지 않은가.

현재 대중의 눈에 노출된 루마니아가 거의 40년 전 사라져 버린 땅이라는 사실을 고려한다 해도 위로가 되지 않았다. 그것이 내가 루마니아에서 발견한 사실들을 다른 사람들은 예측하지 못했음을 보장해 주지는 못했다. 나는 절대 갈 수 없으리라 예상했던 곳들에서 가장 뛰어난 통찰력을 얻었기 때문이다. 이제, 시간의 흐름으로 소위 '전쟁 전'이라는 땅이 나날이 더 외진 곳이 돼 가고 있었기 때문에, 점점 더 많은 호기심 강한 사람들이 우리가 다다를 수 없는 루마니아라는 곳에 대해 추측해 보고자 할 수도 있었다.

나는 루마니아를 내 사고에서 제외하는 가능성을 고려해 보았다. 나만의 이해 방식에 특이하게 잘 맞는 삶의 방식이 외

---

27) Banat. 판노니아 분지에 위치한 지역으로 루마니아, 세르비아, 헝가리 세 나라에 걸쳐 있다.
28) 도나우강에 있는 협곡으로, 세르비아와 루마니아 사이의 국경의 일부이다.
29) Prut. 도나우강의 지류로, 루마니아와 몰도바 사이의 국경의 일부이다.

관으로도 거의 가려지지 않는 다른 장소들을 나는 당연히 알고 있었던 것이다. 루마니아에 대해 내게 처음 가르쳐 주었던 바로 그 잡지를 다시 들여다보면서 『신비로운 섬, 마다가스카르』에서 무엇이 나를 동요하게 했는지, 혹은 『류큐섬 산책』에서 무엇이 그토록 억압적이라고 느꼈는지 점검해 볼 수 있었을 것이다. 그러나 그런 먼 곳들을 연구하면서 얻을 수 있는 만족은 어떤 학자나 기자가 그 이후 오래전에 이제 그들의 타락에 관한 진실로 여겨지는 것을 발표했을 가능성 때문에 사그라질 수도 있는 위험을 안고 있었을 것이다.

내가 취할 수 있는 간단한 행동은 내가 한때 루마니아 사람들에게 동조했고 아무런 도움 없이 그들의 기이한 관습을 알게 되었다는 모든 증거를 숨기는 것이었다. 그렇게 하면 내가 독서를 제대로 하지 못했고 산악의 오지를 연구하는 사람들이 이용할 수 있는 풍부한 정보를 거의 모른다는 비난을 피할 수 있었을 것이다.

한동안 나는 정확히 이렇게 행동하기로 했다. 루마니아에 대해, 희한하고 무관한 풍경에 대해 누군가가 품는 희박한 이미지 이상의 그 무엇도 절대 꿈꿔 본 적이 없다는 듯이 일관되게 말했다. 그러나 나를 제외한 어느 누구도 말이나 글에서 그런 제한 사항을 준수하는 것 같지 않았다. 나는 모호한 글이나 불완전한 사진 외에 별다른 영감은 없는 고독한 관찰자만이 발견할 수 있는 특징들을 지닌 여러 장소에 관한 이야기를 듣거나 글을 읽어 보았다. 그리고 그런 장소들 가운데 내가 아는 루마니아와 견줄 만한 곳은 별로 없었다.

나는 곧 평상시 습관으로 돌아갔다. 이 도시로부터 너무나 아득히 떨어져 있고 내 지인들 간에 너무나 드물게 언급되어서 내가 그 나라의 지형이나 국민을 몇 마디로 요약해도 아무도 내 말에 반론을 제기하지 않는 나라들에 대해 원할 때마다 토론했다. 특별히 루마니아를 언급하지는 않았다. 나 자신이나 다른 이들을 위해 그곳의 기이함을 해석해야겠다는 조바심을 더 이상 갖지 않았다. 나는 나 자신이, 내 주변의 다른 모든 이들과 마찬가지로, 더욱더 이상한 곳에서 온 망명자라고 믿었다. 우리 모두로 하여금 우리 자신이 더욱더 이상한 곳에서 온 망명자라고 생각하도록 허용하는 나라에서 온 망명자.

## 어핑턴의 하얀 소 떼

다음은 이 작품의 주인공이 1970년대 말의 특정한 해에 특정한 픽션 작품을 쓰려고 준비하는 자신의 모습을 예측할 때마다 그의 마음속에 나타날 것이라고 예견한 일련의 이미지들 일부에 있는 일부 이미지들의 세부 사항에 대한 묘사 목록이다. 각 묘사 다음에는 일부 이미지들의 세부 사항 일부를 설명하는 구절이 따라 나온다.

'좆된'과 '좆물'이라는 단어는 존 레인 더 보들리 헤드 유한 회사에서 출간된 제임스 조이스의 『율리시스』 첫 무삭제판 중고 책의 마지막 부분에 나오는 무수한 다른 단어들 가운데 나타난다. 그 책은 앞쪽에 칼주름을 잡은 회색 스포츠용 바지를 하반신에 입고 있는 젊은 남자의 허벅지에 펼쳐져 있다. 젊은 남자의 상반신에는 갈록색 셔츠와 연푸른색 넥타이에 회청색 스포츠용 외투가 걸쳐져 있다. 일부 남자들이 스포츠용 옷을 입고 있지만, 이 모든 남자들은 흰색이나 크림색 셔츠와 짙은 색 넥타이를 착용하고 있다.

그 남자들은 1950년대 말 특정한 해의 이런 또는 저런 아침에 멜버른시에 있는 사무실 건물로 출근하는 중이다. 그 젊은 남자 역시 사무실 건물로 출근하고 있다. 그는 3년 전 중등학교를 졸업한 뒤 주중 거의 매일 같은 사무실 건물로 출근해왔다. 그러나 그는 사무실 건물에 계속 출근하고 싶지 않다. 기차 객차에서 곁에 앉은 남자들이 살고 있을 거라 추측되는 방식으로 앞으로의 삶을 살고 싶지 않다. 그는 멜버른이나 다른 대도시의 교외 도시에 집을 소유하고 싶지 않다. 그는 여자와, 아마 한두 명 이상의 여자와 성관계를 갖고 싶지만 결혼은 하고 싶지 않다. 그는 기차의 객차에서 주변에 앉은 남자들은 꿈꾸어 본 적도 없었을 거라고 추측되는 삶을 살았던 남자들에 대한 글을 읽었다. D. H. 로런스와 어니스트 헤밍웨이와 제임스 조이스에 관한 글을 읽었다. 그는 이런 남자들 같은 부류의 작가가 되고 싶다. 유럽의 이런저런 대도시의 근접 교외 도시에 있는 위층 플랫이나 유럽의 외딴 시골 지역에 있는 오두막에서 한 여자와 함께 살고 싶다. 그의 셔츠와 넥타이는 동료 근무자들과 동료 기차 통근자들에게 보내는 첫 신호이다. 자신이 사무실 근무자들의 관습과 도덕적 기준을 거부하고 출판사가 그의 첫 픽션 작품 출간 제안을 받아들이는 날부터 다시는 절대로 사무실에서 일하지 않겠다는 신호로서 색다른 녹색과 푸른색 옷을 입는다. 지금 그는 가장 가까이 앉은 사무실 근무자들 앞에서 최근까지 금서였던 책을 읽는다. 자신의 책들도 출간 직후 호주에서 금서가 될 것이라고 예상한다. 그는 점심시간을 보내는 헌책방 한 군데에서 『율리시스』를 발견했다. 매일 아침 기차의 객차에 앉을 때 가장 가까이 앉은 승객들을 살펴본다. 만일 젊은 여자가 가까이 있면 『율리시스』를 가방 안에 두고 다른 책을 꺼낸다. 젊은 여자를 당황하게 만들 생각은 전혀 없다. 그러나 가장 가까이 앉은 승객들이 남자들이거나 결혼한 여자들이라면 출퇴근길에 『율리시스』의 특정한 글귀를 손가락으로 좌우로 짚어 가며 몇 분간 읽으면서, 멜버른의 교외 도시에 사는 누군가가 이전에는 출간물에서 단 한 번도 본 적 없었던 특정한 단어들을 이 페이지에서 보고, 그 이후 한동안 내적 동요를 경험하기를 기대한다.

가로로 두 번 접힌 자국이 선명한 컬러 사진 속에 반라의 젊은 여자의 몸이 보인다. 그 젊은 여자는 울창한 관목 숲을 배경으로 푸른 풀밭 위에 무릎을 꿇고 있다. 그녀는 손을 골반에 대고 머리를 비스듬히 기울이고 미소를 짓고 있다. 립스틱을 발랐고 아마 다른 화장도 했을 것이다. 팔과 가슴과 복부의 피부는 총천연색 가구 광고지에 나오는 윤나는 나무 제품처럼 금빛 도는 균일한 갈색이다. 그녀는 유방을 앞으로 내밀고 있다. 양쪽 유방의 아랫부분은 하얗고 유두는 두드러져 보인다. 젊은 여자의 하반신과 다리에는 청바지가 걸쳐져 있다. 청바지의 벨트는 풀려 있고, 청바지 앞쪽 지퍼는 약간 아래로 내려졌다. 젊은 여자 사진은 침실의 페인트 칠 되지 않은 석고 보드 벽에 압정으로 붙어 있다. 침실에는 더블 침대와 의자 두 개가 갖추어져 있다. 침실의 구석에 박힌 두 쌍의 못에 각각 줄이 연결되어 있다. 여자 옷가지가 하나의 줄에 걸려 있고 남자 옷가지는 다른 줄에 걸려 있다. 반라의 젊은 여자 사진은 침대 머리 중앙 위에 있다. 사진의 오른쪽 벽에는 커튼이나 블라인드가 없는 창문이 있다. 창문에서 내다본 전망의 전경에는 집에서 멀어질수록 내리막으로 경사진 언덕 비탈에 자란 유칼리나무들의 성긴 이차림(二次林)이 있다. 침실 창문은 닫혀 있지만, 가까이 있는 나무들에서 곤충들이 딱딱거리고 웅웅거리는 소리가 들려온다. 창문에서 내다본 전망의 오른쪽 배경에는 숲에 뒤덮인 작은 원뿔형 산이 있다. 그 원뿔형 산에서 산맥이 왼쪽으로 뻗어 나가 시야가 미치는 곳까지 이어진다. 산맥은 지평선 위에 짙은 푸른색 선처럼 보인다. 계절은 여름이다. 시간은 이른 오후이다. 날씨는 맑고 덥다. 한 남자가 침대 위에서 무릎을 꿇고 젊은 여자 사진을 올려다본다. 그의 상체는 맨몸이고, 회색 스포츠용 바지의 지퍼는 완전히 밑으로 내려져 있다. 겹친 신문 두 장이 침대 위 그의 앞에 펼쳐져 있다.

 때는 1960년대의 첫해다. 집이 서 있는 언덕 비탈은 멜버른의 북동부 외곽 교외 도시를 살짝 벗어난 곳에 있는 언덕진 지역이다. 창밖으로 보이는 줄지어 선 산들은 킹레이크산맥이다. 집주인은 침대 위에서 무릎 꿇고 있는 남자보다 열 살 더 많다. 집주인은 주중에는 멜버른시에 있는 사무실 건물에서 일하고 2년 전 아내와 결별한 뒤부터 매주 나흘을 멜버른의 교외 도시에 있는 어머니 집에서 보내지만, 매주 금요일 이른 저녁부터 매주 월요일 이른 아침까지는 언덕 비탈에 있는 집에서 보낸다. 그는 수년간 비어 있었던 그 집을 1년 전 언덕 일부와 함께 구입했고, 멜버른시의 사무실 건물에서 더 이상 일하지 않을 때 집 주변의 언덕진 지역과 킹레이크산맥에서 그림을 그리며 여생 동안 살 수 있도록 집을 수리할 예정이다. 매주 금요일, 토요일, 일요일 밤에는 집주인이 1년 전에 남편과 별거한 여자와 더블 침대를 공유한다. 집주인은 자신과 그 여자가 각각 이혼하는 즉시 결혼할 생각이라고 친구들에게 때때로 말하지만, 침대 위에서 무릎 꿇고 있는 남자는 그 남자와 여자가 계속 결혼하지 않기를 바란다. 침대 위에서 무릎 꿇고 있는 남자는 결혼하지 않고 동거하는 커플을 이제까지 본 적 없었다. 침대 위에서 무릎 꿇고 있는 남자는 1950년대의 마지막 여름 어느 토요일 오후에 위에 언급된 언덕진 지역에 있는 한 호텔의 바에서 집주인을 처음 만났다. 침대 위에서 무릎 꿇고 있는 남자는 과거에는 이 픽션 작품에 묘사된 이미지들 가운데 처음 나왔던 갈록색 셔츠와 연푸른색 넥타이 차림을 한 젊은 남자였다. 침대에서 무릎 꿇고 있는 남자는 1950년대 말 여러 해 동안 사무실 근로자들이 거의 선택하지 않는 색의 넥타이와 셔츠를 계속해서 입었고, 계속해서 픽션을 출간한 작가가 되고 싶었지만 픽션은 거의 쓰지 않았다. 지인 가운데 그런 문제에 관심을 가진 사람이 있었더라면 그 남자는 그 사람에게 그가, 즉 자기가, 첫 픽션 작품의 주제와 문체 선택에 어려움을 겪고 있다고 이따금 털어놓았을 것이다. 그런 후 1950년대의 거의 마지막 달에 그 남자는 잭 케루악의 『길 위에서』를 처음 읽었다. 그 남자는 그때부터 자신의 첫 출간 픽션 작품의 주제와 문체가 어떤 것이 될지 알겠다고 생각해 왔다. 또한 그 남자는 그때부터 『길 위에서』의 화자가 친구들 사이에서 행동했던 것처럼 자기도 그렇게 행동할 수 있는

어핑턴의 하얀 소 떼

친구들 무리를 찾으려고 조바심을 내게 되었다. 그 남자는 위에 언급된 언덕진 지역에서 자신이 찾으려는 사람들을 가장 쉽게 발견할 수 있으리라 추측했다. 그는 《에이지》[30]의 문학 특집란에서 특정 기사를 읽고 나서 소수의 예술가와 다른 이들이 멜버른의 북동부 교외 도시를 벗어난 특정 지역의 건조한 언덕들과 제멋대로 자란 숲 가운데 있는 돌집이나 진흙 벽돌집에서 보헤미안 삶의 방식을 추종한다는 걸 짐작하게 되었다. 그는 『길 위에서』를 읽은 직후 9년 된 중고 홀든[31] 세단을 분할 매수했다. 주중에는 기차를 타고 사무실 건물로 통근했지만, 매주 토요일 아침이면 머리를 빗거나 면도하거나 샤워하지 않고 가장 오래된 옷(그가 예전에 직장에 입고 다녔던 올이 풀린 셔츠들과 바지들)을 입었다. 그런 다음 자기 부모와 함께 살고 있는 교외 도시에서 차를 운전해 앞에 여러 번 언급된 지역에 있는 몇몇 호텔에 가서 오후에는 《에이지》의 문학 특집란을 앞에 펼쳐 놓고 혼자 맥주를 마시면서 주변의 더 흥미로운 모임에 끼어들 기회를 기다렸고 이후에는 언덕 위 지역에서 열리는 파티에 초대받기를 바랐다. 그 남자는 1950년대의 마지막 달에 한번 혼자 있던 다른 남자에게 파티에 초대받아서 부분적으로 건축된 석면 시멘트 집에서 벌어진 대부분 독신인 남자들의 모임에 병맥주를 가져갔고, 그 후 언덕진 지역의 뒷길에 주차한 자신의 차에서 잠을 자고 나서 일요일 이른

---

30) The Age. 1854년에 창간된 호주 멜버른의 신문이다.
31) Holden. 19세기 중반에 설립된 호주 자동차 회사이다.

아침에 교외 도시로 돌아왔다. 그러다가 1960년대의 첫 달에 언덕 비탈 위 집주인과 그의 여자 친구가 호텔에서 그 남자에게 다가와서 자신들의 집에서 열리는 파티에 초대했는데, 파티에 참석한 다른 이들은 독신 남자 두 명뿐이었다. 위에 자세히 묘사된 반라의 젊은 여자 사진 앞에 무릎을 꿇고 있는 남자의 이미지를 나중에 그 남자의 마음속에 상기시킨 사건들이 일어났던 날에, 언덕 비탈 위 집 소유자와 그의 여자 친구는 언덕진 지역에서 여전히 그 남자가 친구라고 불렀을 만한 유일한 사람들이었다. 그날은 1960년대의 두 번째 달에 속한 날이었고, 두 번째 달은 언덕진 지역과 주변 지역에서 매년 가장 더운 달이었다. 이 이야기의 모든 단락에서 "그 남자"라고 지칭되는 그 남자는 1960년대의 두 번째 달 초에 연례 3주 휴가를 시작했다. 휴가 첫 주의 평일에 그 남자는 혼자 또는 다른 독신 남자와 함께 언덕진 지역의 이런저런 호텔에서 몇 시간 동안 앉아서 맥주를 마시다가 오후 늦게 부모 집으로 돌아왔다. 휴가 두 번째 주의 첫 평일에 그 남자는 저녁에 집에 돌아오지 않고 친한 기혼 커플과 언덕진 지역에서 잘 거라고 어머니에게 말했다. 그런 다음 홀든 세단을 몰고 언덕진 지역에 가서 호텔에서 맥주 여섯 병을 산 후 언덕 비탈 위의 집으로 갔다. 그 전주 주말에 집주인은 휴가 기간 동안 어떤 평일에든 그 남자가 데려오고 싶은 어떤 젊은 여자든 데려와도 좋다고 말하면서 매주 월요일 아침부터 매주 금요일 저녁까지 집 열쇠를 어디에 숨겨 두는지 보여 주었다. 그 남자는 맥주 여섯 병을 들고 집에 도착해서 열쇠를 찾고 집 안에 들어가서 냉장고에 맥주를 집어넣었다. 그다음 맥주 한 병을 들고 집 베란다로 나가서 술을 마시기 시작했다. 그 남자는 약 한 시간 동안 베란다에 앉아서 맥주를 마시고 곤충 소리에 귀를 기울이고 집 주변의 나무나 멀리 있는 짙은 푸른색 산맥을 바라보았다. 그런 후 집으로 들어가서 주 침실로 갔다. 주 침실에 들어갔을 때, 침대 위쪽 벽에 붙어 있는 사진이 즉시 눈에 들어왔다. 지난번에 침실을 들여다보았을 때는 반라의 젊은 여자 사진이 없었다. 그 남자는 침대에 앉았다. 침실에서 발견되는 여자 옷가지나 속옷을 점검하며 시간을 보낼 생각이었지만, 침대에 앉아서 젊은 여자 사진을 살펴보았다. 구석에 인쇄된 몇 글자를 통해서 그것이 《플레이보이》의 최근 호 속에 접혀서 실린 스리 페이지[32] 사진이라는 사실을 알게 되었다. 그는 이내 집주인이 전년도에 그의(집주인의) 여자 친구가 크리스마스 선물로 얼마 전까지 호주에서 금지되었던 《플레이보이》 구독권을 주었다고 말해 주었던 것이 생각났다. 침대에 앉아 있는 남자는 《플레이보이》를 한 번도 본 적이 없었다. 침대에 앉아서 벽에 붙은 사진을 살펴보던 동안, 그는 자신이 되고 싶었던 부류의 남자로서의 삶에 다소 가까워졌고, 그러므로 그가 나중에 쓰게 될 책들 가운데 첫 책 집필에 다소 가까워졌다고 믿었다. 그런 다음 그 남자는 헌 신문 보관 상자가 있는 부엌에 갔다. 그는 가장 큰 신문을 몇 장 골랐다. 신문을 고른 뒤에 그

---

[32] three page. 타블로이드 잡지 표지 페이지를 넘기면 바로 보이는 오른쪽 페이지, 즉 3p에 주로 실리는 누드 혹은 세미 누드 사진을 일컫는 말이다. 보통 본문 페이지보다 긴 종이에 인쇄하여 접혀 있다.

것이 지난주 토요일에 자신이 그 집에 가져왔던 《에이지》 문학 특집란의 일부라는 것을 알게 되었다. 그는 접힌 신문지를 펼치고 더블 침대 위에 늘어놓아 그의 앞 침대보를 신문지로 덮고 젊은 여자 사진을 마주 보며 침대 위에 꿇어앉았다. 그는 그런 다음 통상 "그는 그런 다음 자위를 했다."라는 표현을 통해 단일한 행위로 묘사되는 일련의 행위를 했다.

 이 이야기의 첫 문장에서 언급된 한 해 동안, 그 문장에서 언급된 그 남자가 앞 단락에 설명된 세부 사항의 일부 이미지들이 자신의 마음속에 나타나는 것을 예견할 때마다, 그 남자가 침대 위에 꿇어앉아 앞 문장에 묘사된 행동을 하는 동안 그 남자의(혹은, 그것보다는, 그 남자의 이미지의) 마음속에 나타나리라 예견했던 일련의 이미지들은 너무나 강렬해서 그 남자가 특정한 픽션 작품 집필을 준비하는 자기 모습을 침대에 무릎 꿇고 있는 동안 예견하는 것이었을 수도 있음을 그는 알아차렸다. 그 픽션 작품의 주인공인 그 남자는 미국에 있는 숲의 빈터에서 한 젊은 여자와 홀로 남아서 자신에 대한 특정한 구체적 사실을 그녀에게 설명하기 시작할 방법으로 앞 문장에 묘사된 행위를 그녀 앞에서 시작했을 수도 있다.

 *열 마리 정도의 소 떼가* 높이 자란 풀밭에 서 있고, 동물들 뒤로 나무들이 줄지어 서 있다. 소 떼는 자신들을 관찰하는 사람에게서 100걸음 정도 떨어져 있지만, 일부 소들은 그 사람이 접근하기 시작했다는 걸 알아차린 것 같다. 일부 소들은 그 사람 쪽을 향해 서 있다. 이 동물들은 길고 활짝 벌어진 뿔이 있지만, 그 어느 것도 위협적인 자세를 취하지 않는다.

바라보는 사람이 소 떼에 더 가까이 다가간다면, 소들은 자리를 지키기보다는 나무들 사이로 도망갈 공산이 더 크다. 모든 소가 하얗다.

    높이 자란 풀밭에 서 있는 하얀 소들과 그 뒤에 나무들이 줄지어 서 있는 이미지는 이 픽션 작품에 묘사된 첫 이미지에서 갈록색 셔츠와 연푸른색 넥타이 차림을 하고 있던 젊은 남자가 될 소년이 1940년대 말 어떤 해에 크리스마스 선물로 받았던 책에 나오는 사진의 이미지이다. 그 소년은 1940년대 말의 모든 크리스마스 날마다 자신이 받은 선물 가운데 멜버른 시에 있는 백화점의 어린이 도서 매장에서 그의 어머니가 고른 커다란 책이 있음을 발견하곤 했다. 각 책은 영국에서 출간되었고 일반 상식이라는 광범위한 주제를 세분화한 영역이라고 할 수 있는 화제에 대한 수많은 사진 딸린 조목별 글이 실려 있었다. 크리스마스 날마다 그는 책의 모든 사진을 보고 그 아래 붙은 모든 설명을 읽었다. 크리스마스 날 이후 여름 방학 동안 책에 나오는 모든 조목 글을 한 번씩 읽었고 어떤 조목은 여러 번 읽었다. 방학이 끝나고 나면 그 책을 거의 들여다보지 않았고, 특정한 몇몇 사진과 그에 딸린 설명만 들여다보았다. 생애 열두 번째 해의 크리스마스 날, 그의 새 책에는 영국에 있는 어느 오래된 집들에 대한 글이 실려 있었다. 그는 그 조목 글을 한 번만 읽었다. 그는 영국의 저택에 살았던 소위 명망 있는 가문에 관해 아버지가 말해 주었던 것, 즉 그런 가문 사람들은 강도질이나 살인을 통해서 또는 튜더 왕조 시대에 경건한 수도승들을 수도원에서 몰아냄으로써 집과 땅을 획득했다는 것을 믿어 의심치 않았다. 높이 자란 풀밭에 서 있는 하얀 소들과 그 뒤에 나무들이 줄지어 서 있는 이미지는 그가 소의 사진이 실린 책을 갖게 된 후 첫 두 해 동안 여러 계기로 인해 그의 마음속에 나타났을 수도 있을 거라고 이 픽션 작품의 첫 문장에서 언급된 한 해 동안 그는 때때로 추측했지만, 이후 그 계기를 전혀 기억할 수 없었다. 이제 막 언급된 한 해 동안, 이 픽션 작품에서 가장 자주 언급된 남자는 하얀 소 떼와 높이 자란 풀밭과 줄지어 선 나무들 이미지가 자신의 마음속에 나타나는 것을 예견할 때마다, 1950년대의 첫해 특정한 저녁의 특정한 순간에 그가 부모 집에 있는 자기 침대 위에 누워 있던 동안 자신의 마음속에 나타났던 것과 똑같은 모습으로 그 이미지가 떠오를 거라고 예견했다. 그날 저녁으로부터 세 달 전, 그는 이 픽션 작품의 앞부분에 언급된 일련의 행위를 처음으로 했다. 그 이후 세 달 동안 그 숱한 저녁에 그 일련의 행위를 하면서 미래의 이런저런 때에 야외의 이런저런 한적한 장소에서 이런저런 젊은 여자 앞에서 자신에 대한 특정한 자세한 사실을 그 젊은 여자에게 설명하기 시작할 방법으로 그 일련의 행위를 하는 자기 모습을 예견했다. 그 이미지가 나타났던 것이 거의 30년 후에 기억날 정도로 하얀 소 떼의 이미지가 그의 마음속에 강렬하게 나타났던 저녁 전날에, 그는 신부에게 그가, 즉 이 픽션 작품에서 가장 자주 언급된 남자가 된 그 소년이, 지난 세 달간 많은 순간에 특정한 죄를 지었다고 고해했다. 신부는 그 소년의 죄를 용서하기 전에 만일 그가 선하고 성스러운 것에서 즐거움을 찾는 방법을 배우지 못한다면 이제 막 고백한 죄를 미래에 다시 저지를 위험에 처할 거라고 경고했다. 앞 문장에 언급된 저녁 늦은 시간에 최근에 죄를 용서받은 소년은 침대에 누워 있는 동안, 비록 선하고 성스러운 것들에서 즐거움을 찾을 수 있으리라 기대하지는 않았지만, 선하고 성스럽다고 생각되는 것이 마음속에 나타나도록 예비했다. 그 소년이 그렇게 예비하는 동안, 거의 30년 후에 특정한 픽션 작품을 쓰려는 자신의 모습을 예견할 때마다 기억나던 하얀 소 떼의 이미지가 그의 마음속에 나타났다.

　이 이야기의 첫 문장에서 언급된 세월 동안, 그 문장에 언급된 그 남자는 앞에 언급된 책에 나온 하얀 소 떼 사진 아래 붙은 설명을 기억할 수 있었다. "고대 짐승 떼에서 살아남은 동물들, 어핑턴의 야생 하얀 소 떼." 그는 사진 주변의 글에는 하얀 소 떼에 관해 아주 간략하게 언급되어 있던 것을 기억할 수 있었다. 작위가 있는 누군가가 다른 곳에서는 볼 수 없는 소규모 야생 소 떼를 사유지에서 길렀다는 것이다. 그것을 기억했던 그 남자는 어렸을 때 작고 붐비고 훼손된 영국의 땅 어디엔가 소 떼가 자유롭게 뛰어다닐 정도로 큰 높게 자란 풀밭과 숲 지대가 있을 거라고 생각하며 안도감을 느꼈던 것, 그리고 안도감은 좋은 느낌이었던 것 또한 기억했다. 그러나 그 남자는 선하고 성스러운 것의 이미지에서 즐거움을 찾으려고 노력했던 그 저녁, 그리고 하얀 소 떼 이미지가 마음속에 나타났던 바로 그 저녁에 자신이 앞에서 언급된 일련의 행위를 하지 않았다는 건 기억할 수 없었다. 그 남자는 이제 막 언급된 저녁 이후 수년 동안 숱한 저녁에, 때로는 하루의 다른 시간에, 그 일련의 행위를 했던 건 쉽게 기억할 수 있었다. 나이가 지긋이 들었을 때 그 남자는 유년기와 그 이후 기간에 높다란 풀이 있는 초원과 하얀 소 떼가 숨어 있는 숲이 있는 어핑턴이 영국 어디에 있는지 궁금해 했던 게 기억났다. 그 남자는 한 번도 영국에 여행 가 본 적이 없지만, 지도책은 쉽게 찾아볼 수 있었을 것이다. 하지만 그는 찾아보지 않는 편을 선호했고, 1970년대 말에 멜버른의 근접 교외 도시에 있는 고등 교육 전문대에서 문예 창작 전공으로 인문학 수료증을 따기 위해 학생이 되어 픽션 창작 입문이라는 수업에 등록해서 그 과목 수업에 매주 출석하던 중 어느 날 저녁 과목을 맡은 강사가 학생들에게 픽션 작가는 어떤 픽션 작품을 집필하거나 준비할 때 그 어떤 참고가 될 만한 책이나 지도를 참조해서는 안 되며 도서관 또는 이른바 사실이나 지식이나 정보의 다른 창고를 찾아가서는 안 된다는 조언을 해 준 이후에야 자신이 왜 찾아보지 않는 걸 선호했는지 설명할 수 있게 되었다.

특정한 계곡과 산의 특정한 전망이 산비탈 높은 곳에 있는 사람에게 보이듯 나타난다. 숲과 둥그런 큰 돌들과 하늘이 주를 이루는 전망에 길이나 건물이 보이지 않는다. 숲의 나무들은 앞쪽은 회녹색이고 뒤쪽은 짙은 푸른색이다. 시야가 미치는 가장 먼 산 위에는 더 멀리 있는 산이거나 아지랑이거나 폭풍우 구름일 수도 있는 회청색의 가느다란 띠가 있다.

그 산들은 호주 알프스[33]의 일부이다. 이것은 한 남자가 멜

---

33) 호주 남동쪽에 위치한 호주 최고의 산맥이다.

버른에서 북동쪽으로 100마일 이상 떨어진 커다란 게스트하우스의 베란다에 앉아서 둘러볼 때의 전망이다. 그 남자는 이전에 멜버른의 북동부 외곽 교외 도시를 살짝 벗어난 곳에 있는 언덕진 지역에서 친구를 찾아 보던 남자다. 계절은 늦여름이다. 연도는 1960년대 중반이다. 젊은 여자가 베란다에서 그 남자 가까이 앉아 있다. 젊은 여자는 남자보다 몇 살 어린 그의 아내다. 그녀와 그는 1년간 약혼 기간을 거친 뒤 결혼한 지 일주일도 채 되지 않았다. 그녀와 그는 이 픽션 작품의 첫 설명 부분에서 언급된 사무실 건물에서 처음 만났는데, 그 사무실 건물에서 그녀는 7년간 일했고 그는 10년간 일했지만 두 사람은 언제나 건물의 다른 층에서 근무했다.

   그 남자는 베란다에서 산과 계곡을 바라보는 동안 삼림 가운데 있는 빈터에 들어가려고 준비하는 자신을 예견한다. 베란다에 있는 남자는 게스트하우스 주변의 산과 계곡 속으로 이어지는 이런저런 산책길에서 언덕을 따라 100걸음 정도 올라간 곳에 빈터가 있으리라고 추측한다. 그 남자는 자신과 자기 아내가 게스트하우스를 떠나기 전 매일 이런저런 산책길을 걸으리라고 추측한다. 더 나아가 그 남자는 자신이 들어가려는 것을 자주 예견했던 빈터 같은 장소를 찾기 위해 이런저런 산책길을 벗어나 언덕을 올라가자고 아내를 설득하리라고, 때에 따라 필요하다면 여러 번에 걸쳐 설득하리라고 추측한다. 베란다에 있는 남자가 마음속에서 자주 보았던 빈터로 자신과 자기 아내가 들어서는 것을 예견할 때, 그는 주위에 나무와 관목만 보이고 곤충들의 커다란 딱딱거리는 소리와 붕붕거리는 소리만 들리는 곳에 있는 자신의 모습을 예견한다.

 게스트하우스의 베란다에 있는 남자는 최근 신문에서 처음으로 읽었던 '동요하는 런던'[34]이라는 표현을 마음속에서 듣는다. 그보다 젊은 영국 사람들은 이제, 즉 1960년대 중반에서야, 그가 1950년대 후반에 원했던 대로 그리고 1960년대 초에 때때로 시도했던 대로 행동하고 있는 것이다. 베란다에서 그 남자는 6개월 전 멜버른시에서 곧 자기 아내가 될 젊은 여자와 함께 보았던 영화를 떠올린다. 그는 영화 중간에 몇 분 동안 어떤 젊은 여자의 나신 일부 이미지가 나오는 여러 장면을 보았다. 그는 이전에 그런 이미지가 나오는 영화를 한 번도 본 적이 없었다. 그 영화의 배경은 영국이었다. 벌거벗은 여자의 이미지는 저택과 푸른 벌판과 영국 전원 지방의 무리 지어 자란 나무 이미지가 포함된 풍경을 배경으로 나타났다. 베란다에 앉아서 위에 언급된 구절을 마음속에서 들을 때 그 남자는 이제 막 언급된 영화에 나온 이미지를 마음속에서 다시 보고, 그런 다음 젊은 사람들이 주말과 휴가 기간에 런던과 영국의 다른 도시들에서 영국의 전원 지방으로 여행 가서 자신이 앞에서 언급된 빈터에서 빅토리아주 북동부의 모든 산과 계곡과 숲에 둘러싸여 아내와 하리라고 예견하는 일련의 행동을 그 젊은 사람들이 저택의 방 혹은 드넓은 정원이나 푸른 들판의 구석에서 하는 것을 마음속에서 지켜보고 다른 한

---

[34] Swinging London. 1960년대 중반에서 후반까지 영국에서 나타났던 현대성과 쾌락주의를 강조한 젊은이 중심의 문화 혁명 현상을 일컫는 표현이다.

편으로는 주변에 영국의 전원 지방밖에 없는 젊은 사람들을 마음속에서 비웃는다.

　대부분 평평한 회녹색 방목 들판의 전망이 빅토리아주 남서부의 어느 낙농장에 있는 어느 물막이판 오두막 베란다의 부식된 판자 위에 서 있는 사람에게 보이듯 드러난다. 전망의 거의 모든 곳에서 대부분 평평한 방목 들판은 지평선까지 뻗어 있고 흩어진 사이프러스 나무 경작지, 가시철사 울타리의 나무 기둥, 그리고 몇몇 물막이판 농가만 듬성듬성 보일 뿐이다. 그러나, 전망의 4분의 1 정도에 해당하는 면적에서 방목 들판은 줄지어 서 있는 나무들과 덤불숲까지 100걸음 정도 거리밖에 되지 않는다. 이 4분의 1 정도 면적의 중간 부분에 일흔 마리 정도의 젖소 떼가 풀을 뜯고 있다. 소들은 붉은색이나 갈색의 다양한 색조를 띠고 있고, 종종 흰 무늬가 있다.
　허물어져 가는 베란다가 있는 물막이판 오두막은 농장 주인이 집세를 받지 않고 분익(分益) 농부와 그의 가족에게 제공한 것이다. 분익 농부는 1년 내내 매일 두 번씩 소젖을 짜고 젖 짜는 시간 외에 농장 관리 일을 하고, 이 모든 일의 대가로 소젖 판매 수익금의 3분의 1을 받는다. 베란다에서 내다보이는 전망은 열 살밖에 안 되는 소년의 눈에 보이는 것이다. 아버지가 분익 농부인 소년은 나중에 앞에 묘사된 특정한 이미지에서 특정한 셔츠와 넥타이를 착용하는 젊은 남자가 될 것이다. 소년은 베란다에서 전망을 바라볼 때마다 줄지어 선 나무들과 덤불숲을 가장 자주 바라본다. 이 농장과 주변의 다른 두 농장을 소유한 주인은 그 지역의 많은 관습을 무시하는 일흔 살 남자다. 농장의 세부 분할용 울타리는 모두 무너졌고, 소 떼는 젖 짜는 시간 외에는 농장의 어디에서나 자유롭게 풀을 뜯을 수 있고 심지어 나무들과 덤불숲 사이를 걸을 수도 있다. 위에 언급된 각각의 세 농장에는 관목과 덤불숲으로 뒤덮인 개간되지 않은 땅이 한 조각 있고, 덤불숲이 가장 무성한 곳에는 골 진 철판 농막이 있다. 세 농장의 주인은 매년 몇 달씩 각각의 세 농막에 산다. 주인은 혼자 산다. 그는 독신남이고, 모든 아들들이 평생 동안 독신이었던 집안의 마지막 생존자다. 분익 농부와 그의 가족은 매일 아침 집의 베란다에서 멀리 있는 나무와 덤불숲 방향을 내다본다. 나무 위로 연기가 피어오르는 것이 보이면, 농장 주인이 나무와 덤불숲 사이의 농막에서 지내고 있다는 것을 알 수 있다. 주인은 어디 살든 간에 며칠에 한 번씩 말을 타고 와서 분익 농부와 농장 운영에 관한 이야기를 나눈다. 그는 방문 후 농장을 떠날 때 개의 도움을 받아 발정 난 암소를 앞에 몰고 가곤 한다. 주인은 울타리가 잘 관리되고 수소들이 안전하게 보호받는 다른 농장에서 수소들을 기른다. 주인은 방문하는 동안 분익 농부와 그의 아내와 아이들에게 정중하게 말하지만, 위에 언급된 소년의 아버지는 주인이 혼자 있는 걸 선호하는 괴상한 사람이라고 말한다. 소년은 주인의 농막을 본 적이 없다. 어느 더운 오후 농장 암소들을 끌어모으기 위해 농장 개들과 밖에 나가서 암소들이 줄지어 선 나무들과 덤불숲 사이에서 풀 뜯는 걸 발견했을 때, 그는 나무들 사이로 약간 걸어 들어가 귀를 기울였다. 곤충 소리만 들렸다. 소년은 귀를 기울이는 동안 늙은 남자가 농막의 베란다에 앉아서 책이나 잡지를 읽는 걸 상상했다.

줄지어 선 나무들과 덤불숲의 이미지는 앞서 서술된 일련의 사건에서 묘사된 상상 장면뿐 아니라 다음에 서술될 일련의 사건과 연관된 특정한 이미지들을 미래에 소년에게 연상시킬 것이다.

소년과 그의 가족이 낙농장에서 살기 시작했던 초기의 어느 한 주에, 스타킹이라는 이름의 암소가 송아지 출산 직전에 이르렀다. 그 소는 적갈색 몸과 대조를 이루는 하얀 다리 때문에 그런 이름이 붙여졌다. 어느 특정한 아침, 개들이 소 떼를 젖 짜는 헛간으로 몰고 왔을 때 소 떼 가운데 스타킹이 보이지 않았다. 소년의 아버지는 젖을 짠 뒤 스타킹이 송아지를 낳기 전에 관목과 덤불숲으로 뒤덮인 땅뙈기에 은신처를 마련했을 것이고, 송아지가 자신 옆에서 뛸 수 있을 때까지 그곳에 숨겨 두려 할 것이라고 소년에게 설명했다. 소년은 그날 오후와 그다음 날에 스타킹 암소가 나무와 덤불 주변에서 혼자 풀 뜯는 것을 보았다. 다음 날 아침, 소년은 아버지가 그 암소와 송아지를 방목 들판에서 젖 짜는 헛간 가까이에 있는 작은 마당으로 몰고 가는 것을 보았다. 그날 오후에 암소 스타킹에게서 수컷인 송아지를 떼어 냈다. 며칠 후 도살업자 중개인이 송아지를 데려갔다. 그즈음 소년은 송아지나 암소에게 흥미를 잃었지만, 송아지가 나무와 덤불숲 사이에 숨어 있었던 기간 동안 그 송아지가 방목 들판과 집들이 보이지 않는 곳에서 생존할 작은 소 떼를 이룰 첫 송아지가 될 거라고 추측했었다.

『타임스 세계 지도책』의 특정한 쪽을 들여다보면서 앞에 펼쳐진 지도 부분에 표시된 영국의 지역에서 실제로 이런저런 풍경을 바라보고 있는 사람의 시야에 나타날 법한 하나 또는 다수의 이미지를 마음속에서 보게 해 줄 이런저런 세부 사항을 찾고자 노력하는 한 남자의 시선에 보이는 것처럼 연한 색조의 갈색과 분홍색과 금색과 초록색으로 된 비정형적 영역이 드러난다.

지도책 한 쪽을 보고 있는 남자는 멜버른의 근접 교외 도시에 있는 고등 교육 전문 대학으로 알려진 교육 기관의 만학도다. 이 픽션 작품의 첫 단락에 착용한 셔츠와 넥타이가 언급된 그 젊은 남자였던 남자는 똑같은 사무실 건물에서 20년 이상 일했다. 그는 10여 년 동안 평일 저녁마다 도시에서 아내와 두 아이와 살고 있는 남동쪽 외곽 교외 도시로 교외 기차를 타고 다녔지만, 지난 3년간 위에 언급된 교육 기관에서 수업을 듣기 위해 일주일에 두 번씩 저녁에 귀갓길에서 벗어났다. 위에 묘사된 대로 그가 교육 기관의 도서관에서 지도책을 참조하고 있는 저녁은 1970년대 말 특정한 해의 어느 저녁이다.

위에 언급된 교육 기관은 1970년대 초의 특정한 해에 설립되었다. 이 픽션 작품에서 가장 빈번하게 언급된 남자는 20년 후에도 이제 막 언급된 두 해와 그 사이의 몇 년을 삶에서 가장 흥미진진했던 기간으로 묘사할 것이다. 두 해 중 처음 언급된 해의 전해에 특정 정당이 그 남자가 평생 살아온 나라의 연방 정부를 구성하도록 선출되었다. 이 정당은 20여 년 동안 야당이었고, 그 남자와 그의 친구들 대다수는 선거 결과 자체가 흥미진진한 일이라고 생각했다. 그 남자는 새 정부의 정책들이 흥미진진했으며, 그가 이해한 바로는 자신 같은 성인들에게 재훈련에 강조점을 둔 무료 고등 교육을 제공하는 교육 정책이 특히 흥미로웠다고 20년 후에 회고했다. 그는 중등학교 마지막 학년이 되기 전에 학교를 떠났고 대학교 비슷한 어떤 교육 기관에서 공부하게 되리라고 전혀 기대하지 않았다. 사실, 그가 1970년대 중반에 등록한 전문 대학은 그가 품어 왔던 대학교의 이미지와 닮은 구석이 하나도 없었다. 건물들은 골목길을 따라 서 있었고 주변에 잔디밭이나 땅도 없었다. 그가 등록일에 학생회 건물에 들어갔을 때, 정보 소책자를 건네준 사람은 아기에게 모유 수유하는 서른 살 정도의 여자였고, 전문 대학 견학 설명회에 갔을 때 그와 그가 속한 무리를 인도한 사람은 열두 가지의 다른 일을 해 봤고 가장 최근에 한 일은 양돈장 노동직이었으며 문예 창작 전공으로 인문학 학위 수료증을 받자마자 텔레비전 제작 회사에서 대본 작가로 일할 생각이라고 새로운 학생들에게 말한 서른 살 정도의 남자였다.

이 픽션 작품의 주인공은 1960년대 말 어느 해에 그의 아내가 직업을 포기하고 그와 그녀의 두 아이 중 첫 아이를 돌보기 위해 집에 머물러야 했던 이후로 문예 창작 전공으로 인문학 학위 과정에 등록할 때까지 픽션을 전혀 쓰지 않았던 터였다. 그해 전에는 매주 이런저런 날 저녁에 메모와 초고가 담긴 이런저런 서류철을 꺼내서 한두 단락을 덧붙이거나 수정했지만, 아내가 일을 그만둔 후로 부업을 찾아야 했다. 자신이 사는 교외 도시에 있는 신문 판매사에서 이른 아침에 일하기 시작했고, 신문 배달 소년들에게 부수를 세어 신문 뭉치를 내어 주고 그런 다음에는 배달 소년들이 신문을 돌리다가 들러서 가져갈 수 있도록 신문 묶음을 거리 모퉁이 보급소에 차로 전달했다. 두 직업에 종사하는 동안 일주일에 엿새는 저녁에 일찍 자러 가야 했기 때문에 글쓰기를 중단했다. 두 직업에 종사하는 동안에는 야간 전문 대학 학생으로 등록할 수 없었지만, 1970년대 중반에 자녀들이 학교에 다니기 시작했고 아내는 비정규직을 시작했다. 그런데도, 인문학 학위 수료증을 가지면 앞서 언급된 사무실에서 더 높은 직위에 걸맞은 자격 요건을 갖추게 된다고 아내를 설득하지 않았더라면 그녀는 그가 두 번째 직업을 포기하는 데 동의하지 않았을 것이다.

 이 픽션 작품 주인공은 문예 창작과 학생으로서 첫해에 기술적 글쓰기, 시 창작, 대본 창작, 그리고 픽션 창작에 대한 간단한 과제가 포함된 수업들에 등록해야 했다. 수업 첫 주에 그 자신은 출판 작가가 아니지만 다음 해에 학생들을 가르칠 저명한 작가의 수업에 걸맞은 준비를 하게 해 주겠다고 말했던 선생의 가르침 아래 그는 우등 성적을 받지 못한 채 이 모든 수업을 마쳤다.

 이 픽션 작품의 주인공은 학위 과정 2년 차에 픽션 창작 A와 B 두 수업에만 등록했다. 첫 수업이 시작되기 전부터 그는 그해에 집필해야 할 단편 픽션을 위해 조금씩 글을 끼적이기 시작했다. 거의 20년 동안 작가로서 방해 요소가 되었던 글쓰기 기술의 결핍을 메울 수 있는 기술을 드디어 배우게 될 거라고 믿었다. 출근 기차 속에서 아침용 서류철 하나를 펼쳤을 때, 이미 기록한 이런저런 구절에 문장 하나를 덧붙이는 것만으로도 도발적인 색 셔츠와 넥타이를 착용하고 『율리시스』를 읽었던 젊은 남자였을 때의 기분을 어느 정도 느낄 수 있었다. 그렇지만 젊은 시절에는 작가가 되면 멜버른의 교외 도시에서 먼 곳들로 나아갈 수 있을 것으로 생각했었다. 유럽의 카페나 하다못해 멜버른의 북동쪽 언덕에 있는 호텔에서 눈길을 받는 자신의 모습을 상상했었다. 거의 마흔에 가까운 만학도인 그는 자신이 멜버른의 사무실 건물에서 남은 근로 인생을 보내게 될 것임을 예견했고 그나마 글쓰기를 통해 마치 다른 이들은 의문만 품었던 무언가를 자신은 한번 목격했던 것처럼 사무실 건물에서 일하는 다른 사람들이나 그가 사는 교외 도시의 다른 사람들과 다소 구별되는 느낌을 갖게 될 거라는 유일한 기대를 하고 있었다.

위에 언급된 수업의 선생은 허름한 옷차림을 한 50대 남자였다. 거의 모든 학생은 그 선생 때문에 혼란스러워하거나 그를 싫어했고 3학년 수업인 고급 픽션 창작 A와 B 수강을 고대했다. 그 수업을 가르치는 선생은 단편 소설집 두 권으로 문학상을 받았고 신문의 문학 편집자나 다른 언론인이 자주 인터뷰하는 30대 여자였다. 2학년 학생들은 그 여자가 모든 글쓰기는 정치적 행위라는 진술로 매년 첫 수업을 시작하고 학생들에게 출판을 위해 작품을 투고하고 작품 낭독회를 주선하라고 독려한다는 이야기를 고학년 학생들에게서 전해 들었다. 허름한 옷차림을 한 남자는 첫 시간에 학생들에게 다음과 같이 말했다. 그가 학생들을 위해 해 줄 수 있는 최상의 일은 그의 수업을 듣자마자 (혹은 그 이전에) 픽션 집필을 포기하도록 설득하는 것이다. 픽션 집필은 상상의 부모나 상상의 연인이나 상상의 신에게 자기 자신을 설명하기 위해 특정한 부류의 사람이 하는 일이다. 그 자신은 10여 년 전에 소설을 두 권 출간했지만 그 이후로는 아무 작품도 출간하지 않았고 여생동안 픽션 한 문장도 쓰지 않을 작정이다. 그는 계시를 받고 나서 픽션 집필을 멈추었다. 그는 계시를 받기 위해 글을 쓰거나 쓸 준비를 해야 했지만, 이미 계시를 받았기 때문에 더 이상 픽션을 쓰고 싶지 않았다. 그런 다음 허름한 옷차림을 한 남자는 자신이 아마도 이미 지나치게 말이 많았고 아마도 학생들을 완전히 혼란에 빠뜨렸을 것이라고 말했다. 그런 다음 그는 첫 수업이 끝났고, 다음 달 수업은 취소되었으며, 학생들이 나가서 첫 픽션 작품을 써서 3주 후에 제출하면 자기가 한 해의 나머지 수업 시간을 채울 워크숍 수업을 위해 작품 복사본을 준비할 것이라고 말했다.

이 픽션 작품의 주인공은 허름한 옷차림을 한 남자 수업의 첫 과제로 낙농장 구석에 있는 작은 덤불숲 속의 농막에 혼자 살면서 한 번도 결혼하거나 여자나 소녀와 사귄 적이 없는 남자를 주인공으로 한 픽션 작품을 썼다. 작품을 쓴 남자는 마지막 쪽 끝부분에 빨간 잉크로 커다랗게 66퍼센트라고 쓴 것을 제외하면 수정 제안 표시와 비평적 주석이 전혀 없는 상태로 과제를 돌려받았다.

이 픽션 작품의 주인공은 첫 워크숍 수업 전에 학급 동료들과 이야기를 나누면서 허름한 옷차림을 한 남자가 학생들의 과제에 논평을 안 써 주는 것으로 유명하다는 것을 알게 되었다. 일부 학생들은 그가 알코올 중독자라 손이 심하게 떨려서 글씨를 쓸 수 없는 거라고 말했다. 다른 이들은 그가 그냥 게으를 따름이라고 말했다. 또 다른 학생들은 그가 학생들의 작품에 논평한 것을 다른 교육 기관의 문예 창작과 선생들이 읽을까 봐 두려워하는 거라고 말했다.

첫 워크숍 수업에서, 허름한 옷차림을 한 남자는 더 이상 읽고 싶지 않다는 생각이 들 때까지 본문의 몇 퍼센트를 읽을 수 있는지 보고 과제의 점수를 계산했다고 학생들에게 설명했다. 하지만 그 남자는 모든 과제를 끝까지 읽지 않았다는 말은 실제로 하지 않았고, 수업에서 각 과제에 대해 논평할 때 (학생들이 발언을 마친 후에) 가혹한 말은 전혀 하지 않았다. 허름한 옷차림을 한 남자가 학생들에게 말하는 것을 들었을 때, 그는, 즉 이 픽션의 주인공은, 그 남자가 학생들에게 연민을 느끼는 것 같다고 생각했다. 마치 그 자신도 한때 겪었으나 이후 오래전에 극복한 무엇을 학생들이 겪고 있다는 듯이.

이 픽션 작품의 주인공은 등록한 수업 과제로 두 번째 픽션 작품 집필을 시작하기 전에 자신이 학급 동료인 한 여자와 사랑에 빠졌다는 걸 깨달았다. 주인공은 그 사실을 파악한 후, 때때로 수업 전에 카페테리아에서 몇몇 학생들과 함께 그 여자 가까이 앉게 되더라도 그녀에게 절대 개인적으로 말을 건네지 않았다. 그가 그녀에 대해 알고 있는 바는 그녀가 낮에 사무실 건물에서 일한다는 것과 약간의 영국식 억양을 갖고 있다는 것에 불과했다. 그는 그녀가 자신보다 다섯 살에서 열 살 정도 어릴 거라고 추측했다.

　주인공이 위에 언급된 여자와 사랑에 빠진 주요한 원인으로 꼽은 건 그 여자가 첫 과제로 쓴 단편 픽션 작품이었다. 대다수의 학급 동료는 그 작품이 수업에서 낭독된 작품들의 평균 수준보다 나은 정도라고 여기는 듯싶었지만, 이 픽션 작품의 주인공은 저자에게 복사본을 돌려주기 전에 마지막 논평으로 매우 깊이 감명했다고 썼다. 학급에서 이 의견에 가장 동의하는 사람은 허름한 옷차림을 한 남자였는데, 같은 저자가 쓴 다음 작품을 읽기를 고대한다고 수업 시간에 말했다. 그가 이전에 학생들에게 단 한 번도 했던 적이 없는 말이었다.

　위에 언급된 여자는 이 픽션 작품의 주인공이 결혼반지일 거라고 짐작한 반지를 끼고 있었지만, 카페테리아에서 대화를 나눌 때 남편이나 아이들에 대해 전혀 언급하지 않았다. 그렇지만, 심지어 주인공조차 그가 일하는 사무실 건물과 그가 사는 교외 도시 사람들 사이에서 일어나는 최근의 변화를 알아차렸다. 심지어 그조차 파경과 열린 결혼과 결혼하지 않고 동거하는 커플들에 대해 들어 보았다. 그의 학급 상당수 남자와 여자가 별거하거나 이혼했으며, 학급 동료 간에 적어도 한 건의 연애가 시작된 것 같았다. 그러나 이 이야기의 사건이 일어나는 동안, 주인공은 자신이 사랑에 빠진 여자와 이른바 연애를 할 것인지 혹은 자신이 아내에게서 멀어질 것인지 혹은 그 여자에게 남편이 있다면 그녀가 남편에게서 멀어질 것인지에 관해 의문을 거의 품지 않았다.

　앞 문장에서 언급된 시간 동안, 주인공은 사랑에 빠진 여자에 대해 생각할 때마다 그 여자가 저자인 픽션 작품에 나오는 특정한 세부적 내용에 대해 자주 생각했다. 그 픽션의 주요한 세부적 내용은 다음과 같다.

  주인공은 영국의 어느 지방 도시에 있는 사무실 건물에서 첫 직장 생활을 하는 젊은 여자이다. 때는 1960년대 중반이다. 그 젊은 여자는 자신이 화가가 되는 것을 예견하며 많은 시간을 보낸다. 그 젊은 여자는 위에 언급된 대도시의 교외 도시에 있는 작은 집에서 유년 시절을 보냈지만 어렸을 때 그녀가 사는 교외 도시의 특정한 언덕에서 전원 지대를 향해 교외 도시 너머로 바라볼 때마다 멀리서 보이던 특정한 언덕들 사이의 저택에서 사는 자신의 모습을 예견하며 많은 시간을 보냈다. 주인공은 자신이 일하는 사무실 건물에서 화가 친구들이 여러 명 있다고 말하는 남자를 만난다. 남자들과 별로 사귀어 본 적이 없는 주인공은 이제 막 언급된 남자와 사랑에 빠졌다고 믿는다. 주인공과 그 남자가 몇 주 동안 사귄 뒤, 그 남자는 위에 언급된 화가들이 초대객 가운데 포함될 거라고 말하며 주인공을 파티에 초대한다. 이야기의 마지막 단락에서는 그 남자의 말에 의하면 그와 그녀가 사는 대도시의 교외 도시를 벗어난 전원 지대에 있는 저택에서 벌어진다는 파티에 그 남자가 주인공을 차에 태워 데려가는 모습이 묘사된다. 남자의 차창 밖을 내다보던 주인공은 남자가 자신을 앞에 언급된 언덕들 사이로 데려가고 있다는 것을 깨닫는다. 이제, 어둠이 내렸다. 주인공은 집에서 새어 나오는 불빛이 자신이 예상했던 것보다 서로 훨씬 더 멀리 떨어져 있다는 것을 알아차린다. 전원 지대에는 자신이 예상했던 것보다 정착해 사는 사람들이 적은 모양이라고 추측한다. 그녀와 그 남자가 드디어 도착한 큰 집 혹은 저택에서도 초대객 가운데 화가들이 많이 포함된 파티가 열리는 저택에서 보게 되리라 예상했던 것보다 불빛이 적게 새어 나온다.

이 픽션 작품의 주인공은 위에 요약된 작품 때문에 자신이 사랑에 빠졌다고 믿었지만, 그와 동시에 그 픽션 작품으로 인해 그는 등록한 수업에 제출할 두 번째 픽션 작품으로 그 여자 저자에게 특정한 문제를 설명하는 작품을 쓸 준비를 하게 되었다. 주인공은 그런 준비를 하는 동안, 어느 날 저녁 자신이 학생으로 등록한 교육 기관에 일찍 도착해서 앞서 언급된 지도책을 참조하러 도서관에 갔다. 그는 지도책의 특정한 쪽에서 앞 단락에 언급된 도시와 똑같은 이름을 가진 도시를 나타내는 해치[35] 표시 부분을 발견했다. 그런 다음 해치 표시 부분을 둘러싼 점점 커지는 원들을 보았다. 보고 있는 동안, 전원 지대의 특정한 세부 모습과 전원 지대에 있는 특정한 저택의 특정한 세부 모습을 예전에 보았던 것보다 더 선명하게 마음속에서 보려고 노력했다. 보고 있는 동안, 지도에서 그가 보고 있는 지역에 자신이 예상했던 것보다 더 적은 소도시와 마을 이름이 표시되어 있다는 것을 깨달았다. 그런 다음, 언덕진 곳이라고 색으로 표시된 지역에서, 그는 이 픽션 작품 제목

---

[35] 지도에서 특정 영역을 표시하기 위해 촘촘한 선이나 빗살 무늬를 그려 나타낸 것을 가리킨다.

의 일부인 이름을 보았다.

나무들이 전경에 보인다. 언덕들이 배경에 보인다. 곤충들의 소리가 들려온다. 한 남자와 한 여자가 함께 앉아 있다. 그 남자는 그 여자에게 말한다.

때때로 위의 자세한 묘사가 마음속에 나타나는 것을 예견하는 그 남자는 학급 동료 몇몇이 이미 떠났듯이 자신이 조용히 학위 과정을 떠나는 것을 예견한다. 때때로 그는 허름한 옷차림을 한 남자에게 그의, 즉 주인공의, 다음 픽션 작품은 저자가 개인적인 어려움을 겪고 있기 때문에 늦게 제출될 것이라고 설명하는 것을 예견한다. 때때로 그는 자신이 특정한 픽션 작품을 써야 하고 그 작품 다음에는 다른 많은 픽션 작품을 써야 한다는 것 외에 다른 고려는 모두 무시하는 자신을 예견할 것 같기도 하다. 때때로 그는 자신에게 요구되는 모든 픽션을 이미 다 썼다는 걸 이해하는 자신을 예견할 것 같기도 하다.

## 아득한 들판에서

내가 한 대학에서 픽션 창작 선생으로 생계를 유지했던 몇 년 동안, 학생들 가운데 이런저런 이들이 때로 연구실로 찾아와서 내가 그녀에게 써 오라고 요구했던 픽션 작품을 쓸 수 없다고 주장하면서 그 이유는 내가 '픽션'이라는 단어로 지칭한 것이 뭘 의미하는지 이해할 수 없기 때문이라고 말했다. 내가 앞 문장에서 '그녀'라는 단어를 사용한 건 픽션 창작 학생들의 4분의 3이 여학생들이었다는 단순한 이유 때문이다.

앞 문장을 읽으면서, 내가 대학에서 가르치던 동안 연구실로 사용했던 방에서 내 의자로 사용했던 의자에 앉아 바라본 전망의 이미지를 마음속에서 보았다. 그 전망은 2년 동안 내 제자들 가운데 한 명이었지만 그 기간에 한 번도 나를 찾아오지 않았던 특정한 젊은 여자가 연구실에 왔었다면 내게 보였을 방의 일부 모습이었다. 그 젊은 여자는 결코 나를 찾아오거나 '픽션'이라는 단어로 지칭한 것이 뭘 의미하는지 설명해달라고 부탁한 적이 없었지만, 아직도 내 제자였을 때 앞에 언급된 세월 동안 모든 픽션 작품에 내가 1점에서 100점까지 숫자로 매겼던 성적으로 최고점을 받았던 픽션 작품을 마지막 과제로 제출했다.

나는 앞 단락을 쓰던 동안, 거기에 언급된 젊은 여자가 픽션 창작에 대해 이야기하는 한 남자의 말을 듣고 있었다는 것을 깨달았다. 그 남자의 이미지를 볼 수 없었고, 그 남자가 하는 말도 마음속에서 들을 수 없었지만, 그 남자가 연구실에 있었고 그 젊은 여자는 그 남자가 하는 말에 귀 기울이고 있다는 것을 깨달았다. 나는 꿈꾸는 동안 본 것 같고 들은 것처럼 나중에 느껴지는 많은 것들을 깨닫듯이 이러한 일들을 깨달았다.

앞 단락을 쓰던 동안, 거기에 언급된 젊은 여자는 거기에 언급된 남자가 하는 말을 들을 수 없었지만, 내가 꿈꾸는 동안 잘 알았던 것처럼 나중에 느껴지는 사람들의 이미지가 내게 무슨 말을 했을지 잘 이해하듯이, 그녀는 그 남자가 그녀에게 무슨 말을 했을지 잘 알고 있다는 것을 깨달았다.

이 픽션 작품의 첫 단락에서 언급된 세월 동안, 나는 타인들에게 픽션을 어떻게 쓰는지 가르쳐주고 돈을 받는 사람은, 인원에 관계없이, 그 타인들 앞에서 이전에 집필되지 않은 픽션 작품 전체를 쓸 수 있어야 하고 동시에 작품의 각 문장을 현재 서술한 대로 서술하도록 촉발한 요인이 무엇이었는지 설명할 수 있어야 한다고 연구실에서 이런저런 학생들에게 때때로 말했다. 그런 다음 종이 한 장에 문장 하나를 썼다. 그런 다음 그 문장을 학생에게 소리 내어 읽어 주었다. 그런 다음 그 문장은 내 마음속 이미지의 세세한 모습을 묘사한 것이라고 학생에게 설명했다. 그 이미지는 내가 마음속에서 최근에 처음 본 이미지이거나 마음속에서 뜸하게 보는 이미지가 아니라 마음속에서 자주 보는 이미지라고 덧붙여 설명했다. 내가 쓰기 시작한 이미지는 강렬한 감정으로 마음속의 다른 이미지와 연결되어 있다고 설명했다.

그런 다음 내 마음은 이미지와 감정으로만 구성되어 있다고, 나는 내 마음을 여러 해 동안 연구해 왔고 그 안에서 이미지와 감정만을 발견했다고, 내 마음의 도해는 이미지가 소도시로 표시되고 감정이 소도시 사이의 풀이 무성한 전원 지대를 지나가는 도로로 표시된 방대하고 정교한 지도와 닮았을 거라고 이어 말했다. 이제 막 쓰기 시작한 이미지를 마음속에서 볼 때마다 강렬한 감정이 그 이미지로부터 마음의 풀 무성한 전원 지대로 뻗어 나가서, 그 어떤 다른 이미지들을 아직 보지 못했을지라도 다른 이미지들로 향하는 것을 느꼈다고 학생에게 말했다. 내 앞에 놓인 종이 한 장에 쓰기 시작한 이미지에 대해 계속해서 쓰고 있는 동안에 이런저런 다른 이미지들의 이런저런 세세한 모습이 마음속에 나타날 것임을 의심하지 않았다고 학생에게 말했다.

종이 한 장을 언급하고 나서, 나는 그 위에 두 번째 문장을 쓸 것처럼 하다가 그 대신 그 종이를 한쪽으로 치우고 빈 종이 한 장을 내 앞에 놓았다. 그런 다음 그 빈 종이에 문장 하나를 썼다. 그런 다음 이 문장을 학생에게 소리 내어 읽어 주었다. 그런 다음 이 문장은 내가 이미 세세한 모습을 묘사하기 시작한 그 이미지와 구별되는 한 이미지의 세세한 모습에 대한 묘사라고 학생에게 설명했다. 두 번째 이미지는 내가 첫 번째 종이에 글을 쓰고 있을 때 떠올랐다고 설명했다. 그 시간 동안 다수의 이미지가 떠올랐었다. 내가 다른 과업을 하고 있었더라도 그 이미지들이 떠올랐을 수 있지만, 오직 하나의 이미지만이 내가 이미 쓰기 시작했던 이미지와 감정으로 연결되어 있다는 느낌을 갖게 해 주었다고 설명했다.

두 번째 종이가 아직 내 앞에 놓여 있는 상태에서, 나는 내 픽션 작품에 나오는 두 번째 이미지의 다른 세세한 모습에 대한 묘사를 쓰려고 준비했다. 그러나 두 번째 이미지나 첫 번째 이미지에 감정으로 연결된, 혹은 서로 다른 경로로 각각의 이미지에 연결된 세 번째 이미지를 마음속에서 이미 보았다고 이내 학생에게 말했다. 사실 나는 그런 이미지를 아직 보지 못했을 수도 있지만, 하나의 픽션 작품에 나오는 이미지들은 때때로 너무나 빨리 그리고 너무나 풍부하게 나타나서 픽션 작가는 이미지들이 마음속으로 다시 사라져 버리기 전 그것들의 세세한 모습을 묘사할 수 있을지 절망을 느낄 수도 있다는 점을 학생이 이해하도록 하기 위해 이미지를 보았다고 그녀에게 말했다. 내가 젊은 작가였을 때는 이런 식의 절망을 느꼈지만 세월이 흐르면서 내 마음속의 이미지와 감정은 마음속의 적합한 자리에 언제나 있으리라는 것과 나는 언제나 그것들 사이에서 길을 찾게 된다는 것을 깨달았다고 학생에게 말했다. 때로는, 학생에게 이렇게 말하고 난 뒤, 그녀에게 그 이상의 무엇을 말해 주고 싶은 충동을 잠시 느꼈다. 내 마음속의 이미지와 감정의 패턴은 시간이 흐르면서 더 광범위해지고 더 정교해진 반면 내 몸이라고 부르는 것은(혹은 어쩌면, 내 몸의 이미지라고 불러야 할지도 모르겠다.) 쇠락하고 있어서, 내 몸이 더 이상 존재하지 않을 때도 내 마음은 계속해서 존재할 수도 있으리라 추측하게 된다고 말하고 싶은 충동을 느꼈다. (내 몸이 더 이상 존재하지 않게 된 이후에도 나 자신은 계속해서 존재할 것인지 아닌지에 대한 질문에 관해서는, 이 글을 쓰고 있는 사람은 이 단락의 앞쪽에서 '나'라는 단어로 표시된 존재가 이 단락의 앞쪽에서 '내 마음'이라는 단어들로 표시된 장소에 있을 것인지 없을 것인지 알게 되기 전까지는 대답할 수 없다. 이 픽션 작품을 읽고 있는 사람에게 방금 떠오를 수 있는 질문, 즉 이 글의 작가가 앞 문장의 '나'라는 단어로 지칭된 존재가 아니라면 그는 누구인가? 라는 질문에 대해서는 이 픽션 작품의 독자만이 그 질문에 답할 수 있고, '이 픽션 작품의 내재적 저자'라는 단어들로 가장 적합하게 표시될 수 있는 인물이 존재할 수 있는 유일한 장소인 마음속을 들여다보고 난 후에야 답할 수 있을 것이다. 나는 '내재적 저자'라는 용어를 1961년에 시카고 대학교 출판사에서 처음 출간된 웨인 C. 부스의 『픽션의 수사학』이라는 책에서 배웠다. 내가 픽션 창작 선생으로 일하던 기간 동안 그 책의 특정 부분에서 도움을 받았다. 그 기간 동안 내가 '내재적 저자'나 '내재적 독자' 같은 용어를 사용할 때마다 한 편의 픽션을 쓰거나 읽을 때 내 마음속에서 일어나는 것을 학생들에게 설명하는 듯한 느낌이 들었다. 그러나 이러한 사안은 이토록 짧은 말로 설명될 수 없으며, 위에 언급된 책의 특정한 부분을 읽어 본 이 글의 독자들은 위의 질문에 대한 나의 대답을 받아들이지 않을 것이고 육체와 피가 있는 이 작품의 저자가 이 본문에 이전에 언급된 적이 없는 적어도 한 명의 내재적 저자를 잘 알고 있으리라 가정할 것이다.)

앞 단락에서 언급된 문제에 대해서는 학생에게 절대로 말하지 않았는데, 그 이유는 나의 학생이 선한 의지를 가진 사람인지 내가 알지 못했기 때문이었다. 어떤 사람이 선한 의지를 가진 사람인지 아닌지를 판단하기 위해서는 그 사람이 쓴 픽션 작품을 읽어 보는 것 외에 다른 방법이 없다. 나는 이 글의 독자들이 선한 의지를 가진 사람들인지 아닌지 모르면서 왜 앞 단락에 언급된 사안에 대해 썼는가? 라는 질문에 관해서는, 이 단락들은 픽션 작품의 일부이며, 이 글의 작가는 악한 의지를 가진 독자들로부터 영원히 자유롭다고 대답하겠다. 앞서 언급된 문제를 나에게서 배운 악한 의지를 가진 사람에 대해 내가 무엇을 두려워했어야 하느냐는 질문에 대해서는, 내 몸이 더 이상 존재하지 않을 때도 내 마음은 계속해서 존재할 수도 있다고 추측한다고 말하면, 내 마음이 신이라 불리는 사람의 이미지나 천국이라 불리는 장소의 이미지나 영원이라 불리는 무엇의 이미지나 무한이라 불리는 무엇의 이미지를 담고 있다고 학생이 추측할까 두려웠던 반면, 나는 이 각각의 단어들을 듣거나 읽을 때마다 내 마음속 가시적 영역에서 가장 먼 부분을 바라볼 때 보게 되는 풀이 우거진 전원 지대의 이미지만을 마음속에서 보게 된다고 대답하겠다.

내 마음속의 모든 이미지는 적합한 장소에 있었고, 그것을 알고 있었기 때문에 첫 장에 쓰기 시작한 이미지에 대해 묘사해야 하는 많은 세세한 모습 가운데 한두 가지 이상을 묘사하기도 전에 서로 다른 이미지들의 세세한 모습이 종이 두세 장이나 그 이상에 연속해서 써야 할 정도로 떠오를 때도 나는 극심한 공포나 절망을 느끼지 않는다고 학생에게 말했다. 이미지들은 적합한 장소에 있었고 나는 결국 이미지에서 이미지로 이어지는 길을 찾았지만, 이미지가 처음 떠오르는 순서대로 마음속에 고정되어야 한다고 믿지는 않았다. 그런 다음 내 마음속 이미지들의 도해는 지도에 표시된 소도시들이 모인 모습과 비슷하다는 것을 학생에게 상기시켰다. 그런 다음 책상 서랍에서 이런 경우를 위해 보관해 둔 마닐라 서류철 여섯 개를 꺼냈다. 서류철은 제각각 다른 색이었다. 나는 서류철 가운데 가장 가까이 있는 것을 들어서 그 안에 앞에서 언급된 이미지의 세세한 모습 가운데 첫 번째로 묘사하기 시작했던 종이 첫 장을 집어넣었다. 그런 다음 다른 종이 각각을 다른 이런저런 서류철에 집어넣었다. (독자는 이 시점에 책상 위에는 각각 적어도 한 구절이 적힌 종이 여섯 장이 놓여 있었다고 추정해야 한다.) 나는 서류철의 색이 중요하다고 학생에게 말했다. 많은 사람과 마찬가지로 나는 세상에 존재하는 각각의 색을 서로 다른 감정에 연결했지만, 아마도 많은 사람과 달리 마음속 모든 이미지에 색이 있는 것으로 보았다고 그녀에게 말했다. 그렇기 때문에 나는 이제 책상 위에 있는 어떤 서류철이 내가 보관하고 싶은 각각의 종이에 가장 적합한 색인지 판단할 수 있었다. 그런 다음 종이 한두 장을 한 서류철에서 다른 서류철로 바꾸어 넣을 수도 있었고, 그러는 동안, 각각의 색 서류철 앞면에 단어 하나, 구절 하나, 혹은 문장 하나를 쓸 수도 있었다.

각 서류철의 앞면에 글을 쓰면서, 내가 그때 쓰고 있는 단어들이 전체 픽션 작품의 제목이 될 수 있다고 학생에게 설명하기도 했다. 학생을 지도하던 도중 어느 시점에 나는 제목을 정하기 전에는 어떤 픽션 작품도 시작하기 힘들다고 분명히 설명했다. 픽션 작품의 제목은 작품 자체의 깊은 곳에서 도출되어야 한다고, 픽션 작품의 제목은 여러 의미를 지니고 있어야 한다고, 독자는 작품 전체를 거의 다 읽은 후에야 그 의미를 파악할 수 있어야 한다고, 내가 집필한 그 어떤 픽션 작품의 제목에도 추상적 존재를 가리키는 단어가 포함되어 있지 않다고, 픽션 창작 선생으로 일하는 동안 추상적 존재를 가리키는 단어가 포함된 제목이 달린 출간된 픽션 작품을 단 한 번도 읽은 적이 없다고 설명했다.

현재의 단락이 열두 번째 단락인 픽션 작품은 학생들 앞에서 집필되지 않았지만, 만일 그렇게 집필되었다면 이제 나올 여섯 구절은 이 단락의 초고가 집필되기 전에 각각 여섯 개 마닐라 서류철에 쓰였을 것이다. 《타임스 리터러리 서플리먼트》의 아득한 들판', '책은 순 헛소리다', '손으로 턱을 괸 남자', '플로리다에 오신 걸 환영합니다', '곤충의 호메로스', '색 서류철을 가진 남자'. 여섯 개 마닐라 서류철의 색깔은 제각각 녹색, 빨간색, 파란색, 주황색, 노란색, 그리고 누런색이나 본연의 색이었을 것이다. 내가 학생 앞에서 위에 언급된 구절들을 위에 언급된 서류철에 썼다면, 여섯 개 서류철 모두를 집어 들고, 그 안에 든 종이가 떨어지지 않도록 잡은 다음, 연구실 중앙의 카펫이 깔린 빈 공간에서 서성이면서, 각 서류철을 어디 놓을지 아무 생각도 하지 않은 채 카펫 위의 이런저런 곳에 하나씩 놓았을 것이다. 언급된 바와 같이 서류철을 놓았다면, 그런 다음 나는 카펫에 놓인 서류철이 나타내고 있는 드넓은 풀이 우거진 전원 지대에 무리 지어 있는 소도시들은 어느 방향에서 접근해도 도달할 수 있으며, 이런저런 소도시를 통해 그 무리 지은 소도시들에 도착한 사람은 이후 한 소도시에서 다른 소도시로 옮겨 가며 다수의 다른 경로로 무리 지은 소도시들 전체를 여행할 것이고 결국 무리 지은 소도시들 가운데 한때 자신에게서 가장 멀리 떨어져 있던 곳에 도착해 더 아득한 풀이 무성한 전원 지대를 바라볼 것이라고 학생에게 설명했을 것이다. 학생에게 이것을 말해 주었다면, 나는 그런 다음 서류철이 있는 곳에서 걸어 나와 서류철과 그 내용물은 여전히 내 뒤의 바닥에 놓아둔 채로 마치 글을 쓰기 시작할 것처럼 책상에 앉았을 것이다. 그렇게 했다면, 내가 어떤 이미지를 봤던 것을 기억만 하는 것처럼 혹은 봤던 것을 상상만 하는 것처럼 이미지에 관해 때때로 쓸 수도 있다는 것을 학생이 이해하기를 바랐을 것이다. 아니면, 학생에게 위에 언급된 것을 말한 다음 모든 서류철을 바닥 위에 놓아두는 대신, 이런저런 서류철을 집어 들어 책상 위에 놓았을 것이다. 나는 그런 다음 나머지 서류철을 집어 들고 그것을 헌 봉투와 서류철을 보관하는 책상 서랍에 쑤셔 넣었을 것이다. 그런 다음 마치 서류철 하나만 가지고 글을 쓰기 시작할 것처럼 책상에 앉았을 것이다. 거기에 앉아 있는 동안, 학생이 자신의 마음속에서 끝이 보이지 않는 풀이 무성한 전원 지대에 둘러싸인 소도시나 끝이 보이지 않는 다른 장소들에 둘러싸인 어떤 다른 장소를 보게 되기를, 그리고 그녀가 여생 동안 그 소도시나 그 다른 장소에 계속 천착하고 끝이 보이지 않게 그녀를 둘러싼 듯 보이는 이미지들의 모든 세세한 모습을 묘사하는 자신을 보게 되기를 바랐을 것이다.

연구실에서 집필을 하거나 집필을 준비하는 동안 어떤 시점에, 내가 쓰고 있거나 쓰려고 준비하는 건 문장으로만 이루어져 있거나 이루어질 것이라고 학생에게 상기시켰다. 몇 개의 문장을 쓰고 난 후 어떤 시점에, 내가 쓴 거의 모든 문장의 주어는 명사이거나 대명사이거나 사람을 지칭하는 명사구라는 사실을 학생에게 짚어 주었다. 이 픽션 작품을 학생 앞에서 쓰고 있었다면, 이 문장이 그런 주어를 가진 일련의 문장들 가운데 열한 번째 문장이라는 점을 짚어 주었을 것이다. 만일 어떤 학생이 문장에 관한 나의 말을 설명해 달라고 요청했다면, 그녀가 선한 의도를 가진 사람이라고 내가 믿든 믿지 않든 간에, 나는 내 마음속 특정한 이미지들의 의미를 깨닫기 위해 픽션을 쓴다고 말했을 것이다. 나는 어떤 것이 다른 것과 연결되어 있는 것처럼 보인다면 그것이 의미를 지닌 것으로 간주한다고, 단순한 문장조차 주어라고 불리는 것과 서술어라고 불리는 것 사이의 연결성을 설립한다고, 나보다 더 우월한 시점을 점유한 픽션 작가는 내가 출간한 픽션 작품에 나오는 온갖 종류의 단순한 문장과 절(節)의 총합 숫자에 한 절을 더해서 단 하나의 포괄적인 문장을 써낼 수 있었겠지만, 나는 그 문장의 주요 절의 주어가 명사이거나 대명사이거나 사람을 지칭하는 명사구일 때만 그런 문장을 읽고자 노력할 것이라고 그녀에게 말했을 것이다.

한동안 내가 글을 쓰는 것을 보고 말하는 것을 들은 후에, 학생은 충분히 보고 들었다고 힘주어 말했다. 그녀가 내 연구실을 떠나기 전, 나는 최종 원고 집필을 끝낼 때까지 픽션 한 편에 묘사된 모든 이미지의 의미를 배울 필요는 없다고 마지막 조언을 해 주었다. 나의 거의 모든 픽션 작품에는 작품을 끝낸 후 오랜 시간이 지나고 나서야 연결성을 발견하게 되는 이미지에 대한 묘사가 포함되어 있다고 그녀에게 말했다. 때때로 이러한 연결성은 다른 픽션 작품을 쓰고 있을 때 나타나고, 그런 후에 나는 이전 픽션 작품 속의 이미지가 이후 작품 속의 이미지와 연결되어 있다는 것을 이해하게 되었다. 연구실에서 학생에게 이야기하는 동안 이 단락이 열네 번째 단락인 픽션 작품의 첫 500단어 이상의 초고가 내 앞에 놓여 있었다면, 그 초고와 마지막 수정본에서 동일하게 두 번째, 세 번째, 네 번째인 단락들에서 세세한 모습이 묘사된 이미지는 내가 이야기하는 동안 책상 위에 놓여 있었을 서류철 여섯 개 안에 묘사된 다른 이미지들과 진정으로 연결된 것 같지 않았다고 그녀에게 말했을 수도 있다. 그런 다음 나는 이제 막 언급된 이미지의 진정한 의미가 그 이미지가 처음 묘사되었던 서류철 안에 묘사된 이미지 묘사의 마지막 단락의 마지막 수정본을 쓰고 있는 동안에도 나타나지 않았다고 학생에게 말했을 것이고, 만일 진정한 의미가 그렇게 나타나지 않았다면, 나는 이것을 그 수정본의 마지막 문장에서 묘사되어야 할 마지막 세세한 모습이라고 묘사할 것이라고 말했을 것이다.

## 《타임스 리터러리 서플리먼트》의 아득한 들판

나의 첫 출간 픽션 작품이 될 수 있기를 기대했던 작품(20만 단어가 넘는 소설)의 초고를 쓰고 있었던 생애 스물세 번째 해의 어느 날 아침에 나는 외모로 판단하건대 나보다 기껏해야 한두 살 더 많을 테지만, 지난 3년 동안 내가 리틀 콜린스 스트리트에 있는 '체셔의 서점'에 갈 때마다 서점 판매원 가운데 가장 박식하게 보였던 젊은 남자에게 접근했다. 나는 일주일간 연습해 왔던 말을 그 젊은 남자에게 건넸다. 나는 픽션과 시집을 위주로 정기적으로 책을 사는 사람이며, 매주 토요일 《에이지》의 문학 특집란을 읽으면서 최근에 출간된 책에 대해서 알게 되지만, 영국과 유럽의 문학계에서 절연된 듯한 느낌이라고 말했다. 그런 다음 해외 현대 픽션과 시에 대한 정보를 많이 줄 수 있는 출판물을 추천해 줄 수 있는지, 그리고 서점의 구독 담당 부서를 통해서 그 출판물 구독을 신청해 줄 수 있는지 그 젊은 남자에게 물었다.

그 젊은 남자가 나를 쫓아 버리지 않아서 나는 그에게 즉시 고마움을 느꼈다. 그는 내 문의에 대답했지만, 자신이 교류하는 사람들에겐 상식으로 통하는 무언가를 내게 설명해야 해서 피곤하다는 듯한 태도로 말했다. 당시 나는 그가 말하는 방식을 그가 나에게 그렇게 보였듯이 그의 눈에 그보다 우월하게 보이는 사람에게서 배웠을 수 있다는 가능성을 전혀 추측하지 못했다. 3년 후, 나는 처음으로 멜버른 대학교의 영문학과 1학년 야간 학생으로 등록했고 강사들 대다수와 일부 교수들이 그처럼 말하는 것을 들었다. (다시 3년 후에 영문학과 3학년에 등록했을 때, 나는 체셔의 서점의 그 남자가 2학년 영문학과 야간 그룹별 지도 수업에서 나오는 걸 보았다.) 그 젊은 남자는 세계 최고의 문학 정기 간행물은 통상《런던 매거진》으로 알려져 있다고 말하며 서점 판매대 뒤에 서서 나의 너머 어딘가를 바라보았다. 그것이 계간 정기 간행물이라는 사실을 알고는 실망했으나, 나는 구독료를 냈고 몇 주 또는 몇 달 후에 선박 우편을 통해 처음으로 잡지를 받게 되기를 고대했다.

처음으로 잡지가 도착했을 때《런던 매거진》이 내가 필요로 하던 게 아니라는 사실을 한눈에 알아보았지만, 앉아서 그것 전체를 읽었다. 첫 글은 토니 태너의「황금 그릇」이었다. 나는 픽션 작품을 읽게 될 거라고 기대했다. 당시 나는 문학 비평이 무엇인지 거의 아는 바가 없었고, 헨리 제임스나 그의 책에 대해 한 번도 들어 보지 못했다. 내 독서 경력을 보자면, 나는 작품의 특정한 제목의 가능성에 이끌렸고 특히 색을 지칭하는 형용사가 포함된 제목에 매혹을 느꼈다.「황금 그릇」

을 읽기 시작하면서, 글래스턴베리 사진에서 보았던 것처럼 푸른 벌판을 배경으로 보이는 성배나 멜버른 컵[36] 트로피같이 생긴 물체의 세세한 모습을 상상했다. 첫 몇 장을 읽으며 당혹감을 느꼈고, 내가 다른 누군가의 책에 대한 다른 누군가의 논평을 읽고 있다는 것을 깨닫자마자 읽기를 포기했다.

감히 서점으로 돌아가 그곳의 젊은 남자에게 그 문학 정기 간행물을 골라 준 것에 대해 불평하지는 못했지만, 나는 더 나은 잡지를 찾기로 작정했다. 2년 후, 나는 《에이지》의 문학 특집란에서 《타임스 리터러리 서플리먼트(TLS)》 광고를 보았고, 구독을 신청했다.

거의 20년 동안, 나는 TLS 모든 호를 샅샅이 다 읽었다. 심지어 서점 광고와("러시카와 슬래비카 매매되었음.") 서아프리카의 교수직과 몰타나 싱가포르의 사서직 채용 공고까지 읽었다. 편집자에게 보내는 편지도 읽었는데, 때로는 글에서 서점의 젊은 남자에게서 처음 들었던 말투가 들리는 듯했고 편지 쓰는 사람들 사이의 많은 논쟁에서 쟁점이 뭔지 이해하지 못할 때가 잦았다. 나는 자신들의 저작을 옹호하기 위해 편지를 쓴 많은 저자들의 정교한 주소에 경탄했고("서퍽주, 더드베리 인근, 쇼트검, 오크오버, 세인트 존스 레인, 올드 밀 코티지.") 그런 사람들이 책 인세로 받은 돈으로 외진 푸르른 풍경 속에서 사는 모습을 상상했다. 위에 언급된 20년 가운데 15년 동안 나는 서평과 에세이와 시와 몇 편의 편지를 나중에 읽을 요량으

---

36) 호주에서 매년 열리는 가장 중요한 순종 말 경주 대회다.

로 오려 두었다. 1970년대 말의 어느 날, 내가 오려 낸 조각들이 서류철 보관함의 서랍 하나를 가득 채웠을 때, 그리고 내가 사는 도시의 거주민들에게 뒷마당 쓰레기 소각이 아직 금지되지 않았을 때, TLS에서 오려내 보관해 오던 종잇조각을 서류철에 넣은 뒤 단 한 번도 읽지 않았고 앞으로 15년간 읽을 것 같지 않다고 판단하고는, 그것을 모두 태워 버렸다.

위에 언급된 20년가량의 세월 동안 나는 TLS에 실린 서평을 읽은 여파로 수천 달러어치의 책을, 대부분 픽션으로, 샀다. 서적상에서 책 소포가 도착할 때마다 소포를 풀고 책을 책장에 꽂으며 내가 특출한 안목을 지닌 사람이라고 느꼈다. TLS에 서평이 실린 작품들 이외의 책도 샀고 매일 책을 조금씩 읽는데도 매년 사는 책의 수는 읽은 책의 수보다 훨씬 많았지만, 그래도 위에 언급된 20년 가운데 대부분의 세월 동안, 내가 가진 모든 책을 적어도 한 번씩 읽기로 작정했다. 이 대부분의 세월 동안, 내가 읽었던 일부 책들을 다른 책들보다 훨씬 더 선명하게 기억한다고 말하곤 했다. 이 대부분의 세월 동안, 내가 읽었던 일부 책들은 다른 책들보다 저급하다거나 좀 많이 저급하다고 말하곤 했지만, 언제나 읽기 시작한 책은 마지막 장까지 읽었다. 1980년대 초의 어느 날, 나는 당시 읽고 있던 책을 더 이상 읽지 않기로 결심했다. 같은 날에, 앞으로 더 이상 계속 읽고 싶지 않은 책은 끝까지 읽지 않기로 결심했다. 같은 날에, 과거에 끝까지 읽을 필요가 없었던 많은 책을 끝까지 읽었다고 판단했다.

이제 막 언급된 결심을 했을 때 내가 읽고 있던 책은 TLS

서평에서 가장 큰 호평을 받은 책이었다. 그 책의 저자는 그 자신이 TLS의 서평가이기도 한 영국인이었다. 그의 초기 작품 가운데 한 권은 우수하다는 이유로 상을 받았다. 내가 더 이상 계속 읽지 않기로 결심했던 책은 런던의 출판사에서 출간되었는데, 그 출판사의 독특한 로고는 내가 소장한 많은 책의 등에 찍혀 있었다. 나는 내 책 대부분이 꽂힌 방으로 자주 걸어 들어가 마치 그곳을 처음 보는 방문자인 것처럼 방을 둘러보려고 노력했고, 그런 방문자의 눈에 가장 먼저 눈에 띌 것은 등에 특정한 독특한 로고가 찍힌 책들의 권수일 거라고 확신했었다.

앞 단락을 쓰고 난 후, 나는 책장 하나에 다가가서 앞 문장에 언급된 로고가 찍힌 책 한 권을 뽑아 들었다. 책을 향해 손을 뻗으면서, 지난 30여 년 동안 그 로고가 내가 마음속에서 나뭇잎과 꽃이 옆에서 길게 뻗어 내려가는 단지라고 불렀던 물체의 이미지라고 추측해 왔다는 것을 알아차렸다. 바로 지금 내 책의 등에 있는 로고를 보면서, 지난 30여 년 동안 알파벳 두 글자를 잎사귀와 꽃의 세밀한 부분으로 보아 왔다는 것을 깨달았다.

위에 언급된 결심을 한 후, 나는 그 영국 사람의 책을 책장에 다시 꽂지 않기로 결심했다. 그런 다음 그 책을 더 이상 간직하고 싶지 않다고 판단했다. 그런 다음 더 이상 간직하고 싶지 않은 책은 이제 막 언급된 책만이 아니라고 판단했다. 그런 다음 그날로부터 거의 20년을 거슬러 올라가는 세월 동안 내가 읽었던 책들의 등을 하나씩 살펴보기 시작했다. 거의 20년간 내가 읽은 모든 책과 다 읽은 날짜를 열거해 둔 공책의 도움을 받아 그 책들을 찾았다. 각 책의 등을 들여다보면서 책에서 하나 이상의 단어를 기억해 내려고 애썼고, 그렇게 하지 못하면 그 책을 읽는 동안 내 마음속에 나타났던 하나 이상의 이미지를 기억해 내려고 애썼고, 그렇게 하지 못하면 그 책을 읽는 동안 느꼈던 하나 이상의 감정을 기억해 내려고 애썼고, 그렇게 하지 못하면 책을 읽었던 아침이나 오후나 저녁 시간에 관한 하나 이상의 세부 사항 또는 책을 읽는 동안 있었던 장소에 관한 하나 이상의 세부 사항을 기억해 내려고 애썼다. 어떤 책의 등을 응시하는 동안 바로 위에 언급된 그 어떤 것도 기억해 내지 못하면, 그 책을 책장에서 치워 버렸다.

일부 책들은 내가 본문에서 몇 단어를 기억했기 때문에 책장의 원래 자리를 지켰다. 예를 들어, 12년 전 읽었던 야로슬라프 하셰크의 『좋은 병사 슈베이크』에서는 본문 어디에선가에서 "동갈리시아의 구슬픈 평원에서"라는 구절과 세르비아의 저주 "씨팔 세상", "씨팔 동정녀 마리아!", 그리고 "씨팔 신!"까지 기억났다. 일부 책들은 내가 책을 읽던 동안 내 마음을 스쳐 갔던 하나 이상의 이미지를 기억했기 때문에 책장의 원래 자리를 지켰다. 예를 들어, 16년 전에 조지프 콘래드의 『노스트로모』의 이런저런 구절을 읽고 있던 동안, 주변이 온통 초원인 담장 속 저택의 이미지를 마음속에서 보았던 것이 기억났다. 일부 책들은 내가 그것을 읽는 동안 느꼈던 감정을 기억했기 때문에 책장의 원래 자리를 지켰다. 예를 들어, 17년 전에 엘리아스 카네티의 『현혹』을 읽는 동안, 미래의 언젠가 다른 어떤 장소보다 서재를 가장 선호했던 한 남자에 관한 픽션 한 편을 써 보고 싶다는 욕망을 느꼈던 것이 기억났다. 일부 책들은 내가 책을 읽었던 시간이나 장소에 관한 한두 가지 세부 사항을 기억했기 때문에 책장의 원래 자리를 지켰다. 예를 들어, 내가 12년 전 기차를 타고 멜버른의 교외를 지나가던 동안, 그리고 때가 오후였고 계절은 여름이었기 때문에 기차의 문과 창문이 열려 있던 동안, 그리고 먼지 입자가 내 손에 펼쳐진 책 위로 불어오던 동안, 그리고 작가가 집필하고 있던 시간이나 장소의 이런저런 세부 사항을 묘사하기 위해 이야기 서술을 때때로 중단하는 방식을 관찰하기 위해 내가 이야기 서술을 따라가는 것을 때때로 멈추던 동안, 마샤두 지 아시스의 『브라스 쿠바스의 사후 회고록』에서 나비가 창문을 통해 이야기의 작가가 집필하고 있던 방으로 날아 들어온 것을 묘사한 구절을 읽었던 게 기억났다.

위에 묘사된 작업을 하는 데 두 주 이상 걸렸는데, 그 일을 하지 않았다면 책장에 꽂힌 책을 읽으며 그 시간을 보냈을 것이다. 2주 넘는 시간을 보낸 후, 나는 900권이 넘는 책들의 등 앞에서 서 있었고 책장에서 300권 이상의 책을 치워 버렸다고 추정했다. 위에 묘사된 작업을 시작했을 때는 작업을 마친 후 책장에서 치워 버릴 모든 책을 집에서 치워 버리겠다고 작정했었지만, 책 300권이 바닥에 널려 있는 것과 책장에 많은 빈 공간이 생긴 것을 보면서 책 300권에 한 번 더 기회를 주기로 결심했다. 이후 며칠 동안 300권의 책들을 한 권씩 집어들어서 펼쳐지도록 내 손 위에 떨어뜨렸다. 그런 다음 이런저런 펼쳐진 쪽을 읽었다. 나는 언제나 한 쪽의 중간 부분에서 끝 줄까지 읽었지만 끝 줄 다음으로 절대 넘어가지 않았다. 만약 읽는 동안에 당시 읽고 있던 쪽 외에 책의 다른 부분을 앞으로 언젠가 읽고 싶다는 생각이 조금이라도 든다면, 내 책장에 꽂힌 많은 책을 한 번도 읽지 않았다는 것과 내가 평균 연령까지 살게 된다면 미래에 독서할 햇수보다 더 많은 햇수 동안 책을 읽어 왔다는 것을 염두에 두면서 책을 책장의 제자리에 다시 꽂아 놓았다. 읽고 싶다는 생각이 들지 않는다면 책을 바닥에 놓았다.

바로 위에 묘사된 작업을 한 후에, 나는 여전히 바닥에 놓여 있는 100여 권의 책을 세웠다. 그런 다음 이 책들의 날개에 썼던 내 이름을 잘라 냈다. 그런 다음 책 100여 권을 골판지 상자에 담아서 집에서 치울 준비를 했다. 이전에는 어떤 책도 집에서 치운 적이 없었다. 심지어 똑같은 책들도 나중에 나의 아이들에게 주기 위해 골판지 상자에 보관해 두었다.

위에 언급된 작업을 하는 동안, 나는 불필요한 책들을 이런저런 헌책방으로 가져가서 주인이 사고 싶어 하는 만큼 팔고 나머지는 주인에게 주려고 했다. 그러나 책을 골판지 상자에 담고 나서는, 미래에 특정한 유형의 젊은이가 내가 버린 책들이 책장에 꽂혀 있는 서점에 서 있는 것을 상상했다. 그 젊은이는 체셔의 서점에 있던 젊은 남자의 조언에 따라 《런던 매거진》 구독권을 샀던 시절의 나와 같은 부류의 사람일 것이다. 이제 막 언급된 헌책방에 있는 젊은이를 상상한 후에, 나는 책이 담긴 상자를 페어필드로 가져갈 채비를 했다.

내가 살고 있는 교외 도시에 살았던 세월 동안, 나는 매주 쓰레기 종이와 골판지 상자를 내 차의 트렁크에 넣고 우리 집에서 이웃 교외 도시 페어필드로 가져갔었다. 페어필드에는 커다란 제지 공장 옆에 활송(滑送) 장치가 설치되어 있었다. 많은 주변 교외 도시에서 온 사람들이 종이 쓰레기를 이 활송 장치에 내려보냈다. 아이들이 어느 정도 자란 후에는 일요일 아침에 나와 함께 가서 활송 장치에 종이 쓰레기 버리는 걸 도왔다. 이따금 나는 아이들 가운데 한 명이 불필요한 그림이라든가 빈칸을 다 채워서 페어필드로 가져가야 하는 학교 교재에 대해 말하는 걸 듣곤 했다. 많은 해 동안 아이들은 페어필드에 종이 쓰레기가 버려진다는 것 외에 그곳에 대해 아무것도 몰랐다.

위에 언급된 불필요한 책들을 페어필드에 버렸을 즈음, 나의 아이들은 재미로 내 차 타는 것을 더 이상 즐기지 않는 나이가 되었지만, 그들이 내가 책 버리는 날들에 함께 오고 싶어 했다 하더라도 나는 허락하지 않았을 것이다. 책을 버리는 것이 마땅하다고 판단했지만, 그래도 책들이(상당수가 밝은 색 덧표지가 있는 양장본이었다.) 페어필드의 활송 장치에 버려지는 것을 아이들이 보는 건 탐탁지 않았다. 나는 모든 책을 한꺼번에 버리지 않았기 때문에 이 단락의 첫 문장에 '날들'이라는 단어를 썼다. 페어필드의 활송 장치 옆에는 항상 적어도 차 한 대가 주차되어 있었고 누군가가 차에서 폐기 장소로 골판지 상자를 옮기는 것 같았다. 나는 책 버리는 모습을 들키고 싶지 않았다. 매주 눈에 띄지 않고 안전하게 버릴 수 있는 분

량은 한 상자였다. 나는 이따금 버려진 쓰레기를 지게차로 치우러 오는 일꾼들까지 경계했다. 하루에 책 한 상자 이상을 버리면 일꾼의 눈에 띌 확률이 더 높아질 것이고 그러면 그 일꾼은 지게차의 운전석에서 뛰쳐나와 버려진 빈 골판지 상자에 책을 주워 담을 것이고 내가 끔찍한 실수라도 저질렀다는 듯이 나를 불러 댈 것이라고 생각했다.

위에 언급된 불필요한 책들은 집은 물론이고 책장에서 치운 첫 번째 책들이었지만, 처음으로 페어필드에 책을 버린 이후 다른 책들도 거기에 버렸다. 그 이후의 세월 동안, 나는 책을 읽기 시작할 때 책에서 더 많은 것을 기대하게 되었다. 나는 예전보다 책을 덜 산다. 호의적 서평을 읽었다는 이유 하나로 책을 사는 경우는 거의 없고, 1980년대 초 이후로는 TLS에서 호의적 서평을 읽었다고 해서 책을 사는 일은 없었다. 지난 10년 동안 독서 경험의 무언가가 내게 머물러야 할 뿐 아니라 책 집필 또한 작가에게 많은 노력을 요하는 일이어야 하며 책의 문장은 그 산문이 신문이나 잡지의 산문과 다르게 쓰여야 한다고 기대하게 되었다.

내가 최근 몇 년간 페어필드에 버린 책 중에는 책이 부실하다는 걸 발견하기까지 책장에 꽂혀 있던 몇 권도 있었다. 나는 이따금 문학상 심사 위원으로 활동했고 후보작을 모두 간직할 수 있었다. 그런 행사에서 내게 할당된 책들은 페어필드의 활송 장치로 던져졌다. 문예 창작 선생으로서 나는 이따금 출판업자가 요청 없이 보낸 책을 우편으로 받는다. 출판사 영업부 사람들은 내가 학생들에게 특정한 책을 읽힐 거라고 추측하는 것이다. 때로는 작가가 직접 내게 최근작을 보내 주기도 한다. 이런 식으로 받는 책들 일부는 얼마 지나지 않아 페어필드로 가게 되지만, 그런 책을 보내 주는 사람에게 내가 무슨 짓을 저질렀는지 알려 주는 가혹한 행동은 하지 않는다.

요즘 나는 과거보다 책을 더 적게 읽고, 내가 읽는 책들 다수는 예전에 적어도 한 번은 읽어 본 책들이다. 요즘에는 첫 몇 장을 먼저 읽어 본 다음에야 책을 산다.

나는 아직도 TLS를 구독하지만, 각 호에서 흥미를 끄는 몇 장만 읽고, 픽션 서평은 거의 읽지 않는다. TLS에서 읽고 싶었던 것을 읽은 후 즉시 아내와 내가 페어필드 상자라고 부르는 골판지 상자에 던져 버린다. 최근 어느 날 우리 집에 온 손님이(출간된 픽션의 저자이자 집에 책이 가득한 방이 있는 남자) 아이들이 집을 떠나고 나면 남는 방의 빈 책장에 TLS 모든 호를 보관해야 한다고 나를 설득하려고 애썼다. 그 손님이 떠나고 난 뒤, 내가 처음 구독자가 된 후 28년 동안 TLS에서 읽었던 단어들이나 어떤 호에서 읽었던 어떤 구절과 연관된 어떤 다른 세부 사항을 기억해 내려고 노력했다. 다음 단락은 내가 기억해 낸 것을 묘사한 것이다.

1960년대 말 혹은 1970년대 초의 어느 시점에, 첫 쪽 전체 그리고 두 번째 쪽의 일부가 18세기 프랑스의 시골에 살다가 죽었던 한 교구 신부의 일기의 프랑스어판 또는 영어판에 대한 서평에 할애되어 있었다. 그 남자는 프랑스 혁명 발생 몇 년 전 프랑스의 시골에 살았던 다른 수백 명의 교구 신부들과 별다를 바 없는 평범한 삶을 살았다. 그러나 그는 생전에는 비밀로 감춰 두었으나 사후에 공개된 일기를 썼다. 분명 그는 그렇게 되도록 의도했을 것이다. 그 남자는 자신이 성직자로 일했던 성당을 싫어했던 무신론자였음이 일기를 통해 밝혀졌다. 그는 성당이 폭압적인 귀족 계급과 협력 관계라고 보았기 때문에 성당을 싫어했던 것이다. 미사를 집전하고 왕을 위해 기도했던 남자는 기독교 창시자가 살아 있었다면 그에게 침을 뱉었을 것이고 프랑스의 농민들이 봉기해서 독재적인 지배자들을 죽일 날을 꿈꾸었다고 매일 썼다.

　1970년대 말의 어느 시점에, 나는 프랑스어에서 번역된 비평을 읽기 시작했다. 그 이전에는 저자의 이름을 들어 본 적이 없었지만 그의 비평을 TLS에서 읽은 이후로 그의 이름이 활자화된 것을 이따금 보게 되었다. 이 문장을 쓰고 있는 이 순간 나는 그 저자의 성을 제외한 이름을 기억할 수 없다. 그의 성은 데리다이다. 비평의 도입부부터 불가해한 글이라는 것을 깨달았다. 그렇지만, 한 문장은 언제나 기억했다. "글쓰기는 추구 작업에 나서는 것이다."

　내가 1960년대에 처음 관심 갖게 되었던 시인인 필립 라킨의 특정한 시를 언제 읽었는지 기억할 수 없다. 그 시의 화자는 하루 종일 일하고 밤에는 반쯤 취하고 일찍 잠에서 깨고 자신이 언젠가 죽으리라는 것을 이해한다고 주장했다. 나는 앞에 언급된 대로 예전에 많은 항목을 오려 내던 것처럼 이 시를 TLS에서 오려 낼 뻔했다. 내가 오려 내지 않았던 이유는 시의 제목 때문이었는데, 프랑스어 같았고 시 제목치고 허세가 가득하게 느껴졌다. 이전에 그 단어를 한 번도 본 적이 없었고 그 이후로도 그것을 본 기억이 없다. 내가 소장한 『필립 라킨 시 모음집』, 『필립 라킨 편지 선집』, 또는 『필립 라킨, 작가의 삶』 같은 책에서 그 단어와 그 의미에 대한 영어 설명까지 읽었을 수도 있지만 말이다.

문학 비평가 라이어널 트릴링이 언제 죽었는지 확실치 않지만, 어쨌든 그의 사후 1년도 채 지나지 않았던 때에 그가 죽음을 맞았을 때 작업 중이었던 비평이 TLS의 첫 쪽과 두 번째 쪽에 발표되었다. 라이어널 트릴링의 비평을 읽으며 내가 읽고 있는 산문은 예전에 TLS에서 읽으려고 노력했던 그 어떤 비평 산문보다 더 명징하다고 생각하던 게 기억난다. 그 비평의 주제는 기억할 수 없지만, 작가가 미국의 이런저런 대학교에서 했던 수업은 그 대학에서 영문학과 1학년 학생들 가운데서 가장 인기 있는 수업이었다는 말로 글을 시작했던 건 기억난다. 그 수업은 제인 오스틴의 픽션에 관한 수업이었고, 학생들이 수업을 따라가는 동안 그들의 마음속에서 18세기 말과 19세기 초 영국 전원 지대의 단정한 푸른 들판을 보게 되리라 예상했기 때문에 그 수업에 이끌렸으리라고 작가는 추측했다.

성이 풀러인 시인이 쓴 「우드바인 윌리 살다」라는 제목의 비평을 언제 읽었는지 전혀 모르겠다. 내가 그 비평을 기억하는 건 그것의 논지 때문이 아니라 어떤 실험에 관한 자세한 설명 때문이었는데, 그 실험은 내가 게을러서 직접 찾아보고 읽어 보지는 않았지만 인용된 건 자주 보았던 리처즈라는 남자가 쓴 책에 묘사된 것이다. 그 책에는 옥스퍼드 대학교 또는 케임브리지 대학교의(내 마음속에서 항상 헷갈리는 두 장소) 학부생들이 저자의 이름이 가려진 몇몇 시구절 가운데, 저자 중 한 사람이 윌리엄 셰익스피어였음에도 불구하고, 1차 세계 대전 동안 참호에서 군인들에게 나누어 주었던 담배 이름이 별명이었던 목사의 엉터리 시를 가장 선호했다는 실험이 묘사되어 있다고 한다.

모든 저작이 베스트셀러였고 그것으로 많은 돈을 벌었다는 여자 소설가의 전기에 대한 서평을 TLS에서 언제 읽었는지 전혀 모르겠다. 작가 자신은 이러한 소득에서 즐거움이나 이익을 거의 거두지 못했다. 그녀는 결혼 전에 영국의 전원 지대에 커다란 집을 샀지만, 그녀의 도움에 의지하던 친척들이 집의 침실들을 곧 점령해 버렸다. 그녀는 많은 식솔을 먹여 살리기 위해 밤낮을 가리지 않고 글을 써야 했다. 그녀가 밤에 서재에서 글을 쓰고 있으면 친척들은 타자 소리 때문에 잠을 이룰 수 없다고 불평했다. 그녀는 친척들의 편의를 위해서 밤에는 집의 외진 부속 건물에 있는 화장실에 카드 게임용 탁자를 놓고 글을 썼다. 젊은 시절이 흘러가 버린 후, 그녀는 1차 세계 대전 당시 육군 장교였던 남자에게 구애를 받았다. 그녀는 그 남자와 결혼했고, 그러자 그 남자는 이전에 하던 일을 그만두고 그녀의 식솔 가운데 한 명이 되었다. 결혼 후 얼마 안 되어, 그는, 즉 남편은, 전쟁 때 그의 당번병이었던 남자를 전원의 집으로 데려왔다. 남편과 이전 당번병은 모형 철도 장치를 사 달라고 작가를 설득했고, 그들은 그것을 집 주변 마당에 설치했다. 작가가 가정을 살피거나 다음 책을 쓰려고 노력하는 동안,

남편은 자신뿐 아니라 제럴드라는 그의 뒷좌석 승객이자 이전 당번병이 탈 정도로 큰 모형 기차를 타고 집 주변 마당을 휘젓고 다녔다.

### 손으로 턱을 괸 남자

중등 교육의 마지막 학년이 시작된 후 두 번째 주의 월요일에 나의 두 아이 가운데 맏이인 외아들은 마치 학교에 가려는 것처럼 씻고 옷을 입고 아침을 먹었지만 오전 내내 자기 방에 있었다. 나는 놀라고 걱정스러웠지만, 아들의 방 문을 두드리지 않았다. 아들은 행동거지가 바른 아이였지만, 수년 동안 부모의 조언을 듣는 것을 달가워하지 않았고 마지막 학년 과목 선택이나 미래 계획에 대해 그의 어머니나 나와 의논하는 것을 정중하게 거절했다. 이제 막 언급된 아침에 나는 평소 집 필실로 사용하는 방에 들어갔지만, 아들 때문에 너무 조바심이 나서 글을 쓸 수 없었다. 그날 오전 대부분을 책장에서 이런저런 책을 끄집어내서 몇 장씩 펼쳐 보며 보냈다. 나는 아들이 학교에서 자퇴할 거라고 이미 확신했다. 한 번도 그렇게 하겠다고 위협한 적은 없었지만, 그리고 중등학교를 다니는 동안 몇몇 과목에서는 높은 점수를 받았지만, 때때로 아들이 이런저런 과목에 흥미가 없는 것 같다고 교사가 알려 오기도 했고 몇 달 동안은 교과서나 다른 어떤 종류의 책에도 손을 대지 않는 것 같았다. 위에 언급된 월요일에 아들과 나는 부엌에서 동시에 제각기 점심을 만들었지만 대화는 하지 않았다. 내가 이른 오후에 책상 앞에 앉아 있을 때 그가 뒷문으로 몇 번씩 드나드는 소리가 들렸다. 나는 그가 뒷마당에 있을 것 같을 때 부엌 창문 밖을 내다보았고 그가 소각로에 작은 불을 피우고 있는 것을 보았다. 일기장이나 편지를 태우는 것이라고 짐작했다.

당시 아내는 아이들이 등교하는 시간보다 훨씬 일찍 출근했고 그들이 하교하고 한참 뒤에 귀가했다. 앞 단락에 언급된 날 그녀는 귀가했을 때 아들이 그날 결석했다는 사실을 전혀 몰랐다. 우리 딸조차 몰랐다. 딸은 같은 학교에 다녔지만, 오빠보다 몇 살 더 어렸고 보통 자기 여자 친구와 그녀의 엄마가 차에서 부르면 그들과 함께 일찍 등교했다. 아들이 결석한 월요일 저녁에 아들도 나도 그의 어머니에게 아무 말도 하지 않았다.

아들은 위에 언급된 주의 화요일이나 다른 날에도 학교에 가지 않았다. 집에 있는 날마다 그는 방 안에 틀어박혀 있었고 문밖으로 어떤 소리도 새어 나오지 않았다. 금요일에 나는 점심시간에 아들과 부엌에 함께 있을 때 오전에 교과서를 읽고 있었는지 그에게 물었다. 그는 그날 오전에 아무런 책도 읽지 않았다고 대답했다. 학교로 돌아갔을 때 좀 뒤처질 수도 있다고 나는 알려 주었다. 그는 학교로 돌아가지 않을 거라고 말했다.

위에 언급된 금요일 저녁에, 나는 아들이 학교 가는 걸 포기한 것 같다고 아내에게 말했다. 그녀는 저녁 내내 아들이 그렇게 결정한 이유를 알아내고 마음을 바꾸도록 설득하려고 노력했다. 그녀는 교육 상담가에게 전화를 걸어 아들의 상담을 예약했지만, 아들은 그 상담 시간에 가지 않겠다고 말했다. 주말 내내 아내는 아들에게 호소했지만 그는 굽히지 않았다. 일요일 아침에 내가 가족들의 종이 쓰레기를 페어필드에 가져갈 채비를 하고 있을 때, 그는 나와 함께 가고 싶다고 했다. 그는 신문지로 가득 차 보이는 골판지 상자를 자신의 방에서 가지고 나와서 차 트렁크에 실었다. 그가 상자를 차에서 활송 장치로 옮기는 동안, 내가 신문지 더미의 맨 위에 놓인 신문이라고 생각했던 것이 바람에 날려 갔다. 내가 본 신문지가 유일한 신문지였다. 상자의 나머지는 아들의 교과서로 가득 차 있었다. 모두 몇 주 전에 산 새 책들이었다. 다수가 양장본이었지만, 제일 위쪽에 놓인 책들은 표지가 약간 뒤로 말린 종이 표지 책이었다. 아들이 활송 장치의 틀 위에 상자를 놓고 균형 잡는 동안, 나는 책 덧표지의 한 모서리가 잘려 나간 걸 보았다.

아들은 이후 네 달 동안 집 밖으로 나가는 날들이 잦았다. 그는 뭘 하는지 그의 어머니나 나에게 구체적으로 말해 주지 않았다. 그저 실직 급여를 신청했고 구직하는 중이라고만 말했다. 5년 후, 그는 자퇴 후 구직자로서 면접을 많이 봤지만 등교를 중단했던 첫날에 우리 집 뒷마당에서 태워 버린 학교 성적표를 보여 주지 못하자 면접 심사관들은 그에게 더 이상 관심을 보이지 않았다고 내게 슬쩍 흘렸다.

아들은 자퇴한 해의 6월에 직업을 구했다. 그는 처음에는 구체적인 이야기를 별로 하지 않았다. 나는 그가 집에서 5킬로미터 떨어진 기술 공장에서 공정 노동자로 일한다는 사실만 알게 되었다. 날씨가 좋은 날이면 그는 자전거를 타고 직장에 오갔다. 비가 오는 날이면 내가 아침에 차로 데려다주었고, 그는 버스를 한 번 환승해서 집으로 돌아왔다. 내 차를 타고 갈 때면 직장 정문 앞까지 데려다주는 것을 절대 허용하지 않았다. 나는 길모퉁이에서 차를 멈추고 그가 나머지 길을 걸어 갈 수 있도록 내려줘야 했다. 그는 커다란 산업 단지에서 일했다. 그가 일을 시작하는 아침 7시 정도가 되면 단지의 보도는 버스 정류장에서 걸어오는 여자 공장 노동자들로 붐볐고, 도로는 남자 공장 노동자들의 차로 붐볐다. 그들의 차 대다수는 초기 모델이었고 긁히거나 찌그러져 있었다.

  아들은 자퇴한 해의 후반기에도 같은 곳에서 계속 일했다. 그의 직업은 반숙련직에 불과했지만 나중에 이런저런 숙련직의 수습직을 제안받을 수도 있다는 말을 취업 초기에 들었다고 했다. 사무직을 찾을 수도 있었을 텐데 왜 지금 하는 일을 선택했느냐고 내가 물어보자, 그는 아무 대답도 하지 않았다.

  매일 밤 아들이 퇴근해서 귀가했을 때, 나는 아들에게 질문하고 싶은 충동을 억눌러야 했다. 그는 일단 집에 도착했을 때는 언제나 지쳐 있었고 쉽게 성을 냈지만, 샤워와 식사를 하고 난 다음에는 좀더 적극적으로 대화에 임한다는 것을 알게 되었다. 나는 이른바 경영 본부의 누군가가 어느 날 그를 한쪽으로 불러서 곧 숙련직의 수습직을 제안받게 될 거라든가 경영직 직위에 걸맞은 자격을 갖추게 해 줄 내 상상 밖의 다른 경로를 곧 제안받게 될 거라고 말했다는 소식을 듣게 되길 간절히 바랐다. 아들은 내게 이런 소식은 절대 전해 주지 않았지만, 매일 밤 직장 사람들에 관해 말해 주기 시작했다.

 아들의 말에 따르면, 부친에게 사업을 물려받은 기술 공장 주인은 너무 자주 자리를 비웠고 직원들을 너무 안이하게 대했다고 했다. 고용된 사람들이 너무 많았지만, 아들이 다녔던 동안 아무도 해고당하지 않았다. 아들은 잘려야 할 사람들 여러 명의 이름을 댈 수 있다고 말했다.

 아들이 게으름쟁이나 단순히 농담을 즐기는 사람이나 장난꾸러기라고 직장 동료 중 누군가를 언급할 때마다 나는 그 사람을 떠올리려고 노력하거나 아들이 예전에 그 사람에 대해 말했을 수도 있는 것을 기억해 내려고 애썼다. 아들이 저녁에 더 많은 이야기를 들려주면서 그의 직장 동료 두 명이 내 마음속에 더 구체적으로 그려졌다. 한 사람은 때로는 아들의 조언자이자 보호자가 되어 주는 내 또래 남자였다. 이 남자는 앞으로 친절한 남자라고 불릴 것이다. 다른 직장 동료는 아들의 묘사에 따르면 나보다 몇 살 어린 것 같았다. 이 남자는 아들의 첫 묘사에 따르면 게으르고 심술궂은 남자 같았다. 아들은 처음에 그 남자가 왜소하고 마르고 머리가 검은색이고 날씨가 추울 때면 건물 한구석의 가스 난방기 가까이 앉아서 수습생들과 가장 어린 공정 노동자를 놀리고 모욕하면서 거의 모든 시간을 때운다고 묘사했다. 아들이 나에게 이 남자를 처음 언급했을 때, 그는, 즉 아들은, 공장 주인이 왜 그 남자를 오래전에 잘라 버리지 않았는지 모르겠다고 말했다. 주인은 어느 날 그 남자가 난방기 앞에 앉아 있는 것을 목격했지만 뭔가 잘못된 점을 알아차리지 못한 것 같았다. 그 남자는 손으로 턱을 괴고 난방기 앞에 앉아 있었고, 주인은 그 남자를 스쳐 지나가면서도 그 남자에게 인사까지 했던 것 같았다. 그러나 아들이 이런 자세한 이야기를 내게 들려주고 나서 며칠 후 밤에 그는 그 남자가 암에 걸렸다고 말해 주었다. 아들은 곧 자신의 말을 정정했다. 그 남자는 예전에 암에 걸렸었고 턱에 생긴 암 치료를 받기 위해 수개월 동안 병가를 냈었다. 아들이 그 직장에서 일을 시작하기 몇 주 전에 그 남자는 직장으로 복귀했고, 암이 완치되었다는 소문이 돌았다. 그러나 날씨가 추울 때면 손으로 턱을 괴고 난방기 앞에 앉아서 아들과 다른 젊은 노동자들을 놀리거나 모욕했고, 아들은 그 남자의 암이 완치된 건 아니라고 그의 동료들이 말하는 것을 들었다. 그 남자는 여기서부터 손으로 턱을 괸 남자라고 불릴 것이다.

아들이 손으로 턱을 괸 남자에 대해 처음으로 이야기해 주었던 날 이후 며칠 동안, 나는 이따금 마음속에서 왜소하고 마른 검은 머리 남자의 이런저런 이미지를 보았다. 그것은 어느 때는 기계 공장 한구석의 난방기 앞에 구부정하게 앉은 남자의 이미지였다. 다른 때는 시선이 미치는 곳까지 풀밭이 펼쳐진 전원 지대에서 골반까지 닿는 높이 자란 풀밭을 가르며 성큼성큼 뛰는 남자의 이미지였다.

위에 언급된 이미지들을 마음속에서 본 후에, 나는 손으로 턱을 괸 남자에 대해 아들에게 물어볼 기회를 노리기 시작했다. 그즈음 아들은 더 이상 자전거로 출퇴근하지 않았다. 내가 사는 교외 도시 옆의 교외 도시에 사는 친절한 남자는 매일 아침 아들과 내가 사는 집에서 1킬로미터 정도 떨어진 길모퉁이에 차를 세우고 아들을 태워 가곤 했다. 그 친절한 남자는 매일 오후에 같은 길모퉁이까지 아들을 태워 주었다. 비가 오는 아침이나 오후에는 그 친절한 남자가 우리 집에 자주 들렀다. 아들은 퇴근 후 덜 피곤해하고 성을 덜 냈고, 직장 동료들에 대해 더 기꺼이 이야기했다. 나는 연이은 저녁에 손으로 턱을 괸 남자가 결혼을 했는지 안 했는지, 그가 아버지인지 아닌지, 그가 어디에 사는지, 차가 있는지, 어떤 관심사와 취미를 가졌는지, 자신의 과거사에 대해 어떤 구체적인 이야기와 일화를 늘어놓는지에 대해 질문했다. 손으로 턱을 괸 남자는 나보다 불과 몇 살 어린 것 같지만 결혼한 적이 없다는 것, 페어필드라는 교외 도시에 있는 임대 플랫에서 어머니와 살고 있다는 것, 페어필드의 다른 곳에 아이들과 사는 누이가 있다는 것, 차가 없으며 버스로 집과 직장을 오간다는 것, 비디오 녹화기로 영화를 보면서 저녁 시간과 주말을 보낸다는 것과 그가 때때로 자신과 자기 어머니의 텔레비전과 비디오 녹화기가 구매 가능한 최고의 제품이라고 자랑한다는 것, 그리고 그 남자는 자신의 과거에 대해 절대 이야기하는 법이 없지만, 그가 기술 공장에서 여러 해 동안 일했다는 사실을 아들이 알고 있다는 것을 아들에게 들어서 알게 되었다. 그가 그의 어머니와 함께 산다고 아들이 처음 말해 주었을 때, 그는, 즉 나의 아들은, 그 남자가 게이라고 짐작해서는 안 된다고 덧붙였다. 그 남자는 너무 못생기고 성격이 너무 나빠서 아내나 여자 친구가 없는 거라고 아들은 말했다.

  8월의 마지막 주, 언제나 그즈음 멜버른의 교외 도시들에 몰아치는 우박 폭풍이 내가 사는 교외 도시의 가로수 풀밭에 서 있는 벚나무속 나무들의 분홍색 꽃송이들을 다 떨구었을 때, 어느 날 저녁에 아들은 턱을 괸 남자가 며칠 동안 직장에서 눈에 띄지 않았고 직장 동료들 말에 따르면 그 남자의 암이 재발했다더라고 내게 말해 주었다. 같은 날 저녁에 아들은 친절한 남자가 정문까지 데려다주었는데도 그날 오후 자신이 왜 평소보다 늦게 귀가했는지 설명해 주었다. 아들은 다음과 같이 사건을 설명했다. 친절한 남자는 차로 직장에서 떠났을 때 평소 운전하던 방향으로 가지 않았다. 그는 아들에게 그가, 즉 친절한 남자가, 페어필드에 있는 손으로 턱을 괸 남자의 집을 방문할 것이라고 말했다. 친절한 남자는 손으로 턱을 괸 남자에 대해 이야기할 때 '친구'라는 단어를 썼다. 친절한 남자는 그의 친구 집에 들러서 기운을 돋워 주고 그가 집에 누워 있어야 하는 동안 시간 때우기용으로 책을 몇 권 빌려줄 작정이라고 말했다. 친절한 남자는 책을 언급할 때 엄지로 어깨 왼쪽 너머를 가리켰다. 아들은 자기 어깨 너머로 돌아보았고 친절한 남자 차의 뒷좌석에 놓인 책으로 거의 다 채워진 골판지 상자를 보았다. 이내 친절한 남자는 쇠락한 물막이판 집들 가운데 있는 허름한 플랫 건물 밖에 차를 세웠다. 플랫 건물을 둘러싼 전체 구역은 시멘트로 포장되어 있었고 차를 위한 주차 구역이 표시되어 있었다. 차 여러 대가 시멘트 바닥 위에 주차되어 있었고 오랫동안 주차되어 있었던 걸로 보였다. 그 사실과 차들의 허름함으로 미루어 아들은 차 주인들이 실직 상태일 거라고 짐작했다. 친절한 남자가 책이 든 상자를 한 플랫의 정문으로 들고 가는 동안 아들은 친절한 남자의 차에 남아 있었다. 아들은 누가 플랫의 문을 열고 친절한 남자를 안으로 들어오게 했는지 볼 수 없었다. 그는 플랫 안에 5분가량 머물렀다. 그는 책 없이 자신의 차로 돌아왔다. 그는 아픈 남자가 손님이 와서 기뻐했지만 상태는 좋지 않다고 아들에게 말했다.

아들의 설명을 들었을 때, 나는 상자에 어떤 책들이 있었는지 아들에게 물었다. 아들의 말에 따르면, 그건 서부 활극물과 공포물과 다수의 쓰레기 같은 책들이었다고 했다.

### 책은 순 헛소리다

아들이 태어났을 때, 나는 멜버른시의 끄트머리에 있는 사무실 건물에서 일했다. 아들이 태어나기 전, 나는 월요일에서 목요일까지 매일 점심시간에 내 책상에 앉아 당시 내가 읽고 있던 책을 읽었다. 매주 금요일 점심시간에는 도시에 있는 여러 서점에서 책들을 둘러보았다. 아들이 태어난 다음 주에 나는 점심시간에 호주 어린이 도서 위원회에서 간행한 책을 읽기 시작했다. 그 책에는 제각기 다른 연령대의 아이들이 가장 읽을 가치가 있는 책 수백 권의 출판 세부 사항과 짧은 설명이 실려 있었다. 그 책을 읽으면서 때때로 이런저런 책의 제목 옆에 표시했다. 3주 동안 그런 작업을 한 결과, 그 책을 낱낱이 다 읽었고 100권 이상의 책 제목에 표시했다. 아들이 학령기에 들어설 즈음 멋진 장서를 가질 수 있도록 내가 이제 막 끝낸 책에 어린이 도서의 고전이라고 묘사된 책 다수를 비롯한 이 책들을 2주마다 한 권씩 사기로 작정했다.

나는 위에 언급된 책에 표시했던 책들을 다 사지는 못했지만 상당수를 사들였고, 서점에서 봤거나 (때로는 TLS에서) 서평을 읽은 다른 책들도 샀다. 딸이 태어난 후 그녀를 위한 책도 샀지만, 여자아이가 좋아할 만한 책은 아내가 고르는 것이 낫다고 생각했다. 나는 두 아이를 위해, 그러나 무엇보다도 아들을 위해, 몇 달에 한 번씩, 15년 이상 계속해서 책을 샀다. 종이 표지 책과 양장본을 똑같은 수로 샀지만, 예외적으로 크리스마스와 생일에는 비싼 양장본 여러 권을 아이들에게 선물로 주었다. 픽션과 논픽션을 비슷한 수로 샀고, 아이들이 열두세 살 정도 되었을 때 픽션에 별로 관심이 없다고 말한 후에도 계속 그렇게 했다. 아이들은 중등학교의 상급생이 되었을 때 제각각 파트타임으로 일을 하면서 내게서 매주 용돈을 받았다. 그때 나는 음악 수업 비용과 스포츠 교습 비용과 아이들 옷값 대부분을 감당해야 했기 때문에 예전처럼 계속 책을 살 여유가 별로 없었다. 어느 날 나는 아이들에게 크리스마스와 생일에는 책을 계속 사 주겠지만 그들이 사고 싶은 다른 책은 용돈이나 급료의 일부로 사야 한다고 말했다. 그 이후로 내가 지켜본바, 두 아이 모두 책을 전혀 사지 않았다.

아이들이 중등학교의 하급생이었을 때, 그들과 그들의 어머니는 집에 텔레비전을 둘 것인지 말 것인지의 사안에서 내 반대 의견을 뒤엎었다. 그전에는, 내가 항상 말했듯이, 집에서 거짓 이미지들이 판치지 못하도록 했었다. 내 의견이 뒤엎어진 날 이후, 아내와 아이들은, 내가 자주 말했듯이, 마음속의 생생한 이미지 대신 카메라에서 나오는 죽은 이미지들을 보았다. 그래도 그들을 칭찬하자면, 매일 한두 시간 정도만 보았고 텔레비전이 저녁 내내 꺼져 있는 경우도 가끔 있었지만, 텔레비전이 설치된 날부터 나는 과거와 같은 이름으로 우리 집을 절대 일컫지 않았다. 아이들에게 그들이 책의 집에 살고 있다는 말을 절대 하지 않았다.

우리 집이 책의 집이었던 오랜 세월 동안, 나는 아이들에게 매일 밤 책을 읽어 주곤 했다. 그들 스스로 책을 읽을 수 있기 전부터 내가 읽어 주기 시작했다. 거실의 소파에서 그들 사이에 앉아서 커다란 그림책들과 레이디버드 북스[37] 전집을 읽어 주었다. 책에 나온 단어와 그림이 아이들의 마음속에 아주 풍부하고 강력한 이미지를 만들어 내서 나중에 영화 영상이나 텔레비전을 통해 카메라에서 나오는 억지 이미지에 영향 받지 않으리라고 처음부터 믿었다. 평생에 걸쳐 아이들 마음속의 가장 선명한 이미지는 유년 시절 내가 읽어 주었던 책들의 언어에서 생산된 이미지일 것이라고 기대했다. 내가 읽어 준 책에 나온 삽화를 통해 마음속에 생산된 이미지는 삽화를

---

[37] Ladybird Book. 레이디버드 북스는 1867년에 설립된 영국 출판사로 1914년부터 펴내기 시작한 아동용 도서와 무당벌레 로고로 유명하다.

그런 사람의 마음을 우회해서 아이들에게 전달되었기 때문에 덜 강력할 것이었다. 영화관의 화면이나 텔레비전 진공관을 통해 아이들의 마음에 생긴 이미지는 힘이 거의 없을 것이었다. 책의 집에서 나는 그렇게 생각했다.

책의 집에서 살았던 세월 동안, 나 자신도 계속 책을 읽고 아이들에게도 매일 밤 책을 읽어 주던 와중에, 나는 이따금 영화를 보았다. 때때로 아내의 친구가 이런저런 영화를 우리에게 추천해 주었고, 영화가 대도시의 영화관이 아닌 우리 집에서 차로 30분 이내의 거리에 있는 교외 도시의 이런저런 영화관에서 상영될 때면 가끔 아내와 영화를 보러 갔다. 살아오면서 영화를 너무 조금 보았기 때문에(지난 50년 동안 멜버른의 교외 도시들에 사는 대다수 사람이 1년간 보았을 영화보다 더 적은 수의 영화를 보았기 때문에) 그리고 영화관 화면 상의 이미지는 언제나 너무나 크고 너무 밝기 때문에, 이런저런 영화를 보고 난 후 첫 며칠 동안에는 영화에 나온 이런저런 이미지를 마음속에서 자주 보았다. 며칠 혹은 몇 주 후면 이런 이미지 대부분이 마음속에서 사라질 거라고 언제나 예상했다. 내 몸이 내가 삼킨 조약돌이나 단추를 소화관을 통해서 내보내듯 내 마음이 이런 이미지들을 마음 자체를 통해서 내보낸다고 생각했다. 하지만 나는 영화의 이미지 몇 가지가 내 마음속에 남으리라는 사실을 받아들일 각오가 되어 있었다. 이 이미지들을 마음속에서 한동안 보지 못하다가 다음에 보았을 때는 그것의 연원이 무엇인지 거의 기억하지 못하리라 생각했다. 이제 막 언급된 일부 이미지들이 내 마음의 시선에서 벗어나 있던 긴 세월 동안 너무나 많이 변해서 내가 이런저런 책을 읽는 동안 처음 다가온 이미지라고 착각하게 될 거라 생각했다.

이 이야기의 앞 글 타래에서 묘사된 것처럼, 아들이 손으로 턱을 괸 남자에 대해 처음 이야기해 준 직후 처음 보게 되었던 풀밭을 가르며 성큼성큼 뛰는 남자의 이미지를 마음속에서 처음 본 직후, 성큼성큼 뛰는 남자가 책의 집에 내가 살았던 세월 동안 보았던 몇 안 되는 영화 중 하나인 「자정의 카우보이」 또는 「자정의 그 카우보이」라는 제목의 영화에서 왜소하고 마른 검은 머리의 남자 역할을 맡았던, 내가 이름을 모르는 영화배우의 얼굴과 몸을 갖고 있다는 사실을 깨달았다. 풀밭을 가르며 성큼성큼 뛰는 남자를 마음속에서 처음 본 직후, 영화에 나오는 남자가 앓고 있던 모든 병이 마음속에서 다 완치된 후 자신의 마음속에서 해안을 따라 성큼성큼 뛰었던 것이 기억났다. 그러나 그것을 기억해 낸 후에도, 내가 보았던 남자는 그의 마음속에서 풀밭을 가르며 뛰고 있는 그의 영혼이나 유령이나 혼령이고 그 남자의 육체는 이미 죽은 것이라고 나는 믿었다.

풀밭을 가르며 뛰고 있는 내 마음속 이미지의 많은 구체적인 모습이 영화관 화면을 통해 나타난 카메라에서 나온 이미지가 아닌 내 마음에서 비롯된 것임을 깨닫게 되자, 나는 어떤 의미를 배우게 되길 기대하며 그 이미지가 나타날 때마다 그것을 들여다보았다. 이윽고 나는 그 이미지 속의 풀밭이 내 마음속 다른 풀밭 영역과 연결되어 있다는 것을 알게 되었는데, 그 풀밭 영역은 내가 1950년대의 어느 해에 때때로 거닐었던 방목 들판 풀의 이미지였다. 이윽고 나는 뛰는 남자 이미지 속의 풀밭은 1970년대 초의 어느 해에 이전 단락에 제목이 언급된 영화를 보면서 느꼈던 특정한 감정과 연결되어 있다는 것 또한 알게 되었다.

  1970년대 초에 나는 당시 이른바 준정부 당국에서 기술 출판물의 편집자로 생계를 유지했다. 나는 짧은 기간에 여러 번 승진했고, 내 급여는 또래 평균 남자의 급여보다 훨씬 높았다. 아내는 1970년대 초에 직장이 없었지만 전업주부로서 우리 두 아이를 돌보고 있었고, 그럼에도 우리는 하나의 수입원으로도 윤택하게 살았고 집 대출금을 계속 줄여 나갔다. 내가 영화관에 아내와 함께 앉아 있고 우리 차는 주변의 주차장에 있고 우리 두 아이는 깔끔한 우리 집에서 베이비시터가 돌봐주고 있는 동안, 그리고 버려진 건물에 살면서 돈도 벌지 않는 마르고 검은 남자의 특정한 이미지를 보고 있는 동안, 나는 1950년대 말 특정한 해의 특정한 주말에 지냈던 장소가 기억났다.

  이제 막 언급된 그해에 나는 문학사 학위 과정 2년 차 학생이었고 빅토리아주 교육부의 계약된 학생으로서 무료 학비와 생활비 특권을 누리고 있었다. 나는 안정적인 직장과 윤택한 수입을 가진 중등학교 교사가 되기 위해 내 학위와 1년짜리 교육학 과정만 끝내면 됐다. 이제 막 언급된 해의 어느 순간에 나는 중등학교 교사가 되고 싶지 않고 픽션 책 저자가 되고 싶다고 생각했다. 그해 상당 기간 동안 나는 강의용으로 지정된 글 대신 내가 선망하는 작가의 픽션 책과, 정규

수입 없이 보헤미안으로 살거나 이따금 하찮은 일을 했던 픽션 작가들의 전기를 읽었다. 픽션 책 저자가 되기로 결심한 다음, 더 이상 강의에 출석하지 않았고 매일 주립 도서관의 독서실에서 픽션을 썼다. 당시 나는 또한 맥주를 마시기 시작했는데, 그 주된 이유는 일단의 보헤미안들이 특정한 바에서 모인다는 멜버른의 호텔에서 매주 금요일 저녁 시간을 보내고 싶어서였다. 이 바에서 만난 어떤 남자는 낮에는 서점에서 일했지만 소형 출판사 주인이 되어 아방가르드 글을 출간하고 싶어 했다. 이 남자는 죽은 아버지의 유산으로 역시 일단의 보헤미안들이 산다고 하는 멜버른 북동쪽 지역에 있는 소규모 부동산을 샀다. 그 부동산은 한때 과수원이었지만, 그곳 주인이 나를 처음 소유지로 데려갔을 때 유실수는 웃자랐고 방목 들판에는 긴 풀이 넘실거렸다. 집은 더럽고 쇠락했지만 주인은 주말마다 뒷방에서 잠자고 먹으면서 집을 청소하고 복원하고 다른 방 하나에서 출판사 운영을 준비했다. 그곳에 처음 갔을 때 나는 낙제했다는 사실이 알려질 그해 말에 교육부와의 계약을 파기하고 달아나서 그 집 가까이서 보았던 어느 헛간에서 여생을 보내기로 결심했다. 헛간은 쓰레기와 흙과 거미줄로 가득했지만, 한쪽 벽에는 풀이 무성한 방목 들판 여러 곳이 내다보이는 창문이 있었다. 나는 헛간을 치우고 복원해서 픽션을 쓰며 나날을 보낼 작정이었다. 픽션이 출간되고 내게 수입을 안겨다 줄 때까지 때때로 일반 노동자로 일하면서 생계를 꾸려갈 것이었다.

픽션 작가가 되기로 처음 결심했던 해의 후반 많은 주말에 나는 위에 언급된 헛간을 치우고 복원하는 작업을 했다. 한동안은 땅 주인에게 그의 헛간에서 평생 살 작정이라는 말을 하지 않을 셈이었다. 자기 출판사의 출판물이 부르주아 사회에 충격을 가했으면 좋겠다고 자주 말했던 그조차도 나를 말리려 들 게 걱정스러웠던 것 같다. 내가 땅 주인에게 말하지 않았던 건 아마도, 그가 나에게 성적 대상자로 관심을 보인 적이 없었음에도, 어떤 이유에선가 그가 동성애자일 거라고 추측했기 때문일 것이다. 나는 그해의 마지막 몇 주 동안 일어났던 특정 사건들을 절대 기억해 낼 수 없었다. 내가 처음에는 대학생이었다가 그다음에 초등학교 교사가 되고 이후에 시간제 대학생이 되었다가 또 그다음에 대학교를 졸업하고 편집자가 된 이유를 누군가에게 설명해야 할 경우가 가끔 생기면, 처음 대학교에 들어갔을 때 일종의 정신 쇠약을 겪었다고 말한다. 마치 공부를 열심히 해서 단순히 기진맥진했던 것처럼 이야기하지만, 내 기억에 따르면, 픽션 작가가 되기 위해 모든 것을 포기했던 거였다. 영화관 화면에서 마르고 검은 남자가 버려진 건물에서 추위에 떠는 이미지를 보았던 저녁에 나는 긴 풀이 자란 방목 들판 옆의 헛간에 있는 나 자신의 이미지를 보았다. 나 자신의 이미지는 조잡한 책상 앞에 앉아서 글을 쓰고 있었다. 내 주변의 이미지에서는 책장에 꽂힌 책들 외에는 아무것도 볼 수 없었다.

먼저 초등학교 교사로 일하고 나중에 편집자로 일했던 세월 동안, 나는 저녁과 주말에 계속 픽션을 썼다. 앞 단락에 언급된 나 자신의 이미지를 영화관에서 본 지 한두 해 정도밖에 지나지 않았던 1970년대 초 특정한 해의 특정한 날에 나는 탈고한 픽션 한 편을 처음으로 출판사에 투고했다. 몇 주 후에 편집자가 이제 막 언급된 출판사의 사무실에서 내게 전화했다. 편집자는 자신의 직장에 내가 보낸 픽션이 그 이듬해에 한 권의 픽션으로 출간될 거라고 말했다. 픽션 편집자에게 이 소식을 들은 후 내가 했던 여러 가지 일 중 한 가지는 아내에게 예전의 일, 즉 사립 중등학교의 정규 교사직을 다시 시작하라고 설득한 것이었다. 내가 했던 다른 일은 준정부 당국의 직위에서 사직하고 전업 작가가 된 것이었다. 앞으로 글쓰기로 돈을 충분히 벌지 못할 경우, 예전 직장이나 다른 비슷한 직장에서 프리랜서 편집자로 언제든 일할 수 있다고 아내를 안심시켰다. 사직하고 얼마 후, 내가 지난 몇 년간 부어 왔던 퇴직연금이 환급되었다. 나는 그 돈의 상당액을 새 책상과 거의 100권에 가까운 책을(대부분 내 책이었고 일부는 아이들 책을) 사는 데 썼다.

    1980년대 말의 어느 시점에, 독서에 부적합하다고 생각되는 책들을 페어필드에 버리기 시작했지만 여전히 책장에 내가 원하는 책들을 꽂아 둘 공간적 여유가 없었을 때, 독서에 부적합해서 페어필드에 버려야 하는 건 아니지만 사는 동안 읽을 정도로 흥미롭지는 않은 책이 상당히 많다고 나는 판단했다. 나보다 그 책들에 더 관심을 가진 사람에게 물려주는 게 더 적합하다고 생각했다. 이 책들을 어떤 한 사람 혹은 여러 사람에게 물려줄지 결정하려고 노력하고 있을 때, 손에 책을 든 왜소하고 마른 소년의 이미지를 마음속에서 보았다. 당시 나의 아이들은 중등학교 고학년 학생에 불과했지만, 나는 그것이 내 손주들의 이미지라는 걸 알아차렸다. 그때부터 내가 가진 특정한 종류의 책들은 손주들을 위해 남겨 둘 가치가 있다고 생각하게 되었다.

손주들을 위해 일부 책들을 따로 챙겨 둬야겠다고 생각하고 나서 얼마 뒤, 그런 책들을 집의 천장과 지붕 사이 공간에 보관하기로 결정했다. 재목상에서 싸구려 판자를 몇 개 사서 집 천장 위에 설치된 재목을 가로지르도록 놓았다. 손주들을 위한 책을 보관할 공간에 먼지가 많다는 것을 알고 있었기 때문에 책을 한 권씩 비닐로 쌌다. 포장된 책들을 골판지 상자에 쌓아 넣고 상자를 가지고 집 천장 출입 구멍을 통해서 올라갔다. 몇 주에 걸쳐 이런 식으로 책 세 상자를 보관해 두었다. 내가 첫 상자를 갖다 놓는 것을 아들과 딸이 알아차렸고 나는 그들에게 천장 위 공간은 더 이상 쓰지 않지만 완전히 버리고 싶지 않은 것을 보관하기에 편리한 장소라고 말했다. 내가 손주들을 위한 책을 담은 세 번째 상자를 갖다 놓았을 때, 이전에 보지 못했던 골판지 상자 세 개가 있는 걸 보았다. 그 상자들 안을 들여다보니 아들이 태어난 해부터 내가 그에게 사 준 책들 일부가 들어 있었다.

이 이야기의 이 글 타래의 제목은 필립 라킨의 「독서 습관에 대한 연구」라는 시의 마지막 행이다. 삶의 한 해 한 해가 지나가면서 나는 내 마음의 작동 방식에 좀더 흥미를 갖게 되었다. 최근 몇 년 동안에 내가 왜 특정한 이미지를 기억하고 다른 이미지를 잊어버리는지 배울 수만 있다면 내가 배워야 할 필요가 있는 모든 의미를 다 배울 수도 있을 거라고 믿게 되었다. 나는 과거의 어느 시점에 필립 라킨의 특정한 시를 읽었을 것이다. 이 이야기를 위해 글을 끼적이고 초고를 쓰는 동안, 이 이야기의 이 글 타래 서두에 인용된 단어들을 마음속에서 들었을 것이고 그런 다음 그 단어들을 이 이야기의 이 글 타래의 제목으로 쓰기로 결정했을 것이다. 며칠 전, 이 이야기의 완성본을 쓰려고 준비하는 동안, 앤서니 스웨이트가 편집하고 1988년에 마블 프레스 앤드 페이버 앤드 페이버 유한 회사에서 출간된『필립 라킨 시 전집』에서 이 이야기의 이 글 타래 서두에 있는 구절을 포함한 시의 전문을 발견했다. 나는 시를 천천히 읽으며 어느 정도 의미를 유추해 냈지만, 시를 읽은 다음 몇 시간 후에는 그 의미를 전혀 기억할 수 없었고 이 이야기의 이 글 타래 서두에 있는 구절 외에는 다른 어떤 단어도 기억할 수 없었다.

플로리다에 오신 것을 환영합니다

아이들이 중등학교의 저학년이던 1980년대 초의 특정한 해에 나는 낮 동안 집에서 픽션을 쓰고 이따금 프리랜서 편집자로 일하는 생활을 계속할 수 없다는 걸 깨달았다. 아이들이 중등학교 교육을 마치고 대학 교육까지 받으려고 한다면, 내가 정규직으로 돌아가야 한다는 것을 깨달았다.

교사나 편집자로 직장에 복귀해서 전에 정규직이었을 때

내 아랫사람이었던 이의 지시를 받고 싶지는 않았다. 나는 인근 교외 도시에 있는 큰 사설 병원의 경비원직에 지원했다. 지원서에 인성 추천서를 동봉해야 했는데, 내가 추천서를 부탁한 사람 가운데 한 명은 10년 전 편집자로 일하던 시절 내 보조였지만 이제는 상급 교육 전문 대학 행정부서에서 출판 담당 최고 임원이 된 남자였다. 이 남자는 경비직 지원서를 찢어버리고 자신이 일하는 교육 기관에 최근 공고된 문예 창작 교수직에 지원하라고 말했다.

나는 픽션 책들과 TLS의 글에 나오는 특정한 참고 문헌을 통해서 미국의 대학교에서 문예 창작을 가르친다는 사실을 알게 되었지만, 호주에서 문예 창작 선생으로 생계를 유지할 수 있을 거라는 생각은 하지 못했었다. 그렇지만, 나는 10년 넘게 학생들이 쓴 픽션의 여백에 자세한 논평을 쓰고, 연구실에서 이런저런 학생들과 논의하고, 학급의 누군가가 쓴 픽션 한 편을 읽은 다음 토론하는 시간에 좌장 역할을 하면서 생계를 유지했다. 마침내 내가 일하던 교육 기관은 종합대학교의 일부가 되었다. 나는 대학 교수로서 매년 참석한 학회의 수와 맡은 기조연설의 수와 지원금을 따낸 연구 과제의 수와 심사를 거치는 학술지에 발표한 논문 수와 관여한 자문의 수를 보고해야 했다. 나는 각 질문에 중간 크기 글자로 '무(無)'라고 써서 답한 다음 질문지를 보낸 사람에게 재빨리 돌려보내면서 매년 2월에서 11월까지 내 수업에 등록하는 학생들 여덟 명을 가르치고 11월에서 2월까지 픽션을 쓰는 생활을 몇 년 더 지속할 수 있기를 바랐다. 아이들이 대학 교육을 마치고 안정된 직장을 찾으면 곧 현재 직장에서 사직할 수 있기를 바랐다. 특정한 책들을 페어필드에 버리기 시작했던 1980년대 초의 그해 이후, 나는 은퇴 기간 동안 다음 단락에 묘사된 작업을 하게 되기를 간절히 바랐다. 젊은 시절에는 은퇴 기간 동안 새로운 책을 사서 읽고 내 장서에 더하고 새로운 책장을 세우고 책이 가득한 책장으로 채운 여러 개의 방에 있는 많은 책장에 줄지어 꽂힌 책들에 쌓인 먼지를 떨어내고, 물론, 때로는 예전에 읽었던 책을 다시 읽으리라 예상했었다. 그러나 첫 책 무더기를 페어필드에 갖다 놓은 후, 미래의 독서와 글쓰기를 다르게 예견하게 되었다.

나는 정규직에서 은퇴한 후에 책장에 꽂힌 각 책의 힘을 계속해서 점검할 거라고 추측했다. 이 이야기의 앞부분에서 묘사된 방식으로 그 작업을 하겠지만, 은퇴를 하면 더 철저하고 더 엄중하게 할 시간이 있을 것이다.

은퇴를 하면 각각의 책을 매년 한 번씩 시험해 볼 것이다. 매년 한 번씩, 각 책의 등 앞에 서서 그 책을 읽었을 때 처음 나타났던 이미지의 일부가 마음속에 보이기를 기다릴 것이다. 1980년대 초에 처음 책을 시험했던 때 일부 책들이 버림받지 않았던 것과 달리 다른 종류의 이미지가 떠오른다고 해서 책이 구제받을 수는 없을 것이다. 다른 한편, 시험에 낙제한 모든 책을 페어필드에 갖다 버리지는 않을 것이다. 낙제한 책들을 그냥 책장에서 치워 버릴 것이다. 치워 버린 책들은 상당한 금전적 가치가 있을 것이고, 공평하게 말해서, 내가 처음으로 책을 지속적으로 읽기 시작했던 1960년대 초에 한 번만 읽었던 일부 책들은 최근에 읽은 책들보다 훨씬 오랜 기간 펼쳐지지 않았기 때문에 불리한 입장이었다. (혹은, 젊었을 때 내 마음이 더 민감했다면 그 반대의 경우가 될 수도 있었다.) 나는 낙제한 책들을 비닐에 싸서 상자에 넣어 천장 위 공간에 보관할 것이고, 그 공간이 모자라게 되면, 집의 남는 방에 놓아둘 것이다.

내 책으로 하게 될 작업을 생각할 때마다 은퇴 생활을 고대했다. 만일, 내가 믿는 대로, 방대하거나 영원히 끝나지 않는 과업에 종사하는 사람들이 가장 오래 살게 된다면, 나는 분명 매우 오래 살 것이다. 내 과업의 끝을 예견할 수 없었다. 나는 살아 있는 한 몇몇 책들에서 무언가를 기억할 것이다. 나의 삶은 책의 가치에 대한 계속되는 하나의 실험일 것이다. 나는 당연히 그 실험의 결과를 글로 기록할 것이다. 내가 쓴 것을 읽는 사람들은 가장 잘 기억되는 책이 내게 가지는 상대적 가치나 한 권 이상의 책 속 특정한 구절의 상대적 가치에 대해 내가 죽기도 전에 배우게 될 수도 있을 것이다. 또는, 내 책의 독자는 책을 연구하는 게 아니라 책을 부분적으로 기억했던 남자를 연구하게 될 수도 있을 것이다. 어떤 부류의 사람이 이런 또는 저런 책에서 저 구절이 아닌 이 구절을 기억한단 말인가, 라고 그런 독자는 물을 수도 있을 것이다. (내가 잘못 기억했다면, 그러니까 만일 내 마음속 한두 개의 이미지가 다른 독자가 보기에는 그런 이미지 혹은 이미지들을 불러일으킬 수 없다고 생각되는 책과 연결되어 있다고 내가 믿었다면, 내 글의 독자는 풍부한 연구 주제를 갖게 될 것이다.) 나는 단순한 보고서를 쓸 필요는 없다. 내가 서로 다른 책들과 연결했던 이미지들 일부 사이의 연결성을 찾을 수 있을 것이다. 어쩌면, 나의 책들과 연결된 이미지들을 기억해 온 일생에서 여전히 기억에 남아 있는 것들을 연결해서 마지막 책 한 권을 쓸 수도 있을 것이다. 나의 마지막 책은 책들에 관한 책이 될 것이다. 소중한 이미지들의 정수, 그리고 마지막 쪽이나 마지막 단락을 내 삶의 마지막 날 쓰도록 조정할 수 있다면, 나는 영원히 반론의 여지가 없을 논지를 제시했을 것이다. 이런 책 혹은 저런 책이 우월하다는 증거로 나 자신의 삶을 가리켜 보였을 것이다.

특정한 기분에 휩싸일 때면, 내 삶의 마지막이 위에 묘사된 것과 반대일 것이라고 예견했다. 삶에서 하나의 결정적 사건의 결과로, 혹은, 어쩌면 길고 점진적인 과정의 끝에, 나는 책을 외면해 돌아서고 결코 화해하지 못할 수도 있다. 책장을 집에 그대로 두고 초판본들이나 다른 귀중한 책들은 아이들에게 물려줄 유산의 일부로 그대로 꽂아 둘 수도 있겠지만, 책을 절대 펼치지는 않을 것이다. 책에 대한 모든 생각이나 책이 예전에 불러일으켰던 이미지들로부터 내 마음을 지키기 위해 다른 과업을 찾을 것이다. 그러나 은퇴 후 삶을 그렇게 보낸다 하더라도, 나는, 심지어 나 자신의 의지를 거슬러서, 퇴짜 놓았던 책들에 대해 많이 배우게 될 것이다. 한 해 한 해 흘러가면서, 독서의 결과로 얻었다고 생각되는 것들을 잊으려고 노력하는 와중에, 다른 이미지들이 오래전에 사라진 후에도 어떤 이미지들은 내게 남아 있다는 것을, 즉 어떤 책들은 다른 책들보다 더 잊기 힘들다는 것을 알아차리지 않을 수 없을 것이다. 그리고 이러한 미래를 생각해 보았을 때, 나는 언제나 놀랍게 느껴지는 무언가를 깨달았다. 글쓰기는 내가 그토록 오랫동안 상정해 왔던 것처럼 책 읽기와 그렇게 밀접하게 연관된 건 아니라는 점이다. 고령의 책 혐오자라 하더라도 나는 여전히 글을 쓸 수 있을 것이다. 마음에서 책의 모든 흔적을 제거하려는 나의 노력에 관한 책을 쓸 수도 있을 것이다. 심지어 내가 책을 단 한 권이라도 읽었다는 어떤 기억에 대한 아무런 흔적도 담지 않은 책을 쓸 수도 있을 것이다.

아들이 손으로 턱을 괸 남자에게 전달된 상자에 담긴 책에 관한 이야기를 들려준 이후 2주 동안 매일 오후 나는 그 남자가 직장에 돌아왔고 많이 회복된 것같이 보인다든가, 병세가 훨씬 악화되어 병원에 입원했다든가, 친절한 남자와 아들이 페어필드에 있는 플랫에 다시 방문했는데 손으로 턱을 괸 남자가 이전보다 더 좋아지지도 더 나빠지지도 않은 상태였다든가 하는 소식을 듣게 되기를 기다렸다. 만일 그 이제 막 언급된 두 주 동안 어느 오후에 아들에게서 앞 문장에서 언급된 세 번째 묘사를 들었다면, 나는 그 묘사의 일부로서 손으로 턱을 괸 남자가 친절한 남자에게 상자에 든 책을 돌려주면서 책을 빌려주어 고맙지만 책을 읽기보다는 그의 어머니와 그가 가진 텔레비전과 비디오 녹화기로 영화와 다른 프로그램 보는 걸 더 선호한다고 말했다고 듣게 되기를 바랐을 것이다.

앞 단락에서 언급된 두 주 동안, 나는 최근에 읽은 어떤 책으로 인해 보았던 것을 기억할 수 있는 일련의 이미지들보다 더 생생하고 더 구체적이고 더 많이 되풀이되는 경향이 있는 일련의 이미지를 마음속에서 자주 보았다. 일련의 이미지들 제각각은 마음속의 영화관 화면인 것처럼 나타났지만, 그 이미지들을 보면서 내가 내 마음속 책의 특정한 구절을 집필하고 있는 듯, 그리고 책 속의 각 구절은 내 마음속에 있는 영화에서 비롯된 이미지를 마음속에서 몰아내는 듯 느꼈다.

내 마음속의 화면에서 손으로 턱을 괸 남자의 어머니는 그가 태어났던 날 아들을 품에 안고 있었다. 어머니는 아들의 몸에 경탄하고 마음속에서 키 크고 강한 남자가 된 아들의 이미지를 보았다.

내 마음속의 책에서 손으로 턱을 괸 남자의 어머니는 영화에서처럼 그를 품에 안고 있지만, 그가 평생 왜소하고 여윌 것이며 그녀 살아생전에 그가 죽으리라는 걸 예견했다.

내 마음속의 화면에서 아들의 첫 등교 날에 어머니는 아들의 손을 잡고 학교 정문으로 가면서 그가 학교에서 친구를 많이 사귀고 많이 배워서 나중에는 직장 동료들이, 특히 젊은 여자들이, 그에게 미소를 지어 주는 사무실에서 직장 생활을 하는 것을 예견했다.

내 마음속의 책에서 어머니는 아들의 이런저런 성적표를 보고는 그가 별다른 기술 없는 노동자로 직장 생활을 하고 많은 직장 동료에게 미움을 받으며 절대 결혼하지 못할 것을 예견했다.

내 마음속의 화면에서 그 남자는 몇 안 되는 직장 동료 가운데 그에게 쌀쌀맞게 굴지 않는 한 사람이 빌려준 책 상자에서 꺼낸 이런저런 책을 펼쳤다. 그 남자는 그 책을 제법 많이 읽었지만 이내 잠에 빠지거나 텔레비전을 보기 시작했고 나중에는 자신이 읽은 내용을 하나도 기억할 수 없었다.

내 마음속의 책에서 그 남자는 이전 단락에서 묘사된 대로 했지만 책의 이런저런 부분을 읽는 동안 그의 마음속에서 마음의 지평선까지 펼쳐진 풀밭 평원의 이미지를 보았던 것을 기억했다.

위에 언급된 두 주가 지날 즈음, 아들은 직장에서 늦게 귀가했을 때 친절한 남자와 함께 손으로 턱을 괸 남자의 집을 방문했다고 말했다. 이번에 그는 친절한 남자와 함께 손으로 턱을 괸 남자가 그의 어머니와 함께 사는 플랫의 정문까지 갔다고 했다. 어머니가 문을 열었다. 아들의 말을 빌리자면, 그녀는 뚱뚱하고 희망이 없어 보이는 여자였다. 아들의 묘사에 따르면, 친절한 남자는 어머니에게 그와 나의 아들이 그녀의 아들 상태가 어떤지 살피고 그가, 즉 친절한 남자가, 전에 왔을 때 그녀의 아들에게 빌려줬던 책을 가지러 왔다고 말했다. 아들의 묘사에 의하면, 어머니는 자기 아들이 그때 자고 있고 그간 상태가 매우 나빴다고 말했으며, 손님들을 만나라고 아들을 깨우고 싶지는 않다고 말했다. 아들의 묘사에 따르면, 그와 친절한 남자는 아들에게 안부를 전해 달라고 어머니에게 말하고 곧 떠났다.

앞 단락에서 묘사된 사건 이후 두 번째 주의 어느 오후에, 아들은 그와 그의 동료들이 오전 중에 기술 공장 주인에게 손으로 턱을 괸 남자가 죽었다는 소식을 들었다고 내게 말해 주

었다. 다음 날 아침, 나는 《선 뉴스픽토리얼》 부고란을 살펴볼
참이었으나, 내가 여러 개의 이름으로 이루어진 죽은 남자의
성을 뺀 이름 중 아들이 그에 대해 이야기할 때 썼던 유일한
이름인 첫 번째 이름만 알고 있다는 사실을 이내 떠올렸다. 그
날 아침 아들이 출근할 때 물어봤지만, 그는 그 남자의 성을
모른다고 말했다. 그런 다음 부고란 세로 단 세 개의 모든 소
식을 살펴보다가 손으로 턱을 괸 남자의 부고 기사를 발견했
다. 부고 기사 하나만 있었고, 유족은 그 남자의 어머니와 누
이밖에 없었다. 장례식 알림 세로 단은 읽어 보지 않았다.

앞 단락에 언급된 부고를 읽었던 날 오후에 아들이 귀가했
을 때, 그는 손으로 턱을 괸 남자의 죽음에 관해서는 기술 공
장의 한 수습생이 그 남자가 죽어서 더 이상 자신을 놀리거나
모욕하지 않을 테니 기쁘다고 했다는 말밖에 하지 않았다.

앞 단락에 언급된 오후 다음 날에, 나는 『선 뉴스픽토리얼』
의 부고란 기사 가운데 손으로 턱을 괸 남자를 언급하는 단
하나의 기사를 발견했다. 그 기사에서, 죽은 남자는 성을 뺀
이름만 기사에 나온 한 남자의 좋은 친구였다고 묘사되어 있
었다. 그 남자는 이 이야기에서 친절한 남자라고 지칭되었다.

손으로 턱을 괸 남자의 죽음 소식을 들은 직후 며칠 동안,
오후마다 나는 아들을 포함한 직장 동료들 한 무리가 손으로
턱을 괸 남자의 장례 예배에 참석했다는 말을 해 주길 기대했
으나, 아들은 내가 기대하는 말을 하지 않았다.

앞 단락에 언급된 오후 이후의 몇 년 동안, 때때로 나는 나
보다 거의 스무 살 더 많은 뚱뚱한 여자가 페어필드라는 교외

도시에 있는 플랫의 침실을 둘러보고 이전에 그 침실에서 잤던 사람의 물건들 대부분을 치울 준비를 하는 일련의 이미지를 마치 내 마음속 영화관의 화면에서 보는 양 보았다. 연속적 이미지 중 한 이미지는 침실의 침대 밑에서 책 상자를 발견하는 것이었다.

앞 단락에서 언급된 이미지를 내 마음속에서 보았을 때, 어떤 때는 위에 언급된 뚱뚱한 여자가 책 상자 속에서 이런저런 책을 골라 들고 이런저런 쪽을 펼쳐서 그 쪽에 나온 이런저런 단락을 읽고서 긴 풀에 둘러싸인 남자가 그녀 마음속의 지평선에 다다르는 이미지를 그녀의 마음속에서 보는 구절을 내 마음속의 책에 쓰는 듯한 느낌이 들었다.

앞 단락에서 언급된 이미지를 내 마음속에서 보았을 때, 다른 때는 그 뚱뚱한 여자가 책 상자를 들고 플랫의 정문을 통해 나와서, 그날 나중에 트럭이 플랫 건물을 지나갈 것이고 그녀가 사는 도시에 고용된 노동자들이 오솔길에서 책 상자를 주워서 상자와 그 내용물을 트럭 뒤에 던져 넣을 것이고 그다음에는 플랫 건물에서 불과 몇백 미터 떨어져 있는 종이 쓰레기 하치장으로 트럭이 갈 것임을 알고서, 책 상자를 플랫 건물 앞의 오솔길 옆에 두는 구절을 내 마음속의 책에 쓰는 듯한 느낌이 들었다.

손으로 턱을 괸 남자의 죽음을 알게 된 이후 수년 동안 그의 이미지를 내 마음속에서 보아 온 시점에 어떤 때는 나는 주먹 위에 턱을 괴고 있는 남자의 유명한 동상을 그린 선 그림의 이미지를 내 마음속에서 본다. 그 선 그림은 '사상가의 서재'38)라는 일반 표제하에 출간된 전집의 많은 책 각 권에 로고로 쓰인다. 이 전집은 아마 오래전인 1920년대 무렵 내가 이름을 잊어버린 이런 또는 저런 영국 출판사에서 출간된 것이다. 나는 1950년대와 1960년대에 헌책방에서 사상가의 서재 책들을 보았고, 전집에서 딱 한 권만 샀다. 그 전집의 제목 목록을 볼 때마다 사냥 모자를 쓴 젊은 남자들이 그걸 샀을 거라고 상상했다. 그 젊은 남자들은 낮에는 영국 중부 지방의 공장에서 일하고 밤에는 독학하기 위해 책을 읽었다. 내가 산 책은 『신의 존재』였다. 저자의 성이 매케이브였던 것으로 기억한다. 그는 미국인이자 파계 신부였다. 그의 책에는 신의 존재를 반박하는 다수의 논지가 담겨 있었다. 나는 그 책을 30년 이상 보지 않았다. 풀이 무성한 방목 들판 언저리에 있는 헛간에서 픽션 작가로 살려고 계획했던 1950년대 말의 어느 해에 그 책을 샀다. 그해에 그 책을 자주 읽었다. 그해까지 내 삶 전반에 걸쳐 믿어 왔던 것처럼 신을 다시 믿고자 하는 유혹이 들 때마다 나 자신을 강하게 만들기 위해 그 책의 논지가 필요했다. 어떤 때는, 특히 술에 취했을 때, 책장에서 그 책을 뽑아서 이런저런 사람에게 한 구절을 읽어 주고 그 사람에게 그 책을 빌려 가라고 강요하곤 했다. 그 책을 빌려 간 누군가가 되돌려 주지 않았고, 오늘날 그 책에 대해 내가 기억하는 것이라고는 손으로 턱을 괴고 있는 사람의 그림과 자기 자녀들이

---

38) Thinker's Library. 1929년에서 1951년 사이에 런던에서 출간된 양장본 전집으로 철학, 심리학, 인류학 등 광범위한 주제를 다루고 있다.

신에 대한 가르침을 받지 않고도 행복하게 자랐다고 책 어딘가에 쓴 저자의 주장뿐이다.

대략 20년 전 이 이야기의 앞 편에 제목이 언급된 영화를 영화관에서 보았던 저녁에서 내 마음에 여전히 남아 있는 몇 안 되는 연속적 이미지들은 왜소하고 마른 검은 머리 남자가 유일한 친구인 듯한 남자 옆에 앉아 있는 버스 내부의 일부를 보여 주는 연속적 이미지들이다. 그 두 남자는 플로리다주로 여행 가는 중인데, 왜소하고 마른 남자는 한동안 눈을 감고 좌석 뒤에 몸을 기대고 있었다. 시간은 늦은 밤이고, 버스 창밖으로 어둠과 자동차 불빛이 보인다. 밤중 어느 시점에 버스는 플로리다주 경계에 도착한다. 버스가 멈춘 동안, 플로리다주 경계 바로 안의 어떤 상점에서 보조로 일하거나 플로리다주 정부에서 일종의 고용인으로 일하는 금발의 젊은 여자가 버스 승객들에게 이 이야기의 이 글 타래의 서두에 있는 구절을 말한다. 그 연속적 이미지들을 보면서 버스가 주 경계에 다다르고 젊은 여자가 말할 때 검은 머리의 마른 남자가 이미 죽었다는 것을 나는 알아차린다.

위에 언급된 연속적 이미지들을 내 마음속에서 볼 때마다, 나는 이런저런 사람이 내가 이미 죽었다는 것을 처음으로 알아차릴 때 내가 도착했을 것으로 예상되는 장소를 가장 선명하게 암시하는 이미지 또는 이미지들을 내 마음속 이미지들 가운데서 찾는 것에 대한 묘사를 내용으로 하는 특정한 픽션 책 집필을 시작하고 싶은 충동을 느꼈다.

## 곤충의 호메로스

 호주 어린이 도서 위원회에서 발간된 책 속의 책 목록을 읽고 나서 아들에게 사 준 모든 책 가운데, 내가 아들이 읽게 되기를 가장 기대했던 책은 열한 살에서 열네 살 사이의 아이들에게 권장된 두꺼운 책이었다. 책 제목이나 저자나 출판사는 기억할 수 없다. 아들에게 사 준 판본이 촘촘하게 인쇄된 200여 쪽의 양장본이었다는 건 기억한다. 덧표지의 모든 세부 사항 가운데 내가 기억할 수 있는 건 스무 살가량 된 청년을 그린 선 그림 윤곽의 일부와 청년의 발치에 무리 지어 자라난 풀을 그린 선 그림의 윤곽뿐이다.
 앞 단락에 언급된 책에서 어떤 단어를 읽었던 건 기억할 수 없다. 아들이 그 책을 한 번도 안 읽었다는 것과 이제는 그것이 비닐에 싸이고 상자에 담겨서 우리 집 천장 위에 놓여 있다는 건 알고 있다. 그런데도, 나는 만약 그 책을 읽었더라면 보았을 수도 있는 이미지들의 이미지들을 마음속에서 자주 본다.
 책을 많이 사서 사들인 책들 일부는 읽지 않은 채 오랜 기간 책장에 방치하고서 읽히기를 기다리는 다른 많은 책을 읽었던 세월 동안, 나는 때때로 책장 앞에 서서 오랫동안 갖고 있었지만 아직 읽지 않았던 책의 등을 바라보면서 만일 내가 그것을 읽었고 읽었던 사실을 나중에 기억했다면 마음속에서 보았을 수도 있는 이미지들의 연속적 이미지들을 마음속에서 보았다. 어떤 때는, 읽지 않은 책 앞에 서 있을 때 내 마음속에 이미지들이 생겨나는 건 예전에 책 덧표지와 거기에 쓰인 말들을 보았기 때문이라는 사실을 깨달았다. 다른 때는, 이전에 그 책에 관한 서평을 한 편 혹은 그 이상 읽었거나 그 책을 언급한 논문을 읽었기 때문에 이미지들이 떠오른다는 걸 깨달았다. 또 다른 때는, 한 번도 읽지 않은 책을 마치 읽었다고 기억하는 것처럼 마음속에서 이미지들을 보았지만, 그 이미지들이 왜 내 마음속에 떠올랐는지 이해할 수 없었다. 페어필드에 책을 버리기 시작한 해 이후의 세월 동안, 내가 은퇴 생활을 위해 고안해 낸 계획 중 하나는 다음과 같았다. 나는 계속해서 책을 살 것이고 책장에 꽂아 둘 것이지만 더 이상 책을 읽지는 않을 것이다. 책의 덧표지와 서평과 책에 대한 논문은 읽을 수 있지만, 모든 책의 표지 사이는 절대 다시 들여다보지 않을 것이다. 은퇴한 뒤 내가 한 번도 읽지 않은 책들의 등을 하나씩 응시할 것이고, 내가 응시하는 동안 마음속에 나타나는 이미지들을 연구할 것이다. 이후 이 이미지들을 글로 묘사할 것이다. 모든 이미지를 글로 묘사하는 건 그 자체가 책으로 간주할 만한 가치가 있을 것이다. 나는 이 책을 자주 읽으면서 읽는 동안 마음속에서 어떤 이미지들이 떠오르는지 관찰할 수도 있을 것이다. 혹은, 영원히 그 책을 읽지 않은 채 그대로 두고 집필을 마치고 오랜 시간이 흐른 후에 이따금 그 앞에 서서 내 마음속에 존재할 수도 있는 온갖 이미지들을 관찰할 수도 있을 것이다.

　이 이야기의 이 글 타래의 첫 단락에 언급된 양장본을 기억할 때마다 내 마음속에 나타나는 이미지들 가운데 가장 두드러지는 건 손으로 턱을 괴고 긴 풀 가운데 앉아 있는 남자의 이미지다. 그 남자는 등받이 없는 작은 나무 의자에 앉아 있고 그의 바로 앞쪽 긴 풀 사이에 놓여 있는 무언가를 응시하고 있다. 나는 어느 날 오후 아들이 기술 공장에서 손으로 턱을 괴고 앉아 있는 남자에 대해 말하기 오래전에 이 이미지를 내 마음속에서 처음 보았다. 그 이미지를 보아 왔던 세월 동안, 나는 그 남자가 거의 평생을 남프랑스에서 살았고 자기 출생지의 곤충을 연구했던 유명한 자연학자라고 인식해 왔다. 그렇게 인식해 온 세월 동안, 아들에게 사 주었던 양장본 픽션 책의 덧표지를 읽으며 그 책의 배경이 남프랑스이고 책의 주인공은 야외에서 많은 시간을 보내는 소년이라는 걸 알게 되었기 때문에 그 유명한 자연학자의 이미지를 보게 된 거라고 짐작해 왔다. 유명한 프랑스 자연학자의 이미지를 처음 몇 번 보았을 때는(내가 그의 이미지를 처음 볼 때 그는 언제나 멀리 긴 풀 사이에 있다.) 내가 젊은 시절의 자연학자, 혹은 양장본 픽션 책의 주인공 또래인 소년 시절 자연학자의 이미지를 보고 있는 거라고 짐작했지만, 한 번씩 다시 보게 될 때 긴 풀 속에 있는 사람의 이미지는 거듭될수록 점점 더 내 마음의 전경에 가깝게 등장했고, 그래서 나는 그가 나보다 더 나이 많은 사람이라는 걸 볼 수 있었다.

이 이야기의 이 글 타래 부분을 집필하려고 준비할 때, 나는 이 글 타래에 유명한 자연학자의 이름을 포함하려고 했다. 과거에 그의 이름을 여러 번 읽었지만 이름의 정확한 철자는 기억하지 못했다. 바로 지금 내 책장에 있는 여러 참고 문헌을 들여다보았지만 그 자연학자의 이름을 찾을 수 없었다. 그런 다음 한동안 책장을 들여다보았지만 내가 쉽게 찾을 수 있는 곳에서 자연학자의 이름을 포함하고 있을 만한 책을 발견하지 못했다.

내가 다른 부류의 사람이었다면 자연학자의 이름을 알아내기 위해 이런저런 도서관에 가거나 전화를 했겠지만, 나는 지난 10년 동안 도서관에 가지 않았고 앞으로도 가지 않을 작정이다. 내가 도서관에 간다면 그건 나의 만족과 행복에 필요한 모든 책을 다 확보하지 못했다고 인정하는 꼴이 될 것이다. 내가 도서관에 간다면 나의 장서가 나를 실망케 했다고 인정하는 꼴이 될 것이다. 더 끔찍하게는, 내가 도서관에 간다면 도서관 책을 관장하는 사람 중 누군가와 이야기를 해야 할 것이다. 나는 이제까지 도서관에 간 적이 거의 없어서 도서관 책장에 도서를 배열하는 체계에 대해 한 번도 배우지 못했다. 오래전 도서관에 몇 번 갔을 때 책장 사이를 걸어 다니고 이런저런 책의 등이 내 눈을 사로잡기를 기다리는 데 만족을 느꼈지만, 이런 방식으로는 그 유명한 자연학자의 이름을 찾기를 기대할 수 없다는 걸 알고 있다. 도서관 부서를 관장하는 이런저런 사람과 이야기를 한 다음에야 그 이름을 찾을 수 있을 것이다.

30여 년 전, 책을 쓰는 작가가 되기 전에, 나는 책에 대해 대화할 사람을 찾아 나서곤 했다. 당시에는 책을 읽을 때마다 미래의 누군가에게 책에 대해 이야기하는 내 목소리를 마음속에서 듣곤 했다. 책을 가치 있게 여기지 않는 사람에게 책에 대해 이야기하지 않도록 신중을 기했지만, 미래에는 책에 대해 이야기할 친구들과 지인들이 언제나 많이 있으리라 기대했다. 책을 쓰는 작가가 된 후, 책에 대해 이야기하는 데 좀 더 조심스러워졌다. 내가 쓴 각각의 책들은 집필 시작 전 내 마음속에서 읽었던 책이 아니라는 걸 그때서야 알아차렸다. 책이란, 특히 픽션 책이란, 혼잣말을 하는 사람을 제외한 다른 이들에겐 이야기의 주제가 되기에 너무 복잡한 것일지도 모른다는 의구심이 들기 시작했다. 책이란, 특히 픽션 책이란, 은밀히 읽어야 하는 것이고 그런 다음 독자의 책장에 5년 또는 10년 또는 20년 동안 보관되어야 하고, 그 시간이 지나면 독자는 책의 등을 응시해야 하는 것이 아닐까, 라는 의구심이 들기 시작했다. 이런 의구심이 들기 시작한 이후로 나는 책에 대해 거의 아무 말도 하지 않았다. 때때로 어떤 이에게 책을 가리켜 보이거나 누군가의 손에 책을 건네주거나 어떤 사람이 우연히 마주치게 될 곳에 책을 놓아두기도 했지만, 이 책들에 관해 거의 아무 말도 하지 않았다. 요즘 나는 사람들 있는 곳에 책을 내놓기보다는 감추곤 한다. 이제 몇 년째 어느 누구에게도 어떤 책을 읽으라고 설득하지 않았다. 앞으로 어느 누구에게도 내가 어떤 책을 읽었다고 인정하지 않을 것이다. 앞으로 어느 누구에게도 그 사람이 읽지 않은 책이 존재한다는 사실을 밝히지도 않을 것이다. 단 그 사람이 자신의 마음속에서 책 내용의 일부를 이미 보았다고 나를 먼저 설득하는 경우는 제외하고 말이다. 현재 이런 사람으로 살아가고 있기 때문에 나는 전혀 알지 못하는 책을 소장하고 있는 도서관의 부서를 관장하는 이런저런 사람과 도저히 이야기를 나눌 수 없는 것이다.

앞 단락을 쓰고 있는 동안, 나는 처음에 이미지의 구체적 모습을 이 이야기에 포함했을 때 그 연결성을 이해하지 못했던 이 이야기 속 이미지의 장소를 이해하기 시작했다. 내 마음속에 떠오른 자신의 이미지로 내가 이 이야기의 두 번째와 세 번째와 네 번째 글 타래를 쓰도록 촉발했던 젊은 여자가 왜 나에게 절대 자신이 썼거나 쓰고자 하는 픽션 작품에 대해 이야기하지 않았는지 이제 이해하기 시작했다.

인생 전반을 남프랑스의 풀의 들판에서 곤충들 생활 양식의 자세한 모습을 연구하며 보낸 자연학자의 이름은 런던에 있는 유명한 출판사의 이름과 거의 같은 단어다.[39] 그 유명한 출판사는 많은 시와 픽션을 출간했고, 바로 이 순간 내 책장에 있는 다수의 책은 그 유명한 출판사에서 처음 출간되었다. 내가 책을 버리던 시기에 페어필드에 버린 책 가운데 적어도 한 권은 그 유명한 출판사에서 처음 출간되었다. 그 책에 관해 내가 기억할 수 있는 건 서인도 제도 출신의 유명한 작가가 쓴 산문 픽션 양장본이라는 사실 뿐이다. 내 책장에 꽂힌 그 유명한 출판사에서 출간된 책 한 권은 내 픽션 책 한 권의 종이 표지판이다. 이 책의 표지 디자인과 책 광고를 보면 그것을 준비한 사람이 책의 내용을 읽지 않았을 거라는 의구심이 든다.

---

39) 『파브르 곤충기』의 저자로 유명한 장앙리 파브르(Jean-Henri Fabre, 1823~1915)와 흔히 '페이버'로 불리는 출판사 페이버 앤드 페이버 유한회사(Faber & Faber Ltd.)를 가리킨다. 머네인의 작품 『내륙(Inland)』 영국판도 페이버 앤드 페이버에서 출간되었다.

내 책장에 있는 또 다른 책은 이 단락에 이제 막 언급된 책의 양장본이다. 이제 막 언급된 책의 표지 그림을 볼 때마다 화가가 먼저 책의 모든 글을 한 글자도 빠트리지 않고 모조리 읽은 다음 20년 후 또는 더 오랜 시간이 지난 후에 덧표지가 벗겨진 책의 등 앞에 섰을 때 그의 마음속에서 보게 될 모든 이미지의 구체적 모습을 자신의 마음속에서 볼 수 있었을 거라 추측된다. 이제 막 언급된 양장본은 내가 쓴 픽션 책 가운데 처음으로 TLS에 서평이 실린 책이다. TLS에서 서평을 읽은 후, 구독 갱신을 할 때가 되었을 때 나는 TLS 구독을 갱신하지 않았고 3년 동안 TLS를 구독하지 않았다.

아들이 처음 우리 집 뒷마당 주변을 걸어 다니게 된 때부터 나는 새와 곤충과 거미와 식물에 관심을 가지도록 그를 독려했다. 그에게 지나치게 많은 책을 강요한다는 비난을 피하기 위해 그렇게 한 면도 있었지만, 나는 그가 자연 세계에 관심을 가지게 되기를 진심으로 바랐다. 그가 한시적으로 책에 질릴 때마다 야외로 눈을 돌리게 되기를 바랐다. 아들이 걷고 말할 수 있지만 아직 책을 읽지는 못하던 나이였을 때 수많은 화창한 날에 나는 뒷마당에서 그와 함께 우리가 볼 수 있는 새나 거미나 곤충을 찾아 보았다.

앞의 문장에 언급된 날들을 기억하려고 노력할 때마다 이 이야기의 이 글 타래의 서두에 언급된 책을 아들에게 사 준 이후로 내 마음속에서 자주 보았던 이미지가 먼저 기억났다. 나는 마음속에서 풀의 들판에서 손으로 턱을 괴고 앉아 있는 남자의 이미지를 본다. 마음속의 남자를 보는 동안, 그는 손에서 턱을 들어 올리고 옆쪽 풀밭에서 연필과 공책을 집어 든다. 오래전 이런저런 간행물에서 읽었던 이런저런 꼭지 글이나 논문에 이 이야기의 이 글 타래의 서두에 있는 구절이 그 유명한 자연학자를 묘사하는 데 사용되었는데, 그는 자신의 집을 둘러싼 들판에서 긴 생애 동안 본 것을 묘사한 많은 책을 썼다. 나는 마음속에서 그 남자가 풀밭 들판에 앉아서 연필로 공책에 글을 쓰는 걸 본다.

## 에메랄드 빛깔 푸른색

그 깁슬랜드숲에서

그는 본 적 있는 그림의 특정한 세부 모습을 거의 평생 마음속에 간직해 왔지만, 미술에는 관심이 없었다. 미술관에 자발적으로 들어간 적도 없었고 유럽의 미술을 전혀 보지 못한 데 대한 후회도 없었다. 마흔 살이 넘었을 때 빅토리아 국립미술관을 지나 걷고 있던 어느 날, 누군가와 함께 그 미술관 안에 들어가야 했던 몇 번의 경우에서 보았던 것 중 그가 혹시라도 마음속에 떠올릴 수 있는 이미지가 있다면 그것은 무엇일지 자문해 보았다. 그는 두 가지의 이미지를 환기했다. 제목이 〈여전히 시내는 흐르고 영원히 흐르리〉라고 그가 생각하는 이름을 모를 호주 작가의 그림에 나오는 굽이굽이 흐르는 아득한 강의 풍경과, 〈클레오파트라의 연회〉가 제목이라고 그가 믿는 북적이는 그림의 전경에 위치한 개였는데, 그 개는 거의 30년에 걸쳐 멜버른 북서쪽의 스트래스모어라는 교외 도시의 집들이 늘어선 거리로 점차 덮여 버린 내피어 공원이라는 경주로에서 매주 일어났던 그레이하운드 경주에서 같은 종끼리 하는 경주에 참여했던 휘핏[40]을 닮았다.

중등학교의 마지막 해에 일부 선생들은 그가 대학교에 진학해야 한다고 권고했다. 그는 그해 말에 대학 입학시험을 통과했지만, 이내 낮은 직급 사무직원으로 주 정부 공무직을 시작했다. 그는 대학교가 두려웠다. 진학 자격이 되는 유일한 학부인 인문 학부의 안내서를 들여다보고 필수 도서 목록에 역겨움을 느꼈다. 다른 학생들과 교수들과 강사들이 모두 읽고 토론하는 똑같은 책을 읽고 싶지 않았다. 배우고 싶은 것이 많았지만, 다른 사람들이 배우는 방식으로 자신도 배울 수 있다는 건 믿을 수 없었다. 그는 스스로 소중한 지식이라고 부르는 것의 존재를 믿었다. 아이였을 때는 버려지거나 잊힌 책에서 그것을 찾아낼 수 있기를 바랐다. 이후에 자신이 추구하는 종류의 지식은 한 사람에게서 다른 사람에게 손쉽게 전달될 수 있는 게 아니라는 걸 깨달았다. 소중한 지식이란 그가 제목과 저자를 아직 들어 보지 못한 이런저런 책의 책장들 이면에 놓여 있는 것이라고 이따금 생각했다. 소중한 지식을 획득하기 위해 그는 책 자체 안으로 들어가 등장인물들이 사는 장소에 살아야 했을 것이다. 그런 장소에서 내다보면 그는 등장

---

40) Whippet. 그레이하운드와 비슷하게 생긴 사냥용 소형견으로 경주용으로 많이 사육된다.

인물들만이 볼 특권을 누리는 것들을 보게 되는 반면(그에게 지식이란 항상 가시적인 것이므로), 독자들뿐 아니라 심지어 그 책의 저자까지도 그런 것에 대해 관념적으로만 사변할 수 있을 뿐이었다.

학교를 졸업한 후 첫해에 그는 푸른색과 흰색 표지의 펠리컨 북스[41] 책을 많이 사서 읽기 시작했다. 멜버른 대학교에서 가르치지 않는 장소들과 시대의 역사와 특정한 철학자들의 저작 요약과 대중 심리학에 관한 책들이었다. 그해의 어느 시점에 그는 1949년에 처음 출간되고 1956년에 펠리컨 북스에서 재출간된 케네스 클라크의 『풍경을 예술로』라는 펠리컨 북스 책을 샀다. 만일 책 제목이 『풍경의 예술』이었다든가 『예술로서의 풍경』이었다면 그 책을 사지 않았겠지만, 그는 '로'라는 조사에 강하게 끌렸다. '풍경을 예술로'라는 구절은 그에게 소중한 지식을 약속하는 듯 보였다. 어쩌면, 그는 풍경이 관통해 가는 사람의 마음속을 보게 될 수도 있었다. 초록색 벌판과 푸른색이거나 잿빛인 하늘이 한쪽에서 그의 안으로 흘러 들어갔다. 그의 깊은 곳에서 신비로운 일이 벌어졌다. 그런 다음 전망과 관점이 그려진 풍경이 그의 다른 쪽에서 흘러나왔.

『풍경을 예술로』를 읽기 시작하기 전, 그는 책의 중간에 있는 일련의 흑백 사진을 들여다보았다. 그 부분에 복사된 풍경화나 풍경화의 세부 모습 가운데 한 이미지가 그의 마음에 와

---

41) Pelican Books. 1937년에 펭귄 북스의 임프린트로 설립된 영국의 출판사로, 저가의 학문서를 주로 출간한다.

서 박혔고 이후 절대로 사라지지 않았다. 30여 년 후에도 그는 B. W. 리더가 그린 〈2월〉이라는 풍경화에 그려진, 길옆의 물이 찬 특정한 바큇자국 이미지를 마음속에서 여전히 볼 수 있는 반면,『풍경을 예술로』에 나온 다른 사진의 어떤 자세한 부분도 기억할 수 없었다. 그 책에서 그가 제일 먼저 읽은 부분은 색인에 리더, B. W.라는 항목 옆에 열거된 쪽수였다. 그가 그토록 감명 깊게 보았던 작품은 칭찬할 만한 요소가 거의 없는 풍경화의 예로 책에 포함되었다. 〈2월〉은, 케네스 클라크의 의견에 따르면, 사진에 나온 모든 그림 중 최악의 작품이었다.

물이 찬 바큇자국 이미지가 어떻게 마음속에 자리 잡게 되었는지 그가 이해하기 시작하게 되기까지 그 이미지는 33년간 그의 마음속에 존재해 왔다. 그는 화가 리더가 어디서 또는 언제 살았는지 전혀 몰랐다. 클라크의 책에 실린 폄하의 구절 외에 리더에 관한 다른 참고 문헌은 전혀 읽지 않았다. 바큇자국 이미지를 처음 마음에 새긴 후 첫 몇 년 동안, 그는 바큇자국을 그린 사람이나 영국(그곳이 영국이라면) 시골길 옆의 물이 찬 특정한 바큇자국이 물이 찬 바큇자국 그림 이미지로 변화된 장소에 대해 여전히 아무것도 모른다는 사실을 때때로 아쉬워했다. 그가 이삼십대였고 소위 그의 세계관이라는 것을 설명하는 긴 항목들이 내용을 이루는 일지를 쓰던 시기에는 이른바 원래의 바큇자국과 시골길이라는 건 그의 상상 속에만 존재하는 것이며 실제 바큇자국과 길은 오래전 책에서 보았던 사진 속에만 존재하는 것이라고 말했을 것이다. 오십대가 된 그는 시골길 옆의 물이 찬 바큇자국의 끝없는 일련의 이미지들은 자신의 일부로서 존재한다는 말밖에 할 수 없었을 것이다. 그는 자신이 거의 다 이미지로 구성되었다고 믿게 되었다. 그는 이미지와 감정만을 인식했다. 감정은 그를 이미지로 연결해 주었고 이미지들을 서로 연결해 주었다. 연결된 이미지들은 방대한 관계망을 형성했다. 그는 이 관계망이 어떤 방향으로든 한계가 있다는 걸 절대 상상할 수 없었다. 그는 이 관계망을, 편의상, 자신의 마음이라고 불렀다.

그는 물이 찬 바큇자국의 이미지들 가운데 가장 자주 눈에 띄는 이미지는 〈그 깁슬랜드숲에서〉라는 그림에 등장한 길의 이미지와 연결되어 있다는 걸 오십대 초 어느 날 발견했다. 바로 지금 언급된 모든 이미지는 그가 40여 년 전 바로 지금 언급된 날짜에 보았지만 그 이후로는 보지 못했던 특정 이미지와도 연결되어 있었다.

그가 일곱 살이었을 때, 누군가가 소박한 외국 우표 수집 앨범을 물려주었다. 그는 우표에 찍힌 나라들의 이름을 읽었다. 자신이 가진 세계의 이미지 속에서 그 나라들 일부가 어디 있는지 알았다. 그의 집에 지도책을 가진 사람은 아무도 없었지만, 세계는 둥근 모양이고 영국과 그가 USA라고 부르는 미국이 세계에서 가장 중요한 두 나라이며 그에 걸맞게 자기 나라와 아득히 떨어진 지구의 반대쪽에 있다는 걸 인지했다. 우표 하나는 헬베티아[42]에서 만들어진 것이었다. 그 우표는

---

42) Helvetia. 로마 제국에 정복되기 전 현 스위스 지역에 살았던 부족의 명

청회색이었고 그림은 높은 깃이 달린 옷을 입고 풍성하고 색이 짙은 머리칼을 가지고 표정에 슬픔이 살짝 깃들어 있는 남자의 두상과 어깨였다. 그는, 즉 우표 소유자는, 헬베티아가 어디인지 알고 싶었지만, 그가 물어본 사람들은 그런 이름을 가진 나라에 대해 들어 본 적이 없었다.

40여 년이 지난 후에도 그는 헬베티아라고 추정되는 장소의 이미지를 수년간 자신의 마음속에서 이따금 보았던 걸 여전히 기억했다. 그는 헬베티아의 국민 일부가 일상생활을 해 나가는 걸 보았다. 심지어 높은 깃 달린 옷을 입고 짙은 머리를 가진 남자를 몇 분 동안 보기도 했고, 그의 얼굴에 살짝 깃든 슬픔을 설명해 주는 무언가에 대해 알게 되기도 했다. 그는, 즉 우표 수집 소유자는, 헬베티아가 어디 있는지 선생들과 몇몇 다른 어른들에게 가끔 물어보았지만, 어느 누구도 그에게 답해 주지 못했다. 그는 지도책을 사용할 수 있게 되자마자 헬베티아를 찾아 보았다. 마음속에 품은 나라와 같은 이름을 가진 곳을 세계 어느 곳에서도 찾을 수 없었을 때, 그는 나중에 사물의 기이함 앞에서 느꼈듯 경외감과 즐거움을 잠시 느꼈다. 이내 그는 헬베티아는 이제 이름이 바뀐 나라의 예전 이름이라고 추측하며 그 신비로운 현상을 자신에게 설명했고, 이윽고 한 소년을 만났는데 그 소년의 우표 수집 앨범에는 수오미, 스베리예,[43] 헬베티아에 상응하는 영어 이름을 포함한

---

칭에서 비롯된 이름으로, 스위스를 시적으로 부르는 이름이자 스위스 연방국을 의인화한 여성의 이름이기도 하다.
43) Suomi, Sverige. 핀란드와 스웨덴의 핀란드어와 스웨덴어 이름이다.

에메랄드 빛깔 푸른색

정보 부분이 포함되어 있었고, 그가, 즉 이 이야기의 주인공이, 첫 우표들 가운데 보았더라면 마음속의 특정한 장소를 지칭하기 위해 헬베티아 대신 평생 쓸 수도 있었을 다른 많은 이름의 긴 목록이 포함되어 있었다.

젊은 시절에 그는 자신의 필요에 대한 응답으로 나타났던 나라를 단 한 번도 다시 보지 못했다는 사실을 때때로 아쉬워했다. 나중에는 헬베티아의 풍경이 그가 보았던 유일한 그런 유의 풍경이 아니라는 걸 이해하게 되었다. 예전에 방문한 적이 없었던 집에 초대받을 때마다 그는 정문에서 보이는 모습, 주 침실 내부의 모습, 부엌 창문에서 내다본 뒤뜰의 전망을 마음속에서 즉시 보았다. 그런 다음 그 집을 방문하면 마음속의 다른 집은 헬베티아를 따라 망각 속으로 빠져들었다. 때때로 그가 특정한 편지를 읽거나 특정한 전화를 받을 때 편지를 쓴 사람이나 전화를 건 사람은 사라질 운명에 처한 방들과 정원들과 거리에 둘러싸여 있었다. 픽션 작품을 읽을 때마다 그는 등장인물들을 건너뛰고 헬베티아 방향으로 아득한 뒤쪽까지 미치는 풍경을 마음속에서 바라보았다.

자신이 낯선 방들과 전망을 보는 행위는 단순히 열등한 종류의 기억이 아니라는 걸 스스로 만족할 정도로 입증해 냈다. 즉 그의 상상은(그 단어를 사용하자면) 그가 예전에 보았다가 잊어버렸던(그리고 다시 잊어버릴) 세부 사항을 단순히 마음속에 불러오는 게 아니라는 것이다. 그는 소위 무의식적 마음이라는 것을 결코 믿을 수가 없었다. '무의식적 마음'이라는 용어는 자가당착적인 용어로 보였다. 그가 보기에 '상상'과 '기억'과 '사람'과 '자아'와 심지어 '실제'와 '비실제' 같은 단어는 막연하고 오해의 소지가 있었고, 젊은 시절 읽었던 심리학의 모든 이론은 마음이 '어디에' 존재하는가에 대한 질문을 촉발했다. 그에게 모든 전제 가운데 으뜸 전제는 그의 마음이 장소라는 것, 혹은, 장소들의 방대한 배치라는 것이었다. 그가 마음속에서 보는 모든 건 특정한 자리에 있었다. 그는 마음속에서 그 장소들이 어떤 방향으로 얼마나 멀리까지 확장되는지 알지 못했다. 마음속의 일부 가장 먼 장소들은 다른 마음의 가장 먼 장소들과 맞닿아 있을지도 모른다는 걸 부정할 수조차 없었다. 그의 마음속에서 가장 먼 장소들이나 그의 마음으로부터 가장 멀리 떨어진 마음은, 다른 사람들이 '신'이라는 단어로 지칭하는 것을 그가 지칭하는 용어인 '장소들의 장소'의 가장 먼 장소와 맞닿아 있을 수도 있다는 걸 전혀 부정하고 싶지 않았다.

네 살에서 열네 살까지 그는 어머니와 남동생과 함께 멜버른의 동쪽 교외 도시에 있는 특정한 집을 자주 방문했다. 그 집의 벽 한쪽에는 〈그 깁슬랜드숲에서〉라는 제목이 붙은 그림이 걸려 있었다. 그가 평생 동안 누구에겐가 그 그림에 대해 한 번이라도 언급했다면, 마지막으로 본 지 40년의 세월이 흐른 후에도 그 구체적 모습이 마음속에 여전히 남아 있는 대상에 대해 '그림'이라는 말 이상의 더 정확한 단어를 사용할 수 없었을 것이다. 그 대상은 유화이거나 파스텔화이거나 수채화이거나 그 세 가지 그림 중 하나의 복사본이거나 일련의 판화 한 장의 복사본이었을 수도 있고, 그의 생각에 가장 그럴싸한 건,

유리 액자에 넣기에 적합하고 1920년대와 1930년대에 멜버른의 동쪽 교외 도시들의 상점에서 당시 그런 교외 도시에 새로 구매한 집을 채우려는 젊은 부부들에게 팔기에 적합한 주제의 그림을 연필로 스케치하거나 물감으로 그린 무명 화가의 작품을 일련번호도 없이 복사한 그림이었을 수도 있다. 그 문제에 대해 더 이상 생각하지 않았더라면 1920년대와 1930년대에 젊은 부부들에게 팔린 그림은 멜버른의 거의 모든 교외 도시에서 다 똑같았을 것이라고 인정할 수밖에 없었겠지만, 새로운 집의 벽에 걸린 〈그 깁슬랜드숲에서〉를 고르는 젊은 부부를 생각할 때마다 그는 상점 밖 거리에서 댄디농산의 검푸른 산등성이가 보이는 동쪽 교외 도시의 상점 안에 있는 그들의 모습을 생각했다.

그는 멜버른의 서쪽 교외 도시에서 태어났고 그 교외 도시에서 그의 부모와 남동생과 함께 생애 열세 번째 해까지 살았다. 그해에 가족은 멜버른의 남동쪽 외곽 교외 도시에 구매한 집으로 이사했다. 그는, 즉 이 이야기의 주인공은, 이제 막 언급된 집에서 생애 스물아홉 번째 해까지 살았고, 그해에 이 이야기의 뒷부분에 언급될 젊은 여자와 결혼해서 멜버른 북쪽의 근접 교외 도시에 있는 임대 플랫으로 그녀와 이사했다. 그와 그의 아내는 그의 생애 서른세 번째 해에 그와 그녀가 멜버른의 북쪽 외곽 교외 도시에 구매한 집으로 이사했다.

그 그림이 벽에 걸려 있는 집은 어머니의 자매 중 한 명과 그녀 남편의 집이었다. 이 두 사람은 세 딸과 한 아들과 함께 그 집에 살았다. 딸들 가운데 가장 어린 딸은 이 이야기의 주인공보다 다섯 살 더 많았지만, 그들의 남동생인 남자아이는 주인공보다 거의 다섯 살 어렸다. 그가 그 집을 방문하기 시작했던 처음 몇 년 동안에는 여자아이들이 만화책을 몇 권 보라고 빌려주었지만, 이후에는 여자아이들은 항상 집에 없는 것 같았고 그들의 방문은 굳게 닫혀 있었다. 그는 남자 사촌과는 거의 놀지 않았고 나중에는 그 집으로 책을 가져가서 응접실에 앉아 읽곤 했다. 열네 살이 되어 어머니 방문에 동행하지 않아도 되는 선택권을 갖게 되었을 때, 이모와 이모부의 집에 더 이상 가지 않았다. 1980년대 중반에 있었던 이모부의 장례식 날에 그는 확장되고 새롭게 수리된 그 집에 한 시간 머물렀다. 어느 벽에서도 그 그림은 볼 수 없었다.

　동쪽 교외 도시에 있는 집을 더 이상 방문하지 않았던 세월 동안, 그 그림을 기억할 때마다 그는 다음과 같은 세세한 사항 한 가지 또는 그 이상을 기억했다. 한 남자가 좁은 붉은 자갈길 혹은 단단히 다져진 붉은 흙길을 혼자 걷고 있다. 양쪽 길가에는 풀숲이 자랐고, 길고 폭 좁은 웅덩이가 있고, 검게 변색된 그루터기가 서 있다. 풀숲과 그루터기의 양옆에는 커다란 나무들이 무성한 덤불을 사이에 두고 가까이 서서 자란다. 남자는 그림의 배경을 향해 다가간다. 남자 앞에서 길은 옆으로 꺾어지고 그의 시선에서 사라지지만, 길이 꺾이는 곳에 그가 다다랐을 때 지금 앞에 보이는 광경과 다른 광경을 보게 되리라는 걸 암시하는 세부 사항은 그림에 없다. 마치 시간이 이른 저녁인 듯, 그리고 마치 길과 걷고 있는 남자 위에서 나무들의 일부 우듬지가 서로 맞닿은 듯 빛이 흐릿하다.

에메랄드 빛깔 푸른색

위에 언급된 세세한 사항 한 가지 또는 그 이상을 이따금 기억하던 세월 동안, 그는 다음과 같은 세세한 사항 한 가지 혹은 그 이상 또한 이따금 기억했다.

서쪽 교외 도시에 살면서 동쪽 교외 도시에 있는 집을 방문하던 시절에, 그 집이 있던 거리는 그가 가 본 가장 동쪽에 있는 장소였다. 그 세월 동안, 그가 본 적 있는 가장 동쪽의 장소는 댄디농산의 정상이었는데, 동쪽 교외 도시의 모든 언덕에서 동쪽을 바라볼 때마다 하늘을 배경으로 그 산을 볼 수 있었다. 어렸을 때 그는 '깁슬랜드'라는 단어가 빅토리아주 동부와 댄디농산 남서부를 아우르는 명칭이라고 믿었다. 어렸을 때 그는 깁슬랜드 지방은 태초부터 19세기에 잉글랜드나 아일랜드나 스코틀랜드의 첫 이주민들이 완전히 숲이었던 그 지방에 도착했던 해까지 존재했다고 믿었다. 깁슬랜드 지방 대부분이 바로 지금 언급된 해와 그가 태어난 해 사이의 100년 동안 숲에서 초록색 방목 들판과 소도시와 길과 철도로 바뀌었다고, 깁슬랜드에 아직 건재했던 숲 몇 자락은, 그의 아버지가 자주 말해 주었던 것처럼, 그가 태어나기 일주일 전에 국가 역사상 최악의 산불이 타올랐을 때 소진되었고 멜버른 사방의 모든 교외 도시 위로 연기가 드리웠다고, 그 그림이 그의 마음속에 남아 있었던 주요 이유는 그림 제목의 '그'라는 지시 관형사 때문이었는데 그 단어로 인해 그는 웅덩이와 그루터기 사이를 걷고 있던 남자의 마음속과 그 그림을 그렸던 남자의 마음속에 여전히 보이던 예전의 깁슬랜드 전체를 뒤덮었던 하나의 숲을 생각하게 되었다고, 그 그림 속의 남자는 댄디농산과 깁슬랜드 대부분을 등진 채 동쪽을 향해 걷고 있었다고, 댄디농산에서 깁슬랜드의 먼 쪽을 향해 걸어가는 남자는 거의 평생을 혼자 살았다고 믿었다.

때때로 〈그 깁슬랜드숲에서〉가 걸려 있던 집을 기억할 때, 그는 그 집을 방문했던 초기에 읽을 만한 이런저런 픽션 책이 있었더라면 그 그림에 절대 눈길을 돌리지 않았을 거라고 추측했다. 아버지는 언젠가 서쪽 교외 도시에 사는 어머니의 자매는 책도 없는 집에 산다고 놀리는 투로 말한 적이 있었다. (이 말을 했던 남자도 가진 책이 한 권도 없었다. 그렇지만 그는 순회 도서관에서 매주 픽션 책을 세 권씩 빌려 읽었다.) 그는, 즉 아들은, 늘 아버지가 아내의 친척이 개신교 신자이기 때문에 그들을 싫어하는 거라고 생각했다. 아들 자신도 언제나 아버지의 친척을 선호했고 어머니는 결혼 직전에 개종했기 때문에 진정한 가톨릭 신자가 못 된다고 생각했다. 동쪽 교외 도시에 있는 집을 처음 몇 번 방문했을 때, 아들은 혼자 남아서 정원의 식물이나 거실의 장식품을 응시하는 일이 다반사였지만, 언젠가 한번은 책에 나온 구절을 듣게 되었고 이후 그것을 오랫동안 기억했다.

시간은 늦은 오후였다. 그와 어머니와 남동생은 전차와 교외 기차를 타고 그들이 사는 서쪽 교외 도시로 긴 귀갓길에 나설 참이었다. 여자 사촌 한 명이 여자 친구를 집으로 데려왔고, 두 여자아이는 이 이야기 주인공의 어린 남자 사촌과 놀아 주고 있었다. 여자아이들은 열세 살가량이었고, 남자아이는 네 살 정도였다. 여자아이 손님은 남자아이에게 책을 읽어 주고 있었다. 이 이야기의 주인공은 반쯤 닫힌 문을 통해 귀를 기울였지만 읽는 글 중 몇 단어밖에 들을 수 없었다. 그런 다음, 어머니가 그녀의 자매에게 작별 인사를 하고 그는 금방이라도 집에서 나가자고 채근당할 대비를 하고 있던 차에, 글을 읽던 소녀가 목소리를 높여 과장되게 표현하며 낭독하기 시작했다. 그 순간 그는 읽어 주는 이야기가 절정을 향해 가고 있다고 짐작했다. 40여 년 동안 소녀의 목소리를 기억할 때마다, 그는 소녀가 자신이 문 뒤에서 그녀 목소리에 귀를 기울이고 있다는 사실을 알아차렸을 거라고 추측했다. 집을 나서기 전, 그는 이후 다음과 같이 기억하는 구절을 들었다. "……그리고 이내 그는 강이 파란색 끈처럼 녹색 언덕 위로 굽이치며 멀리 흘러가는 것을 보았다……." 이 구절을 읽은 뒤, 소녀 낭독자는 소년 청자에게 글 옆에 나온 그림을 보여 주기라도 하듯이 잠시 멈췄다.

## 격자창 옆의 전나무 숲에서

『폭풍의 언덕』이라는 픽션 책을 처음 읽었을 때, 그는 생애 열여덟 번째 해에 앞에 언급된 멜버른의 남동쪽 외곽 교외 도시에 있는 집에서 부모와 남동생과 살고 있었다. 당시 그는 댄디농산 전망이 먼 곳에 펼쳐진 언덕 비탈에 중등 남학교가 있는 남동쪽 근접 교외 도시로 주중에 교외 전기 기차를 타고 4년 넘게 통학을 해 오고 있었다. 학교에서 귀가하는 오후마다 그가 탄 기차 앞에는 '댄디농'이라는 단어가 표시되어 있었다. 그는 『폭풍의 언덕』을 처음 읽었을 때까지 기차 앞에 그 단어로 표시된 장소에 한 번도 가 본 적이 없었다. 그러나 그 장소가 학교 교실 창문을 통해 보이는 검푸른 산이 아니라 그 산에서 남서쪽으로 10마일 떨어진 대부분 평평한 땅에 세워진 소도시라는 사실은 알고 있었다.

그는 『폭풍의 언덕』을 처음 읽은 지 10여 년이 되었을 때 댄디농이라는 이름을 가진 곳이 멜버른의 남동쪽 외곽 교외 도시가 되었다는 걸 알았지만, 그 책을 처음 읽었던 해에는 댄디농이 깁슬랜드의 소도시 가운데 멜버른에 가장 가까운 곳이라고 생각했다. 그 한 해 동안 그가 가 보았던 깁슬랜드에 가장 근접한 곳은 당시 살던 교외 도시에 불과했지만, 파란색과 금색의 디젤 전기 기관차가 끄는 승객용 열차가 교외 철로를 따라 속도를 내며 고속으로 역들을 지나쳐 워러걸이나 세일이나 베언즈데일로 향할 때마다 매일 깁슬랜드를 상기하게 되었다. 깁슬랜드 사람들은 근친상간 하고 타락했으며 깁슬랜드의 소녀들과 여자들은 그곳 토양에 필수 미네랄이 부족해서 턱 밑에 갑상샘이 튀어나왔다고 아버지는 그에게 웃음기 없는 얼굴로 여러 번 이야기했다. 그런 말을 했던 남자는 아들과 마찬가지로 깁슬랜드 가까이에 가 본 적이 없었다. 그 남자는 빅토리아주의 남서 지방에서 태어났고, 그가 항상 '대억압'이라고 부르는 시기에 멜버른으로 옮겨 왔고, 역시 남서 지방 출신인 젊은 여자와 결혼해서 결혼 생활의 첫 15년간 멜버른의 서쪽 교외 도시에 있는 셋집에서 살았고, 그다음에는 앞에 언급된 남동쪽의 외곽 교외 도시로 이사했는데, 그 교외 도시를 선택한 유일한 이유는 경마장에서 알게 된 지인이자 당시 투기 건축이라고 불리던 것을 통해 한밑천 마련한 한 남자가 자주 침수되고 풀숲과 웃자란 덤불숲 사이로 구불구불 이어지는 두 개의 바큇자국으로 이루어진 거리 옆의 담장도 없는 네모난 덤불숲에 지어진 물막이판 집 구입을 보증금 없이 시작할 수 있도록 당시 사설 건축 협회라고 불리던 것을 통해 대출을 주선해 주겠다고 제안했기 때문이었다.

이 이야기의 주인공은 『폭풍의 언덕』을 처음 읽기 전의 그 모든 세월 동안 어떤 픽션 책을 읽기 시작할 때마다 읽기 시작하는 책이 읽어야 하는 마지막 책이 되기를 바랐다. 각 책이 자신의 마음속에 특정한 젊은 여자의 이미지와 특정한 장소의 이미지를 불러일으키기를 바랐고, 마음속에서 그런 사건이 일어난 후에는 픽션 책을 더 이상 읽을 필요가 없을 것이었다. 『폭풍의 언덕』 앞부분을 읽는 동안, 특정한 문장들을 보며 자신이 읽어야 하는 마지막 픽션 책을 읽고 있다는 생각이 들었다. 그런 문장 중 첫 번째는 6장에 나온 이것이다. "그러나 아침에 황야로 도망가서 하루 종일 그곳에 머물러 있는 것이 그들의 가장 큰 즐거움 중 하나였고 이후에 받는 처벌은 그냥 웃어넘겨 버릴 일이 되었지요." 다른 예는 12장에 나온 다음 문장이다. "이 깃털은 벌판에서 주운 거고, 그 새는 총을 맞지 않았어. 우리는 겨울에 해골로 가득 차 있는 새 둥지를 보았어. 히스클리프가 그 위에 덫을 놓았기 때문에 어른 새들은 감히 다가오지 않았지. 댕기물떼새를 절대로 쏘지 않겠다고 그에게 다짐을 받아 냈고, 그 이후로는, 그는 절대 쏘지 않았어." 나머지는 12장에 나오는 다음 문장들이다. "오, 옛집의 내 침대에 누워 있을 수 있다면!' 그녀는 양손을 쥐어짜며 쓸쓸하게 말을 계속했어요. '그리고 격자창 옆 전나무 숲에서 소리 내는 바람. 제발 그 바람을 쐬게 해 줘. 무어 지대에서 곧바로 불어오는 그 바람을, 제발 한 번 들이쉬게 해 줘!'"

『폭풍의 언덕』을 처음으로 다 읽은 뒤, 그리고 영문학 과목의 학생으로서 읽어야 하는 멜버른 대학교 입학시험용 교과 요목에 나오는 독서 목록의 다음 책을 처음으로 읽는 동안, 그는 평일 오후에 동쪽 외곽 교외 도시들을 가로질러 깁슬랜드의 소도시들 가운데 가장 가깝다고 생각했던 장소까지 가는 기차를 타고 다니는 교복 입은 젊은 여자 중 한 사람의 얼굴 이미지를 마음속에서 자주 보기 시작했다. 그것을 보면서 자신이 이전에 많이 겪었던 일련의 감정 상태를 다시 한번 거쳐 가게 되리란 걸 알았다.

그는 성인이 된 후, 사람들이 유년기를 회상하는 것을 듣거나 자서전의 첫 장(章)을 읽거나 실제 같은 픽션 작품에서 유년기에 대한 구절을 읽을 때마다 자신이 별나게 특이한 아이였다고 짐작하게 되었다. 생애 다섯 번째 해부터 이미 마음속에서 여자나 소녀의 이미지를 보고 사랑이라는 이름 외에는 더 적합한 말을 찾을 수 없는 감정을 느꼈던 순간들을 삶 전반에 걸쳐 선명하게 기억할 수 있었다. 앞 문장의 '순간'이라는 단어는 그가 사랑에 빠지기 시작했던 첫 2, 3년에만 적용되는 것이다. 생애 여덟 번째 해 즈음부터는 이런저런 이미지가 그의 마

에메랄드 빛깔 푸른색

음속에 한번 깃들면 여러 주에 걸쳐 계속 남아 있곤 했다.

 유부남이 되기 전 마지막 해였던 1960년대 말의 한 해의 어느 시점에, 그는《타임스 리터러리 서플리먼트》에 실린 특정한 자서전의 서평에서 그 책의 저자가 아주 어린 시절부터 상당수의 소녀와 젊은 여자에게 열정적인 애정을 느꼈다는 점에서 별나게 특이한 아이였다는 내용을 읽었다. 그는, 즉 이 이야기의 주인공은, 자신이 유일한 별종이 아니라는 걸 드디어 알아내게 되리라고 믿었다. 그는 서적상에게 그 책, 즉 레스티프 드 라 브르통이 쓰고 로버트 볼딕이 번역하고 런던의 배리 앤드 로클리프 출판사에서 출간된『니콜라 씨, 혹은 완전히 드러낸 인간의 마음』을 특별 주문했다. 그러나 책이 도착했을 때 첫 번째 장을 읽은 후 화자와 자신 사이에 공통된 점이 거의 없다는 걸 알게 되었고 자신이 다른 모든 남자와 다르게 자랐다는 신념을 다시 갖게 되었다.

 『니콜라 씨』의 화자는 생애 열 번째 해 즈음부터 소녀들과 젊은 여자들에게 강하게 끌렸지만, 그 여자들은 실제로 그에게 입을 맞추고 그를 쓰다듬어 주는 일부 여자들을 포함한 주변 인물들이었고, 그가 그녀들을 향해 느끼는 성적 욕망은 이 이야기의 주인공이 보기에는 특별할 바 없었으며, 그 책의 화자가 그 욕망을 어떻게 충족할 것인지 젊은 여자에게 배우는 대목을 읽은 후에는 더욱더 그렇게 보였다. 이 배움은 화자가 아직 열두 살이 되기 전에 일어났다고 책의 27쪽에 적혀 있었다. 400쪽이 넘는 책의 나머지 부분에는 화자가 이런저런 소녀나 젊은 여자나 여자에 대해 먼저 욕망을 느끼고 그 이후 곧 그들을 연달아 즐기는 내용이 담겨 있었다. '이' 이야기의 주인공은 네 살 때부터 혼자 있을 때, 특히 풀 방목 들판이나 무리 지어 서 있는 나무들이나 심지어 정원의 귀퉁이를 바라볼 때, 마음속에서 여자나 소녀의 얼굴 이미지를 보았다. 일부 얼굴들은 사진이나 다른 그림에 나오는 것이었다. 몇몇 얼굴들은 그가 보았던 영화에 나오는 것이었다. 때로는, 그의 짐작에 따르면, 헬베티아의 이미지를 불러일으키는 동일한 원천에서 얼굴이 나타나기도 했다.

말년에 그가 여성 현전(現前)이라고 부르게 된 것에 대한 기억을 탐구할 때마다 그는 다른 얼굴들보다 마지막 종류의 얼굴에 더 흥미를 느꼈다. 모든 얼굴은, 그가 가진 아름다움의 개념에 따르면, 아름답지 않은 것이 없었지만, 현전이란 종종 처음에는 엄격하거나 냉담한 표정을 갖고 나타났다. 그런 표정은 그가 현전에게 계속해서 느끼는 따스함을 외부인들에게 비밀로 유지하기 위한 것이라는 걸 알게 된 그는 큰 즐거움을 느꼈다. 각 현전이 그녀에게 비밀을 털어놓기를 간절히 바란다는 것을 그는 알았지만, 그와 동시에 자신이 어떤 비밀을 가장 털어놓고 싶은지 그녀가 이미 알고 있을 거라는 의구심이 들었다. 또한 그가 했거나 말했거나 생각했던 가장 나쁘고 가장 수치스러운 짓들의 일부를(그의 종교에 따르면 죄인 행위들) 어느 현전에게 털어놓는다면, 그녀는 그의 동기가 무엇이었는지 혹은 어떤 더 괴상한 짓들을 그가 할 수 있는지에 호기심을 느끼지 않으리라는 것 또한 그는 알고 있다.

보통, 여성 현전은 그의 아내이거나 미래에 그의 아내가 될 사람인 듯했다. 이런 일들을 향후 50년까지 기억하는 남자에게는 소년이 네 살 때부터 마음속의 남자 친구나 여자 친구보다는 마음속의 아내에게 이야기한다는 게 이상해 보이지 않았다. 아홉 살이 되어 부모님이 읽는 대중 소설의 구절을 읽을 수 있게 되기 전까지, 그 소년은 성적 행위에 참여하는 유일한 사람들은 아내가 있는 남편들이라고 믿어 왔고, 그 이후로도 오랫동안 자기 아내나 약혼자가 아닌 여자들과 성적인 것에 관한 이야기를 나눌 수 없다고 믿었다. 그는 그런 문제에 관해 마음속의 여성 현전과 자주 이야기를 나누었고 마음속에서 그들과 특정한 행위를 했지만, 현전에게 무엇을 예상해야 할지 미리 경고한 후에만 그렇게 했다. 여성 현전이 아무리 직관력이 있고 지식이 풍부하다 하더라도, 그리고 그가 말하지 않아도 그에 대해 아무리 많이 알고 있다 하더라도, 그녀는 언제나 성적인 문제에 있어 상당히 순수할 것이고 그에게 배울 때까지 기다릴 것이었다.

자신이 마음속의 아내와 함께 있는 걸 볼 때, 그와 그녀는 늘 특정한 장소에 있었다. 남편과 아내는 도로에서 멀리 떨어진 수백 에이커 규모의 농장에 세워진 집에 아이 없이 함께 살았다. 농가의 구체적인 모습은 어머니가 읽는 여성 잡지에서 초현대적이라거나 호화롭다고 묘사된 이런저런 집 사진을 볼 때마다 바뀌었지만, 농장은 앞에 붉은 자갈길이 있고 양옆과 뒤쪽에는 울창한 숲이 있는 직사각형 푸른 방목 들판의 모습으로 그의 마음속에 나타났다. 마음속에서 이 농장을 본 소년은 편의상 실제 세계라고 부르는 곳에서 어떤 농장이 삼면이 숲에 둘러싸인 농장과 가장 닮았는지 쉰 살 넘어서야 알게 되었다. 거의 평생 동안 그는 나무들이 아득히 줄지어 서 있는 풀이 무성한 전원 지대의 이미지를 마음속에서 보는 걸 즐겼다. 이 이미지들은, 그도 잘 알고 있듯이, 멜버른의 서쪽 교외 도시와 그의 부모가 살았던 빅토리아주 남서 지방을 오가는 시골 기차의 창문에서 내다본 풍경이었다. 그 지방은 대부분 풀이 무성한 전원 지대였지만 그 지역의 특정한 부분에서는 멀리 줄지어 서 있는 나무들이 보였고, 이 이야기의 주인공은 거의 평생 동안 드넓게 펼쳐진 풀밭과 먼 곳에 줄지어 서 있는 나무들이 그의 이상적인 풍경이라고 말했을 테지만, 그와 마음속 아내가 언제나 풀이 무성한 방목 들판이 광활한 숲에 있는 넓은 빈터에 불과한 듯 보이는 곳에 살았다는 걸 이따금 기억했다.

  말년에, 그 남자는 마음속 특정한 이미지의 특정한 세부 사항들이 그가 바라보고 있을 때 깜박이거나 흔들린다는 것과 이 깜박임이나 흔들림은 놀라운 이미지나 이미지의 다발이 흔들리거나 깜박이는 세부 사항 혹은 세부 사항들 뒤에서 곧 나타날 것이라는 신호일 때가 많다는 걸 깨달았다. 이런 방식으로 흔들리거나 깜박인 첫 세부 사항 가운데 하나는 앞 단락에서 언급된 농장의 푸른 방목 들판이 끝나고 농장을 둘러싼 울창한 숲이 시작되는 마음속의 선(線)이었다. 그 소년은 때때로 자신과 마음속의 아내가 현대적이고 호화로운 자택에서 함께 이야기하거나 함께 벌거벗고 있는 모습을 보고 싶어 했지만, 그 대신에 그와 그녀가 소유한 농장의 흔들리거나 깜박이는 경계선을 바라보고 있는 자신의 모습을 보게 되었던 것을 그 남자는 오랜 세월이 흐른 후 기억했다.

생애 여덟 번째 해 이후로, 그가 마음속의 아내라고 여겼던 여성은 그의 학교나 이웃의 또래 소녀의 변형일 때가 있었다. 각각의 소녀는 그가 보기에 아름다운 얼굴을 갖고 있었고 그와 다른 소년들로부터 거리를 두었다. 그는 절대로 이 소녀들 중 이런 또는 저런 사람을 특별히 선택하지 않았다. 어느 날 마음속 아내의 얼굴에 질린다는 느낌이 들었을 때, 그녀의 얼굴이 순간적으로 자신이 아는 어느 소녀의 얼굴의 변형으로 바뀌는 걸 목격했다. 그는 처음에는 그 소녀의 얼굴이 아름답다고 여긴 적이 한 번도 없다고 스스로에게 항의할 수도 있었다.(여성 현전이, 비록 현재로서는 얼굴 없는 존재지만, 듣고 있다는 걸 알기 때문이었다.) 그러나 서서히 그의 마음이 바뀌었다. 숲이 가장자리를 둘러싼 농장을 배경으로, 그 얼굴은 그의 아내의 얼굴이 되었다. 그는 이제 자신에게 드러난 마음속의 얼굴을 볼 수 있도록 다시 학교 교실로 되돌아가거나 이웃의 특정한 거리로 가고 싶어서 안달했다.

같은 학교 여학생의 외모가 이런 식으로 마음속에 정착하면, 그는 처음에는 자신과 그녀가 이제 연결되었다는 것을 그 여학생에게 별로 알리고 싶지 않았다. 그 여학생이 자신을 의식하지 않는다고 생각될 때 그녀를 바라보는 걸 선호했다. 그가 바라보는 건 오직 이후에 여성 현전의 얼굴을 마음속에서 더 생생하게 만들기 위한 것일 뿐이었다. 얼굴의 구체적 모습이 마음속에서 상당히 선명해지면, 여성 현전은 말과 행동으로 그를 놀라게 해 주고 그녀가 그와 분리되어 존재한다는 사실을 그에게 확인시켜 줄 가능성이 더 높아진다는 것을 그는 오래전에 알게 되었다. 그런 때에 여성 현전의 남편은 그 소년이 미래에 될 수도 있는 존재가 아니라 만일 그 소년이 헬베티아라는 나라가 있는 세상에 살 수 있었다면 그 순간 될 수도 있었을 존재였다. 그러나, 이내, 그의 마음속 남자와 여자는 거의 온전히 미래의 자신과 그 여학생이 되었고, 그리고 그 이후 곧, 마음속의 얼굴은 그가 매일 보았던 여학생의 얼굴이 되었을 것이고 그리고 그는 불행해졌을 것이다.

    그 남자는 서른 살이 조금 넘었을 때 프랑스어에서 C. K. 스콧 몬크리프가 번역하고 1969년에 런던의 채토 앤드 윈더스 출판사에서 출간된 마르셀 프루스트의 『잃어버린 시간을 찾아서』라는 픽션 책을 읽었다. 오데트에 대한 스완의 불만과 질베르트와 알베르틴에 대한 화자의 불만을 묘사하는 구절은 그가 생애 아홉 번째 해부터 스물아홉 번째 해까지 여성에게 편의상 '사랑'이라는 말로 표현될 수 있는 것을 느낄 때마다 경험했던 자신의 마음 상태 비슷한 것에 대한 처음 읽어 보는 서술이었다. (그 구절을 읽기 전, 사랑에 빠졌을 때 자신의 마음 상태에 관해 그가 읽어 보았던 그나마 가장 정확한 서술은 픽션에 나오는 여성 인물들의 마음 상태에 관한 서술이었다.) 바로 전에 언급된 20년 전반에 걸쳐 그는 자기 마음속에 얼굴이 깃든 소녀를 보지 못할 때면 계속해서 불행함을 느꼈지만, 그렇다고 해서 그녀를 볼 때 덜 불행한 건 아니었다. 그녀에게서 떨어져 있으면 자신이 한 번도 만난 적 없는 사람들 가운데서 그녀가 말하거나 웃고 자신은 전혀 알지 못하는 수천 가지 소소한 일들을 할 거라고 생각하며 불행해했다. 그러나 그런 때에는 적어도 마음속 그녀의 이미지와 이야기를 나눌 수 있었다. 그녀를 볼 때면, 그녀가 자신에 대해 끊임없이 그리고 간절히 생각하지 않는다는 걸 알 수 있었다. 그는 생애 열 번째 해에 교실 좌석에서 몸을 돌리고 3일 동안 자신의 마음속에 이미지가 깃들어 있었던 여학생을 3일 만에 처음으로 찾아 보았다가 그녀가 자신을 바라보는 그의 시선을 인지하고 있으나 일부러 그에게 시선을 주지 않고 칠판을 바라보면서 판서 내용을 하나하나 공책에 받아 적고 있음을 거의 확신했던 어느 월요일 아침에 자신이 보고 느꼈던 것을 40년이 지난 후에도 기억할 수 있었다.

    때로는 그가 특정한 여학생을 너무 자주 쳐다봐서 그 소녀의 여자 친구들이 그가 그토록 자주 쳐다보는 여학생이 그의 여자 친구가 아니라고 말해 보라고 시비를 걸기도 했다. 그는 아니라고 말하고 학교 운동장에서 놀림당하는 신세를 면하고 싶었지만, 자신이 그토록 자주 쳐다보는 여학생이 그가 그런 요구를 받도록 사주했을 수도 있고 그녀에게 관심이 없다고 말하면 상처를 받게 될지도 모른다는 걸 언제나 의식하고 있었기 때문에, 문제의 그 여학생을 자기 여자 친구로 간주한다고 인정했다. 사건의 여파는 며칠 후에 나타났다. 그는 이제 고백해 버렸기 때문에 자유롭게 그 여학생을 쳐다볼 수 없었다. 그 여학생이 그를 향해 어떤 감정을 느끼건 간에, 그녀와 그는 다른 아이들이 그만 괴롭힐 때까지 며칠 동안 서로가 보이기만 해도 싫은 척해야 했다. 어떤 때는 며칠 동안 그 여학생을 억지로 외면하다 보면 그녀에 대한 생각에서 벗어나기도 했다. 다른 때는 몇 달 동안 그녀를 비밀리에 사랑했고, 그녀의 얼굴은 마음속 아내의 얼굴로 계속해서 남아 있었다.

생애 아홉 번째 해의 어느 시점에, 이런저런 여학생 얼굴의 이미지를 마음속에서 지워 버리고 그럼으로써 근래의 우울한 감정에서 탈출하려고 애쓰다가, 그는 앞 단락에서 묘사된 감정의 순환에서 벗어날 방법을 찾았다. 아버지의 형제 가운데 두 사람과 아버지의 누이 가운데 네 사람은 한 번도 결혼하지 않았다. 미혼 누이들 가운데 한 사람은 죽었고, 미혼 형제들 가운데 한 사람은 퀸즐랜드로 이사했지만, 다른 미혼 형제자매들은 빅토리아주 남서 지방의 중소도시에 있는 그들 부모 집에서 계속 살았다. 세 여자에겐 각각 집에 방이나 베란다를 변형하여 만든 침실이 있었지만, (앞으로 주인공의 독신남 삼촌이라고 불릴) 남자는 집 뒤의 정원에 있는, 늘 방갈로라고 불리는 곳에서 대부분 지냈다. 침대, 옷장, 책상, 책장, 책상 앞에 앉기 위한 의자, 그리고 손님을 위한 의자가 있는 작은 방이었다. 독신남 삼촌은 거의 모든 식사를 집에서 했고 매일 저녁 그의 부모와 누이들과 (그리고 부모가 죽은 후에는 누이들하고만) 함께 30분씩 앉아 있었지만, 대부분의 저녁 시간과 많은 오후 시간을 책상 앞에 앉아 있거나 침대에 똑바로 누워서 책을 읽거나 ABC[44] 라디오 방송 프로그램이나 경마 방송을

---

44) 호주 공영 방송 이름이다.

들으면서 방갈로에서 시간을 보냈다. 그는 살고 있는 중도시를 둘러싼 전원 지대에서 임대한 몇몇 방목 들판이나 목초지에서 소 떼를 번식시키고 비육하면서 생계를 유지했다. 매주 서너 번씩 오전에만 소 떼를 돌보았다. 매주 토요일마다 차를 몰아 가장 가까이서 열리는 경마 대회에 갔다. 매주 일요일이면 교구 가톨릭 성당의 미사에 참석했다. 그는, 이 이야기의 주인공은, 소년이었을 때 독신남 삼촌이 젊은 시절에 훌륭한 아내감인 여자 친구들이 여러 명 있었다는 말을 들었지만, 그는, 즉 주인공은 소년이었을 때 부모님과 다른 사람들이 삼촌은 언제까지나 독신남으로 남아 있을 거라고 했던 게 맞는 예측이었기를 바랐다. 그리고 생애 아홉 번째 해의 어느 시점에, 소년은 그 자신도 어른이 되면 남편이 아닌 독신남이 되겠다고 결심했다.

수년이 흐른 후, 그는 마음속 아내를 외면하고 마음속에서 독신남이 되었던 첫 번째 순간이 언제였는지 기억할 수 없었지만, 자신의 마음속에 얼굴이 고정된 소녀들이나 젊은 여자들에게 다시는 집착하지 않으리라는 것에, 즉 미래에 아내를 절대 찾지 않아도 된다는 데 갑자기 안도감을 느꼈던 이후의 순간들은 기억했다. 마음속에서 독신남이 되자마자, 그는 삼면이 숲으로 둘러싸인 농장에 있는 게 아닌 독신남용 방갈로에 있거나 목초지를 가로질러 내다보거나 경마 대회에 혼자 도착하는 미래의 자기 모습을 보았다. 수년 후, 독서 중에 '순정(純正)하다'라는 단어를 마주했을 때, 그 단어는 스스로를 소년 독신남이라고 생각했을 때 얻었던 강함과 온전함의 느낌을 묘사하기에 특히 적합해 보였다. 그렇긴 해도, 독신남 시절에 여성 현전을 마음속에서 완전히 제거한 적은 없었다. 독신남일 때 이따금 이런저런 여성 현전이 멀리서 자신을 바라보는 듯한 느낌이 들었다. 자신이 아는 그 누구도 닮지 않은 누군가, 그에게 낯선 사람이나 다름없는 누군가. 그녀는, 어쩌면 그가 절대로 알지 못할 아내, 평생 독신남으로 남아 있지 않았다면 그와 결혼했을 수도 있는 여자였을 수도 있다. 그는 그녀에게 결코 무정하게 굴지 않았지만, 그녀의 조용한 슬픔에 꿈쩍하지도 않았다.

독신남 기분에 젖어 있는 동안, 그는 마음속의 여자들 또는 소녀들에게 사로잡혀 있었을 때 외면했던 일들에 다시 관심을 갖게 되었다. 소년-독신남으로서 그는 학교에서의 학업과 성당에서의 기도에 노력을 기울였고 어머니를 도와 집안일을 했고 아버지를 도와 정원 일을 했다. 하지만 몇 주 후, 자신을 바라보고 있는 여성 사람에 대해 자주 생각하기 시작했고, 이내 다시 순환이 시작되었다.

이제까지 이 이야기에 언급된 모든 여성 사람과는 별도로 주인공이 때때로 마음속에서 덤불숲의 여자들이라고 부른 다른 무리가 있었다.

주인공이 부모님, 남동생과 함께 남동쪽 교외 도시에 살았던 첫 몇 년 동안, 그는, 즉 주인공은, 도보 거리 내에 사는 또래 아이를 하나도 몰랐다. 모든 모랫길과 덤불 무더기 가운데 서 있는 그가 아는 모든 집에는 젊은 부부와 서너 명의 어린 아이들이 살았다. 그 이전 몇 년 동안 그의 마음속 아내 중 몇

몇은 마음 밖에서 보았던 젊은 유부녀들의 얼굴을 하고 있었지만, 생애 열세 번째 해인 올해부터는 남동쪽 교외 도시에 있는 이웃의 젊은 유부녀들은 그 어떤 아내도 했던 적이 없고 앞으로도 하지 않을 행위를 그의 마음속에서 했다.

생애 열세 번째 해 1월의 매우 더운 날에, 그는 그해 여름 더운 날마다 간헐적으로 견뎠던 감각을 더 이상 참지 않기로 결심했다. 그는 집 뒤쪽에 아직 제거되지 않은 회녹색 덤불숲 사이로 걸어 들어갔다. 집 주변의 땅에 아직 울타리가 세워지지 않았기 때문에 그는 집이 보이지 않을 때까지 동쪽이나 남동쪽으로 덤불숲 사이를 계속 걸어갈 수 있었다. 덤불숲이 우거진 곳에서 그는 무릎을 꿇고 자신을 괴롭히던 감각을 해소하는 데 착수했다. 자라난 덤불이 그의 둘레에 너무 가까워서 팔뚝과 허벅지가 계속 따끔하게 찔렸다. 아직 완전히 해소되지는 않았지만 거의 다 끝나 갈 즈음, 그는 이웃의 몇몇 젊은 여자들이 덤불숲 속으로 따라와서 자신을 쳐다보고 있다고 상상하기 시작했다. 쳐다보는 동안, 그들은 그를 조롱하거나 비난하거나 하던 짓을 그만두라고 명령했다.

앞서 언급된 교복 입은 젊은 여자의 이미지를 마음속에서 보게 되었던 생애 열여덟 번째 해에, 인근의 덤불숲은 오래전에 제거되었고 땅은 집들과 울타리와 뒷마당에 점령되었다. 덤불숲이 제거된 지 얼마 안 되었던 어느 날, 그가 지금 사는 교외 도시로 처음 이사 왔을 때 이 교외 도시와 댄디농 사이에 있던 모든 교외 도시의 외진 지역의 덤불숲이 여전히 자라고 있었다면, 그렇다면 그 자신과 그의 가족은 깁슬랜드의 외진 지역의 서쪽 가장자리에 잠시 살았던 것으로 간주할 수 있었을 거라고 그는 생각했다. 앞 단락에서 언급된 매우 더웠던 날 이후, 그는 3월 말에 더위가 물러가고 여름옷을 더 이상 입지 않아서 덤불이 그의 맨살을 따끔하게 찌르지 않을 때까지 대략 일주일에 한 번씩 덤불숲 속으로 들어가서 같은 방식으로 해소했다. 그 이후로 때때로 그의 침대에서 해소했다. 이듬해 여름이 시작되기 전 그의 집에 울타리가 세워졌고 대부분의 덤불숲이 제거되었다. 그는 이후 몇 년 동안 조금 더 뜸하게 해소했고, 마음속 얼굴의 이미지와 사랑에 빠져 있는 동안에는 한 달 이상 안 하기도 했다. 그러나 그의 해소 방식은 거의 언제나 똑같았다. 해소하기 위해 마음속의 덤불숲이나 숲으로 혼자 들어갔지만 마음속에서 젊은 기혼 여성들이 그를 따라오곤 했다. 나이가 더 들어 가면서, 마음속에 있는 덤불숲의 젊은 기혼 여성들은 교묘하게 좀 더 도발적으로 행동했지만, 그의 마음속에서 그들의 조롱과 놀림은 언제나 과거에 부모님의 집 담장에 거의 닿을 정도로 자라난 덤불이 맨살을 따끔하게 찌르던 감촉처럼 느껴졌다.

   그의 학교 교복은 전반적으로 회색이었고, 감청색과 금색 테두리가 있었다. 그녀의 교복은 처음에는 검은색으로 보였지만 실제로는 짙은 감색에 흰색과 옅은 파란색 테두리가 있었다. 그는 마음속에 있는 그녀 얼굴의 이미지와 몇 주간 사랑에 빠져 있었고 그들이 댄디농행 기차의 같은 객실에 앉아 귀가하는 오후에 그녀의 얼굴을 자주 바라보았으며 그가 처음 그녀에게 말을 걸기 전 자신이 그녀를 바라보는 것을 그녀가 인지하고 있었다는 것에 만족을 느꼈다. 그녀의 목소리는 처음 들었을 때 영국식 억양이 살짝 있는 것 같았고, 기차에서 함께 대화를 나누었던 많은 오후에 그녀가 영국의 남서부에 있는 주에서 태어나고 첫 다섯 해를 보냈으며, 그 이후 그녀의 부모가 그녀와 그녀의 두 언니와 함께 영국에서 호주로 이주해 댄디농의 외진 거리에 있는 신축 주택에 정착했다는 걸 알게 되었다.

검푸른색 교복을 입은 젊은 여자와 대화를 나누었던 몇 주 동안 그는 그녀가 자신과 대화 나누는 것을 즐긴다는 것, 심지어 자신이 그녀에게 처음 말을 걸기 전 그녀가 마음속에서 자신의 이미지를 이따금 보았을 수도 있다는 걸 믿을 만한 근거가 있었다. 그렇지만, 때로는 그녀에게 너무 빨리 말을 걸었다고 후회했다.『폭풍의 언덕』을 처음 읽은 후 첫 몇 주 동안 그리고 그녀 얼굴의 이미지가 그의 마음속에 처음 나타났을 때 그녀는, 이전의 어떤 마음속 아내보다 더, 그가 그녀의 이미지를 가득 품고 있는 것만큼이나 그의 이미지를 가득 품고 있는 것 같았다. 만일 기차에서 그 여학생에게 그토록 빨리 말을 걸지 않았더라면, 그는 마음속에 그녀의 이미지를 품은 채 이제까지 마음속에서 살았던 그 어떤 삶보다 더 풍부하고 복잡한 삶을 살기 시작했을 거라고 때때로 생각했다. 이제까지 보았던 그 어떤 숲속의 농장 전망보다 더 다양하고 매력적인 풍경 속에서 그 삶을 살았을 것이었다. 그러나 그런 풍경은 이제 그의 마음속 헬베티아가 자리한 곳에 있었고 그 풍경 가운데 살아가는 사람들은 약간 슬픈 표정을 한 회청색 남자와 함께 있다는 걸 그는 이해했다.

 그는 여름의 끝에 마음속에서 그녀의 이미지를 처음 보았고 가을이 한창일 때 그녀에게 처음 말을 걸었다. 겨울의 첫주 어느 오후에, 그 사안에 대해 많은 생각을 하고 미리 할 말을 준비한 후에, 조만간 특정한 토요일 오후에 멜버른 크리켓 경기장에서 열리는 축구 경기에 함께 가고 싶은지 그녀에게 물었다. 그녀는 조만간 특정한 일요일 오후에 그녀의 부모 집에서 오후 다과를 함께 하고 싶은지 물어보려 했다고 대답했다. 그녀가 자기 부모와 상의한 후, 그와 그녀가 함께 축구 경기에 가거나 다른 어떤 데이트를 하기 전에 그가 그녀의 가족을 만나 오후 다과를 하기로 결정되었다.

 오후 다과를 하기로 한 일요일이 다가오기 전 며칠간, 그는 자신을 집에 초대해서 반갑게 맞아 주는 여자 친구가 생겼다는 게 때로는 자랑스러웠지만 다른 때에는 불행하다고 느꼈다. 그는 그해 말 학교를 그만두고 주 정부 공무직에서 일하는 자신의 모습을 이미 상상했다. 그녀는 그보다 두 살 어렸지만, 그녀 역시 연말에 학교를 그만두고 그녀의 부모가 조언한 대로 은행에서 일할 거라고 그에게 말했다. 그는 작은 중고차를 살 만한 돈을 모을 때까지 몇 년 동안 매주 토요일 밤에 그녀와 영화관이나 파티에 가고, 일요일 오후에는 그녀 부모의 집에서 그녀를 만나고, 그 후에는 그와 그녀가 매주 일요일 오후에 구매할 부지를 찾으러 남동쪽 외곽 교외 도시에 자동차로 돌아다니는 것을 이미 상상했다. 부지에 드디어 지어질 집과 그 집에서 그와 그녀가 남편과 아내로서 살아갈 구체적인 삶의 모습을 이미 상상했다. 그가 불행하다고 느꼈던 이유는 그가 이미 상상한 그 모든 세월 동안 그의 마음속에 어떤 이미지들을 갖게 될지 상상할 수 없었기 때문이었다.

그가 오후 다과를 위해 그녀의 집을 방문했던 일요일 오후의 사건 중, 다음에 서술된 것만이 이 작품에 포함된다.

댄디농 기차역에서 그녀의 집으로 걷고 있노라면, 이전에 보았던 것과 너무나 다른 댄디농산의 전망이 자주 보여서 그는 이따금 방향을 잃어 버렸고, 자신이 이전에 조망하던 위치에서 보자면 반대쪽이었던 곳에서 산을 바라보고 있는 걸로 미루어 보아 깁슬랜드 지방 안쪽으로 상당히 깊숙이 들어온 모양이라고 추측했다.

여자 친구 집에 도착한 지 약 30분 후에, 그리고 그와 여자 친구가 거실에 함께 앉아 있던 동안, 누군가가 여자 친구 가족이 기르는 개 두세 마리 가운데 한 마리를 집 안으로 들여보냈다. 이 개들은 멜버른의 교외 도시에서는 매우 드문 품종인 불테리어였다. 집 안으로 들여보내진 개는 즉시 거실로 들어와서 그가 개의 이름이나 성별을 알아내기도 전에 뒷발로 서서 앞발로 그의 무릎을 부여잡고 그의 다리 아래쪽에 둔부를 자꾸만 내밀었다. 개가 그의 다리에 올라탄 바로 다음 첫 순간에 그는 무슨 일이 벌어지고 있는지 모르는 척하는 것 외에는 다른 것을 생각해 낼 수 없었다. 이내 여자 친구가 손을 뻗쳐 개를 찰싹 때리고 몰아냈다.

그와 그녀의 가족이 오후 다과를 하던 중에, 그는 식탁에 둘러앉은 사람들 가운데 자신과 여자 친구가 가장 어리다는 사실을 깨달았고 그녀의 부모와 심지어 언니들조차 그가 미래에 부지를 사서 이 여자 친구와 결혼하는 상상을 하고 있다는 걸 짐작하게 되면 놀라거나 화내거나 단순히 재밌어할지도 모른다는 걱정이 들었다. 그들이 그런 짐작을 하지 않도록 그는 다음에 대화의 방향이 자신에게로 전환되자 평생 독신남으로 살면서 결혼하지 않고 산 덕에 모은 돈으로 경주마를 사는 자신의 모습을 자주 예견한다고 그녀의 가족에게 말했다.

누군가가 가족 사진 앨범을 언급한 후에, 그리고 그가 보여 달라고 애원한 후에, 그리고 여자 친구가 옆에 앉아서 그가 관심 가질 만한 부분이라는 몇 장만 보여 주고는 앨범을 덮고 치워 버린 후에, 그는 무심한 척 앨범을 집어 들고 그의 과도한 열망을 아무도 알아차리지 못하게 주의하면서 여자 친구가 영국에 살던 기간 내내 살았던 집인 마을 언저리의 이층집 사진이 있는 부분을 다시 찾아보고, 각 사진의 배경에 대한 그의 관심을 아무도 알아차리지 못하게 주의하면서 먼저 보았을 때 삼림 지대라고 여겼던 것을 더 명확히 보기 위해서 사진을 응시할 기회를 노렸다.

## 아득한, 연기 색 언덕에서

바로 위에 적힌 단어들은 이 작품의 주인공이 중등학교 마지막 학년을 끝낸 후 첫해 초겨울 어느 저녁에 자기 부모의 집에 있는 그의 방에 앉아서 줄 쳐진 종이의 끄트머리 줄 위에 쓴 것이다. 그 단어들을 썼을 때, 다른 단어들은 아직 하나도 쓰지 않았다. 단어들을 쓴 후의 첫 시간 동안, 그 단어들을 쓴 사람은 이내 처음 쓴 단어들 위에 있는 많은 줄 위에 적은 다른 많은 단어에 줄을 그어 지워 버렸다. 그 시간 직후, 그 단어를 쓴 사람은 아무 단어도 쓰지 않은 줄 쳐진 종이가 여러 장 들어 있는 마닐라 서류철에 그 종이를 집어넣은 다음, 그 서류철을 그가 앉아 있는 작은 책상 옆의 바닥에 쌓여 있는 책과 잡지 아래 두었다. 서류철을 정리해 넣었을 때, 이 단락의 서두에 있는 단어들만이 그 단어를 쓴 사람이 글을 쓰던 종이에서 줄을 그어 지워 버리지 않은 유일한 단어들이었다.

그는 그해 초에 주 정부 부서의 사무직원으로 일하기 시작했다. 그의 첫 직업은 적은 수수료를 내고 그 대가로 벌집을 만들거나 그가 한 번도 가 본 적 없는 빅토리아주 북부의 공유지에 있는 숲의 유칼리 나뭇가지에서 유칼리유를 추출 증류할 권리를 허가받고자 하는 사람들이 작성한 지원서의 세부 사항을 점검하는 일이었다. 일을 시작하기 전에 그는 빅토리아주 북부가 메마른 방목 들판과 금광부들이 남겨 둔 폐석 더미뿐이고 그레이트 디바이딩산맥에서 흘러나와 내륙으로 향하는 가늘게 흐르는 개천을 따라 이따금 왜소한 나무들이 자란 땅뙈기가 나타나는 지역일 거라고 상상했다. 그러나 매일 책상 앞에 앉아서 양봉업자들과 유칼리유 추출업자들의 지원서를 한 장씩 읽다 보니 빅토리아주 북부는 그의 마음속에서 메마른 초원에서 숲으로 변모되었다.

공무원으로 일하기 시작한 때부터 이 이야기의 첫 글 타래에 언급된 저녁까지 그는 평일 아침마다 교외 기차를 타고 부모와 함께 사는 남동쪽 교외 도시에서 대도시 중심가로 출근했다. 평일 늦은 오후마다 '댄디농'이라는 단어가 앞에 붙은 기차를 타고 대도시에서 벗어났다. 대도시로 오가는 길에 지나치는 많은 역 가운데 하나는 예전에 평일 아침마다 기차에서 내려 중등학교로 걸어갔던 역이자 예전에 오후마다 앞에 '댄디농'이라는 단어가 붙은 기차를 기다리던 역이었다. 평일 저녁에는 자기 방에서 책이나 잡지를 읽거나 라디오에서 소위 클래식 음악이라는 것을 들었다. 매주 토요일에는 경마장에 갔다. 매주 일요일 아침마다 미사에 참석했다. 토요일 저녁에는 네 번에 세 번꼴로 댄디농의 외진 거리에 있는 여자 친구 집에 갔다. 그 전해에, 그녀의 부모는 축구 경기에 두 번만 같이 갈 수 있도록 허락했고 한 달에 한 번만 그녀를 만나러 그들 집에 오는 것을 허용했다. 이제 그는 그녀를 좀 더 자주 방문할 수 있다는 허락을 받았다.

위에 언급된 세 번의 토요일 저녁 중 두 번은 여자 친구와 함께 소위 영화관 버스라는 것을 타고 그녀 집에서 댄디농 중심가로 나가서 영화를 본 후 같은 버스를 타고 그녀 집으로 돌아왔다. 세 번의 토요일 가운데 세 번째 토요일 저녁에는 여자 친구와 그녀의 가족과 함께 식사했고 그 후에는 그녀와 그녀의 언니 한 명과 언니의 남자 친구와 함께 여자 친구네 교구 성당 옆 홀에서 한 달에 한 번씩 열리는 댄스파티에 갔다. (그 토요일 저녁과 다른 많은 토요일 저녁에 여자 친구의 다른 언니는 그녀의 약혼자와 그녀가 할부로 매입 중인 앞으로 확장될 댄디농의 다음 부분이 될 거라는 풀이 무성한 방목 들판에 있는 부지에 집을 짓기 위해 돈을 아끼려고 집에서 부모와 약혼자와 함께 텔레비전을 보았다.) 여자 친구를 찾아가지 않는 한 번의 토요일 다음의 일요일에는 오후에 그녀 집에 가서 때로는 그녀와 집 주변의 거리를 산책하기도 하고 때로는 그녀의 교구 성당에서 축복 예식에 참석하기도 하고 때로는 그녀 집에서 그녀의 부모와 오후 다과 시간을 가지기도 했다. 그는 주로 자전거로 자기 집과 그녀 집 사이를 오갔다. 날씨가 추울 때도 그의 집에서 댄디농으로 갈 때는 땀이 나지 않도록 페달을 천천히 밟아야 했다. 날씨가 조금이라도 따뜻하면 도착했을 때 얼굴과 겨드랑이를 닦을 수 있도록 배낭 속에 작은 수건을 넣어 다녔다. 그는 댄디농에 갈 때 거의 매번, 그의 어머니의 표현에 따르면, 점잖은 셔츠와 넥타이와 재킷을 배낭에 넣어 다녔다.

  그는 직장 동료들이나 대도시에서 마주친 예전 학교 친구들에게 여자 친구에 대해 언급하는 것을 즐겼으나, 그녀나 그녀 가족에게 말할 때는 절대로 그녀를 자기 여자 친구라고 칭하거나 자신을 그녀의 남자 친구로 칭하지 않았다. 그녀의 부모가 갓 열여섯 살이 된 자퇴생 막내딸에 대해 그가 지나치게 진지하다고 생각할 것 같았다. 그리고 그녀의 부모와 언니들은 그가 살짝 미쳤다고 생각하는 것 같았다.

  그는 자기가 말이 너무 많아서 여자 친구의 가족들이 그를 괴짜로 여기는 거라고 추측했다. 그들 집에 있을 때 그는 끊임없이 말했고, 여자 친구에게만이 아니라 그녀의 부모와 언니들에게도 자주 말을 건넸다. 어쩌다 가족 중 누군가가 그의 수

다스러움에 대해 지적할 때도 있었지만, 그는 언제나 그 지적이 농담이라고 생각했다. 그는, 오랜 세월이 흐른 후 깨달은 바에 의하면, 『폭풍의 언덕』을 처음 읽은 직후부터 여자 친구가 자기 마음속 아내였던 사람과 얼굴이 같은 사람이라고 착각했기 때문에 말을 많이 했던 것이었다. 그 반대 착각은 하지 않았다. 여자 친구와 떨어져 있을 때는 여자 친구와 거의 똑같이 생겼지만 열여섯 살 난 사무직원인 여자 친구가 분명 아닌 마음속의 여성 현전에게 적어도 한 시간에 한 번씩 한두 가지 일을 털어놓았다. 그리고 자신이 그녀의 집이나 영화관 버스나 교구 댄스파티에 가는 길에 매주 몇 시간씩 말을 건네는 젊은 여성이 지난 며칠 동안 그의 신뢰를 받고 있다는 신호를 보여 줄 것이라는 기대는 하지 않았다. 그러나 그는 여자 친구와 보내는 그 몇 시간 동안, 마치 그녀가 지난 몇 년 동안 그의 말을 계속 들어 왔고 마치 그가 자신에 대해 말할 수 있는 모든 것을 말할 때까지 그녀가 그에게 귀를 기울이고 그런 다음 말해 준 것 전체를 그에게 해석해 줄 것처럼 그녀에게 말했다.

   그가 하는 말 대부분은 책에서 배운 내용에 관한 것이었다. 여자 친구 집을 방문하던 초기에 그는 중등학교 마지막 학년 때 자신이 지금 대학교에 다니는 일부 친구들보다 더 높은 점수를 받았었다는 것, 앞으로 읽으려고 고른 책을 통해 대학교에서 배울 수 있는 것보다 훨씬 더 많은 것을 혼자 공부하겠다는 것, 자신이 매주 책 세 권 이상을 통째로 읽고 그보다 훨씬 많은 책에서 관심 가는 부분만 발췌해 읽는다는 것을 여자 친구와 그녀의 가족에게 이야기했다. 대중 소설이나 잘 알려진 책이나 특정 주제의 권위서로 여겨지는 책은 읽지 않는다고 방문 초기에 단언했다. 당시 앞의 말에 덧붙여 다수 사람이 지지하는 이론이나 신념에 의구심을 갖는다고 말하기도 했다. (그는 이렇게 말하고 나서, 모든 사람이 알고 있듯이 수백만 명의 추종자가 있는 가톨릭교의 가르침에는 의문을 제기하지 않는다고 즉시 덧붙였다. 그러나 그는 그즈음 불가지론자나 무신론자가 되도록 설득하는 책을 언젠가 읽게 될 수도 있다는 생각을 때때로 잠깐씩 했다. 그는 이런 생각을 순간적으로만 했고 이내 아찔함과 두려움을 느꼈다. 그는 자신에게 익숙한 장소들에서 멀리 떨어진 회색 또는 검은색 접경지에서 혼자 걷는 남자로 형상화된 불가지론자 또는 무신론자로서의 자신의 모습을 스치듯 보았다.) 그는 존 키츠의 「채프먼의 호머를 처음 읽고서」의 첫 두 행을 인용한 다음, 자신도 키츠와 마찬가지로 독서를 여행으로 생각한다고 말했다. 최고의 책들을 읽으면 지식 풍경의 접경지를 탐험하고 있는 듯한 느낌을 받는다고 말했다.

그는 여자 친구 집에서 볼리 목사관의 유령 출몰, 미국 듀크 대학교의 라인 교수의 초감각적 감지, 샤카 줄루와 카르타고인 한니발의 삶 이야기, 자기 종족의 마지막 생존자로 캘리포니아의 숲에서 수년간 혼자 살았던 남자인 이시, 19세기에 파라과이에 정착한 호주인들, 그리고 다른 많은 주제에 관해서 이야기했다. 그녀의 부모는 지식이 그에게 어떤 소용이 있는지 이따금 물었다. 그는 머지않아 다른 분야보다 더 관심을 끄는 특정 분야의 지식을 찾아서 그 방면의 전문가가 될 때까지 공부할 것이고, 그 후에는 선택한 주제에 관한 책을 쓸 것이고, 그다음에는 어떤 사람이나 어떤 기관에 의해 어떤 방식으로 보상을 받게 될 것이라고 대답했다. 그가 딸의 남자 친구가 되기에는 너무 무책임하다고 그녀의 부모가 생각하는 일이 없도록 그는 더 나은 직업을 확고히 찾기 전에는 공무원 직을 절대 포기하지 않을 것이고 모든 공부 그리고 심지어 책 집필도 저녁에 하겠다고 덧붙였다.

 자신의 전문 분야가 무엇이 될지 궁금할 때마다 그는 때때로 자신이 빅토리아주 남서쪽의 방갈로에 사는 독신남 삼촌을 생각하고 있음을 깨닫곤 했다. 삼촌은 독서를 대단히 많이 했고 독서의 결과 그의 조카가 개인적 세계사라고 생각하는 것을 집대성했다. 오랜 세월이 지난 후, 조카는 G. K. 체스터턴의 『영원한 남자』라는 책을 읽고서 삼촌이 그 한 권의 책에서 많은 것을 차용했음을 알아차렸지만, 그럼에도 조카는 삼촌이 지은 것에 경탄했다. 그것은 세계의 아래쪽에 위치한 전원 지방 소도시의 뒷길에 서 있는 집 뒷마당에 있는 싱글 침대와 책상과 책장을 갖춘 방갈로를 향해 나 있는 길고 구불구불한 오솔길 같아 보였고, 삼촌은 도시들의 그림자와 산들과 세계의 숲 가운데서 그 오솔길을 따라 들어갔다가 나왔다. 삼촌의 세계관에 따르면, 최초의 인간들은 예수가 탄생하기 불과 수천 년 전 신에 의해 창조되었다고 했다. 다른 이들이 동굴 인간이라고 부르는 이들을 삼촌은 아담 이전 존재들이라고 불렀다. 그들은 사람일 수도 사람이 아닐 수도 있는 피조물들이었으나 인간이 된 신의 아들에 의해 구원된 사람들에 포함된 이들은 아니었다. 기독교 시대의 역사는 영국 개신교 역사가

들에 의해 왜곡되었다. 이른바 암흑 시대라는 건 실제로는 진정한 황금기였다. 식민 지배자로서 스페인 사람들은 무자비한 영국인들보다 비난에서 훨씬 더 자유로웠다. 프랜시스 드레이크 경과 월터 롤리 경[45)]은 하늘에 복수를 탄원할 만한 범죄를 저질렀다. 영국의 엘리자베스 1세는 변장한 남자였다. 포르투갈의 가톨릭 신자들이 호주를 발견했고, 그들이 처음 상륙한 곳 가운데 한 장소는 빅토리아의 남서부였으며 그곳에서 그들은 분명 미사를 올리고 이후 호주라고 알려진 땅을 차지했을 것이다. 어보리진이라고 알려진 종족은 포르투갈인들이 도착하기 불과 수백 년 전에 이 땅에 도착했다. 어보리진은 집시와 밀접하게 관련되어 있으며, 집시들처럼, 인도에서 뻗어 나왔지만 더 늦게 그리고 다른 방향으로 나왔다. 가장 심하게 판단력을 상실한 인간들 가운데 한 무리는 영국과 호주에 잔인하고 쓸데없는 무료 교육, 의무 교육, 세속 교육이라는 제도를 도입한 19세기의 개신교 박애주의자들이었다. 아이들 대부분은 학교 교육을 받지 않아야 더 잘 자란다. 각 교구의 가장 똑똑한 소년은 신부의 통제를 받아야 하며 그의 서재를 자유롭게 사용할 수 있어야 한다. 다른 소년들은 상인이나 농부나 기술자로 수습을 해야 한다. 독신남 삼촌이 방갈로에서 바라본 세계관은 이러한 것들과 다른 많은 자세한 내용으로 구성

---

45) 프랜시스 드레이크 경(Sir Francis Drake, 1540~1596)은 영국 최초로 세계 일주를 한 탐험가였고 노예 무역에 종사했다. 월터 롤리 경(Sir Walter Raleigh, 1553~1618)은 영국의 정치인, 군인, 탐험가로서 북미 식민화에 주요한 역할을 맡았다.

되어 있었고, 삼촌의 조카는 삼촌의 견해에 대해 많이 생각했을 뿐 아니라 댄디농에서 그가 방문하는 가족에게 그것의 많은 자세한 내용을 묘사하고 그 구체적인 사항들을 설명해 주었고 심지어 그는, 즉 그 가족의 방문자는, 삼촌이 일종의 전문가라고 생각하며 그가, 즉 방문자가, 미래의 어느 시점에 자신만의 방식으로 전문가가 될 수 있다면 자랑스럽겠다고까지 말했다.

 과거에, 그는 자기 마음속에 언제나 얼굴이 깃들어 있는 소녀를 보지 못해서 끊임없이 불행했었고 그녀를 보고 있는 사람들을 끊임없이 질투했었다. 댄디농에 사는 여자 친구가 생기면서(혼자서 그녀를 부르는 방식에 따르면, 그의 첫 번째 진정한 여자 친구), 상황이 반전되었다. 그녀에게서 떨어져 있는 동안에는 그녀의 변형이 일상생활을 하는 자신을 바라보면서 그의 많은 기이하고 소소한 버릇에 미소를 짓는 것처럼 느꼈다. 하지만 그녀와 함께 있을 때면 불안했고, 때로는 질투를 느꼈다. 그녀와 함께 있으면 자신이 그녀에 대해 아는 것이 얼마나 적은지 다시금 알아차리게 되었다. 그녀가 은행에서 자기 업무에 대해 어떤 이야기를 하면, 그는 지난 한 주 동안 자신이 그녀의 마음을 통해 잉글랜드, 스코틀랜드, 그리고 오스트랄라시아[46] 은행의 댄디농 지점을 내려다보면서 그녀가 당황하

---

46) Australasia. 아시아의 남쪽이라는 의미의 지리학 용어로 인도양 동쪽, 태평양 서쪽, 아시아 남쪽에 있는 대륙과 섬을 포함한다. 협의적으로는 호주와 뉴질랜드를, 광의적으로는 멜라네시아, 미크로네시아를 포함한 오세아니아 지역을 지칭한다.

는 순간을 공유하거나 그녀가 초록색과 금색 유니폼을 입고 서서 뒤적이는 서류철을 놓고 주저하면서 짓는 예쁜 찌푸림에 감동받는다고 생각해 본 적이 한 번도 없다는 사실을 떠올렸다. (이후 살아가면서 댄디농에 가서 여자 친구를 만났던 몇 달을 회상할 때마다, 당시 자신의 감정에 대해서는 종이 여러 장에 걸쳐 써 나갈 수 있을 것 같았지만 그녀가 했던 말이나 행동에 대한 묘사는 고작 몇 문장밖에 쓸 수 없었을 거라고 느꼈다.)

그가 그녀나 그녀 가족의 일원에게 이야기할 때 그녀가 그의 말에 귀를 기울이는 것같이 보이면, 가장 최근에 해 준 이야기나 논의를 그녀가 그의 의도대로 이해하지 못했을 거라는 걱정이 될지언정, 적어도 불행하지는 않았다. 그러나 거의 매주 영화관에서 앉아 있을 때 그렇듯이 그가 그녀에게 침묵을 지켜야 한다고 느끼면, 혹은 매주 교구 댄스파티에서 그렇듯이 그와 그녀가 젊은이들 무리 가운데 있는 두 젊은 사람들에 불과할 때, 그는 그녀 눈에 직급 낮은 공무원에 불과한 사람으로 보이게 될 게 두려웠고 그녀가 곧 그와 함께 있는 걸 지겨워하게 되리라고 예상했다. 그는 자신을 구별된 존재로 만들어 주는 유일한 요소는 그가 마음속에서 보는 것이라고 믿었다. 그가 끊임없이 인지하고 있는 수많은 풍경과 조망에 대해 전혀 들어 보지 못한 사람의 눈에 그는 관심을 끌지 못하는 존재였다. 그는 자신의 옷차림이 단순하다는 것, 심지어는 허름하다는 것을 알았다. 그는 운동도 하지 않았다. 로큰롤 음악도 듣지 않았다. 여름에 바닷가로 놀러 가지도 않았다. 자동차에 대해 아는 바도 없었다. 이따금 텔레비전을 보기도 했지만, 그가 보기에는 영상이 너무 빨리 움직이거나 마음이 집중하지 못했으며, 이후에는 무엇을 봤는지 거의 기억할 수 없었다.

그는 매주 여자 친구와 함께 보는 영화의 플롯에 전혀 집중할 수 없었다. 최근에 그녀에게 했던 말과 그녀가 그것을 어떻게 잘못 해석했을지에 대해 생각하거나 영화관을 나섰을 때 그녀에게 무슨 말을 해야 할지에 대해 생각했다. 아니면, 남자 등장인물과 여자 등장인물이 말로 서로에 대한 애정을 고백하거나 껴안고 키스하는 첫 장면이 화면에 나올까 봐 걱정했다.

그와 그녀가 영화관 버스에서 내려 버스 정류장에서 그녀 집의 정문까지 마지막 몇백 걸음을 걸을 때마다, 그리고 교구 댄스파티에서 집으로 같은 거리(距離)를 걸을 때마다, 그는 한쪽 손으로 그녀의 한쪽 손을 잡았다. 그는 만년에도 젊은이들의 서로를 향한 감정을 비웃거나 하찮게 여길 의도를 가진 듯한 언어적 또는 서술적 논평을 보고 절대 웃지 않았고 미소조차 짓지 않았다. 혹시라도 픽션 작가가 되었더라면, 그는 어떤 젊은 사람에 대해 글을 쓸 때 이런저런 다른 젊은 사람에 대한 자기 나름의 사랑이 더 이상 젊지 않은 사람의 어떤 마음 상태보다 가치가 덜한 것이라는 듯한 요지로 절대 쓰지 않았을 것이다. 요컨대, 특정한 저녁에 그와 여자 친구가 당시 깁슬랜드의 소도시 가운데 멜버른에 가장 근접한 소도시에서 멜버른에서 깁슬랜드 방향으로 가장 멀리 떨어진 교외 도시로 변화하고 있던 댄디농의 외진 거리에 있는 자갈 오솔길을 따라 천천히 걸어가면서 그녀 집의 정문에 다다를 때까지 그가 여자 친구의 손을 향해 손을 뻗는 것, 그리고 그녀가 그의 손이 자기 손을 찾도록 허용하고 그녀의 손이 그의 손안에 놓여 있도록 허락하는 건, 적어도, 세계의 어느 다른 사람들의 삶 속에서 일어난 어느 다른 사건과도 동등한 의미를 지닌다고 그는 평생 믿었다. 영화관에서 그녀 옆에 앉아 있는 동안, 그는 그날 저녁 나중에 그녀의 손을 향해 손을 뻗을 순간에 대비하고 있었다. 손을 잡는 건 그가 그녀에게 절대로 입 밖으로 내지 않았을 몇 안 되는 대화 주제 가운데 하나였다. 그러나 손을 잡고 걷는 동안 그는 다른 주제에 관해 이야기했다. 영화관에서 그는 그녀가, 자기 옆에 앉아 있는 동안, 그날 저녁 나중에 자신이 그녀의 손을 잡아 주기를 고대했으면 하고 바랐고, 그들이 그날 저녁 영화관에 온 이유는 영화관에 가는 게 자동차가 없는 젊은 남자와 전원 지대의 소도시에서 수도의 교외 도시로 변하는 중인 곳에서 토요일 저녁에 남자 친구와 데이트할 때마다 부모가 항상 젊은 사람들이 많은 곳에 가라고 하는 젊은 여자에게 가능한 몇 안 되는 외출 장소이기 때문이라는 점을 그녀가 이해했다는 걸 그가 이해하기를 바랐기를 바라곤 했다. 그리고 그런 것을 바라는 동안, 그는 영화관 화면에서 그가 보게 될까 봐 두려웠던 장면들 가운데 첫 번째 장면을 보았다.

여자 친구가 가까이 앉아 있는 가운데 많은 러브 신을 보면서(그는 영화관에서 절대 그녀의 손을 잡으려 하지 않았다.), 그는 미국 여자들이 그러듯 그녀가 그를 잘 알지도 못하는 상태에서 그의 품 안에 안기는 건 절대 기대하지 않으리라고, 그 자신을 마지막 자세한 부분까지 그녀에게 설명하기 전에는 자신의 격정에(가톨릭 철학자들과 신학자들이 선호했던 용어를 쓰자면[47]) 굴복하지 않으리라고 나중에 말할 용기가 있었더라면 좋았겠다고 생각했다. 그는 러브 신에 나오는 남자들과 여자들의 몸동작에도 짜증이 났다. 그들의 한숨, 응시하는 눈, 주먹 쥐는 동작. 그녀를 향한 그의 관심은 너무나 복잡한 것이고 그는 너무나 독특한 사람이라서 헐떡거리는 숨소리나 신음 같은 방식으로 자신을 절대 표현할 수 없다는 걸 옆에 있는 젊은 여자가 알아주길 바랐다.

그가 이따금 깁슬랜드 숲속에 있는 남자 그림을 보았던 집의 그늘진 옆면에는 짙은 녹색 격자 지붕 아래서 나무고사리가 자랐다. 그 집을 방문할 때마다 그는 격자 그늘 아래 서서 고사리의 갈라진 잎을 만지거나 털이 난 줄기를 쓰다듬었다. 어느 날 집 옆면을 따라 나무고사리가 있는 곳까지 반쯤 가던 중에 그의 가장 나이 많은 여자 사촌이(그녀는 당시 열아홉 살 정도였다.) 나무고사리 그늘 아래 서서 최근에 그녀와 약혼한 젊은 남자의 얼굴을 올려다보고 있는 걸 보았다. 그때는 1940년대의 마지막 해였고, 젊은 남자들 가운데 차를 가진 이는 거의 없었다. 그는 팔로 서로를 감싼 젊은 커플들이 골목길이나 공원에 있는 걸 보았지만, 그들은 언제나 어두운 곳에 있었다. 그의 사촌과 그녀의 젊은 남자는 격자무늬와 나무고사리의 갈라진 잎

---

[47] 고통, 견딤을 의미하는 라틴어 'passionem'에서 유래된 영어 단어 격정(passion)은 원래 그리스도의 십자가 고난을 뜻했으며, 주체하기 힘든 격렬한 감정을 의미하기도 한다.

만 그늘을 드리우고 있는 오후의 빛 아래, 그에게서 겨우 몇 걸음 떨어진 곳에 서 있었고, 그가 그들을 보고 있다는 걸 몰랐다. 그는 남자와 여자가 둘만 있을 때 하는 행동에 대해 독서와 짐작으로 배웠던 것보다 더 많은 것을 앞으로 몇 분 동안에 배우게 되리라고 기대하며 그곳에 서 있었다. 그늘진 구석에 있는 두 사람은 이내 끌어안고 키스했지만, 그가 보기에는 미국 영화에서 본 것을 모방하는 데 그쳤고, 그는 그들 대신 민망한 감정을 느끼며 까치발로 자리를 떴다.

몇 달 동안 여자 친구였던 사람을 마지막으로 본 지 몇 달밖에 안 되었을 때조차 그는 함께 보았던 영화 제목 이외에 별다른 건 기억할 수 없었다. 영화관에서 자신의 마음속을 스쳐 갔던 것은 대부분 평생 기억할 수 있었으나, 눈앞을 스쳐 갔던 건 거의 사라져 버렸다. 마찬가지로, 매달 한 번씩 저녁에 교구 댄스파티에서 보냈던 시간에 대해서는 구제할 길 없는 비참함과 당황스러움을 느꼈던 것만을 평생 떠올렸다.

그와 여자 친구는 아직 약혼하지 않은 언니와 그녀의 남자 친구와 함께 여자 친구 집을 나서곤 했다. 그녀의 어머니는 그들이 정문을 나갈 때까지 문에 서 있었다. 그녀의 어머니는 많이 즐기고 재밌는 시간을 보내라고 뒤에서 외쳤다. 어머니가 집 안으로 발걸음을 옮기고 문을 닫는 순간까지 그에게 아까 보니 얼굴이 안 좋더라고 지적해 주기를, 여자 친구가 자신도 똑같은 사실을 알아차렸다고 말해 주기를, 그래서 여자 친구와 그녀의 어머니가 함께 그에게 그날 저녁 댄스파티에 가지 말고 여자 친구 부모 집에서 거실에 앉아 텔레비전을 보고 대화를 나누자고 권유하기를 그는 계속 바랐다. 매달 댄스파티 날짜가 다가오면 그는 여자 친구를 혼자 독점하고 싶지 않고 그녀가 또래 다른 사람들을 만나지 못하게 막고 싶지 않다고, 앞으로는 댄스파티가 있는 날 저녁에 교구 홀의 문 앞까지 그녀를 데려다주고 파티가 끝나면 데리러 오겠지만 그사이 시간은 그녀의 부모와 보내고 싶다고 여자 친구에게 말하는 연습을 했다. 그가 이 말을 하지 못했던 건 자신이 댄스파티에 참여하는 지독한 고통을 먼저 감내하지 않으면 자기 손으로 그녀 손을 잡고 그녀 집으로 걸어 돌아오는 절묘한 즐거움을 누릴 자격이 없다고 믿었기 때문이었다.

    그와 여자 친구가 하굣길 기차 안에서 여전히 마주치던 때 그리고 그녀가 춤추는 걸 좋아한다고 말했던 때에, 그는 학교 근처 쇼핑센터의 커다란 위층 공간에서 조용히 춤 교습을 받기 시작했다. 그는 거의 6개월 동안 교습을 계속 받았고 매주 30분 동안 춤을 가르쳐 준 중년 여성에게 상당한 금액을 지불했다. 그녀는 교습실이라는 곳의 유일한 선생인 것 같았고 그는 그녀의 유일한 교습생인 것 같았다. 그녀는 춤추는 사람이 통상적으로 상대편을 잡는 방법으로 그녀를 잡으라고 요구하지 않았다. 그와 그녀는 서로의 어깨에 손을 얹고 서로에게서 약간 거리를 유지했다. 그녀는 사십대나 오십대 같았고, 비록 그에게 까다로운 학생이라고 여러 번 말했지만, 그는 그녀와 있으면 다소 긴장을 늦출 수 있었다. 언젠가 교습 후에 그 주 토요일 저녁에 여자 친구와 처음으로 댄스파티에 갈 거라고 말하자, 그녀는 그에게 많이 즐기고 재밌는 시간을 보내라

에메랄드 빛깔 푸른색

고 말했다.

첫 교구 댄스파티가 시작된 지 10분 안에 그는 댄스 교습이 시간과 돈 낭비였다는 것을 깨달았다. 사람들이 밀어 대서 춤출 공간이 직사각형이 아닌 타원형이 되었고, 그래서 반 바퀴 돌리기와 4분의 1 바퀴 돌리기에 대해 배운 것을 단번에 잊어버렸다. 춤 상대에게 아주 가까이 서야 하고 그나 그녀의 발을 내려다볼 수 없다는 사실 때문에 더 혼란에 빠졌다. 밴드가 연주하는 그 어떤 음악도 춤 선생이 그를 위해 휴대용 전축으로 틀어 주었던 단순한 리듬이 아니었다. 댄스파티의 첫날 밤에 그는 오직 여자 친구와 그녀의 언니와 그들의 친구하고만 춤을 추었고, 각각의 춤 상대가 그를 도와주려고 최선을 다하고 있다는 걸 느낄 수 있었지만 자신이 하는 것은 춤이라고 불릴 가치가 없다는 사실을 알고 있었다. 그는 허리 아래서 무슨 일이 일어나는지에 대한 주의를 분산시키기 위해 모든 춤 상대에게 끊임없이 수다를 떨었다. 상대를 차례로 바꾸는 반 댄스[48] 순서가 발표되고 열 명이 넘는 낯선 젊은 여자들과 춤을 춰야 한다는 걸 알게 되었을 때, 그는 홀을 떠나 밖의 어둠 속에서 10분간 걸었다.

세월이 지난 후 돌아보았을 때 자신이 첫 번째 댄스파티가 끝날 때까지 남아 있었을 뿐 아니라 다른 다섯 번의 파티에서도 그렇게 했다는 사실을 믿을 수 없었다. 마지막으로 참석

---

48) Barn dance. 전통 음악이나 포크 음악에 맞추어 원형이나 사각형, 직선 등으로 배열을 이루어 춤 상대를 자주 바꾸어가며 추는 사교 춤이다.

한 댄스파티에서도 그의 춤 솜씨는 첫 번째 파티에서와 마찬가지로 형편없었다. 그는 거의 언제나 똑같은 소수의 상대와 춤을 추었고, 어색함 속에서 발을 헛디디거나 질질 끌면서 춤추는 내내 상대에게 지껄여 댔다. 그는 반 댄스가 시작되기 전 언제나 밖으로 나갔고, 여자 친구와 그녀의 언니가 나중에 상대를 차례로 바꾸는 반 댄스를 추는 동안 그를 보지 못했노라고 한 번도 말한 적이 없던 것에 대해 언제나 감사하게 생각했다. 홀 한쪽에서 보냈던 긴 시간조차 작은 위안이었다. 그는 여자 친구나 그녀의 언니가 군중 가운데서 그를 쳐다볼 경우를 대비해 언제나 조용히 만족하고 있는 듯 보여야 한다고 느꼈다. 그 두 사람 중 한 명이 그와 함께 잠시 서 있거나 앉아 있을 때면, 그녀가 자신을 안쓰럽게 여긴다고 생각하거나 정말로 춤을 출 수 있을 때 느낄 수 있는 즐거움을 그녀가 누리지 못하게 가로막고 있다는 데 죄책감을 느꼈다.

그는 다섯 번째 댄스파티에서 처음으로 새로운 상대와 춤을 추었다. 홀 뒤 양 구석에는 그가 마음속으로 독신남들과 독신녀들이라고 부르는 무리가 각각 있었다. 이 무리의 구성원들은 홀에 있는 평균적인 사람들보다 나이가 많았고, 일부 독신남들이나 독신녀들은 20대 후반 같았다. 그는 대다수가 서로를 알고 이야깃거리가 많아 보이는 독신남들이 부러웠다. 일부 독신남들은 절대로 춤을 추지 않았지만 그걸 부끄러워하는 것 같지도 않았다. 독신녀들에게서 나이보다 더 눈에 띄는 건 그들의 보잘것없는 외모였다. 처음에는 독신녀들이 춤에도 서투를 거라고 생각했으나, 어쩌다 그들 중 한 명이 춤

신청을 받았을 때 그녀가 보인 춤 솜씨는 다른 사람들보다 못할 게 없는 것 같았다. 그는 독신녀들을 보며 자주 감명받았다. 여자 친구와 같이 있기 위해 한쪽 발에서 다른 발로 엉거주춤 자세를 바꾸면서 얼굴에 어색한 미소를 띤 채로 춤추는 사람들을 바라보며 서 있을 때, 적어도 그는 춤추고 싶은 생각이 없는 척할 수 있었다. 독신녀들이 춤추고 싶어 하지 않고 춤 상대가 될 수 있었던 사람의 요청을 최근에 거절했다고 믿을 사람은 아무도 없었을 것이다. 그들 대다수는 그와 마찬가지로 어색한 미소를 띠고 있었다. 그는 독신녀들과 눈을 마주치지 않으려고 애썼다. 춤을 요청하리라는 희망을 주는 건 잔인한 짓이라고 생각했다. 그러나 그는 다섯 번째 댄스파티에서, 그리고 여섯 번째 댄스파티에서 다시, 독신녀 한 명과 여러 번 춤을 추었다.

그의 여자 친구는 홀에 있는 사람들을 많이 알았다. 그녀는 스물다섯 살이나 그 이상일 수 있는 젊은 여자와 이야기하고 있고 그가 그 두 사람 옆에 서 있었을 때, 밴드가 음악을 연주하기 시작했고 여자 친구는 춤추기로 약속했던 누군가와 춤을 추러 갔다. 그와 그 여자는 계속 함께 서 있었다. 그는 그 여자가 자주 서 있곤 했던 독신녀 구석으로 돌아가기를 바랐으나, 그녀는 그에게 춤을 추자고 요청했고 그는 너무 두려워서 거절할 수 없었다. 그는 비록 많은 사안에서 멍청했지만, 독신녀가 열여덟 살짜리 소년에게 연애 감정적으로 관심을 가질 거라는 생각은 하지 않았다. 그녀는 젊은 고모 같았고, 여자 친구와 몇몇 다른 젊은 여자들에게 일종의 조언자이자 현명한 언니 역할을 한다는 걸 그는 알고 있었다. 춤이 시작되자 그녀가 제대로 된 스텝을 밟아 가며 춤을 추기에는 홀이 너무 붐빈다고 말하고는 이전에 서너 스텝을 밟으면 어김없이 상대방의 발가락이나 발등을 밟곤 했던 그가 그 이후에 발걸음을 어떻게 하든 그녀 신발의 앞코 한 번 건드리지 않고 무도장을 움직일 수 있도록 그녀의 발을 움직여 주었을 때 그는 편안함을 느꼈어야 마땅했을 것이다. 편안함을 느꼈어야 마땅했겠지만, 그는 그녀가 여자 친구를 사랑스러운 어린아이라고 부르는 게 마음에 들지 않았다. 독신녀는 여자 친구가 자신 같은 괴짜에게 괴롭힘을 당하기에는 너무나 어리고 사랑스럽다고 암시하는 듯했다.

 그는 독신녀가 처음 춤을 요청했던 밤에 그녀와 두 번 춤을 추었고, 독신남과 독신녀 사이의 중간 지점에 있는 좌석에 그녀와 잠시 앉아 있었다. 한 달 후 다음 댄스파티에서 그는 여느 때처럼 여자 친구와 먼저 춤을 춘 직후에 독신녀에게 춤을 요청했다. 그는 여전히 독신녀가 마음에 들지 않았다. 그는 여전히 그녀가 자신에게 불쾌한 조언을 해 줄 작정을 하고 있다고 믿었다. 독신녀가 그와 친해지고 나면 여자 친구가 차마 직접 전달할 수 없는 메시지를 독신녀가 전해 줄 수 있도록 여자 친구가 주선한 것일 수도 있다는 생각까지 여러 번 했다. 그렇지만 홀 한쪽에 바보처럼 서 있는 것보다 그녀와 발을 끌며 천천히 움직이는 게 훨씬 더 편안하게 느껴졌다. 그는 독신녀와 함께 움직이는 동안 잠시 침묵을 지키기도 했다. 그리고 침묵이 흐를 때면, 보통 여자 친구 가까이 있을 때 하게 되는 미래에 관한 생각까지 하기 시작했다. 여자 친구와 약혼하고 나면 그녀에게 춤이 주가 되는 그 어떤 곳에도 참석 요청을 절대 하지 말아 달라고 부탁하겠다는 생각이나, 여자 친구와 약혼하고 나면 그녀 집에 아무도 없을 때 두 사람이 거실에서 몇 시간씩 함께 시간을 보내고 그에게 불가해한 춤 기술의 기초를 가르쳐 달라고 부탁하겠다는 등의 생각을 했다.

그가 참석한 모든 댄스파티 때마다 한두 커플이 바닥에 넘어졌다. 밀집한 춤추는 사람들 무리의 천천히 소용돌이치는 움직임에 어떤 미묘한 변화가 생겼다. 두세 명의 젊은 여자가 비명을 질렀다. 커플들은 홀 전체에서 춤을 멈추고 소동이 일어난 방향을 바라보았다. 넘어진 커플 바로 옆에 있는 사람들만 얼마나 많은 사람들이 넘어졌는지 또는 그들이 누구인지 알 수 있었다. 그는, 즉 주인공은, 춤추는 사람들 무리에 낀 적이 거의 없었기 때문에 소수의 커플이 일어나려고 애쓰거나 도움을 받는 것밖에 보지 못했다. 그가 참석한 첫 댄스파티에서 처음으로 누가 넘어졌을 때 그는 와자지껄한 웃음소리를 기대했으나, 구경꾼들은 거의 웃지 않았다. 그러기는커녕, 넘어진 이들의 주변 사람들은 동정적이고 엄숙했으며 심지어는, 그가 보기에는, 상당히 당황한 것 같았다. 그는 언제나 춤과 성교 사이의 유사성 때문에 당혹감을 느껴 왔고, 이제 막 목격한 것을 마음속에서 몰아내고자 조바심 내는 구경꾼들 사이에서 바닥에서 서로 엉킨 몸을 수습하고 상기된 얼굴로 일어서는 커플을 처음 보았을 때, 여자 친구 교구의 붐비는 홀 바닥에서 젊은 여자 위에 엎어져 있는 자신의 꼴이 남의 눈에 띄는 일이 없게 해 달라고 기도했었다.

　그는 자신이 넘어진 사건이 그와 독신녀보다 훨씬 앞에 있는 누군가 때문에 일어난 일이라고 언제나 확신했지만, 아무도 나중에 그 문제에 대해 언급하지 않았고, 그가 사고에 어떤 식으로든 책임이 있다고 여자 친구가 생각하는지는 전혀 알 길이 없었다. 그는 심하게 넘어지지 않았다. 이미 넘어진 일부 다른 커플들 덕분에 독신녀는 좀 더 살살 넘어졌고, 그의 춤 상대로서 앞에 있는 사람들이 넘어졌을 때 그의 앞에 있던 독신녀 덕분에 그는 더 살살 넘어졌다. 그는 아주 살짝 넘어졌고 곧바로 일어난 것 같았다. 그렇지만 그는, 당연히, 앞으로 뻗은 양손으로 독신녀의 가슴 주변을 잘 감싼 채 한참 앞으로 기대어 있었던 기억이 나는 것 같았다.

　앞 단락에서 묘사된 사건 후 두 번째 토요일 저녁에 그는 집에 있다가 일요일에 일찍 일어나서 8시 미사 시간에 맞추어 자전거를 타고 여자 친구 집으로 갔다. 그와 여자 친구와 그녀의 언니와 언니의 남자 친구는 피크닉용 바구니를 들고 편안한 복장을 하고 팔에 두꺼운 스웨터와 스카프를 두른 채 걸어서 미사에 갔다. 미사가 끝난 후 그들과 교구의 50명이 넘는 젊은이들은 교회 마당에서 버스 두 대에 탔다. 젊은이들은 '도나 부앙의 설경으로 가는 피크닉(그렇게 되길!!!!)'이라고 홍보된 여행을 가는 중이었다. 그는, 즉 이 이야기의 주인공은, 도나 부앙산은 멜버른시의 동북동쪽에 있는 반면 댄디농산은 거의 정동쪽이라는 것, 그리고 도나 부앙은 댄디농산의 두 배에서 겨우 50피트 부족한 높이라는 것을 지도에서 찾아서 알아내야 했다.

그와 여자 친구가 탄 버스의 양쪽에는 2인용 좌석이 있었다. 그 좌석 대부분에는 이미 안정된 커플들이 앉았고, 여자는 창가 좌석을, 남자는 복도 좌석을 차지했다. 뒤쪽에는 여섯 사람이 앉을 수 있는 긴 의자 좌석이 여러 개 있었다. 이런 좌석에는 너덧 명의 짝 없는 여자들과 그 두 배수 넘는 짝 없는 남자들이 앉았다. 댄스파티가 열리는 밤의 교구 홀에서처럼, 버스에서 그는 이 두 무리를 독신녀들과 독신남들이라고 생각했다.

여자 친구는 즉시 창가 좌석에 앉았고 그는 그녀 옆에 앉았지만, 지금이 자신 옆에 앉은 젊은 여자를 여자 친구로 여길 수 있는 마지막 기회일 것이라고 믿었다. 도나 부앙 여행에서 그녀의 집으로 돌아왔을 때 그녀에게서 앞으로 좀 뜸하게 오라고, 그가 지나치게 진지해지고 있다는 말을 듣게 될 것에 대비했다. 오늘 아침에 이미 그녀는 처음으로 그에게 짜증 난 표를 내며 그가 어떤 때는 말이 너무 많다고 지적했다. 그녀 옆에 앉아서 여행하는 첫 한 시간 동안 그는 속이 메스꺼웠고 바보가 된 느낌이 들었다. 자신을 다시 독신남으로 볼 수 있게 해 주는 이미지들을 마음속에 불러일으키려고 노력했다. 남자 친구와 헤어진 또 다른 매력적인 여자를 찾으면서 버스 뒷좌석에서 시끄럽게 웃는 독신남이 아닌 예전에 자신이 되고자 꿈꾸었던 부류의 독신남. 예전에는 어떤 여자에 대해 지나친 조바심이 들 때마다 독신남인 자기 모습을 돌연 보게 되었고 그러면 그 즉시 단호해질 수 있었다.

그녀의 짜증을 돋울 위험을 감수하고라도 그는 그녀에게 자신에 대해 마지막 한 가지를 말해 주고 싶었다. 버스가 외곽 교외 도시를 벗어나고, 숲으로 덮인 언덕이 배경에 보이는 농장들 사이로 길이 이어질 때, 그는 지금 이제까지 와 봤던 것보다 더 먼 동쪽에 와 있으며 어릴 때 어머니가 그의 출생 한 주 전 타올랐던 산불에 대해 말해 주었던 이후 마음속에서 자주 보았던 지역에 이제 들어서고 있다고 말하기 시작했다.

그녀는 여러 번 그의 방향으로 몸을 반쯤 돌리고 고개를 끄덕였으나, 대부분 창밖을 내다보거나 어깨 너머를 보면서 뒤에 앉은 커플의 대화에 끼어들 기회를 기다렸다. 그는 이내 말을 멈추었다.

그는 자기 아버지와 어머니가 빅토리아주의 먼 남서부, 아득한 곳에 줄지어 선 나무들이 있는 풀이 무성한 전원 지대라고 항상 생각해 왔던 지방에서 태어났다고 그녀에게 말해 주고 싶었다. 그들은 멜버른으로 이사한 후에도 숲과 덤불숲이 원래 자리에서 여전히 자라는 동쪽과 달리 대부분 나무 없는 초원 지대인 서쪽에 살았다. 그가 태어나기 전 주에, 어머니는 아기가 태어나기 전 세상이 종말을 맞게 되지 않을까 두려워했다.

버스가 어퍼 야라 지역의 산으로 그들을 태우고 가는 동안, 그는 자신이 고용된 부서는 초원과 숲을 포함한 왕실 소유지[49]

---

49) 영국 왕이나 여왕을 국가 수반으로 삼는 호주를 비롯한 영연방 국가에서 왕실 소유지란 주정부나 중앙·연방 정부가 소유한 공유지를 의미한다.

에 관한 일을 담당한다고 여자 친구에게 말했을 수도 있었다. 그는 부서 도서관에서 산불과 다른 사건들의 원인에 대한 왕실 위원회의 보고서를 찾아보았고 그것을 발견했다. 그토록 지나친 수다로 여자 친구를 질리게 하지 않았더라면 그가 베껴 쓰고 외웠던 보고서의 서문을 버스에서 인용했을 때 그녀의 감탄을 자아냈을 수도 있었을 것이다. "일흔한 명이 목숨을 잃었다. 예순아홉 군데의 공장이 소진되었다. 계산 불가능한 가치를 지닌 수백만 에이커에 달하는 훌륭한 숲이 파괴되거나 손상되었다. 소도시들이 몇 분 만에 흔적도 없이 사라졌다. 그날 주 전체가 불타오르는 것처럼 보였다. 정오에도 많은 장소가 밤처럼 어두웠다. 고속도로를 달리던 사람들은 불에 갇혀서 또는 타오르는 쓰러진 나무 사이에 갇혀서 사망했다……." 이 대목과 다른 몇 구절을 그녀에게 인용해 읊어 주었을 수도 있었다. 하지만 그녀에게 무슨 말을 할 수 있을지 생각하는 와중에도 그는 양쪽 길가에 있는 울창한 숲에 주목했다. 그는 마음속에서 언제나 빅토리아주의 동쪽 절반은 산불로 까맣게 되어 버렸다고 생각해 왔다. 자기 마음속 이미지가 어린아이의 단순한 이미지라는 걸 알고 있었지만, 20년도 채 못 되는 시간 이전에 빅토리아주 전체가 불타오르는 것처럼 보였던 그날의 잔존 흔적을 도나 부앙으로 가는 길에 볼 수 있기를 기대했었다.

여자 친구와 뒷좌석의 커플은 어린이 놀이인 차지하기 놀이의 한 종류를 하고 있었다. 제각각 차례로 자신이 창문을 통해 보이는 원하는 대상이나 사람을 차지했다고 외치는 것이었다. 처음으로 여자 친구 차례가 되자, 그녀는 농장 전체를 차지했다. 그들이 지나치고 있던 흰색으로 칠해진 농가에 살고 싶고 배경에 있는 숲까지 펼쳐진 푸른 방목 들판을 갖고 싶다고 말했다. 뒷좌석에 앉은 젊은 여자는 여자 친구가 그 집에 혼자 살 수 없을 거라고 말했다. 모두 잠시 침묵하다가 이내 놀이를 계속했다.

버스는 운전사가 버스대(臺)라고 부르는 장소에 멈췄다. 스무 대 이상의 버스가 주변에 멈춰 서 있었고, 일부 버스 주변에는 젊은 사람들이 모여 있었다. 그의 버스에 함께 타고 온 사람들 가운데 이전 해에 도나 부앙에 가 보았던 이들이 버스대에서 점심을 먹고 그 후에 모두 자유롭게 산 정상까지 올라가는 거라고 설명했다.

여자 친구와 그녀의 언니는 남자 친구들과 자신들을 위해 커다란 피크닉용 바구니를 꾸려 왔다. 그는 샌드위치와 케이크를 억지로 먹었던 반면 다른 이들은 날씨가 추워서 정말 배가 고프다고 말하며 나머지 음식을 다 먹었다.

버스 뒷좌석에 있던 독신남들은 산 정상으로 가는 길에 곳곳에 널려 있는 딱딱한 눈으로 눈덩이를 만들기 시작했다. 눈덩이를 손에 쥐면서 독신남들은 교구 댄스파티나 버스 뒷좌석의 어색한 국외자에서 변모했다. 그들 가운데 두어 명이 예쁜 젊은 여자 한 명을 지목해서 (남자 친구가 옆에 있을 수도 있었지만) 그녀 스웨터의 목 부분을 잡아끌어 목덜미에서 떼어내고 눈덩이가 맨살에 닿도록 집어넣으려고 했다. 어떤 무언의 규칙 때문에 남자 친구는 정색하고 여자를 보호할 수 없었다. 그는 여자 친구가 독신남들에게 대항해서 소리 지르고 몸부림치는 동안 미소만 짓고 있었고, 그가 줄 수 있는 도움이란 나중에 그녀 옷에서 눈을 떨어 내거나 자신의 머플러로 목을 닦아 주는 것에 불과했다. 다른 여자들이 자신의 남자 친구 곁을 떠나 위협당하는 여자를 도와줄 때도 있었지만, 그렇게 하면 독신남 전체가 모여들었고 수에서 밀린 여자들은 몸을 뒤틀고 소리 지르고 옷 안에 들어간 눈을 끄집어내면서 각자의 남자 친구에게 돌아갔다.

  그는 무슨 일이 일어날지 알고 있었고, 여자 친구 또한 아는 것 같았다. 독신남 전체가 그녀에게 다가왔다. 그녀는 어깨를 으쓱하고 자기 언니를 바라보면서 옷깃을 목 가까이 잡고 있으려고 애썼다. 그가 예측했듯이 그들은 그녀에게 다른 짓을 할 생각이었다. 그들은 그녀의 옷 목 부위로 눈을 집어넣으려는 시도는 거의 하지 않았다. 그 대신, 독신남 두 사람이 서로 기대고 손을 얽어서 그녀를 위한 좌석을 만들었다. 다른 두 사람이 그녀를 들어 올려 거기에 앉혔다. 그녀는 비틀거렸고 손으로 자신이 앉은 좌석을 만든 독신남들 각각의 어깨에 팔을 둘러야 했다. 그녀가 안정적으로 착석하자, 독신남 떼는 그녀를 등산로 옆으로 인도했다. 그들은 두껍게 쌓인 눈이 남아 있는 곳에서 몇 걸음 떨어진 곳에 멈춰 섰다. 눈을 보자 그녀는 소리 지르기 시작했다. 그녀가 소리 지르는 동안, 그녀를 운반하던 독신남 두 명은 그녀를 앞뒤로 흔들면서 큰 소리로 숫자를 세기 시작했다. 그들은 여러 번 0까지 숫자를 거꾸로 세었고, 그때마다 그녀는 비명을 지르며 애원했지만, 그때마다 그녀가 그들의 어깨를 계속 쥐고 있는 한 그들은 계속 흔들었다. 멀리서 바라보며 미소 짓고 있던 그조차 독신남들이 그녀를 눈 속으로 던질 거라고 예상하지 않았다. 그들이 적당한 때에 그녀를 놓아주고 그녀는 그가 서 있는 사람들 무리로 돌아와서 자기 언니와 언니의 남자 친구에게 미소를 짓겠지만 그에게는 미소를 짓지 않을 거라고 그는 예견했다. 그러나 그는 그것 이상을 예견했다. 독신남들이 그녀를 붙잡아서 데려가는 동안, 특정한 독신남이 그녀를 향해 행동하는 방식에서 무언가에 주목했다. 그걸 보면서 놀람과 날카로운 아픔을 느꼈지만, 그녀는 놀라지도 않는다는 걸 알아차렸다.

앞 단락에 언급된 독신남은 손으로 그녀의 좌석을 만들었던 두 사람 가운데 한 명이었다. 그는, 즉 주인공은, 독신남들을 보면서 그들이 산에 발을 딛자마자 얼마나 대담해졌는지에 대해 생각했다. 도나 부앙에서 독신남들은 어떤 댄스파티나 파티나 심지어 산으로 오는 버스 안에서도 시도하지 않았을 짓을 마음대로 했고, 남자 친구들은 독신남들에게 굴복했다. 그는 여자 친구의 손이 그녀를 향해 특정한 방식으로 행동했던 독신남의 어깨와 목을 붙들고 있는 것을 유심히 바라보았다. 그는, 즉 주인공은, 독신남의 손이 그녀 바지의 한낱 회색 천을 통해 그녀의 허벅지와 궁둥이의 무게를 지탱하는 것을 더 유심히 바라보았다.

바라보면서 그는 다수의 사건을 예견했고, 그 대부분은 예견한 대로 나중에 실현되었다. 그는 도나 부앙의 정상에 다가갈수록 자신이 여자 친구와 그녀의 언니와 언니의 남자 친구에게서 점점 멀리 떨어질 것을 예견했다. 독신남 떼에 합류하기 위해서가 아니라 고독한 독신남으로 걷고 눈에 띄게 혼자 서서 정상에서의 전망을 바라보기 위해서였다. 버스대에 다시 내려왔을 때 자신이 여자 친구의 무리에 몇 분간 다시 합류할 것을 예견했다. 피크닉 바구니 안의 보온병에는 일행 네 사람이 마지막으로 함께 마실 수 있는 따뜻한 차가 아직 충분히 있을 것이고, 그는 여자 친구와 그녀의 언니에게 점심 식사를 준비한 노고에 감사를 표할 것이다. (여자 친구에게 특정한 방식으로 행동했던 독신남은 그녀 일행이 정상에 도착했을 무렵 그녀 곁에 있을 것이지만, 버스대로 다시 가까워지면서 그녀의 무리에서 떨어져 나와 독신남 떼와 함께 서서 그들과 함께 독신남으로서 마지막 차를 마실 것이다.) 다양한 무리가 줄을 서서 귀가 버스에 오를 때, 그는, 즉 주인공은, 버스 통로를 걸어 들어가서 독신남 좌석의 끝자리에 앉을 것이다. 그 시점에는 더 이상 그의 여자 친구가 아닐 여자 친구는 도나 부앙으로 오는 길에 앉았던 좌석에 앉을 것이고, 산에 오를 때 그녀를 특정한 방식으로 바라보았고 그 시점에는 더 이상 독신남이 아닐 독신남이 그녀 옆에 앉을 것이다. 그는, 즉 주인공은, 돌아오는 길에 독신남들에게 말을 건네지 않을 것이고 당연히 독신녀들에게도 말을 건네지 않을 것이고 자신이 가 보았던 가장 먼 동쪽 지역에서 멜버른으로 돌아오는 길가에 있는 산과 숲의 어두운 형태와 농가의 불빛과 소도시를 창밖으로 내다볼 것이다. 그는 자신이 교회 마당에서 버스에서 내려 예전 여자 친구였던 젊은 여자와 그녀의 언니와 함께 그녀의 집으로 걸어가는 것을 예견했다. 그는 빈 피크닉 바구니를 들고 걸으면서 젊은 여자들에게 명랑하게 말할 것이다. 단순히 명랑한 척하는 것이 아닐 것이다. 그는 다시 독신남이 될 것이고 사랑에 빠졌던 동안 견뎌야 했던 비참함과 조바심을 더 이상 견디지 않아도 될 것이다. 그날 낮에 남자 친구에서 독신남으로 변하는 동안 존엄을 가지고 행동했던 데 대해 어느 정도 자부심을 느낄 것이다. 젊은 여자들 집 밖에서 그녀들에게 정중하게 작별을 고하고 아침에 그 집 뒷마당에 두었던 자전거를 타고 나올 채비를 하면서, 자신이 몇 달간 독신남으로 살다가 그 후에는 마음속 이미지가 마음 밖에 존재하는 사람의 이미지라는 것을 알아차릴 때까지 마음속 이미지들과 하나씩 사랑에 빠질 것이라고 예견하는 자신의 모습을 예견했다. 그와 동시에, 나중에 멜버른과 댄디농을 오가는 기차 안에서 한때 그의 여자 친구였던 젊은 여자를 우연히 한 번씩 보게 될 것이고 그녀의 남자 친구나 약혼자나 남편에게 만족하는 여자와 독신남으로서 편안하게 이야기를 나눌 것이라고 예견했다. 자신이 향후 10년간 독신남으로 남아 있으리라는 것, 35년 이상 그 젊은 여자를 보거나 그녀의 소식을 듣지 못하다가 미래의 어느 날 오후 예전에 댄디농에 살았던 한 여자로부터 그 젊은 여자가 오래전 결혼했고 그즈음에는 할머니가 되었으며 처음 살기 시작했을 때는 멜버른에 그나마 가까운 깁슬랜드의 소도시였으나 나중에 멜버른의 남동쪽 외곽 교외 도시 중 하나가 된 곳에서 거의 평생 살았다는 소식을 듣게 되리라는 건 예견하지 못했다. 이런 것을 말해 주었던 바로 그 여자로부터 35년도 더 된 과거의 여자 친구의 어머니가 딸들이 여전히 젊은 기혼 여성들이었을 때 죽었고 그 여성들의 아버지는 홀아비로 몇 년을 보낸 후 야라 협곡과 힐스빌 사이에 있는 시토회 수도원의 평수사가 되었다는 소식까지 듣게 되리라는 것도 예견하지 못했다. 그는, 즉 주인공은, 그 수도원에 한 번 가 본 적이 있었고 이후에 그곳이 한쪽에는 야라강이 굽이치며 흘러가는 방목 들판이 있고 삼면은 숲으로 뒤덮인 산에 둘러싸여 있는 연한 색 건물이라는 것을 기억했다.

그가 처음 버스에서 내려서 다른 사람들과 함께 도나 부앙의 정상을 향해 올라가던 거의 모든 과정에서, 그들은 연무나 안개라고 생각되는 것에 온통 둘러싸여 있었다. 그러나 정상을 향해 가면서 머리 위에서 푸른 하늘을 보았고 밝은 햇빛 속으로 발을 내디뎠다. 그는 자신이 예견한 대로 정상에서 전망을 내려다볼 때 혼자였다. 정상은 풀이 무성하고 대개 평평한 곳이었고, 그는 정상의 동편이라고 판단되는 곳으로 즉각 다가갔다. 정상의 동편에서 본 전망은 예견하지 못했던 것이었다.

학교에서 그가 가장 관심을 많이 가졌던 시는 마음속에 장소의 이미지를 가져다주는 시였다. 앞의 단락들에서 묘사된 사건 이후 평일 저녁에 줄이 쳐진 종이 한 장을 꺼내서 글을 쓰려고 준비했을 때, 그는 이전에 한 번도 시 쓰기를 시도해 본 적은 없었지만 시란 지난 일요일에 도나 부앙산의 정상에서 내려온 후 그의 마음속을 차지하고 있는 장소의 자세한 모습을 가장 선명하게 기록하는 종류의 글일 거라고 생각했다. 줄이 쳐진 종이 한 장을 앞에 놓고 앉기 전 어느 시점에 이 이야기의 이 글 타래 서두에 있는 단어들을 마음속에서 듣기 시작했고, 그 직후 한 시점에 그 단어들이 자기 시의 마지막 행이 되어야 한다고 결정했다.

그가 시의 앞부분을 쓸 수 있었다면, 그 부분에는 도나 부앙산에 처음 가 보기 전 수년 동안 빅토리아주의 동쪽 반을 상상할 때마다 마음속에서 보았던 장소의 구체적인 모습을 먼저 묘사했을 것이고, 그 구체적인 모습에 포함된 건 깁슬랜드 지역을 나타내는 전경의 너른 녹색 지대와 산불로 많은 부분이 훼손된 깁슬랜드 북쪽 가장자리의 산을 나타내는 왼쪽의 검푸른 좁은 영역이었을 것이다. 시의 다음 행들은 그가 도나 부앙산에 다녀온 후 검푸른 좁은 영역이 마음속 그림의 구체적 모습인 양 얼굴을 가까이 갖다 대는 걸 상상할 때마다 마음속에서 보았던 구체적 모습을 묘사했을 것이고, 그 구체적 모습에 포함된 건 과거에 타 버린 숲의 자리에 자라난 숲으로 뒤덮인 산맥을 나타내는 전경의 너른 파란 영역과 지평선에 있는 연기 색깔의 좁은 영역이었을 것이고, 그 영역에 얼굴을 가까이 갖다 대는 건 아직 상상할 수 없었다.

### 푸른 댄디농산맥에서

위의 단어들은 그의 어머니가 남편과 두 아들과 함께 멜버른 서쪽 교외 도시의 셋집에 살던 1940년대 말 이런 또는 저런 해에 이런 또는 저런 상점 주인에게 받은 달력에 있던 천연색 그림에 달린 설명이었다. 그 달력은 셋집의 부엌에 1년 동안 걸려 있었고 이런저런 달의 날짜를 나타내는 숫자 부분은 월말에 뜯어내지만 숫자 부분 위의 그림은 1년 내내 보이도록 디자인되어 있었다. 그는 달력이 처음 걸렸던 며칠 동안 그림을 여러 번 본 후 그해의 남은 기간 동안 그 그림을 다시 보지 않기로 결심했지만, 그 결심을 여러 번 어겼다.

말년에, 달력의 그 그림을 기억할 때마다 그는 다음의 세세한 부분들을 기억했다. 전면에는 두 아이가 종아리 절반까지 닿는 녹색 풀숲에 서 있다. 아이들 가까운 곳에 말 한 마리가 풀숲에서 머리를 들고 아이들 쪽을 바라본다. 소녀는 말을 향해 손을 내민다. 그녀의 손에는 붉은 뿌리에 아직 초록 잎이 달린 당근이 있다. 풀이 무성한 방목 들판은 아이들과 말이 서 있는 곳부터 그림 중간 부분의 울타리를 향해 아래쪽으로 경사가 졌다. 울타리 반대편에는 보이지 않는 협곡에서 산이 솟아오른다. 산의 측면은 숲으로 뒤덮여 있다. 이 산의 숲은 청회색이다. 부드러운 빛으로 미루어 보건대 시간은 늦은 오후인 듯하다.

처음에 그 아이들은 그의 미혼 고모가 여름 방학 동안 읽으라고 빌려준 영국 소년 소녀들을 위한 책들에 나온 삽화 속 아이들을 연상시켰다. 그 책들은 아버지와 그의 형제들이 어렸을 때 갖고 있던 것이라고 고모는 그에게 알려 주었다. 그 삽화에 나온 소녀들은 성인 여자만큼 키가 컸지만 순수한 얼굴과 아홉 살 또는 열 살 정도 어린이의 골반과 가슴을 갖고 있었다. 소년들은 성인 남자의 가슴과 어깨를 갖고 있었지만 반바지를 입었고 크리스마스카드에 나오는 합창단 소년의 순진한 얼굴과 헝클어진 머리를 갖고 있었다. 그가 읽은 고모의 책들에 나오는 소년들과 소녀들은 강도와 스파이와 밀수범으로부터 자신을 방어했고 탐정들에게 정중한 대우를 받았지만 사랑에 빠질 수 있다는 생각은 전혀 하지조차 않았다.

달력 속의 아이들은 처음에는 영국 이야기책에 나오는 어린이-성인 남자와 어린이-성인 여자를 연상시켰으나, 달력의 그림은 사진이었기 때문에 그 아이들은 왜곡된 모습이나 캐리커처가 아니었다. 그는 아이들의 몸과 얼굴로 미루어 그들이 열한 살 정도일 것이라고 추정했다. 그러나 대부분의 경우 그 아이들을 쳐다보지 않으려고 애썼다. 그들의 순수한 분위기가 거슬렸다.

그는 소녀에 대해서는 그다지 화가 나지 않았다. 그녀는 말이 자기 쪽으로 오도록 구슬리고 있었고 그 몰입한 표정은 용납될 수도 있었을 것이다. 그가 그녀의 옆모습보다 더 많은 것을 볼 수 있었더라면 그녀의 얼굴이 이따금 그의 마음속에 나타나서 그를 사랑에 빠지게 만드는 종류의 얼굴이라고 생각했을 수도 있었을 것이다. 소년은 소녀의 얼굴을 보고 있거나 그녀 손에 있는 당근을 보고 있거나 말을 보고 있거나 카메라의 영역을 벗어난 곳에서 그의 주의를 산만하게 만드는 무엇을 보고 있는 것일 수도 있었다. 그의 곱슬머리와 공허한 미소 덕분에 어른들은 그가 사진을 찍으려고 자세를 취하는 동안에도 소녀의 치마에 애벌레를 집어넣어 비명 지르게 할 계략을 궁리 중인 호감 가는 악동이라고 생각할 것 같았다.

만일, 무심코, 달력의 그림을 보게 되면 그는 서로 절대 사

에메랄드 빛깔 푸른색

랑에 빠지지 않았거나 마음속에 이미지가 머무는 사람과 연관된 질투나 조바심을 절대 느끼지 않았던 소년과 소녀를 외면하면서 보려고 노력했다. 사진의 배경에 있는 숲으로 뒤덮인 산의 뒤쪽에서 사진이 찍힌 그날 댄디농산맥에 있었을 다른 아이들 커플 가운데 한 쌍을 보고자 노력했다.

그 소년과 그 소녀는 멜버른 동쪽 교외 도시의 같은 동네에 살았고, 그들의 부모님들은 서로 자주 방문하면서 가족 나들이를 함께 계획했다. 각 가족은 자동차가 있었고, 그 두 자동차는 적어도 한 달에 한 번씩 동쪽 외곽 교외 도시들 사이를 지나고 그다음에는 풀이 무성한 전원 지대를 관통하고 그다음에는 댄디농산맥의 산기슭 구릉으로 들어가고 그다음에는 숲으로 뒤덮인 협곡을 통과하고 산비탈 사이에 난 붉은 자갈 도로를 따라가는 길을 앞서거니 뒤서거니 하며 달렸다. 더운 여름날에 아이들은 양쪽 기슭에 나무고사리가 자라난 개천에서 이끼 낀 돌들 사이로 노를 저었다. 늦여름에는 블랙베리를 땄다. 가을에는 한데 모여 자란 유럽 나무들 사이에서 단풍잎을 한 아름 주워 올렸다. 아버지들이 차바퀴에 사슬을 감는 가장 추운 겨울날에는 얕게 쌓인 눈에서 놀았다. 늦겨울이면 긴 잎 아카시아 꽃가지를 땄다. 봄에는 동백과 만년초 정원을 방문했다. 어느 계절이든 비가 오는 날에는 카페에서 부모들이 데번셔 티[50]를 즐기는 동안 그들은 청량음료를 마셨다.

---

50) Devonshire tea. 클로티드 크림과 잼을 올린 스콘과 마시는 차. 크림 티, 데번 크림 티라고도 부른다.

수많은 일요일에 늦은 오후의 특정한 시간이 다가오면 그는, 초등학교 저학년이었던 어린 나이였을 때조차, 자신과 나이가 같은 다른 남자가 불과 몇 마일 떨어진 곳에서 그가 살았어야 하는 삶을 살아가고 있다고 느꼈다. 동쪽의 근접 교외 도시에 사는 이모 집 근처의 전차 정류장에서 서쪽 교외 도시에 있는 자기 집에 돌아가기 위해 어머니와 남동생과 전차를 기다리던 특정한 일요일마다 그런 감정을 느꼈을 때, 그는 전차 정류장을 지나가는 자동차의 뒷좌석에서, 달력 그림의 배경에서 한 쌍의 아이들을 보았던 해의 어떤 날에 그가, 즉 주인공이, 분명 댄디농산맥의 어딘가였음이 분명하다고 추측했던 장소에서 가족들과 함께 돌아오는 어린이를 가끔 보았다.

그는 달력에 나오는 아이들의 다른 어떤 면모가 거슬렸다. 소년의 헐렁한 바지나 소녀 머리에 있는 머리끈의 리본 형태를 보면서 그는, 즉 주인공은, 그 사진이 10여 년 전에 찍힌 것이 아닐지 추측하곤 했다. 그는 1930년대 말에 사람들이 어떤 옷을 입었는지 상당히 잘 알았다. 언젠가 셋집 바닥에서 뜯어낸 리놀륨 밑에서 그가 태어나기 전 해의 신문지를 다량 발견하고는 광고 그림, 특히 어린이 그림을 자세히 살펴보았다. 어머니가 세상의 종말이 닥쳐올 거라고 생각했던 날에 연기로 어두워진 멜버른의 하늘을 보았으나 그날 삶이 끝나 버리지 않았던 아이들이 그는 궁금했다. 미소 띤 소년이나 말을 바라보는 소녀가 자신들이 놀고 있는 장소가 산불로 훼손되리라는 걸 몰랐다면 그들을 비난할 수 없는 노릇이었다. 그러나 달력 사진의 테두리 밖에 있는 아이들 가운데 적어도 한 쌍은

(그들의 부모들은 전혀 의심하지 않았지만 서로 사랑에 빠진 아이들 한 쌍은) 지평선에 보이는 청회색 산이 자신들을 향해 다가오는 연기일 거라고 이따금 상상했을 것이다.

생애 스물세 번째 해의 초가을 어느 토요일 오후에, 이 이야기의 주인공은 멜버른의 남동쪽 교외 도시인 콜필드에 위치한 경마장의 특별관람석 2층에 있는 여러 개의 초록색 캔버스 칸막이 가운데 한 곳에서 한 젊은 여자 곁에 몇 시간 동안 앉아 있었다. 초록색 캔버스 칸막이는 콜필드 경마장의 경마 대회를 주관하는 클럽에서 승인된 광고에 의하면 경마 대회 날에 일반인이 음주 시중 웨이터를 고용할 수 있는 호화로운 전용 지정 박스석이라고 묘사되어 있었다. 그는, 즉 주인공은, 2인용 박스를 빌리는 데 세금을 제외한 주급의 4분의 1에 해당하는 금액을 지불했다.

그는 지난 3년 동안 때때로 마음속의 이런저런 얼굴과 사랑에 빠졌지만, 스스로를 독신남으로 생각하는 마음 자세로 언제나 다시 돌아갔다가 또 마음속에 계속해서 얼굴이 떠오르는 사람에 대해 과도하게 불안해하거나 불행하다고 느끼기 시작했다. 그는 생애 스물한 번째 해에 대학교에서 수강할 수 있는 한 과목에 등록했고 최종 점수로 '통과'를 받았다. 밤에는 자기 방에서 특이한 책을 읽다가 낮에는 학교를 졸업한 후 책을 한 번도 펼쳐 보지 않은 사람들 사이에서 시간을 보내야 하는 데 다소 싫증이 났다. 이따금 저녁에 시를 써 보려고 시도했지만 포기하고 학창 시절에 가장 감명받았던 시들, 특히 테니슨의 「연(蓮) 먹는 사람들」과 매슈 아널드의 「학자 집시」를 읽었다. 「연 먹는 사람들」의 특정한 행을 읽고서 장소들의 이미지들이 마음속으로 흘러 들어가는 것을 보면서, 그는 예전에 헬베티아의 풍경을 마음속에 보았을 때 느꼈다고 생각되는 것을 느꼈다. 「학자 집시」의 특정한 행을 읽으면서 독신 삼촌이 방갈로에서 때때로 느꼈으리라 추정되는 것을 느꼈다.

콜필드 경마장에 젊은 여성과 함께 갔을 당시, 그는 대학교에서 두 번째 과목을 공부하기 시작했고 직장에서 특정한 숲과 갯벌과 공원에 대해 대중에게 정보를 주는 소책자와 전단의 내용 일부를 교정해야 하는 책임이 더 무거운 직위로 승진했다. 이 직위를 맡으면서 건물의 더 높은 층으로 옮겼다. 더 높은 층에서 만난 젊은 여자들 가운데 한 사람의 얼굴이 그의 마음속으로 즉시 들어왔다. 그녀는 그보다 겨우 몇 달 어렸다. 예의가 바르고 인기가 많았지만, 두뇌 회전이 빠르고 사무실의 이런저런 남자가 조간 신문에서 읽은 어떤 일에 대해 논평할 때마다 (모두 그녀의 상관인) 여러 남자 사이에서 벌어지는 논쟁에 뛰어드는 걸 두려워하지 않았다. 그는, 즉 주인공은, 이럴 때 그녀의 주장을 통해 그녀가 열렬한 가톨릭 신자라는 것을 알게 되었다. 그 자신은 더 이상 성당에 다니지 않았지만, 마음속 젊은 여자의 얼굴은 그가 미래에 아내가 된 그녀와 함께 가톨릭 신자로 살 수 있을 거라고 설득했다. 가톨릭 신자로서 그녀는 인공 피임이라고 부르는 방법을 사용하지 않을 것이고, 그와 그녀는 아이들 네 명 또는 다섯 명 또는 여섯 명의 부모가 될 수도 있을 것이었다. 그건 받아들일 수 있었지만, 그렇게 많은 아이를 부양하면서 멜버른 외곽 교외 도시에 집을 구매하는 자기 모습은 예견할 수 없었다. 그 대신 미래에 그녀와 그의 부서 지부 사무실이 있는 전원 지대의 중소도시 한 군데에 정착하는 자신은 예견할 수 있었다. 그런 중소도시에서 상급 담당관들은 빅토리아주의 주택 위원회가 지은 소박하지만 편안한 집에 부과된 낮은 집세를 냈다. 그와 그의 아내가 어느 전원 지대의 중소도시에 정착할지 예견해보려고 시도했을 때 그는 그 소도시가 깁슬랜드 지역에 있는 건 아니라는 것을 깨달았다. 자신의 부서에서 펴낸 지도를 통해서 '깁슬랜드'라는 단어는 그가 한때 짐작했던 것보다 더 넓은 지방을 지칭한다는 것과 그 지방에는 숲이 많다는 것을 알게 되었다. 그러나 도나 부앙산의 정상에서 동쪽을 바라보았던 날 이후, 그는 마음속에서 깁슬랜드를 때로는 검푸른 색으로 때로는 청회색으로 때로는 순수한 파란색으로 나타나는 드넓은 영역의 한쪽에 붙어 있는 좁은 초록색 가장자리로 보았다. 그와 그녀가 정착한 소도시는 빅토리아주 남서쪽이 아닐 것이었다. 그는 그 젊은 여자가 독신남 삼촌이 결코 찾지 못했던 이상적인 가톨릭 신자 아내라고 믿었고, 그는, 즉 주인공은, 방갈로 같은 곳에 사는 독신남이 되겠다고 그토록 자주 생각했던 자신이 삼촌 앞에서 자랑하는 것처럼 보이고 싶지는 않았다. 그 소도시는 그가 한 번도 가 보지 않았던 지방인 빅토리아주의 북쪽일 것이었다. 아직 한 번도 가 보지 않은 오래된 금광 지대와 회양목 숲의 지방.

그는 차가 없었기 때문에, 그녀가 준 주소로 택시를 불렀다. 그녀는 동쪽 교외 도시에 있는 그녀 부모 집에 살았다. 기자들이 '안락한' 또는 '중산층'이라고 부를 만한 동쪽 교외 도시의 '녹음이 우거진'이라거나 '가로수가 늘어선'이라고 묘사할 만한 거리에 있었지만 물막이판으로 지어진 집이었고, 그는 앞쪽 외부 현관에 다가가면서 그의 부모 집이 나무가 별로 없고 아직 바큇자국이 깊이 패고 질척이는 거리가 있는 외곽 교외 도시에 위치했다는 것을 제외하면 그녀 집이 그의 부모 집보다 더 넓거나 더 견고한 건 아니라고 생각했다. 초인종을 누르자 그녀가 문을 열었다. 그녀는 경마장 가기에 적합한 차림을 하고 핸드백을 팔에 걸고 있었고, 밖으로 나와서 문을 닫았다.

그녀는 그만큼이나 말이 많았다. 그녀의 집에서 경마장으로 가는 길에 그는 쾌적한 환경에서 정리된 삶을 살 수 있다는 점에서 동쪽 교외 도시 사람들이 늘 부러웠다고 말했다. 그러자 그녀는 그가 부러워하는 특정한 가족들의 이름을 대 보라고 했다. 그래서 그는 어렸을 때 벽에 그림이 걸려 있던 동쪽 근접 교외 도시의 집에 살던 이모를 수년간 방문했다고 대답했지만, 대답을 하면서도 책이 없는 집에 사는 이모와 그녀 가족을 한 번도 부러워한 적이 없다는 걸 알고 있었다. 그런 다음 자신은 또래가 하나도 없는 교외 도시에서 자랐다고 말했다. 그러자 그녀는 멜버른의 교외 도시들에 있는 모든 가톨릭 교구에는 젊은 사람들의 만남을 위한 기관이 적어도 하나씩은 있다고 말했다.

경마장에 도착하기 몇 마일 전 그녀는 다니던 학교를 가리켰다. 그가 다니던 학교보다 더 클 것 없는 옹기종기 모여 있는 벽돌 건물들이었으나, 그 학교가 서 있는 언덕은 더 광활한 주변 조망을 제공하는 것 같았다. 그의 학교와 그녀의 학교는 이웃한 교외 도시들에 있으며 그의 학교 상급생들은 그녀의 학교에서 열리는 사교의 밤 행사에 초대받기도 했다는 사실을 그녀가 상기시켜 주었다. 그래서 그는 학교에 다닐 때 자신은 비사교적이었고 괴짜였다고 말했다.

경마장에서 전용 지정 박스석으로 안내받은 직후에 그는 그녀에게 콜필드 경마장은 오래전에 히스라고 불렸으며 지금 눈앞에 펼쳐진 풀밭 경마장은 밀집한 덤불숲의 광활한 공간을 개간해서 생겨난 것이라고 설명했다. 그러자 그녀는 이 경마장은 2차 세계 대전 중 육군 임시 병영으로 사용되었으며 그녀의 아버지는 지금 눈앞에 펼쳐진 광활한 풀밭 어딘가에 있었던 텐트에서 많은 시간을 보냈다고 설명했다.

그는 경마장에 언제나 갖고 다니는 성능 좋은 망원경을 가져왔는데, 그만의 이정표라고 부르는 것들을 그녀에게 가리켜 보여 주기 시작하다가 이내 그녀에게 망원경으로 그 이정표를 보라고 권유했다. 그는 먼저 남동쪽으로 4마일 떨어진 교구 성당의 지붕을 보여 주었다. 그다음에는 중등학교 시절에 캐디로 일했던 골프장의 우듬지를 보여 주었다. 그의 집이 있는 거리는 그 나무들의 가장 먼 가장자리를 살짝 벗어난 어딘가에 있다고 그는 말했다. 그러자 그녀는 나무 때문에 그가 숲속의 빈터에 사는 것처럼 보인다고 말했다. 그는 그녀에게 망원경으로 댄디농산을 보라고 하고 싶었으나, 경마장 특별관람석은 남쪽을 향하고 있었고 댄디농산은 시야에서 벗어난 뒤쪽

부근에 있었다. 그 대신 그는 댄디농과 댄디농산 중간에 있고, 댄디농에 사는 여자 친구 집에 처음 몇 번 갔을 때 댄디농산의 남쪽 모습과 비슷하다고 생각했던 리스터필드 언덕의 검푸른 산등성이를 보여 주었다. 경마장에서 그의 옆에 앉은 젊은 여자는 평생 멜버른에서 살았지만 댄디농산과 댄디농이 서로 멀리 떨어진 상당히 다른 장소라는 사실이 이상해 보인다고 말했다. 그는 그녀가 어린 시절에 가족들과 얼마나 자주 댄디농산맥에 가 보았는지 물었다. 그는 거의 매주 일요일마다 산불 재로 뒤덮인 숲과 나무고사리가 자라난 협곡과 폭포와 자신이 한 번도 보지 못했던 모든 광경 속으로 깊이 들어갔었다는 대답을 듣기를 바랐으나, 그녀는 상당히 자주 갔었다고만 대답했다.

그녀는 망원경을 남쪽으로 향하고 그 방향에 멀리 있는 나지막한 푸른 산등성이가 뭐냐고 그에게 물었다. 그는 일라이자산이고 그 뒤에 모닝턴반도 전체가 있다고 대답했다. 그는 그녀와 그녀 가족이 매년 크리스마스 휴가 때마다 그 반도에 있는 로즈버드나 라이나 드로마나의 해변 옆 캠핑장에 갔다고 말하기를 바랐으나, 그녀는 로즈버드, 라이, 그리고 교외 도시에 사는 가족들이 여름휴가를 보내는 여러 다른 장소 이름을 혼자 중얼거리기만 했다.

그는 댄디농산맥이나 모닝턴반도의 해변에 자주 갔다는 그녀의 말을 듣고 싶었다. 그가 그 젊은 여자에게 관심을 가졌듯이 그녀도 같은 방식으로 자신에게 관심을 가졌으리라고 짐작했던 게 착각이었다고 이미 그는 믿고 있었다. 그날 오후 늦은 시간에 그녀 집 밖에서 작별 인사를 할 때 다음 주 금요일이나 토요일 저녁에 영화관에 가자고 제안할 작정이었지만, 콜필드 경마장에서 첫 경주가 시작되기 전 지정 박스석에 함께 앉아 있는 동안, 그녀가 앞으로 그와의 다른 외출 제안은 정중히 거절하리라고 이미 믿고 있었다. 자신과 그녀가 남은 오후 시간 동안 유쾌하게 대화를 나누리라 예상했지만, 첫 경주가 끝나기도 전 다시 마음속에서 독신남이 되었고 예전보다 더 오랫동안 독신남으로 지내게 되리라고 예상했다. 함께 시간을 보내도록 허락해 준 마지막 젊은 여자는 댄디농산맥이나 모닝턴반도 이상의 장소는 꿈꾸어 보지 않은 채 유년 시절을 보낸 많은 사람 가운데 한 명이었다고 독신남으로서 그는 기억하고 싶었다.

그는 그런 사람보다 자신이 더 우월하다고 여기지 않았다. 그는 멜버른과 그 주변의 교외 도시들은 그의 아버지가 빅토리아주의 남서쪽 풀이 무성한 전원 지대에서 훨씬 멀리 떨어진 어딘가로 가는 도중 발견한 휴식처라고 언제나 간주해 왔다. 그는, 즉 아들은, 아버지가 마음속에 빅토리아주 지도만을 품고서 고작 깁슬랜드에도 못 미치는 곳을 마음속 목표로 잡고 동쪽으로 옮겨 간 건 절대 아닐 것이었으리라고 추측했다. 때때로 그는, 즉 아들은, 아버지가 마음속에 헬베티아 지도를 품고서 마음속에서 서쪽에서 동쪽으로 옮겨 가고 있었던 것이라고 추측했다. 아버지가 향하고 있다고 상정했을 장소를 아들이 상상하려고 시도할 때마다 그는, 즉 아들은, 고모들이 평생 간직했던 책들에 나오는 키 큰 소녀-여자와 소년-남자들이 사는 곳을 보았다. 그 인물들을 고모의 책에 나오는 등장인물로만 생각했을 때는 그 인물들의 순진함에 분노를 느꼈으나, 그들이 걱정 없는 얼굴과 성별 없는 몸을 가지고 헬베티아 동쪽 지방의 거주자로 나타났을 때, 그는 그들과 함께 그들 농가의 베란다나 아무도 마음속에서 사랑에 빠지거나 결혼하지 않는 그 지방의 작은 거주구의 경계에 서서 사방으로 지평선까지 펼쳐진 풀이 무성한 전원 지대를 내다보고 싶었다.

주인공이 콜필드 경마장을 내려다보며 젊은 여자와 앉아 있던 당시, 비록 그는, 즉 주인공은, 알지 못했지만, 그의 아버지는 동쪽으로 갈 수 있는 한 가장 먼 곳에 이미 다다른 상태였다. (아버지는 큰아들이 결혼하고 멜버른 북쪽의 교외 도시에 정착한 지 몇 달 후에 빅토리아주 남서 지방에서 죽었다.) 주인공이 경마장에 앉아 있던 당시, 아버지는 주인공이 기억하는 한 대다수의 사람이 좋은 아버지라고 부를 만한 사람이었으나, 아버지가 죽은 직후에 주인공은 아버지가 결혼을 하지 말고 아버지가 되지 말았어야 했다고 판단했다. 아버지는 남편과 아버지로서 사는 것보다는 독신남으로 사는 게 더 맞았을 것이고 자신이 태어난 풀이 무성한 전원 지대를 절대 떠나지 말았어야 했고 평생 독신남으로 그곳에서 살았어야 했다고 주인공은 말년에 생각했다.

그는, 즉 주인공은, 커다란 만(灣) 입구 가까이에 있는 강의 기슭에 세워진 대도시의 교외 도시에서 태어났지만, 일생에 걸쳐 강에 거의 주의를 기울이지 않았고 언제나 만을 외면했다. 언제나 멜버른은 모든 주변 교외 도시에서 이런저런 산맥이나 언덕을 볼 수 있는 내륙 도시라고 생각했다. 이후에 그는 자신이 태어나기 10여 년 전에 멜버른 교외에서 태어나서 그곳에 살았던 사람들의 유년 시절을 묘사한 출판물을 찾아보았다. 거의 마흔이 되었을 때, 『잘 있거라 멜버른이라는 도시여』와 『건다가이로 가는 길』을 발견하고 읽었는데, 두 권 모두 그레이엄 매키니스가 쓴 책이었고 두 권 모두 1960년대에 런던의 해미시 해밀턴에서 출간되었다. 책의 저자는 영국에서 태어났고 어릴 때 멜버른에 이주해서 1920년대와 1930년대의 일부 동안 그곳에 살았고, 그 기간에 그가 살았던 곳은 댄디농산이 보이는 동쪽 교외 도시였으며(이 이야기의 주인공이 중등학교를 다녔던 교외 도시), 대학을 갓 졸업한 청년의 나이에 캐나다로 떠났고, 먼 곳에서 30년이 지난 후에 멜버른에 대한 기억이 남아 있는 동안 앞에 언급된 책들을 썼다. 이 책들 중 한 권의 어딘가에서 그는, 즉 이 이야기의 주인공은, 저자가 언제나 멜버른 주변의 아득한 곳에 보였던 것으로 기억하는 모든 산이나 언덕을 열거한 구절을 읽었다.

   그는, 즉 콜필드 경마장의 특별관람석에서 젊은 여자 곁에 앉아 있는 젊은 남자는, 마음속의 특정한 얼굴과 사랑에 빠진 곳으로 남동쪽이나 동쪽이나 북동쪽이나 북쪽으로 산이나 언덕 전망이 보이는 장소들을 기억하는 사람들을 결코 무시하지 않았다. 그가 멜버른의 평평하고 풀이 무성한 교외에서 태어나지 않았고 그런 곳에서 삶의 초기를 보내지 않았더라면, 그리고 그 장소가 아버지가 태어나고 그가, 즉 아버지가, 평생 독신남으로 살았어야 할 전원 지대의 동쪽 언저리라고 생각하지 않았다면, 그 자신도 그런 사람이 되었을 거라고 확신했다.

오후 중반의 어느 시점에, 초록색 캔버스 칸막이에서 자신 곁에 있는 젊은 여자가 앞으로 언젠가 댄디농산맥에서 많은 일요일 오후를 보냈던 이런 또는 저런 젊은 남자와 사랑에 빠질 것이고 이후에 그 남자와 결혼할 것이고 결혼 후에 멜버른 동쪽에 있는 이런 또는 저런 외곽 교외 도시에서 살게 될 거라고 확신했을 때, 그는, 즉 이 이야기의 주인공은, 여생 동안 독신남으로 살게 될 거라고 판단했기 때문에 긴장을 풀고 마음속 그 젊은 여자 얼굴의 이미지와 여전히 사랑에 빠진 상태였다면 하지 않았을 이야기를 그녀에게 했다.

그는 때로 경주마를 소유하는 꿈을 꾼다고 그녀에게 말했다. 소박한 급료를 받는 공무원이라서 예측 가능한 미래에 단독 마주(馬主)가 될 여유는 없겠지만, 합리적으로 예상되는 여러 번의 승진을 거친 생애 마흔 번째 해 이후에는 또래의 다른 남자가 아내와 자녀들에게 쓰는 돈을 경주마에 쓸 수 있으리라고 말했다. 그는 자신이 여생 동안 독신남으로 살아갈 거라고 그녀에게 말할 필요조차 없다는 듯 말했고, 그녀는 그가 마흔 번째 해까지는 결혼해서 아버지가 되어야 한다고 참견하지도 않았다. 그는 젊은 남자가 젊은 여자에게 데이트를 당시 표현으로 '신청'한 결과 그들이 함께 외출하게 된 상황에서 당시 멜버른 교외에 사는 젊은 사람들을 지배하는 불문율을 그녀가 자기만큼이나 잘 알고 있을 거라고 추측했다. 그 불문율이란 그 두 사람 가운데 어느 누구도, 결혼에 대해 생각하는 건 고사하고, 상대방에 대해(그 상대방이 당시의 표현으로 '교제 중'인 사람일 가능성은 매우 낮았다.) 당시의 표현으로 '심각'해질 거라는 조금의 가능성도 평생 절대 고려해 보지 않았다고 말할 때가 아니면 '결혼'이라는 단어를 쓰지 말아야 한다는 것이었다. 그는 먼 미래의 어느 오후에 멜버른 교외 도시에 있는 경마장의 예시장(豫示場)에 서서 자기 말이 특정 경주가 시작되기 전에 정확히 10분 동안 경주로를 평보나 구보로 거니는 광경을 보는 자신의 모습을 자주 예견한다고 그녀에게 말했다. 그녀에게 이런 말을 했을 때 경마장의 이름은 말하지 않았다. 당시 멜버른 교외에서 사용되던 세 경마장 가운데 어떤 곳도 먼 미래에 있을 마음속의 경주가 일어날 현장으로 보이지 않았기 때문이었다. 그 경주는 그의 아버지가 그의, 즉 주인공의, 출생 전 몇 해 동안 경마 대회를 관람했지만 오래전 문을 닫은 경마장 가운데 한 곳에서 언제나 곧 열릴 것처럼 보였다. 그 경마장은 그가 생애 열세 번째 해부터 스물아홉 번째 해까지 살았던 교외 도시와 오랫동안 깁슬랜드의 서쪽 경계의 소도시였지만 나중에 멜버른 남동쪽 외곽 교외 도시가 된 댄디농 사이의 중간 지점에 위치했던 샌다운 파크였다. 오래된 샌다운 파크 경마장은 덤불숲에 둘러싸인 것처럼 보였고, 특별관람석에서는 댄디농산맥을 바라볼 수 있었다고 아버지가 그에게 말해 주었다. 그는, 즉 주인공은, 콜필드에서 젊은 여자에게 그가 예견한 오후의 햇빛에는 매년 2월 마지막 주나 3월 첫 주의 특정한 오후에 멜버른의 교외에 드리우는 빛에서 그가 보았던 독특한 부드러움이 있었다고 말했다. (그가 그녀에게 이렇게 말했던 날은 3월 초였지만, 하늘이 흐렸고 산들바람이 남서쪽에서 불어오고 있었다.) 매년 이 부드러운 빛을 보면 몇 초 동안 자신이 멜버른의 이런저런 교외 도시에 있다는 걸 잊게 되고 어디 있는지 모르는 장소들의 우표 모음집을 갖고 있던 소년 시절 상상했던 나라의 이런저런 지방에 있다고 상정하게 된다고 그는 말했다. (그는 이렇게 말했을 때 헬베티아라는 이름은 거론하지 않았다.) 그가 햇빛에서 독특한 부드러움을 보았던 때는 가을이 아닌 한여름이었던 것으로 생각된다고 젊은 여자에게 말했다. 이때는 그가 태어났을 때 부모님이 살던 서쪽 교외 도시에 있던 하숙집 뒷마당의 그늘진 곳에 놓아둔 아기 요람에 어머니가 그를 눕혀 두었던 그의 삶의 첫 몇 주 동안의 이런 또는 저런 오후였다. 그는 젊은 여자에게 그녀 역시 부모에게서 분명히 들어 보았을 끔찍한 검은 금요일 산불 이후 대기권 높은 곳에 연기가 아직 드리우고 있던 때 자신이 태어났다고, 물막이판 집의 뒷문을 배경으로 그가 나무 두 그루 사이에 놓인 요람에 누워 있는 사진을 보았는데, 비록 사진 뒤에 어머니의 필체로 적힌 날짜는 검은 금요일로부터 겨우 3주 후인 날이었지만 그 사진은, 당연히, 흑백 사진이었다고 말했다. 그는 청년이 된 후 햇빛에서 독특한 부드러움을 보면 자신이 상상의 나라에 있다고 상정하게 되는 게 아니라 멀리 있는 어느 지방에서 불이 타오르고 있고 불에서 치솟은 연기가 대기권 높은 곳에 아직 걸려 있다고 이따금 상정하게 된다고 젊은 여자에게 말했다.

그는 마주는 특정한 경주 전에 자기 말이 최고의 상태에 있는지 알 수 있고 자기 말에 거액을 걸 수 있지만 처음 언급된 마주가 알고 돈을 건 것처럼 자기 말에 대해 알고 있고 돈을 건 다른 마주의 말에 아쉽게 지지 않으리라고 절대 확신할 수 없다고 젊은 여자에게 말했다. 먼 미래의 어느 오후에, 그때 그 자신일 마주는 근래 여러 번 자기 말이 최고의 상태라는 걸 알았고 여러 번 말에 거액을 걸었지만 그 말이 아슬아슬하게 지는 것을 보았다고 그는 말했다. 그러나 대기에 특정한 부드러운 빛이 비치고 경마장 반대편에 댄디농산맥의 전망이 펼쳐진 그가 예견하는 그 오후에는 자신의 손실 판세가 드디어 끝날 거라고 그녀에게 말했다. 그는 젊은 여자에게 먼 미래의 그 오후에 그의 말이 체중 검사[51]를 위해 돌아올 때 예시장에 있는 승리한 말의 마구간에 서 있는 그를 바라보는 군중 가운데 그보다 조금 더 어린 특정한 여자가 있다는 사실을 알아차리게 되는 걸 언제나 예견했다는 말은 하지 않았다. 그는 그 여자의 이름이나 구체적인 개인사는 모르지만 그날 오후 어느 시점에 그 여자의 얼굴을 우연히 보았다면 그녀를 즉시 알아보았으리라는 것, 그 여자는 그가 옆에 아내나 아이도 없이 조련사하고만 서 있는 걸 잠시 궁금해했겠지만 그가 그녀의 얼굴을 보았더라면 알아차렸을 사실, 즉 만일 그가 젊은 시절 미래에 독신남이자 마주가 되기로 결심하지 않았을 경우 인생이 흘러갔을 경로로 흘러갔더라면 그가 만나고 결혼

---

51) 경마에서는 기수의 몸무게를 포함해 모든 말이 똑같은 무게를 지고 달리도록 규정되는데, 경주 후 그 무게를 정확히 지켰는지 확인한 뒤 순위가 확정된다.

했을 여자라는 점을 그녀는 몰랐으리라는 걸 언제나 예견했다는 말도 하지 않았다.

그들이 캔버스 칸막이에 함께 앉아 있던 오후의 어느 시점에, 그는 자신이 소유할 것으로 예견되는 말의 기수복 색은 연녹색과 짙은 파란색의 이런저런 조합이 될 것이라고 젊은 여자에게 말했다. 젊은 여자가 왜 그 특정한 색들을 거론했느냐고 물었을 때 그는 진실을 말하지 않았다. 그는 자신이 고른 색들은 여름휴가를 자주 보냈던 빅토리아주 남서쪽의 중소도시에 있는 가톨릭 성당 제단 위쪽의 중심 창 스테인드글라스에 사용된 다양한 색깔 중 가장 두드러지는 색이었다고 말했다. 이제까지 말한 내용은 사실이었다. 그로부터 5년 전 여름휴가 중 어느 일요일 아침에, 성당에서 그의 미혼 고모 한 사람 옆에서 무릎을 꿇고 있었을 때 그는 제단 위 창문에서 자신이 기수복 색으로 이미 채택한 색이 가장 두드러진다는 사실을 발견했다. 그것은 축복받은 동정녀 마리아 망토의 짙은 파란색과 신의 은총이나 위로부터 동정녀에게 임하는 다른 무슨 영적 발산이라고 여겨지는 것을 나타내는 옅은 녹색이었다. 그러나 그는 그 전해 어느 시점에 부모 집에 있는 자기 방에서 어떤 저녁에 색을 결정했었다. 다른 마주들이 거의 사용하지 않는 색을 쓰고 싶었고, 색이 자신의 가장 독특한 면을 암시할 수 있기를 바랐다. 평생 독신남으로 지내지 않는다면 마주가 될 수 없다는 걸 이미 알고 있었고, 독신남이라는 사실이 가장 명확하게 자신을 규정해 줄 거라고 믿었다. 어떤 색이 독신남 신분을 가장 잘 시사할지 자문해 보았을 때, 빅토리아주 남서쪽 지방의 방목 들판에 있는 독신남 삼촌을 즉시 떠올렸다. 그런 다음 그는, 즉 주인공은, 그 방목장을 옅은 녹색으로 그리고 언제나 아득한 곳에 있는 듯한 줄지어 선 나무들을 짙은 파란색으로 보았다. 그 색들을 머릿속에 떠올리는 동안에도 옅은 녹색과 짙은 파란색의 조합은 멜버른이나 빅토리아주 전원 지역의 경마장에 거의 등장하지 않는다는 걸 인지하고 있었다.

이 픽션 작품에 나오는 문장들은 대부분 이 픽션 작품을 포함한 책이 나중에 출간될 세계에서 다른 출판물을 참조해서 진실이 입증될 수 있는 종류의 문장이 아니지만, 이 단락의 문장들은 입증이 가능한 것들이다. 1950년대 말에서 1960년대 초까지의 기간에 거의 매주 토요일에 발간된 경마 대회 출전표에는 다른 많은 구체적 사실 외에도 당일 멜버른의 이런저런 교외 도시의 경기에 참여한 모든 경주마의 기수가 착용한 옷의 색에 대한 자세한 묘사가 포함되어 있었는데 옅은 녹색과 짙은 파란색으로만 된 기수복과 기수 모자에 대한 묘사는 없었다. 몇몇 토요일에는 녹색, 파란색 점 문양, 빨간색 기수 모자가 출전표에 열거되어 있었다. 그 색을 착용하고 달린 몇 안 되는 말 가운데 한 마리의 실제 기수복 색은 옅은 녹색으로 보였기 때문에 기수가 예시장에서 아직 기수모를 쓰지 않고 서 있을 때면 옅은 녹색과 짙은 파란색만 착용하고 있다고 상상할 수 있었다. 그 말의 이름은 그래스랜드였고 그 말의 종마는 영국에서 수입된 블랙 팸퍼스라는 말이었다.

콜필드의 경마 대회가 끝난 후, 젊은 여자는 이야기의 주인공이 그녀를 택시로 집에 데려다주는 큰 비용을 지출할 필요가 없다고 고집했는데, 안 그러면 그녀와 그는 기차를 탄 다음 전차로 그녀의 집이 있는 거리 끝까지 가야 했다. 그는 기차와 전차로 데려다주면서 그녀에게 이야기할 시간이 더 생겨서 기뻤지만, 둘만의 대화를 나누기에는 기차가 너무 붐볐다. 전차 정류장에 두 사람만 남게 되자마자 그녀는 그에게 이야기를 시작했다. 그녀는 그와 함께 시간을 보낸 것이 즐거웠지만 아마도 그와 다시 데이트를 하지는 않을 것 같다고 말했다. 그녀는 한동안 그녀에게 청혼한 남자와 정기적으로 데이트를 했다고, 만일 그녀가 그 남자의 청혼을 받아들인다면 그 남자가 어떤 재정적 책무가 있는 상태라 당장 결혼할 수 없기 때문에 그와 그녀는 적어도 몇 년은 약혼 상태로 지내야 할 것이라고, 그녀는 자신과 그 남자가 그렇게 긴 약혼 상태에 접어드는 게 도덕적으로 권장할 만한 일인지 때때로 심각하게 의문이 든다고, 그녀는 그가, 즉 주인공이, 흥미로운 사람이기 때문에, 그리고 그녀와 결혼하고 싶어 하는 남자가 현재 살고 있는 전원 지역에서 멜버른으로 오지 못할 때가 많기 때문에, 그리고 그녀는 어쨌든 약혼을 혹시라도 하게 된다면 그렇게 되기 전까지는 그 남자하고만 사귀어야 한다고 생각하지 않기 때문에 주인공과 데이트를 했다고, 하지만 그녀가 언급했던 그 남자에 대해 마음을 정할 때까지는 다른 사람에게 관심을 가질 수 없다는 것을 그가, 즉 주인공이, 이해해야 한다고 말했다.

    그는 몇 시간 전에 마음속에서 확정적 독신남이 되었기 때문에 그녀의 말에 기분이 나빠지거나 조바심을 느끼지 않았지만, 언급된 남자가 어떤 책무를 졌는지 그리고 젊은 여자가 긴 약혼 상태가 도덕적으로 권장할 만하지 않다고 했을 때 무슨 생각을 했던 것인지 알고 싶어졌다. 그는, 즉 주인공은, 청혼한 남자가 적어도 그 젊은 여자만큼이나 열렬한 가톨릭 신자일 거라고 짐작했다. 그는, 즉 주인공은, 그 남자가 그가, 즉 주인공이, 알고 있는 소수의 가톨릭 공동 정착촌의 구성원일 거라고 자신이 생각하고 있음을 깨달았다. 정착촌 가운데 한 곳은 빅토리아주 북동쪽의 외진 산 지대에 있었고, 그는 그 지대를 산의 푸른 연무로밖에 상상할 수 없었다. 다른 정착촌은 깁슬랜드 북쪽의 산기슭에 있었는데, 그는 그 정착촌을 숲 속의 빈터에서 통나무 오두막을 집으로 사용하는 곳으로 상상했다. 그가 아는 세 번째 정착촌이자 청혼한 남자가 사는 곳이라고 상상되는 곳은 댄디농산맥의 끝쪽에 있는 다음 산맥에 있었다. 그는, 즉 주인공은, 대도시 삶의 악을 떠나 단순한 삶을 살기 원했던 멜버른의 많은 가톨릭 신자가 10년 또는 15년 전에 설립한 이 공동 정착촌의 존립이 위협을 받고 있다는 소식을 들은 적이 있었다. 그는 초가을 어느 날 늦은 오후에 동쪽 교외 도시의 전차 정류장에서 그의 곁에 있는 젊은 여자와 결혼하고 싶어 하는 남자가 그 순간 몇 년 전 평생 저축금을 공동체에 투자한 것을 현금으로 돌려 받을 수 있도록 공동체의 부족한 재원에 보태려고 맨손으로 소젖을 짜거나 감자밭에서 잡초를 뽑거나 가로켜기 톱으로 나무를 베고 있을 거라고 추측했다. 그러다 이내 그는, 즉 주인공은, 그 남자가 공동체에서 힘겹게 일하고 있는 이유는 그곳을 떠나 멜버른으로 돌아오기 위해서가 아니라 공동체 내에서 작동되는 교환 체계에 따라 충분한 신용 단위를 얻어서 미래의 어느 시점에 그가 작은 땅을 개간하고 울타리를 쳐서 그곳에 작은 오두막을 지어서 결혼 후 신부를 위한 집을 마련하려고 할 때 다른 구성원들의 도움을 받기 위해서라고 추측했다.

젊은 여성 가톨릭교도가 긴 약혼 기간이 도덕적으로 권장할 만한지 궁금해하는 이유에 관한 질문에 대해, 그는, 즉 주인공은, 젊은 여자가 질문을 떠올리게 만들었던 단어를 사용했던 순간부터 스스로에게 답을 하려고 노력했고, 젊은 여자가 사는 거리 끝까지 가는 전차 속에서 그와 그녀가 사소한 일들에 대해 계속 이야기하던 동안에도 마음속에서 답을 잠정적으로 가정해 보았다. 그가 보기에 가장 그럴듯한 대답은 다음과 같았다. 청혼한 사람은 그와 젊은 여자의 약혼 기간이 지나치게 연장된다면 혼자서 생각과 행동으로 육체적 죄를 자주는 아니라 하더라도 정기적으로 저지를 것 같다고 암시와 중얼거림으로 젊은 여자에게 어떻게든 알렸을 것이다. 그는, 즉 이 이야기의 주인공은, 그런 죄가 어떻게 저질러지는지 젊은 여자는 구체적으로 상상할 수 없었으리라 추측했지만, 그 자신은 죄인이 때때로 혼자서 공동 정착지를 둘러싼 숲속으로 걸어 들어가서 덤불이 드러난 팔뚝을 따끔하게 찔러 대고 공동체의 특정한 젊은 기혼 여성이 그를 질책하거나 멈추라고 명령하는 것을 상상하면서 욕구를 해소할 수밖에 없는 모습을 상상했다.

그와 그녀가 전차에서 내린 후 그녀는 그의 손을 잡고 잠시 힘을 꾹 주고 매우 즐거웠던 하루에 대해 감사를 표하고 집까지 바래다주지 않아도 된다고 말했다. 그는 그녀에게 작별 인사를 하고 왔던 길로 다시 데려가줄 전차를 기다렸다. 그가 서 있는 장소는 작은 언덕의 서쪽에 있었기 때문에 댄디농산을 볼 수 없었지만, 대도시를 향해 있는 옆의 언덕 비탈에서 그녀가 다녔던 학교 건물의 일부라고 생각되는 것을 볼 수 있었고, 그녀가 학생이었을 때 교실에서 댄디농산을 볼 수 있었는지 물어보았더라면 하고 생각했다. 30여 년 후에 그는, 어느 날 그녀의 학교를 지나가다 그 부지에서 곧 대규모 아파트 매매가 시작될 것이고 대다수의 아파트에서 푸른 댄디농산맥의 장관을 볼 수 있을 거라는 부동산 업자의 광고문을 보았다.

## 불로뉴의숲에서

바로 위의 단어들은 1980년대 중반의 어느 날 그가 10년 전 읽었던 마르셀 프루스트의 픽션 『잃어버린 시간을 찾아서』의 영어 번역본에서 읽었을 때 이후 10년간 마음속에 자주 떠올랐던 이미지를 마음속에 처음 불러일으켰던 특정한 구절을 기억하려고 애쓰던 중 마음속에 나타났는데, 그 이미지는 1960년대 중반 특정한 해 가을의 특정한 오후에 일어났던 특정한 사건을 기억할 때의 감정과 때로 연관된 것 같았고, "소돔과 고모라"라는 제목이 붙은 그 책의 장(章) 도입부에 있는 특정한 구절을 기억할 때의 감정과도 연관된 것 같았다.

삶 전반에 걸쳐 다른 사람들이 이런저런 픽션을 읽었다고 설명하는 걸 들을 때마다 그는 자신이 그의 기억 방식으로 픽션 독서 경험을 기억하는 유일한 사람이라고 짐작했다. 이런저런 책에서 이런저런 구절을 읽었던 것을 기억할 때마다 그는 구절 속의 단어들이 아닌 구절을 읽었던 시간 동안의 날씨, 읽는 동안 때때로 주변에서 보거나 들었던 광경이나 소리, 읽는 동안 때때로 손을 뻗쳐 만졌던 쿠션이나 커튼이나 벽이나 풀이나 잎사귀의 감촉, 그 구절이 포함된 책 표지와 페이지의 모습, 그리고 무엇보다도 그 구절을 읽는 동안 마음속에 나타났던 이미지와 읽는 동안 느꼈던 감정을 기억했다.

 이 이야기의 이 글 타래의 첫 단락에 언급된 픽션의 그 구절을 읽었던 걸 기억할 때마다 그는 아내와 두 아이와 살았던 멜버른의 북쪽 외곽 교외 도시에 있는 집 뒤의 마당에서 녹색 관목 사이에 위치한 녹색 잔디에 앉아 있는 자신의 모습을 기억했고, 마음속에서 많은 이미지들 가운데 그가 한 번도 가보지 않은 파리의 특정한 교외 도시 이미지로 보이는 다층집들의 회청색 지붕 이미지와 파리 교외 도시의 일부를 감싸고 있는 숲 일부 이미지로 보이는 회청색 부분 주변의 녹색 가장자리 이미지를 보던 걸 기억했다. 바로 전에 언급된 픽션의 구절을 읽었던 걸 기억할 때마다 그는 그 구절을 읽었을 때 바로 전에 언급된 교외 도시의 특정한 안뜰에 드러난 희귀한 식물의 꽃에 특정한 꽃가루 한 알갱이를 가져오기 위해 필요한 곤충이 바로 전에 언급된 숲에만 주로 살았으나, 미래의 어느 날에 숲의 깊은 곳에서 꽃가루 알갱이를 가져와서 그토록 오랫동안 수정되지 않았던 식물이 수정되도록 할 거라고 자신이 믿었던 일을 기억했다.

(이 픽션 작품의 작가는 읽었던 『잃어버린 시간을 찾아서』의 두 가지 영어 번역본에서 「소돔과 고모라」라는 제목이 붙은 부분의 앞쪽을 이제 막 훑어보았으나 그 부분의 화자가 보았거나 기억했거나 상상한 어느 숲의 어느 부분의 어느 전망에 관한 어떤 언급도 전혀 발견하지 못했다.)

위에서 여러 번 언급된 픽션의 그 구절을 읽었던 걸 기억할 때마다 그는 마음속에서 녹색 가장자리 이미지를 본 직후 자신이 한번 본 적이 있는 롱샹 경마장의 녹색 풀밭과 흰 난간대 일부의 사진과 그 경마장이 불로뉴의숲에 있다는 걸 다른 설명과 곁들여 써 놓은 해설 또한 보았음을 기억했다.

위에서 여러 번 언급된 픽션의 그 구절을 읽었던 걸 기억할 때마다 그는 그 구절에서 샤를뤼스 씨라고 대부분 지칭되는 인물에 대한 언급을 읽을 때마다 독신남이라고 지칭되는 남자들에 대해 그가, 즉 주인공이, 어렸을 때 그리고 나중에 청년이 되었을 때 가졌던 이론을 기억했던 것 또한 기억했다. 그 이론 중 하나는 이 각각의 남자는 젊었을 때 특정한 젊은 여자와 결혼하고 싶었지만 여자는 그와 결혼하고 싶지 않았고 그로 인해 젊은 남자는 너무나 큰 불행을 경험했기 때문에 그 후로 어떤 젊은 여자에게도 접근하지 않았다는 것이었다. 그 이론 중 또 다른 한 가지는 이 각각의 남자는 젊은 시절에 마음속 젊은 여자의 이미지와 사랑에 빠졌으나 접근하고 싶은 생각이 들 만큼 마음속의 젊은 여자와 충분히 비슷한 실제 젊은 여자를 만난 적이 없다는 것이었다.

위에 여러 번 언급된 픽션의 그 구절을 읽었던 걸 기억할 때마다 그는 책을 읽는 동안 어렸을 때 그리고 나중에 청년이 되었을 때 자신이 평생 독신남이 될 거라고 자주 짐작했음을 기억했던 것 또한 기억했다.

위에 여러 번 언급된 픽션의 그 구절을 읽었던 걸 기억할 때마다 그는 책을 읽는 동안 숲으로 뒤덮인 언덕 비탈 위의 특정한 빈터에서 특정한 오후에 자신이 미래에 독신남이 되지 않으리라는 걸 알게 해 주었던 특정한 사건을 기억했던 것 또한 기억했는데, 그 사건은 다음과 같이 요약될 수 있다.

문학사 학위 과정 절반 이상을 통과했던 생애 스물일곱 번째 해에 그는 근무하던 부서에서《우리의 숲》이라는 이름의 출판물 편집자 직위로 승진했다. 그의 직무는 전적으로 편집에 국한되어 있었다.《우리의 숲》에 실리는 기사나 사진의 주제가 되는 어떤 장소를 방문할 의무는 없었다. 하지만 이제 그는 거의 10년간 일해 왔던 건물에서 더 높은 층에서 일하게 되었고, 책상이 북쪽과 북서쪽의 전망이 내다보이는 창문 가까이에 있어서 맑은 날이면 매서던산의 검푸른 산등성이를 볼 수 있었다.

새로운 사무실에서 일했던 첫 며칠 동안의 어느 날 아침, 그는 예전에 한 번도 본 적 없는 젊은 여자가 그의 책상 가까이에 앉은 젊은 여자에게 그녀가, 즉 한 번도 본 적 없는 젊은 여자가, 다가올 토요일 저녁에 초대받은 파티에 갈 수 없다고 설명하는 걸 들었는데, 그 이유는 여느 많은 주말과 마찬가지로 다가올 주말에는 예전에 살았던 깁슬랜드 지역에 기차를 타고 가서 그녀의 부모와 여동생 세 명이 살고 있는 그 지역 낙농장에서 주말을 보낼 예정이기 때문이라고 했다.

바로 전에 언급된 아침 이후 며칠 동안 그는 바로 전에 언급된 젊은 여자의 이름과 그녀가 일하는 책상 위치를 알게 되었고, 그녀를 관찰하고 그녀가 다른 젊은 여자들과 대화하는 걸 들을 기회를 갖게 되었다. 그 젊은 여자는 그가 이제까지 살아오며 마음속에서 사랑에 빠졌던 그 어떤 젊은 여자의 이미지와도 닮지 않았지만, 그녀를 처음 본 직후 그녀 얼굴의 이미지가 그의 마음속에 나타나기 시작했고, 그는 앞에 언급되었던 젊은 여자와 콜필드의 경마 대회에 갔던 이후 4년 넘게 경험하지 않았던 일련의 감정 상태를 곧 경험하게 되리라고 추측했다.

그는 대학 공부에는 더 이상 관심이 없었지만 커리어를 위해 학위를 따기로 했다. 그는 예전에 직업이라고 부르던 것을 이제는 커리어라고 부르기 시작했다. 그가 근 10년 전에 주 공무원직을 시작했을 때 그의 상사들 대부분은 머리가 센 남자들인 듯했지만, 최근에는 좀 더 젊은 남자들과 심지어 소수의 여자까지도 책무가 큰 직위로 승진했다. 이 사람들 일부는 민간 기업 직원으로 오인되기를 바라는 듯한 옷차림과 행동을 했다. 공무원들은 그들 사무실 건물 밖의 세상을 지칭할 때 민간 기업이라는 명칭을 사용했다. 그는, 즉 주인공은, 직장 동료들이 세련되었다고 하는 것을 자신은 절대 따르지 않으리라는 걸 알고 있었지만(그는 이미 그들 가운데서 괴짜로 알려져 있었다.), 학위와 철저한 서류 업무 처리로 상당한 직위까지 승진할 수 있으리라고 자신했다. 그는, 직장식 언어로 표현하자면, 정책을 입안해야 하는 직위에 오르고 싶지는 않았다. 그는, 역시 직장식 언어로 표현하자면, 정책이 집행되는 직위를 자신의 최고 직위로 삼고 싶었다. 30대 중반과 그 이후의 자신에 관한 가장 잦은 몽상 속에서 그는 공무원으로 일해 왔던 8년 가운데 6년간 일했던 부서의 출판물 편집자였다. 그 직위에서 그는 빅토리아주 전체의 삼림 감독관과 기술 자문관과 과학자 들이 작성한 보고서와 기사와 사진과 도표를 출판을 위해 고르고 편집할 것이다. 때때로 자신의 사무실 직원에게 멜버른에서 먼 곳으로 출장을 가도록 위임할 것이다. 그 자신은 멜버른을 거의 떠나지 않을 것이다. 세월이 흐르고 사무실의 유리 진열장은 그가 편집한 《우리의 숲》 견본들로 채워질 테고, 각 호의 표지는 숲으로 덮인 언덕이나 산이나 작은 빈터나 큰 빈터나 오솔길이나 숲속의 도로나, 때로는 유일한 나무를 찍은 조감도를 보여 줄 것이다. 분명 표지 하나는 산불이 일어난 후 검게 탄 나무들을 보여 줄 것이다. 그는 방문객이 그가, 즉 편집자가, 재직 기간 동안 상당히 많은 숲을 보았겠다고 말할 때, 방문객의 말이 틀렸다고 지적하는 즐거움을 누릴 것이다. 그는 자기 일을 원거리에서 이해하는 부류의 전문가라는 데 자부심을 느낄 것이다.

정책 입안자가 되고 싶지 않았던 한 가지 이유는 정책 입안자 같은 사람은 그가, 즉 주인공이, 저녁에 사용하고 있고 앞으로도 사용하고 싶은 동력을 낮에 사용해 버릴 거라고 생각했기 때문이었다. 그는 지금 대학에서 공부하는 과목에서 안전하게 통과할 점수를 받기 위해 공부하거나 글을 쓰지 않을 때면 헬베티아의 거주민이 되려고 노력했는데, 그렇게 하기 위해서는 직장 생활을 하는 동안 근무 시간을 제외한 거의 모든 시간이 소요될 것이었다. 어릴 때조차 그는 진정한 헬베티아라고 나중에 생각하게 되었던 장소의 풍경을 마음속에서 다시 볼 수 있으리라는 희망을 버렸고, 헬베티아라는 단어가 쓰인 우표가 한때 발행되었던 실제 세계의 나라가 어디인지 아직 아이였을 때 이미 알게 되었었다. 그렇지만, 헬베티아라는 단어는 이후 삶에서 그의 마음속에 자주 등장했다. 그 단어 뒤에 험준하고 숲이 울창한 산과 그 가운데 있는 풀이 무성하고 깊은 계곡의 흐릿한 윤곽이 떠오르기도 했지만, 그에게 헬베티아라는 이름은 다양한 경우마다 많은 다른 종류의 장소를 의미했다. 다음 단락에 언급될 특정한 날의 저녁까지는 헬베티아 거주민이 되고자 하는 그의 노력은 예전에 소중한 지식이라고 불렸던 것에 대한 그의 지속적인 추구와 비슷한 것이었다. 그는 주로 독서를 통해 이 추구를 계속했지만 때로는 시 쓰기를 시도함으로써 추구해 보기도 했다.

위에 언급된 저녁에 그는, 자주 그랬듯이, 자신이 때때로 투고하는 정기 간행 잡지에 실리기에 적합한 시를 절대 쓰지 않겠다고 인정하기에 이르렀다. 그렇게 인정할 때 사용한 단어 중에는 자신의 시가 실리기에 적합한 곳이 없다는 뜻의 표현도 담겨 있었다. '곳'이라는 단어가 그의 마음속에 잠시 머물렀고, 그 단어가 머물렀다는 사실은 만일 그가 헬베티아에 살

왔더라면 작품을 발표한 시인이 되었으리라고 판단한 이유에 대한 설명에 가장 근접한 것이었다고 이후에 느꼈다.

이제 막 언급된 결정을 내리고 얼마 후, 그는 책상 앞에 앉아 시를 쓰는 한 자신은 헬베티아의 거주민이라고(그리고, 당연히, 그 나라에서 시를 발표한 시인이라고) 결정했다. 그 결정을 내린 얼마 후 다시, 스스로를 시 쓰는 사람이라고 생각하거나 자작시의 어느 단어나 구절을 생각하는 한 자신은 헬베티아의 거주민이라고 결정했다. 그 결정을 내린 얼마 후 다시, 시의 어떤 단어나 구절을 쓰는 동안 또는 이후에 그런 단어나 구절을 읽는 동안 마음속에 나타나는 어떤 이미지는 헬베티아의 사람이나 장소나 사물의 이미지라고 결정했다.

그는 매일 저녁 시를 쓰기 시작했다. 완성했다고 생각하는 순간 모든 행이 헬베티아의 가장 중요한 시인 중 한 사람의 최근 시집의 일부가 된다는 걸 인식하고는, 이전보다 더 시에 정성을 들였다.

그는 앞에 언급된 젊은 여성을 관찰하던 날의 저녁에 헬베티아의 시를 썼지만, 때로는 시를 한쪽으로 미뤄 둔 채 자신이 일하는 부서의 도서관 장서 가운데서 빌려 온 지도를 연구하기도 했다. 그 지도는 직장 동료로서 그 젊은 여자와 대화를 나누었을 때 그녀가 알려 주었던 그녀 부모가 사는 지역의 상세 지도였다. 그 지역은 평원으로 이루어진 듯했고 남쪽에는 언덕이 있었고(깁슬랜드 대부분을 차지하는 바로 그 언덕이었다.) 북쪽에는 빅토리아주의 동부와 북동부를 차지하는 산들 가운데 첫 번째 산이 있었다.

생애 스물일곱 번째 겨울의 특정한 토요일 오후에 그는 무니 밸리 경마장의 전용 지정 박스석이라고 불리는 녹색 캔버스 칸막이에서 앞 단락에 언급된 젊은 여자와 함께 앉아 있었다. 앉은 곳에서 그와 그녀는 무니 폰즈 개천이 흐르는 폭넓은 계곡을 가로질러 볼 수 있었지만, 개천은 그들의 시야에서 벗어난 경마장 반대쪽에 있었다. 경마장의 커다란 녹색 직사각형을 제외하면 계곡의 바닥 대부분과 그들이 볼 수 있는 측면에는 멜버른 북쪽 근접 교외 도시의 오래된 집들이 촘촘히 들어서 있었다. 전용 지정 박스석에서 경마장을 가로질러 바라보면, 그와 젊은 여자는 동쪽으로 치우친 댄디농산 방향을 바라보게 되었지만, 그 방향에서는 개천이 흐르고 경마장이 있는 계곡의 반대쪽 외에는 더 이상 아무것도 볼 수 없었다.

지난 몇 주 동안 그는 날씨가 좋은 날마다 사무실 건물 가까이에 있는 정원에서 그녀와 몇 분씩 앉아 있거나 산책했다. 그는 그녀 곁에서 평정을 유지할 수 있다는 사실에 당황했다. 마지막으로 젊은 여자에게 다가갔던 5년 전보다 나이가 더 들어서 그런 것일 수도 있다고 생각했다. 그러나 그는 다른 그럴법한 이유를 생각해 보았다. 마음속에서 그녀의 이미지를 자주 보았지만 아직 마음속의 이미지와 사랑에 빠지지 않았다는 점, 그녀가 그보다 다섯 살 어리다는 점, 그가 때때로 스스로를 헬베티아의 시인이라고 생각한다는 점이 그것이었다.

그는 처음에 그녀에게 앞에 언급된 이름과 같은 경마장 부지 근처에 최근 세워진 샌다운 경마장에서 열리는 경마 대회에 함께 가자고 제안했었지만, 그녀는 샌다운에서 경마 대회가 열리는 주말에는 부모 집에 돌아가기로 이미 약속 되어 있다고 말했다. 그는 첫 데이트가 미뤄지는 것에 별로 개의치 않았다. 부모의 농장에 그렇게 자주 돌아가는 건 그녀가 멜버른에 남자 친구가 없기 때문일 거라고 받아들였고, 깁슬랜드에 있는 낙농장에서 오직 부모와 여동생들과 주말을 보내는 그녀의 모습을 상상했다.

6개월 남짓한 시간이 흐른 후에, 그녀는 깁슬랜드에서 지내던 몇몇 주말에 자신보다 거의 열 살 더 많은 남자와, 그녀의 표현을 빌리자면, 어울렸다고 말했다. 그 남자는 그의 아버지의 농장을 경영하고 있고 나중에 물려받을 것이라고 했다. 남자와 그의 부모는 그녀의 부모와 오랜 세월 동안 친구로 지내 왔다. 남자는 그녀가 학교에 다니기 위해 4년 전 집을 떠났을 때부터 그녀에게 관심을 가져 왔고, 여자 친구들과 헤어질 때마다 그녀에게 사귀자고 제안해 왔다. 그녀는, 즉 이후에 주인공에게 이 이야기를 해 준 젊은 여자는, 그 농부에게 진지하게 관심을 가져 본 적이 없었다. 그녀는 농부가 이야기할 수 있는 것보다 훨씬 더 많은 것에 대해 이야기할 수 있는 남자를 멜버른에서 만나게 되기를 언제나 바랐다. 그녀는 그가, 즉 주인공이, 그녀에게 진지하게 관심 있다는 걸 확신하자마자 농부와 관계를 단절했다. 그녀가 농부에게 이제 그만 어울리겠다고 말하자, 그는 그녀에게 조만간 청혼할 준비를 하고 있었노라고 말했지만 그녀는 마음을 바꾸지 않았다.

무니 밸리의 전용 지정 박스석에서 보낸 오후에 그는 자신의 아버지와 어머니는 둘 다 빅토리아주 남서부 지방 대부분을 차지하고 오래전 멜버른 서쪽 교외 도시들이 세워진 일부 장소와 무니 폰즈 개천까지 아우른다고도 할 수 있는 대부분 평평한 풀밭 방목 들판 지역 출신 농부의 자식들이었고, 그러므로 그와, 즉 주인공과, 그녀는, 즉 젊은 여자는, 그 순간 그의 고향 평원의 동쪽으로 가장 멀리 뻗어 나간 말단에 앉아서 평원이 드디어 끝나는 개천 쪽을 바라보고 있는 거라고 말했다. 그녀는 자신의 아버지가 낙농장을 갖고 있는 깁슬랜드 지방은 대부분 평평하고 풀이 무성하지만 첫 정착자들이 도착해서 모든 나무를 베어 버리기 전 숲으로 뒤덮여 있었던 깁슬랜드 남부 지방의 가파르고 헐벗은 녹색 언덕들 가운데에서 어린 시절에 살았던 게 기억난다고 말했다. 그녀의 아버지는 넓은 토지가 관개용수로를 통해 물 대기가 되는 작은 농장으로 분할되어 그 지방이 소위 군인 정착 지역으로 전환되었던 1950년대 초에 지금 살고 있는 대부분 평평한 지방에 정착했다고 덧붙였다.

이전 단락에서 언급된 오후 이후 여섯 달 동안 그와 그 젊은 여자는 토요일 오후나 밤에 함께 여러 식당과 영화관과 극장과 경마 대회와 축구 경기와 크리켓 경기에 갔고, 그 후에는 그가 최근에 구입한 첫 자동차인 크라이슬러 밸리언트 최신 모델의 앞좌석에 단둘이 앉아 있었다. 이제 막 언급된 자동차 안에 단둘이 앉아 있을 때, 차는 젊은 여자가 빅토리아주 시골 지방 출신인 다른 젊은 여자 세 명과 방 두 개짜리 플랫에 함께 사는 플랫 단지 밖의 거리에 주차되어 있었다. 그 플랫은 이 픽션 작품의 첫 글 타래에 언급된 멜버른 동쪽 교외 도시에 있었고, 앞서 언급된 집, 즉 주인공의 이모와 이모부가 집의 벽 한쪽에 특정한 그림을 걸어 두었던 집에서 서쪽으로 겨우 몇 블록 떨어진 곳이었다. 그는 위에 언급된 여섯 달 동안 일요일 오후에 젊은 여자가 그의 부모를 만나도록 집에 여러 번 데려왔지만, 네 살에서 열네 살 사이 일요일에 자주 갔던 어머니의 자매 집에는 데려가지 않았다. 나이가 들어 가면서 그는 자신이 어머니와 어머니 친척들의 아들이라기보다는 아버지와 아버지 친척들의 아들이라고 더 확신하게 되었다. 비록 스스로를 더 이상 가톨릭 신자라고 여기지 않았고 부모와 남동생이 미사에 간 일요일 아침마다 자신의 방에 머물러 있었지만, 여전히 매년 휴가 중 일주일을 미혼 고모와 독신남 삼촌이 살고 있는 남서부 소도시에서 보냈고, 그곳에 머무는 동안 그들을 매일 방문했다. 고모들과 삼촌은 가톨릭 신자였는데, 지적인 확신 때문이라기보다는 과거에 대한 걱정 때문에 신자가 됐을 거라고 그는 생각했다. 그들의 부모는 그가, 즉 주인공이, 스무 살이 되기 전에 죽었지만, 집은 부모들이 꾸며 놓은 그대로 여전히 꾸며져 있었고, 거의 모든 책과 장식품도 부모의 것이었거나 고모들과 삼촌이 어렸을 때 구입한 것이었다. 그는, 즉 주인공은, 그 집을 방문할 때마다 그 모든 것이 흥미롭다고 생각했지만, 그 집이 언제나 옛집이라고 지칭되는 것의 단순한 재현에 불과하다는 사실을 절대 잊지 않았다. 그들은 그가 불과 다섯 살이었을 때 옛집을 떠나 소도시에 있는 집으로 이사했지만, 그는 옛집을 방문했을 때의 선명한 추억들 몇 가지를 간직하고 있었다. 그는 고모 한 명이 리처드 제프리스의 책 『베비스』의 발췌 부분을 읽어 주는 동안 그녀 곁에 앉아 있던 오후의 일부를 자주 떠올렸다. 그와 고모는 집의 측면 베란다에 있는 고리버들 소파에 앉았다. 베란다 밖에는 연보라색 꽃이 핀 꼬리풀이 자란 둥근 꽃밭이 딸린 잔디밭이 있었다. 잔디밭 너머로는 약쑥 산울타리가 있었다. 고모 옆에 앉아 있는 동안 그는 산울타리 너머는 볼 수 없었지만, 이따금 소파 좌석에 서서 대체로 평평한 풀이 무성한 방목 들판을 가로질러 멀리 줄지어 서 있는 나무들을 다시 바라보았다. 그렇지만 그 젊은 여자와 함께 삼촌과 고모들을 방문하는 건 불편한 감정을 불러일으켰다. 예전에도 그는 사랑에 빠졌을 때, 심지어 마음속 이미지에 불과한 것과 사랑에 빠졌을 때조차도, 그들 집을 방문하는 게 불편하게 느껴졌다.

그녀가 사는 플랫 밖에 주차된 차 안에서 젊은 여자와 단둘이 앉아 있는 저녁마다 그는 그녀가 플랫메이트라고 부르는 젊은 여자들이 그때 몇 명이나 플랫에 있는지 미리 물었고, 언제나 한 명 이상의 젊은 여자가 있다는 대답을 들었다. 앞 단락에 언급된 여섯 달의 끄트머리 즈음, 그가 그 젊은 여자와 사랑에 빠졌다고 믿었고 그 젊은 여자도 그와 사랑에 빠지지 않았을까 짐작했을 때, 그리고 그가 이전에 그 어떤 여자와의 관계에서보다 그 젊은 여자와의 관계에서 더 대담해졌을 때, 그리고 근접 교외 도시의 거리에 주차된 차보다 더 은밀하고 편안한 곳에서 그녀와 단둘이 있고 싶어졌을 때, 그는 자신과 그녀가 앞으로 어떤 주말에 깁슬랜드에 사는 그녀 가족을 방문할 수 있는지, 그리고 그와 그녀가 그 주말의 토요일이나 일요일에 숲의 빈터에서 데이트할 수 있는지 물어보았다.

　매주 그는 일하는 책상에서 빅토리아주의 모든 지방의 대축척 지도를 훑어보면서 각 지방에서 숲이 차지하고 있는 구역을 알아보았고, 그 숲으로 연결되는 도로와 오솔길, 그리고 그 도로와 오솔길 옆에 피크닉이나 캠핑을 위해 불 피우는 것이 허용되는 지역을 알아보았다. 이 이야기의 이 글 타래에서 언급되었듯이 그는 그 젊은 여자의 부모가 낙농장에서 살고 있는 깁슬랜드 일부를 지도에서 살펴보았다. 그런데도 위에 언급된 여섯 달 동안 그 젊은 여자와 이야기를 나눌 때마다, 그는 어릴 때 마음속에서 깁슬랜드를 보려고 노력했을 때마다 마음속에서 보았던 이런저런 이미지를 마음속에서 다시 보았다. 그리고 그가 깁슬랜드를 하나의 숲과 몇 개밖에 안 되는 연결된 오솔길이나 도로가 있는 곳으로 보든, 혹은 검게 탄 나무 몸통의 고립된 무리가 있는 헐벗은 푸른 언덕으로 보든, 그는 여전히 아득한 배경에서 몇 개의 청회색 산등성이를 마음속 이미지의 일부로서 때때로 보았다.

　생애 스물일곱 번째 해의 어느 금요일 저녁에 그는 그 젊은 여자를 옆 좌석에 태우고 크라이슬러 밸리언트를 운전해서 남동쪽의 외곽 교외 도시인 댄디농을 거쳐 예전에 한 번도 가 본 적 없는 깁슬랜드로 들어갔다. 할럼과 내리 워런 사이의 첫 번째 푸른 전원 지역을 보았을 때 이미 해가 지고 있었고 드루인에 닿기 전에 하늘이 어두워졌지만, 그 지역에서 보낸 첫 시간 동안 깁슬랜드에는 푸른 언덕들 가운데 그가 생각했던 것보다 훨씬 많은 수목들과 작은 숲들이 있다는 것을 알게 되었다. 그는 해가 진 지 한참 후에야 젊은 여자의 집에 도착했다. 그녀의 부모는 그에 대해 경계하는 태도를 보였다. 그들은 그가 사무실 근무자이기보다는 농부였기를 더 선호했을 거라고 젊은 여자가 나중에 그에게 속삭였다. 그는 그녀의 부모에게 자신을 존중해 달라고 요구할 수 있다면 하고 바랐으나(아마도 자신이 헬베티아의 뛰어난 젊은 시인들 가운데 한 사람이라는 것을 스스로에게 상기시킴으로써) 그들이 텔레비전을 보기 위해 거실로 들어가고 그와 그녀가 부엌에서 늦은 식사를 하게 될 때까지 그들 앞에서 미소를 짓고 공손히 말했다.

그는 젊은 여자의 방인 비좁은 침실에서 잤고, 그녀는 여동생들이 함께 쓰는 방에서 잤다. 여동생 한 명은 간호 수녀가 되기 위한 수련을 받기 위해 집을 떠났다. 그는 젊은 여자의 아버지가 소젖을 짜려고 나가기 전 채비하는 이른 시간에 잠에서 깼다. 그는, 즉 주인공은, 창가에 서서 먼 곳에서 해가 뜨기 전의 빛 속에서 여전히 회흑색으로 보이는 줄지어 서 있는 산들을 바라보았다. 그는 자신이 북서쪽을 보고 있으며 눈에 들어오는 산들은 거의 10년 전에 도나 부앙산에서 동쪽을 바라보았을 때 아득히 먼 곳에서 그의 시야를 벗어났던 첩첩이 솟아 있던 산들 가운데 있던 산이라고 추측했다.

그 토요일과 그의 생애 스물일곱 번째 해가 지나기 전 남아 있던 여러 토요일에 그와 젊은 여자는 오전 느지막한 시간에 자동차를 타고 그녀의 부모와 여동생들에게 피크닉을 간다고 둘러대고 떠났다. 이런 토요일마다 그와 그녀는 한낮에 대부분 평평한 풀이 무성한 전원 지대를 가로지르고, 그다음에는 수목들 혹은 심지어 멀리 앞에 있는 산들을 뒤덮고 있는 숲의 가장자리로 보이는 것으로 경계 지어진 농장들 사이를 지나쳤다. 이런 토요일마다 그는 산의 외곽에 평화롭고 사람이 별로 오지 않는 곳이라고 그녀가 미리 말해 주었던 이런저런 장소로 자동차를 몰았고, 그와 그녀는 먹고 마셨고 단둘이만 있었고 위로 경사진 양쪽의 땅에 무리 지어 자란 굵은 수목에 둘러싸여 있었지만, 그 이후에 그는 젊은 여자가 사는 대부분 평평하고 풀이 무성한 지역의 모든 곳과 깁슬랜드의 특정한 다른 지역에서도 보인다고 젊은 여자가 말해 주었던 청회색 산들 속으로 들어갔던 것 같지는 않았다.

 그와 그녀가 앞 단락에 언급된 장소들에 오갔던 시간과 그들이 그런 장소들에 단둘이 있었던 대부분의 시간 동안, 그는 아주 먼 거리에서 당시 깁슬랜드의 일부라고 생각했던 지역에 있는 청회색 산들을 보고 나서 한때 시를 써 보려고 노력했다는 등등의 이야기를 그녀에게 했는데, 그 산들은 그와 그녀가 그녀의 지역에서 보이는 가장 높은 청회색 산의 정상에 서서 멜버른 동쪽 교외 도시에서 보이는 산들의 방향을 바라볼 수 있다면 아주 먼 거리에서도 분명 보였을 첩첩이 솟아 있는 산들 가운데 있다는 것을 그는 이제 알게 되었다. 앞 문장에 언급된 거의 모든 시간 동안 그녀는 생애 열세 번째 해에 다수의 시와 이야기를 썼다는 등등의 이야기를 그에게 했는데, 그 시와 이야기는 그녀가 당시 살고 있던 깁슬랜드 지역의 헐벗은 푸른 언덕들에서 사방으로 멀리 뻗쳐 나간 것이라고 그녀가 상상한 첩첩이 솟아 있는 헐벗은 푸른 언덕들 가운데서 대개 만족하며 살아간다고 그녀가 상상한 어떤 남편들과 아내들과 아이들의 삶에 일어난 어떤 사건들을 묘사하고 해석하기 위한 것이었다.

생애 스물여덟 번째 해가 시작된 직후 어떤 토요일, 날씨가 너무 건조하고 더워서 신문과 라디오와 텔레비전의 뉴스 속보를 통해 빅토리아주의 어떤 지방에서든 산불이 일어날 수 있다는 경고가 나오던 날에, 그와 그녀는 오전 중반에 자동차를 타고 그녀의 의견을 구하지 않고 그가 선택한 경로를 따라 길을 나섰는데, 그 경로는 그의 직장에서 상급 관리들이 사용하는 대축척 지도를 보며 그가 연구한 바에 따르면 멀리서 봤을 때 언제나 청회색으로 보이는 산들의 일부인 지역 내륙 깊숙한 곳으로 분명 인도해 줄 것으로 보였다. 정오 즈음에 그는 특정한 주요 도로에서 벗어나 상당 거리를 이미 운전해 오던 특정한 붉은 자갈길을 벗어나서 울창한 숲 가운데로 이어지는 바큇자국 두 개만 나 있는 오솔길을 따라 자동차를 몰았다. 이제 막 언급된 오솔길을 따라가다 어떤 지점에서 오솔길 한쪽으로, 이 이야기의 이 글 타래의 여덟 번째 단락에 언급된 빈터에 자동차를 세웠다. 빈터 양쪽의 땅은 모두 너무나 경사가 가팔랐고, 그 주변의 숲은 너무나 울창하고 너무나 높았고, 그는 가장 가까운 주요 도로에서 그토록 먼 거리를 달려왔기 때문에 멀리서 보면 청회색 산들의 산등성이의 일부로 보일 장소에 왔다는 것을 확신했다. 그와 그녀는 그 장소에서 먹고 마셨고 단둘이 시간을 보냈지만, 이 이야기의 작가는 그 두 사람 사이에 어떤 일이 오갔는지에 관해서는 이 이야기의 이 글 타래의 앞쪽에 언급된 픽션 작품의 작가가 샤를뤼스 씨와 쥐피앵 씨라고 주로 알려진 등장인물들 사이에 오간 일에 대해 그가, 즉 작가가, 화자라는 인물을 통해 앞에서 언급된 난초가 그토록 오래 노출되어 있었던 안뜰로 열려 있는 방들에서 그들이 단둘이 있는 방의 벽을 통해 엿들을 수 있는 방법을 고안하지 않았더라면 묘사했을 만큼만 묘사할 것이다. 그 안뜰은 이 이야기의 주인공이 「소돔과 고모라」의 첫 단락을 읽었던 것을 기억할 때마다 녹색 가장자리에 부분적으로 둘러싸인 청회색의 산등성이와 비탈과 계곡에 둘러싸인 빈터의 모습으로 그의 마음속에 나타났다.

앞 단락에 언급된 해 가을의 특정한 토요일 아침에 그와 그녀는 깁슬랜드 지방의 대도시에 있는 보석 상점에 함께 가서 그에게는, 즉 주인공에게는, 낯선 사람이지만 그의 곁에 있는 젊은 여자에게는 학창 시절 친구인 상점 관리자라는 여자를 예약한 대로 만났다. 그녀와 그가 보석 상점에 있는 동안 그들은 상점 관리자에게 약혼 축하를 받았고 그다음에는 상점 관리자가 그들 앞에 갖다 놓은 약혼반지 진열 상자에서 반지 하나를 골랐는데, 그녀는 진열 상자에 든 모든 약혼반지가 모두 에메랄드 반지이며 그녀는, 즉 상점 관리자는, 젊은 여자의 특별한 보석이 에메랄드라고 늘 생각해 왔기 때문에 자신이 직접 그 젊은 여자를 위해 선별해 두었다고 말했다.

앞 단락에 묘사된 사건이 있었던 때로부터 20여 년 후, 비록 남아 있고 싶었던 이전 건물과 부서와는 다른 건물과 다른 부서에서 근무하며 빅토리아주 내륙 일부에 나무 수천 그루를 심는 것을 포함한 여러 방법으로 염류 토양을 복원하는 것에 관련된 출판물을 감독하는 일로 나날을 보냈지만, 그래도 젊은 시절에 바랐던 직위에 오르고 매주 토요일에 경마 대회에 가고 매주 일요일 아침에 집 둘레 정원을 단장하는 일상을 살아가던 때에, 그는 대부분 일요일 오후에 책장 앞에 앉아서 자신이 그 순간 헬베티아의 초원에 있는 자기 집에 앉아 있었더라면 그의 장서에 포함되어 있었을 책들의 제목과 저자의 이름과 심지어 내용까지 마음속에 떠올리려고 노력했다. 그는 불행하거나 실의에 빠진 사람은 아니었지만, 그와 함께 경마 대회에 자주 가고 정원에서 언제나 함께 일하는 아내, 그리고 착실하게 학교생활을 하고 안정적이고 자족하는 성향인 아들과 딸이 일요일 오후에 자신이 무슨 생각을 하는지 알게 되면 놀랄 거라고 믿었다.

그는 이따금 심지어 아내와 아이들에게도 일요일 오후는 일주일 중 가장 슬픈 시간이라고 말했다. 자신이 현재의 자아보다 나을 것이 없는 사람이라고 인정해야 하는 시간. 일요일 오후는 자신이 어떻게 해서 다른 곳에 있는 다른 이가 아닌 현재 있는 곳에서 현재의 자아가 되었는지 이해하려고 노력하는 시간이라고 그 자신에게 덧붙였을 것이다. 그리고 더 나아가 일요일 오후는 삶이라고 불리는 과정 동안 그에게 일어났던 그 모든 일에도 불구하고, 때때로 순간만이라도 헬베티아에서 많은 작품을 출간하고 많이 알려진 시인이 될 수 있는 시간이라고 그는 자신에게 덧붙였을 수도 있다.

많은 아이가 자기 이름을 더 이상 자신의 것이 아닌 것처럼 들릴 때까지 소리 내어 반복적으로 부르는 속임수를 배웠고 진짜 자기 이름이 무엇인지 궁금해한다고 그는 생각했다. 그 아이는 분명 스스로를 혼동시키기 위해 거울 속 자기 모습을 응시한다고 그는 생각했다. 그리고 그는 자신이 가족 스냅 사진 속 뒷마당 구석의 단정한 푸른 나무를 볼 때 뒷마당의 우중충함을 거의 알아차리지 못하는 많은 사람 중 하나에 불과하다고 믿었다. 그러나 오랫동안 마음의 배경에 있었지만 자주 주목을 끌었던 이미지를 마음의 전경으로 가져온 다음, 그 이미지가 다른 이미지, 즉 주로 헬베티아에 관련된 이미지이자 그가 헬베티아에 살았더라면 마음속의 전경에 오래 존재했을 이미지가 될 때까지 바라보는 기술을 배운 사람들은 그리 많지 않을 거라고 생각했다. 이런 방식으로 그가 보았던 첫 이미지들 중 한 가지는 아내가 때로는 끼기도 하고 때로는 옷장에 보관해 두는 약혼반지의 녹색 보석의 마음속 이미지였는데, 그 이미지는 마음속 전경으로 다가오면서 넓은 회청색 가장자리에 둘러싸인 녹색 지대의 이미지가 되었다.

### 헤이츠베리숲에서

그의 미혼 고모들과 독신남 삼촌이 살았고 그가 유년 시절과 청년 시절에는 매년 방문했다가 나이가 더 든 후에는 고모들과 삼촌 중 마지막 생존자가 죽을 때까지 가끔 방문했던 빅토리아주 남서쪽의 중소도시 주변의 전원 지대는 대부분 평평하고 풀이 무성했다. 도로나 철도에서 방목 들판이나 농장을 바라보면 사이프러스 나무 농장 하나 또는 여러 개가 풀의 황록색에 대비되어 흑녹색 줄무늬로 보였지만, 몇 마일을 가도 유칼리나무는 단 한 그루도 보지 못할 때도 많았다. 그는 유년 시절 내내, 아버지의 고향이라고 하는 전원 지대는 첫 유럽인들이 그곳에 도착했던 100여 년 전에도 나무가 더 풍부했을 것 같지는 않다고 추측했다. 그의 아버지는 다른 어떤 곳보다 자기 고향 지방을 가장 좋아한다고 자주 말했지만, 그곳의 풍성한 풀이나 평평함에 이따금 감동받았다고 말한 적은 없었다. 그가 그 지방에 애착을 느꼈던 건 그의 할아버지가 1870년대에 그곳에 정착하기로 선택했기 때문인 것 같았다. 그는, 즉 주인공은, 기억할 수 있는 최초의 시기부터 거의 중년에 이르기까지 아버지의 고향 지방에 애착을 느꼈으나, 그는, 즉 주인공은, 어린아이였을 때 한쪽에는 남대양의 절벽 지평선이 있고 멀리 줄지어 서 있는 나무들이 보이는 남동쪽의 4분의 1 면적을 제외한 다른 모든 방향으로는 초원 지평선이 있는 나무 없는 평원에 있었던 소위 옛집을 방문했을 때부터 평평하고 대부분 풀로 뒤덮인 전원 지대의 풍경을 사랑했다고 믿었다.

   그가 나이 쉰이 미처 되기 전에 먼저 아버지가 그리고 그다음에는 어머니가 세상을 떠났다. 그는 아버지가 스물한 살 때까지 살았던 풀이 무성한 방목 들판에 둘러싸인 집을 보았고 그의, 즉 주인공의, 미혼 고모들과 독신남 삼촌에게 아버지가 어렸을 때의 이야기를 들었기 때문에 아버지의 유년기에 대해 많이 알고 있는 듯한 느낌이 들었다. 그러나 그 후, 그의, 즉 주인공의, 어머니가 죽은 뒤, 그녀의 어린 시절에 대해 아는 바가 거의 없다는 사실에 대해 골똘히 생각하기 시작했다. 그녀가 이 이야기 앞쪽에서 여러 번 언급된 중소도시에서 내륙으로 향하는 주요 도로상에 있는 풀이 무성한 전원 지대에 둘러싸인 소도시에서 태어나서 첫 12년을 살았다는 건 알고 있었다. 그가 아이였을 때 어머니는 소도시에 있던 집이나 학교에서 일어났던 일들에 대해 가끔 이야기해 주었고, 그는 독신남 삼촌의 트럭을 타고 그 소도시에 단 한 번 가 보았을 뿐이지만, 그는, 즉 주인공은, 어머니가 이야기를 들려주는 동안 드넓고 나무 없는 전원 지대를 쉽게 상상할 수 있었다. 그러나 열두 살 이상일 때의 어머니를 생각해 보려고 노력할 때마다, 그는 마음속에 깃든 빅토리아주 남서 지방의 이미지에 이상한 흠결이 있다는 걸 인식하게 되었다.

앞에 언급된 중소도시 주변으로 멀리 펼쳐진 풀이 무성한 전원 지대의 모든 마음속 이미지에서 그는 관찰자가 서쪽에서 동쪽으로 바라본, 또는 중소도시 인근에서 250킬로미터가량 떨어진 멜버른 방향으로 바라본 지형도인 양 전원 지대를 보았다. 그런 각각의 이미지에서 풀이 무성한 전원 지대는 줄지어 선 나무들이 있는 아득한 배경에서 끝났고, 이 나무들은 아버지 가족의 소위 옛집에서 보았던 기억이 나는 풍경 속에서 줄지어 서 있는 나무들이 그에게서, 즉 주인공에게서, 멀리 떨어져 있는 것처럼 보이던 만큼 언제나 관찰자에게서 멀리 떨어져 있는 것처럼 보였다. 그는 이 나무들이 광대한 숲의 나무들의 풍경에서 자신에게 가장 근접하게 보이는 부분이라는 것을 알고 있었다. 그는 아버지의 친척들을 방문했을 때 아버지는 헤이츠베리라고 부르지만 그들 대다수는 미개간지라고 부르는 이 숲에 대한 잦은 대화를 들었던 걸 알고 있었다. 그는, 즉 주인공은, 앞에 언급된, 혹은 아버지의 고향 지방이라고 언급된 중소도시의 주변 지역이라고 그가 간주하는 광활한 풀이 무성한 전원 지대보다 숲이 훨씬 크다는 걸 알고 있었다. 그는, 즉 주인공은, 자신이 마음속에서 빅토리아주 서쪽 절반의 마음속 이미지를 마치 배스 해협 위 높은 대기층의 한 지점에서 바라보듯 보곤 했다는 것과 이 이미지 속의 숲은 검푸른 색의 거대한 영역인 반면 풀이 무성한 전원 지대는 검푸른 색의 끝 쪽에 있는 황록색의 좁은 가장자리라는 걸 알고 있었다. 그가 어렸을 때 그 숲 안의 여러 장소를 여러 다른 경우에 가 보았다는 것과 그 이후로 의미 있는 이미지들을 다수 마음속에 간직해 왔다는 걸 알고 있었다. 그는 이 모든 것을 알고 있었지만, 자신이 분명 여러 번 오갔을 풀이 무성한 전원 지대와 숲 사이의 여정은 아무것도 기억할 수 없었다. 가장 근접한 풀이 무성한 방목 들판에서 숲이 어떻게 보였을지 또는 전원 지대에서 숲으로 들어갔을 때 혹은 이후에 숲속에서 다시 밖으로 나왔을 때 자신이 무엇을 느꼈는지에 대한 기억에 관심이 있었겠지만, 그는 숲속 깊이 들어갔던 것이나 풀이 무성한 전원 지대로 멀리 나왔던 것만 기억할 수 있었다. 그리고 숲속 깊이 들어갔던 기억 속에서, 그는 숲이 특정한 부분에서 풀이 무성한 전원 지대로 영역을 내어 준다는 것을 인지하지 못하는 것 같았다. 풀이 무성한 전원 지대로 나왔던 기억 속에서 숲은 지평선에 보이는 줄지어 선 나무들에 불과했듯이.

　중년이 되었을 때, 그리고 이 이야기의 이 글 타래에서 묘사될 마지막 사건 이후의 시점에, 그는 숲을 지나는 동안 나무와 덤불숲이 모두 정리되고 풀 씨앗이 뿌려진 방목 들판과 온전한 농장을 보았고, 숲에서 여러 소도시를 지나갔지만 나중에 농장들과 소도시들이 언제나 단순한 작은 빈터였다고 기억했던 것을 기억했다. 그는 마찬가지로 풀이 무성한 전원 지대에서 길가의 덤불숲이나 방목 들판 모퉁이에 무리 지어 자란 나무들을 때때로 보았지만, 이런 것들이 더 큰 지역의 나머지 부분이라고 절대 생각하지 않았고 숲의 씨앗이 바람이나 새들에 의해 퍼진 것이라는 추측을 선호했던 걸 기억했다. 자신이 그렇게 생각했던 걸 기억했을 때, 그는 독신남 삼촌이 성적 도덕성에 대해 밝혔던 몇 안 되는 의견 또한 기억했다. 삼촌은 자신이 가톨릭식으로 양육되는 행운을 누리지 못했더라면, 이웃의 다른 젊은 남자들이 그랬듯이 나이가 찼을 때 이런저런 젊은 여자와 가장 가까운 덤불숲 속으로 뛰어들었을 거라는 식으로 말했다. 그가, 즉 주인공이, 앞 문장에 언급된 시점에 이 말을 기억했을 때, 그 말을 들었을 당시에는 왜 삼촌이 마치 덤불숲 속으로 뛰어들고 싶은 모든 젊은 커플의 집 가까이에 덤불숲이 편리하게 자라고 있다는 듯 말했는지를 자신이 왜 궁금해하지 않았는지 의아해했다. 그가, 즉 주인공이, 가진 전원 지대의 이미지에 따르면, 그런 커플들은 그런 목적에 사용될 것이라고 그가 추측해 왔던 것, 즉 전원 지대에 가장 높이 자란 풀밭을 그들의 목적을 위해 사용하지 않는다면, 필요한 덤불숲을 찾아 수 마일 떨어진 곳으로 가야 했을 것이다.

    그의 어머니는 열두 살 때부터 숲속에서 살았다. 그때까지 분익 농업인 혹은 농장 노동자였던 그녀의 아버지는 1930년에 빅토리아주 정부로부터 수백 에이커의 부지를 받았고, 덤불숲과 수목으로 뒤덮여 있던 처음 받은 땅을 개간하자마자 가축과 도구와 소박한 집을 살 보조금도 더불어 받았다. 그는 나중에 땅 대금을 지불하고 보조금을 갚아야 하는 걸로 되어 있었지만, 첫 10년 동안은 상환금을 낼 필요가 없었다. 그는, 즉 주인공은, 이런 이야기를 어머니에게 전혀 듣지 못했다. 어머니가 말해 준 것이라고는 열두 살 때부터 몇 년 동안 그녀가 지명을 말해 준 미개간지 한 부지에 살았다는 거였고, 그 장소가 앞에 언급된 숲속 깊은 곳에 위치했다는 사실을 그는 지도를 찾아보고 알게 되었다. 그는 15년 전에 샀지만 그 15년 동안 대충 훑어보기만 했던 책을 어머니가 죽은 다음 몇 달이 지나고 읽어 본 뒤에야 부지를 얻는 자세한 절차에 대해 알게 되었다. 그 책은 이 이야기의 결말 이전에 다시 언급될 것이다.

    그는 어머니가 숲속에서 얼마나 오래 살았는지 전혀 몰랐다. 부모가 언제 어디서 처음 만났는지 절대 알아내지 못했다. 이 이야기의 뒷부분에서 언급되듯이 아버지가 젊은 시절에 때때로 숲에서 일했기 때문에 그들의 만남은 숲속에서 이루어졌을 수도 있다. 아니면, 아버지와 어머니가 젊었을 때 형제자매들과 함께 이따금 지냈던 풀이 무성한 전원 지대에 둘러싸인 중소도시에서 만났을 수도 있다. 아니면, 아버지와 어머니는 그가 태어나기 2년이나 3년 전에 만났을 수도 있고, 그런 경우였다면 두 사람이 모두 1930년대 말에 이런저런 공장에서 일했던 멜버른 서쪽의 특정한 근접 교외 도시에서 만났을 것이다.

  어떤 독자는 앞 문장에서 이 이야기 주인공 부모의 결혼식에 대한 언급이 없어서 놀랐을 수도 있을 것이다. 그가 부모에게서 그들이 언제 어디서 만났는지 또는 그들의 자세한 연애 이야기 또는 그들이 언제 어디서 결혼했는지에 대해 한 번도 들은 적이 없다고 가끔 말하면 주인공의 아내와 이런저런 친구들은 놀라워했다. 그가 아는 한 신실한 가톨릭 신자들이었던 자기 부모가 가톨릭 성당에서 결혼했으리라는 사실을 단 한순간도 의심해 본 적이 없었다. 그리고 그는 빅토리아주 정부의 해당 부서에서 부모의 결혼 증명서를 받을 수 있었다는 사실을 거의 평생 알고 있었다. 그러나 부모가 무료로 자신에게 알려 줄 수 있었을 정보를 일단의 낯선 사람들에게서 알아내기 위해 돈을 지불하지 않겠다고 젊은 시절에 결심했다. 더 나아가 대다수의 부모들은 자녀가 물어보지 않아도 즐겁게 알려 주었으리라고 생각되는 정보를 자기 부모에게 알려 달라고 애원하지 않겠다고 결심했다. 그렇게 해서 생애 쉰 번째 해에 이르기 전에 부모의 장례를 치른 후에도 그는 그 두 사람이 어떻게 자기 부모가 되었는지 여전히 알아내지 못했으며 자기 아이들이나 과부가 되었을 자기 아내가 자신의 장례를 보게 될 때까지도 그 문제에 대해 더 알아내지 못할 것이라고 말할 수 있었다.

부모가 가난한 결혼식을 부끄러워 했을 수도 있다는 생각이 때로 들기도 했지만, 어머니는 젊은 시절의 빈곤에 대해, 남서부 지방에서 서쪽 근접 교외 도시로 처음 왔을 때 중고 신발과 옷을 어떻게 샀는지에 대해 주저하지 않고 이야기했었다. 아버지는 그에게, 즉 주인공에게, 대공황 당시 버터 가격이 파운드당 6펜스로 떨어졌을 때 그가, 즉 아버지가, 자기 아버지의 농장에서 무급으로 일했다는 것, 그리고 당시 그의 유일한 정장의 바지가 발목이 드러날 정도로 짧았고 재킷의 소매는 손목이 드러날 정도로 짧아서 그가 살던 지역에서 열리던 댄스파티를 피해 다녔고 매주 일요일에 교회의 뒷좌석에 슬그머니 들어갔다는 이야기를 들려주었다. 부모 두 사람 모두 그에게, 즉 주인공에게, 그가 태어났을 때와 그 이후로 6개월 동안 그들이 하숙집에서 2인용 침대가 있는 방 하나를 세내어 살았다고 말했다. 부모가 죽은 후, 그는 풀이 무성한 전원 지대에서 숲으로, 또는 숲에서 풀이 무성한 전원 지대로 다가갔던 것이나 한 곳에서 다른 곳으로 투과해 들어갔던 것을 왜 절대 기억하지 못하는지 설명할 수 없는 것처럼, 자신들의 연애와 결혼에 대한 부모의 침묵은 그가 스스로에게 설명할 수 없는 무엇이라고 생각했다.

어머니는 이른바 미개간지에서의 삶에 대한 몇 가지 이야기를 그에게 들려주었다. 그녀는 법적으로 열네 살이 될 때까지 학교에 다녀야 했지만 열세 살에 학교를 강제로 떠나야 했다.

학교가 너무 외졌고 교사는 임무에 너무 무신경했기 때문에 여러 명의 아이가 부모가 소유한 땅에서 일하기 위해 학교를 일찍 떠났다. 어머니는 매주 엿새 동안 일했고 부지 정착자들이 손쉬운 정리 작업이라고 부르는 일을 몇 년간 했다. 그녀의 일은 개간된 방목 들판에서 나무 묘목이나 어린 덤불을 찾아내고 반대편 숲에서 그 벌판의 가장자리로 슬그머니 들어온 고사리 뿌리를 찾은 다음, 침범해 오는 식물들을 곡괭이로 캐내서 특정한 장소에 쌓아 놓고 나중에 쌓은 식물이 다 마르면 불로 태우는 것이었다. 어머니가 그에게 들려준 얼마 안 되는 이야기로 미루어 보건대, 유년 시절과 젊은 시절에 어머니의 유일한 유희는 그녀가 예전에 다녔던 학교에서 토요일 저녁에 자주 열렸던 댄스파티에 참석하는 것이었다. 댄스파티가 열리는 저녁이면 그녀와 그녀의 형제들과 자매들은 집에서 3마일 떨어진 학교로 걸어갔다. 그들은 등불 그리고 각 사람의 신발과 양말과 천 조각이 든 가방을 번갈아 들었다. 그들은 맨발로 길을 따라 걸었는데, 길의 일부는 때로는 먼지가 가득하고 때로는 물이 차 있는 바큇자국에 불과했다. 학교 밖에서 천 조각으로 발을 닦은 다음 댄스파티를 위해 양말과 신발을 신었다. 댄스파티까지 오가는 길에 그들을 가장 괴롭혔던 건 거머리와 소용돌이 잎 아카시아였다. 때로는 등불이 바람에 꺼지기도 했고, 등불을 든 사람이 잘못 들어서 앞쪽 길에 빛이 비치지 않기도 했다. 그럴 때 어머니는 소용돌이 잎 아카시아라는 날카로운 덩굴에 발이 베인 적도 몇 번 있었고 물이 가득 찬 바큇자국에 발을 디뎠다가 부지불식간에 거머리가 달라붙기도 했다.

그는 어머니가 숲속에서 개간을 도왔다던 농장을 한 번도 보지 못했다. 이후에 그녀의 아버지가 앞에서 자주 언급된 중소도시에서 노동자로 일했기 때문에 그는, 즉 주인공은, 어머니의 아버지가 얼마간의 시간이 지난 후 숲속에서 자신의 부지를 개간하려는 노력을 포기했으리라고 추측했다. 더 나아가 그는, 즉 주인공은, 이후 다른 사람이 바로 그 땅을 가족의 도움을 받아서 개간하고 빅토리아주 정부가 내건 조건에 맞추는 일에 착수했을 거라고 추측했다. 그러나 그런 추측에도 불구하고 그는, 즉 주인공은, 어머니가 방목 들판의 가장자리에서 캐낸 고사리가 나중에 제멋대로 퍼지고, 덤불이 방목 들판에서 풀을 대치하게 되고, 묘목이 덤불 사이에서 자라나고, 개간되어야 하는 소위 부지라는 땅 전체가 어머니의 삶이 마감되기 전에 다시 숲으로 변하는 것을 평생 동안 상상했다.

그는 어머니가 숲속에서 개간을 도왔다던 장소를 한 번도 보지 못했지만, 어렸을 때 숲에서 부분적으로 개간된 부지 두 군데를 본 적이 있다. 어머니의 기혼 자매들 가운데 한 명이 1940년대에 몇 년간 남편과 아이들과 함께 숲속의 작은 농장에서 살았다. 그는, 즉 이 이야기의 주인공은, 오랜 세월 후 1990년대 초의 특정한 날에 처음으로 이 농장을 기억해 냈는데, 그날은 이 이야기의 이 글 타래 마지막에 언급될 것이다. 이제 막 언급된 날 이후 많은 나날 동안 그는 농장과 그곳에 살았던 사람들에 대한 많은 자세한 사실을 기억해 냈지만, 내륙 남서쪽의 풀이 무성한 전원 지대에서 농장으로 갔던 것을 분명히 알고 있어도 그걸 기억할 순 없었고, 농장에서 풀이 무성한 전원 지대로 돌아왔다는 건 분명히 알고 있지만 그걸 기억할 수는 없었다. 농장은 숲에 둘러싸여 있었지만, 그의 이모부가 농장을 세내어 살았는지 소유권을 확보하는 과정에 있었는지 1990년대 초에 그는 기억할 수 없었다. 1990년대 초에 그가 주로 기억한 건 다음의 네 단락에 열거된 세세한 내용들이다.

그 농장은 숲에 둘러싸여 있었다. 그는 사촌들에게 가까운 거리에 있는 숲속으로 데려다 달라고 여러 번 부탁했지만, 아무도 기꺼이 부탁을 들어주지 않았다. 이것과 여러 다른 일들로 미루어 생각해 보며 그는 어머니의 친척들이 아버지의 친척들에 비해 우둔하다고 확신했다. 이제 막 언급된 다른 일들 가운데 한 가지는 숲속 집이 휑했다는 것이었다. 물론, 어머니의 자매와 그녀의 남편이 창문 블라인드와 바닥재도 없던 집의 살림 도구를 장만할 수 없을 정도로 가난했다는 것을 1990년대의 그는 이해했지만, 어렸을 때 그 집을 방문하면 아버지의 미혼 누이들과 형제의 집에 언제나 있던 책이나 장난감이 없어서 짜증이 나곤 했다. 그러나 숲속의 허름한 집에는 그곳을 방문하는 내내 그의 마음을 사로잡았던 한 가지가 있었다. 그는 사촌들이 어디서 물건을 구하는지 전혀 몰랐지만, 여자 사촌들에겐 앞 베란다에 2층 인형 집이 있었다. 40여 년의 세월이 지난 후에 집의 외관이 다소 손상되었고 외부 부속품이 몇 개 없었다는 기억은 어렴풋했지만, 자신이 들여다보았던 2층의 침실과 2층 방 하나에 있던 어느 1인용 침대는

에메랄드 빛깔 푸른색                                             351

1990년대에도 기억났다. 그는 여자 사촌들에게 어린 여자 인형이 침대에서 자고 있어야 했다고 불평했고, 그 집을 방문하는 날에는 인형 집에 여러 번 와서 유리 없는 조그만 창을 통해 소녀 인형이 침대 위의 퀼트 이불을 젖히고 부드러운 흰색 베개 위에 머리를 누이고 안전하게 쉬고 있는 모습을 보게 되기를 바랐다.

숲속의 농장을 방문했던 날의 어느 시점에 이모부는 그가, 즉 이모부가, 숲의 가장자리에 있는 나무에서 보았던 동장미앵무 떼에 소총 쏘는 걸 보러 오라고 했다. 이모부는 새들이 집 옆의 몇몇 유실수에 내려앉아 과일을 먹으려 한다고 말했다. 그는, 즉 주인공은, 이모부가 소총을 쏠 때 보고 있었다. 이모부는 한 마리를 맞혔다고 말했지만, 주인공은 새가 나무에서 떨어지는 걸 보지 못했다. 그런 다음 이모부는 그를 데리고 유실수와 숲의 가장자리 사이에 있는 좁은 방목 들판을 가로질렀다. 방목 들판을 가로질러 가면서 이모부는 분명 풀이 아닌 발목 높이로 자란 푸른 식물 군집을 발로 찼다. 그는 숲에서 씨앗과 움이 들판으로 유입된다면 농지를 절대 제대로 개간할 수 없을 거라고 주인공에게 말했다. 그는, 즉 주인공은, 새싹과 움과 묘목의 군집이 그가 위층 창문으로 안을 들여다보았던 2층 인형 집에 살 수 있을 정도로 작은 사람의 눈을 통해서 바라본 풀이 무성한 전원 지대에서 무리 지어 다시 자라는 숲이나 키 큰 덤불숲이라고 생각했다.

동장미앵무 떼는 농장의 경계선 바로 밖에 자란 나무에 앉아 있었었지만, 죽은 새는 경계 울타리 바로 안으로 떨어졌다.

이모부는 새의 몸을 장화 코로 뒤집었다. 이모부가 딴 곳을 보고 있을 때 그는, 즉 주인공은, 죽은 새의 몸 옆에 쭈그리고 앉아서 선명한 녹색 깃털 영역이 짙은 파란색 깃털 영역과 만나는 새의 복부 아랫부분을 손가락으로 툭툭 쳤다.

여자 사촌 한 명은 그가 유년기 말에 자주 사랑에 빠졌던 유형의 얼굴을 갖고 있었지만, 그는 비록 어렸어도 사촌을 마음속의 아내로 생각해서는 안 된다는 걸 알고 있었다. 그리고 그걸 알지 못했다 하더라도 그녀의 얼굴이 그의 마음속에 오래 머물게 되기 전에 어머니 가족의 대다수 사람에게서 발견했던 우둔함을 그녀에게서 감지하게 되리라고 추측했을 것이다.

앞에 언급된 부분적으로 개간된 부지 두 군데 중 두 번째 땅은 그가 너무 어릴 때 봐서 이후에 그 장소에 대한 여러 기억을 연결할 수 없었다. 그는 그 부지에 어떻게 도착했는지, 혹은 어떻게 그곳을 떠났는지 기억할 수 없었다. 그 부지에 있었던 약 일주일 정도로 짐작되는 시간 동안 일어났던 사건의 순서를 기억할 수 없었다. 아버지와 어머니가 죽은 후, 그들과 그와 남동생이 숲속의 부분적으로 개간된 부지에서 일주일 동안 살았던 이유가 무엇이었는지 설명해 달라고 그들에게 한 번도 요청한 적이 없다는 사실을 떠올렸다. 부모가 둘 다 세상을 떠난 후 어느 날, 그는 특정한 숲의 부분적으로 개간된 부지에 있던 벽과 지붕이 골이 진 철판으로 지어진 오두막에서 일주일간 살았던 걸 기억하느냐고 남동생에게 물었다. 남동생은 그가, 즉 주인공이, 농담하는 거라고 생각했지만, 남동생은 세 살이 더 어렸기 때문에 아마도 숲속에서 머물렀던 것을 전혀 기억하지 못했을 것이다. 남동생에게 이야기한 후, 주인공은 그가, 즉 주인공이, 거의 50년 전 며칠간 머무를 때 보았던 숲속의 부분적으로 개간된 부지의 모습을 기억하는 유일한 생존자라는 것을 깨달았다.

그의 가족은 1월에 더운 날씨가 거의 매일 계속되었던 일주일 동안 오두막에서 살았다. 그들은 매년 아버지의 부모와 미혼 누이들과 형제와 일주일간 휴가를 보내곤 했다. 소위 옛집에 대한 그의, 즉 주인공의, 몇 안 되는 기억은 매우 어렸을 때 그곳에서 보낸 휴가에 관한 것이었다. 그러나 이후의 휴가는 중소도시에 있는 집에서 보냈다. 아버지는 자동차가 있었던 적이 한 번도 없었기 때문에 그는, 즉 주인공은, 독신남 삼촌이 트럭에 가족 한두 사람을 태우고 중소도시 밖으로 데려다 줄 때만 전원 지대를 가끔 볼 수 있었다. 그렇지만 1940년대의 어떤 해에는 누군가가 그와 남동생과 부모를 태우고, 당연히, 침구와 가방에 든 옷가지와 며칠 치 식량도 싣고 옛집에서 풀이 무성한 전원 지대를 가로질러 멀리 나란히 서 있는 나무들을 향해 달리다가 이내 숲의 나무들 사이로 달렸고, 그다음에는 숲 깊숙한 곳에 있는 부분적으로 개간된 부지로 왔다. (그는 그들이 옛집에서 출발했던 것이라고 추측했다. 가는 길에 대해서는 기억나는 게 거의 없었고 숲에서 지낸 일주일에 대해서는 몇 가지밖에 생각나지 않았기 때문에 할아버지가 별세하고 옛집이 팔리기 전의 시점을 기억하는 것이리라고 추측했다. 그렇다면, 그는, 즉 주인공은, 휘발유가 배급되던 시기에 연료 공급을 위해 연료용 가스 제조기가 달려 있던 할아버지의 커다란 도지 세단의 뒷좌석에 앉아서 숲의 부지로 갔을 것이다.)

 부모가 왜 흙바닥이 있고, 창문 대신 삼베 조각이 걸려 있고, 화덕에서 요리해야 하고, 개수대나 세탁통이나 욕실이나 냉장고나 라디오도 없는 오두막에서 휴가를 보내기로 했는지 그로서는 알 길이 없었다. 그 부지가 아버지의 아버지 소유라는 사실은 기억났지만, 그것으로는 아무것도 설명되지 않았다. 그 땅은 1930년에 어머니의 아버지 같은 구매자들에게 적용되었던 조건과는 다른 조건에서 매입된 것 같았다. 오두막이 세워지고 그 사방으로 50야드 내의 나무들이 제거되었지만, 초원도 조성되지 않았고 동물도 방목되지 않았고 울타리도 설치되지 않았다. 그렇지만 아버지는 머무르는 동안 부지의 가장 먼 곳에서 나무를 베어 쓰러뜨리고 줄기를 톱질하고 가지를 정리해서 자기 키만큼 되는 통나무를 질질 끌고 거칠게 밀어 쌓으면서 매일 이른 아침부터 늦은 오후까지 일했다. 어쩌면 아버지는 단순히 그 일이 좋아서 1월의 열기 속에서 이 모든 일을 한 것일 수도 있다고 그는, 즉 주인공은, 추측했다. 아버지는 말년에 그 미개간지에 대해 거의 이야기하지 않았지만, 그는, 즉 주인공은, 그들이 차에 실려 숲으로 갔던 날 아버지의 목소리를 언제나 기억할 수 있었다. 아버지는 젊은 시절 숲속 도로 전담반과 함께 일했던 해에 작업했던 것을 기억하는 길게 펼쳐진 붉은 자갈길을 운전사에게 또는 그의, 즉 주인공의, 어머니에게, 또는 두 사람 모두에게 가리켜 보였다. 어쩌면 아버지는 숲으로 돌아가기를 자주 꿈꾸었을지도 모르겠다고 주인공은 추측했다. 어쩌면 숲은 도로 전담반에서 일하는 농부의 아들이었던 그의, 즉 주인공의, 아버지가 나중에 아내가 된 숲속의 부지 정착민의 딸이었던 젊은 여자를 만난 장소였을지도 모른다.

앞에 열거한 설명 모두 가능성이 있지만, 가장 그럴듯한 설명은 아버지가 평생 지고 있었던 빚과 관련 있을 거라고 그는 때로 생각했다. 그는, 즉 주인공은, 아버지가 아버지의 아버지와 일부 형제들과 누이들에게 빌린 돈의 구체적인 내역은 결코 알아내지 못했지만, 아버지가 빌린 돈을 평생 거의 갚지 않았다는 건 알고 있었다. 그는 결혼하기 전에 이미 빚을 졌다. 그가 멜버른에 처음 왔을 때 살았던 서쪽 교외 도시는 플레밍턴 경마장 인근에 있었고, 그는 기승자 여러 명과 마필 관리사들과 여러 조련사의 중개상으로 생계를 이어 가는 어느 한 사람까지 알게 되었다. 그는, 즉 아버지는, 아내와 아이들에게 그 이야기를 거의 하지 않았지만 그의 아들은, 즉 주인공은, 아버지가 언제나 수입 이상의 금액을 건다는 것, 그가 자주 외상으로 돈을 건다는 것, 자기 아버지가 물려줄 유산의 상속분에서 상당한 금액을 여러 번 빌렸다는 것, 그리고 자기 아버지가 죽기 전 이 돈을 전혀 갚지 않았다는 걸 알고 있었다. 그는, 즉 주인공은, 아버지가 숲속에 있는 자기 아버지의 부지에서 일주일 동안 재목을 베었던 것에 대한 가장 그럴 법한 설명은 그가, 즉 빚을 진 남자가, 자신이 게으름뱅이가 아니라는 걸 자기 아버지에게 보여 주고, 그와 동시에, 무급 벌채와 개간 작업을 통해 빚에 붙은 이자를 일부 경감하고 싶어서 한 행동이었다고 추측했다.

그는, 즉 주인공은, 아버지가 일주일 동안 벌채했던 것에 대한 그럴 법한 다른 설명을 때때로 추론해 보았다. 아버지는 평생에 걸쳐 새 삶을 시작할 터무니없는 계획을 꾸렸다. 그는 50대였을 때조차 서호주 에스페란스 인근에서 벌어졌던 소위 토지 개간 사업의 농부 정착 계획에 대해 문의하기도 했다. 아버지 자신이 쌓아 올린 재목 옆에 서서 숲속에 직접 만든 넓은 빈터를 둘러보는 모습을 떠올렸을 때 그는, 즉 주인공은, 아버지가 전체 부지를 농지로 바꿔 그곳에 아내와 아들들과 함께 정착하려고 했을 수도 있겠다고 짐작했다.

아버지는 오두막에 사는 동안 매일 아침에 식사 직후 집을 나섰다. 그는 자동차가 다닐 수 있을 너비의 오솔길을 따라 나무들 사이로 부지의 뒤쪽으로 멀어져 갔다. 과거에 베어 낸 재목을 거둬들이기 위해 트럭이 이따금 숲속으로 들어왔다는 것을 그는, 즉 주인공은, 알고 있었다. 그가 오솔길을 따라 나무들 속으로 걸어 들어가는 건 금지되어 있었다. 아버지가 작업하는 모습과 쌓여 있는 재목을 보았던 유일한 날에 그와 남동생은 어머니에게 이끌려 오솔길을 따라 걸어 들어갔다. 그는, 즉 주인공은, 오두막 주변 빈터의 바깥 경계에 모형 농장의 연결망을 설계하며 거의 모든 시간을 보냈다. 모형 도로와 울타리와 농가가 들어설 땅을 매끈하게 만들기 위해 땅에서 작은 풀을 뽑아야 했지만, 더 큰 덩어리는 토양에 남겨 놓았다. 부지에서 보낸 첫날에 그곳에 흔한 식물들 가운데 적어도 한 가지는 피부를 베고 피를 흘리게 만들 수 있다는 걸 알게 되었다.

오랫동안 숲속의 오두막을 거의 잊고 있다가 그것을 자주 기억하게 된 몇 년 동안 자신이 했던 놀이를 기억할 때마다(그가 그것을 기억하게 된 몇 년은 다음 단락 이후의 단락에 묘사될 사건 이후의 시간이었다.) 놀이를 하는 내내 그가 개간하지 않고 내버려 둔 모형 숲 가까이에 있는 자신이 개간한 모형 농장들 가운데 한 곳에서 마음속의 이런 또는 저런 아내와 사는 상상을 했을 거라고 그는 추측했다. 앞 문장에 언급된 몇 년 중 어느 시점에, 주인공은 위 단락의 다섯 번째 문장에 언급된 날의 어느 순간에 아버지가 숲에 만든 빈터 너머의 울창한 수목과 덤불숲이 자란 장소에서 한 줄기 햇빛을 관통해 날아가는 새의 가슴에서 파란색 또는 초록색 깃털을 보았던 것을 기억했다. 그는, 즉 주인공은, 그 새가 이런저런 종류의 물총새라고 아버지가 말해 주던 걸 기억했다. 이런 일들을 기억한 후에, 주인공은 아버지가 아직 가 보지 못했던 숲의 부분을 관통해 흐르는 물줄기의 이미지를 마치 자신이 기억하는 자세한 모습인 양 때때로 마음속에서 보았다.

오두막살이 막바지의 어느 하루에, 날씨가 너무 더워서 아버지가 집을 나서기 전 어머니는 그날 숲 어디선가 산불이 날까 두렵다고 말했다. 그는, 즉 주인공은, 하루 종일 하늘을 쳐다보았다. 오후 중반에, 남동쪽 하늘이 짙은 회색 구름으로 덮이기 시작했지만, 그것은 그 이후 곧 숲에 시작된 뇌우이었다. 폭풍우가 치는 동안 하늘은 30분간 어두웠고 철 지붕 위로 떨어지는 빗소리가 너무 시끄러워서 그와 어머니는 소리 높여 말해야 했다. 그는 아직도 숲에 나가 있고 벼락에 맞았을 수도 있는 아버지가 염려스러웠다. 그러나 폭풍우는 갑작스레 끝났고, 하늘은 청명한 연푸른색이 되었으며, 어머니는 그와 남동생을 이끌고 아버지를 찾아서 오솔길을 따라 조금 걸었다. 그가 그들을 보기 전에 그들이 먼저 그를 보았다. 그는 늙고 낙담한 듯 보였지만, 그건 단지 모자와 옷이 젖어서 물이 뚝뚝 흘렀기 때문이었고 나무들 사이 오솔길의 바큇자국에 고인 물에 발을 딛지 않기 위해 아래쪽을 바라보고 있었기 때문이었다.

  1980년대 중반의 어느 시점에 그는, 즉 주인공은, 학교를 졸업한 지 30년이 지났다는 걸 깨달았다. 그는 어떤 졸업생 모임에도 가입하지 않았고 동창들과 연락을 취하려는 어떤 노력도 기울이지 않았지만, 이제 막 언급된 때부터 매일 신문에서 부고란 기사를 읽기 시작해서 동기생 중 중년 초기에 죽은 사람들이 있는지 살펴보기로 결심했다. 이제 막 언급된 때 직후 특정한 날 아침, 부고란의 기사 중 한 항목이 그의 시선을 끌었고, 그것은 첫 번째로는 나중에 혼자서 까칠함이라고 불렀던 인상과 두 번째로는 나중에 혼자서 깜깜함이라고 불렀던 인상을 마음속에 불러일으켰다. 이 각각의 인상은 그 항목에 주렁주렁 사용된 마침표와 대문자 때문에 야기된 것이었다. 마침표와 대문자는 가톨릭교 수도회 회원들 이름 끝에 붙은 각종 약자에 사용된 것이었다. 그 항목은 네 아들이 모두 이런저런 수도회의 수도사가 된 남자의 소식이었다. 항목 서두에 실린 성은 가장 특이한 성이었는데, 그는, 즉 주인공은, 즉시 어떤 추측을 했고, 잠시 후 그 항목의 전문을 다 읽은 후 그 추측을 확인하게 되었다. 죽은 남자는 네 아들과 두 딸의 아버지였다. 아들들은 저마다 가톨릭교 수도회의 수도사가 되었지만, 딸들은 둘 다 결혼해서 적어도 네 아이의 어머니가 되었다. 딸들 가운데 한 명은 이 이야기의 「푸른 댄디농산맥에서」라는 글 타래에 묘사된 대로 25년도 더 된 과거에 콜필드 경마장의 전용 지정 박스석에서 주인공과 함께 앉아 있었던 젊은 여자였다.

그가 신문의 부고란에서 그녀 아버지의 부고를 읽은 때로부터 25년도 더 된 과거의 가을 어느 날, 그리고 이 이야기의 앞부분에 묘사된 상황에서 멜버른의 동쪽 교외의 언덕 비탈에서 이제 막 언급된 젊은 여자에게 작별 인사를 한 다음, 그와 그녀는 두 사람이 일하는 건물에서 우연히 지나치게 되면 그냥 고개만 까딱하거나 얼버무리며 인사했다. 그들이 함께 콜필드 경마장에 간 지 몇 달 후에, 그녀는 건물의 다른 층에 있는 다른 부서로 발령이 났다. 1년 남짓 지난 후에 그는 임명과 결원을 알리는 발행물에서 그녀가 주 정부 공무원직에서 사직했다는 소식을 읽었다. 얼마 후 그는 사직한 젊은 여자가 최근에 결혼했고, 그녀의 남편이 빅토리아주 전원 지방의 농부이기 때문에 사직했다는 사실을 사무실의 젊은 여자 직원에게 들었다. 그에게 이 소식을 알려 준 젊은 여자는 결혼한 부부가 이제 어느 전원 지방에 사는지 알지 못했다. 그러나 앞에 언급된 부고 기사 작성자는 고인 딸들의 이름 옆 괄호 속에 결혼 후 성과 거주지를 집어넣는 관습을 따랐다.

적어도 네 아이의 어머니이지만 한때 그의 마음속 아내들의 얼굴을 가진 젊은 여자 중 한 명이었던 중년 초기의 기혼 여자는 빅토리아주 남서쪽의 소도시에 살았다. 그는 그 소도시를 한 번도 보지 못했다. 그와 그의 가족이 일주일간의 휴가를 보내기 위해 매년 빅토리아주의 남서쪽으로 갔던 생애 첫 15년여 동안 이제 막 언급된 그 소도시는 존재하지 않았다. 그 당시, 나중에 소도시가 생긴 곳은 어린 시절 그가 숲이라고 생각했던 곳의 일부였다. 그가 알았던 유일한 숲이자 살아 보았던 유일한 숲.

아버지가 미개간 부지에서 벌채하던 장소에 그가 아버지와 함께 있었던 날의 특정한 순간에, 아버지는 주변을 둘러보더니 그들은 수 마일의 원시림에 둘러싸여 있다고 말했다. 그는, 즉 주인공은, 그 순간 아버지가 무슨 생각을 하고 있었는지 알 수 없었고, 아버지는 곧이어 베고 싶었던 다음 나무를 베었지만, 그는, 즉 주인공은, 원시림에 둘러싸여 있어 본 적이 두 번밖에 없었다는 사실을 이후 40여 년을 사는 동안 이따금 기억했다.

헤이츠베리숲이 거의 다 개간되었고 어린 시절 숲이나 수풀이라고 부르던 곳은 풀밭 전원 지대와 소도시들로 바뀌었다는 것을 1960년대 초부터 각각 다른 시점에 신문이나 잡지에서 읽거나 다른 방법을 통해서 알게 되었다. 그는 주 정부 공무원직에서 숲과 왕실 소유지와 연계되지 않은 지부로 승진되었기 때문에 공식적으로는 시골 재정과 정착 위원회와 아무 상관이 없었다. 숲이 풀밭 전원 지대로 바뀐 것에 대해 위에 언급된 세월 동안 더 자세한 사실을 알게 되었을 때 그는 자신이 숲이라고 부르는 것에 대해 기억할 수 있는 몇 가지 자세한 사실을 기억해 내려고 노력했고, 그 자세한 사실을 기억해 내려고 노력하는 동안 마음속에서 헬베티아 풍경의 자세한 모습을 보려고 노력할 때마다 삶 전반에서 늘 느꼈던 똑같은 감정을 느꼈다.

1990년대 초의 특정한 날에, 이 이야기의 이 글 타래나 다른 글 타래에서 언급된 최근의 사건으로부터 몇 년 후에 그는 사촌의 장례식에 참석했다. 그는 이 이야기의 첫 글 타래에 언급된 남자 사촌이었다. 1980년대와 1990년대에 그는, 즉 주인공은, 어머니 쪽과 아버지 쪽 친척들 방문을 포기했고 많은 고모나 이모나 삼촌이나 사촌의 장례식에 참석하지 못했다. 누군가가 겉으로 보기에 친척들에게 등을 돌린 이유를 물으면 그는 여행을 할 수 없게 되었다고 대답했다. 그는 오래전 각각 두 번씩만 가 보았던 시드니와 애들레이드보다 더 멀리 가 본 적이 없다는 것, 비행기나 해상 선박을 한 번도 타 본 적이 없다는 것, 수년 동안 자동차가 없었다는 것, 그리고 빅토리아주의 먼 남서 지방에서 열린 어머니의 장례식에 참석한 이후 멜버른의 교외 도시를 떠난 적이 없으며 다시 떠날 생각도 없다는 것을 지적해 보이며 그 대답을 정당화할 수 있었을 것이다. 하지만 그는 멜버른의 교외에 머무르기로 선택했기 때문에 그곳을 떠나지 않았다. 주 정부 공무원직에서 이른 은퇴를 하고 이후에는 헬베티아의 대표적 문인이라는 명성에 부합하는 책을 집필하며 나날을 보낼 수 있기를 바랐다. 자신이 글을 쓸 수 있는 유일한 주제는 자신의 마음이며, 그의 글이 출판에 적합하다고 판단될 수 있는 유일한 장소가 헬베티아인 방식으로만 쓸 수 있다는 걸 인식하게 되었다. 그 역설과 수수께끼와 공백의 나라에 그의 진정한 독자들이 있었다. 그는 자신의 마음에 관한 결정적 작품을 쓰려고 많은 해에 걸쳐 준비해 왔다. 이 단락의 첫 문장에 언급된 장례식 즈음에는 그가 기록이라고 부르는 것으로 서류철 정리함 서랍의 서류철 여러 개가 가득 찼다. 기록이 연속적인 단락들이나 몇 장에 걸친 산문으로 이루어진 건 아니었다. 그는 글을 많이 썼지만, 그 글은 100개가 넘는 일련의 지도에 대한 꼬리표나 자세한 해석의 형태로 되어 있었다. 이 각각의 지도는 그 자체가 지도 모음에서 이전 지도에 대한 이런저런 자세한 묘사의 확장판이었고, 다른 모든 지도와 글의 근원인 첫 번째 지도는 지구상 어느 장소의 지도라기보다는 문장(紋章)을 단순히 재현한 듯 보였다. 첫 지도는 대략 정사각형의 땅이 오른쪽에서 왼쪽으로 그어진 사선으로 삼각형 두 개로 나뉘어 있었다. 위 삼각형은 옅은 녹색으로 칠해졌고 아래 삼각형은 짙은 파란색으로 칠해졌다. 이후의 지도들은 많은 단락으로 이어진 그의 손 글씨로 뒤덮여 있었지만, 첫 번째 지도에는 오직 네 단어만 쓰여 있었다. 옅은 녹색 영역 옆에는 '풀밭 전원'이라는 단어가 있었고, 짙은 파란색 영역 옆에는 '원시의 숲'이라는 단어가 있었다. 그는 헬베티아의 문학 평론가들이 그의 책에 많은 해석을 부여하고 작품을 관통하는 많은 주제를 찾아내리라 기대했지만, 책의 주인공이 아버지의 가족들은 실제 삶에서는 아니라 하더라도 마음속에서는, 다른 무엇보다도,

독신남과 독신녀라고 자주 생각하는 반면 어머니의 가족들은, 다른 무엇보다도, 조혼자와 다산자라고 생각한다는 사실을 모든 독자가 반드시 알아차리리라고 생각했다. 그가 이 단락의 앞부분에 언급된 장례식에 참석한 이유는 성당과 묘지가 둘 다 멜버른 동쪽의 외곽 교외 도시에 있었기 때문이었고 어렸을 때 사촌의 집에 자주 갔었기 때문이었다.

    장례식이 끝난 후 그는 댄디농산맥의 산기슭에 위치한 위에 언급된 동쪽의 외곽 교외 도시에 있는 사촌의 집에 한 시간 동안 머물렀다. 집은 조문객들로 붐볐지만, 그가 알아볼 수 있는 사람은 별로 없었다. 가까이 있는 일부 중년들이 40여 년간 보지 못한 많은 외사촌 가운데 몇 명이라는 것을 그는 알고 있었다. 그는 이 이야기의 이 글 타래 앞쪽에서 언급된 숲속의 농장을 방문했을 때 소년들과 소녀들이었던 남자들과 여자들을 식별할 수 있었다. 사촌들은 그를 알아보았고, 그들은 그에게 정중한 말을 몇 마디 건넸으나, 단 한 사람만이 그와 제법 긴 대화를 나누었다. 그는, 즉 주인공은, 1940년대에 숲속의 농장에 방문했을 때 그와 비슷한 나이의 소년이었던 이 사촌으로부터 그가, 즉 사촌이, 숲에서 나와서 나무의 과일을 먹던 많은 동장미앵무와 다른 새들을 자신의 아버지가 쐈던 건 기억하지만 그의 누나가 베란다에서 갖고 놀던 인형 집은 기억하지 못한다는 걸 알게 되었다. 주인공의 질문에 대한 대답으로 사촌은 한 사람을 제외하고 자신을 비롯한 그의 모든 형제자매가 결혼했으며 각각 적어도 네 명의 자녀를 두었지만 결혼했던 사람들 가운데 여러 명이 별거 중이거나 이혼했다고 말했다. 예외적 존재는 주인공과 동갑인 그의 누나였는데, 그녀는 한 번도 결혼하거나 아이를 갖지 않았고 그의 부모가 살아 있을 때는 그들과 함께 살았고 이제는 부모가 말년에 살았던 집에 혼자 살고 있었다. 그 집은 이 이야기에 한 번도 언급되지 않은 소도시에 있었고, 그 소도시는 빅토리아주의 남서 지방에 있는 곳으로 앞에서 자주 언급된 중소도시에서부터 훨씬 더 내륙으로 들어간 곳이었다.

## 플렌티산맥에서

1980년대 말의 특정한 해에 주인공의 독신남 삼촌이 삶의 마지막 40여 년을 살았던 중소도시의 병원에서 죽었다. 이 이야기의 주인공은 앞에 언급된 파란색 영역과 녹색 영역이 있는 스테인드글라스 창문이 있는 가톨릭 성당에서 시작된 삼촌의 장례식에는 참석하지 않았지만, 삼촌이 죽기 2주 전 기차를 타고 중소도시를 오갔고 삼촌이 삶의 마지막을 보내던 병원에 가서 삼촌을 한 시간 넘게 만났다. 그가 방문했을 때 삼촌은 오래전, 그들이 방갈로에 앉아서 경마에 대해 이야기했을 때 자신에게는 그가, 즉 주인공이, 아들처럼 느껴졌다고 말했다.

독신남 삼촌이 죽은 다음 해에 그는, 즉 주인공은, 삼촌의 유산에서 수천 달러를 상속받았다. 그는, 즉 주인공은, 아내에게 삼촌에게 받은 상속금 액수가 위에 언급된 금액의 절반이라고 말한 다음 그와 아내의 모든 은행 계좌가 개설된 인근 쇼핑센터에 있는 특정 은행의 지점에 개설된 그와 아내의 공동 계좌에 상속금의 절반을 예금했다. 상속금의 나머지 절반은 현금으로 책장의 책 한 권 사이에 끼워 뒀다가 그 돈으로 다음 단락에 그가 했다고 묘사된 일을 했다.

수년 동안 그와 주 정부 공무직 동료 근무자들은 가령 나흘 동안 장시간 일하고 다섯 번째 날에는 자유롭게 반일만 일할 수 있는 체계에 따라 일해 왔다. 그 자신도 매주 그런 식으로 일했다. 아내는 직장에 있고 아이들은 학교에 있는 반일 휴가에는 집에 혼자 있을 때가 많았다. 그럴 때면 그는 사무실로 사용하는 방에 앉아서 블라인드를 내리고 귀마개를 쓰고서 어둑한 빛 속에서 제목을 읽을 수 없는 책 몇 권의 등을 바라보면서 자신이 헬베티아에 있는 전원 사유지의 서재에 앉아 있다고 생각하려 노력했다. 앞 단락에 묘사된 사건 직후부터 그는 매주 금요일 오후에 반일 휴가를 내기 시작했다. 첫 반일 휴가에 앞에 언급된 지폐를 책에서 끄집어내 주머니에 넣고 그가 사는 교외 도시에 인접한 교외 도시에 있는 쇼핑센터를 향해 동쪽으로 2킬로미터를 걸었다. 그곳에서 그가 은행 업무에 이용해 왔던 같은 은행의 다른 지점에 들어갔다. 그는 '신규 계좌'라고 쓰여 있는 창구에 섰다. 창구 맞은편에 회청색 은행 제복을 입은 젊은 여자가 책상 뒤에서 일어나서 그를 향해 걸어왔다. 그 젊은 여자의 얼굴을 보았을 때 그가 무슨 생각을 했는지는 다음 단락에 묘사될 것이다. 그와 이제 막 언급된 창구의 젊은 여자 사이에 있었던 일은 그가 자신의 정확한 이름과 주소를 사용해서 새 저축 계좌를 만들었고, 삼촌의 상속금에서 현금 몇백 달러만 빼고 젊은 여자 앞에서 호주머니에서 꺼내 그녀 앞에서 세어 계좌에 예치했다는 것이었다. 젊은 여자가 그 은행에 다른 계좌는 없느냐고 물었을 때 그는 자신이 사는 교외 도시의 지점에 있는 개인 명의 계좌의 세부 사항에 대해 알려 주었지만, 그 지점에 아내와 공동 계좌가 있다는 건 말하지 않았다.

그는 경마에 대한 관심을 계속 유지해 왔지만, 가족이 돈이 부족할 때가 잦았던 아들과 딸의 학창 시절에는 돈을 걸지 않았다. 그 기간 동안 그는 판돈에 필요한 1000여 달러를 확보할 수만 있다면 정기적 이익을 가져다주리라 생각되는 내기 방법을 고안해 냈다. 이웃 교외 도시로 걸어갔던 금요일 오후에 그는 돈을 더 유용하게 쓸 수 있을 거라는 아내의 항의를 받지 않고 이제 막 언급된 내기 방법을 시험해 보기 위해 삼촌의 돈을 쓸 작정이었다. 자신이 얻은 모든 수익은 지분을 늘리기 위해 판돈으로 다시 집어넣을 생각이었다. 이런 식으로 이익을 보고 지분을 늘린다면, 자신의 행각을 아내에게 밝히고 공무원직에서 일찍 은퇴해 경마에서 딴 돈으로 연금을 보충할 것이었다. 은행에서 그에게 응대하기 위해 다가온 젊은 여자를 보았을 때 그는 그녀의 얼굴과 즉시 사랑에 빠졌고, 그녀가 새 계좌를 만들어 주는 동안 자신이, 어쩌면 늙은 부모와 함께 살기 위해, 그 교외 도시로 최근에 이사 온 경마에 관심 많은 독신남이라고 그녀가 여겨 주기를 바랐다. 그녀가 필기를 위해 몸을 앞으로 숙였을 때 그는 눈을 내리깔고 은밀히 그녀를 쳐다보았고, 자신이 금요일 오후에 왔을 때 그녀가 창구에서 일하고 있다면 자신을 대담한 내기꾼으로 여기도록 거액을 인출하겠다고 결심했다. 그는 매주 금요일 오후에 은행에 가려고 길을 나설 때마다 언제나 가정용 계좌에서 인출한 거액의 돈을 주머니에 갖고 있는 자신의 모습을 예견했다. 자신과 아내의 급여를 경마 내기에 쓰기 위해서가 아니라 자기 앞에 있는 젊은 여자가 일하는 창구에 우연히 가게 되면 그가 경마로 거금을 땄다고 그녀가 생각하도록 그 돈을 개인 계좌에 넣으려는 것이었다. 이제 막 언급된 때에 그가 예견한 일들 그리고 그와 동시에 앞으로 하겠다고 결정한 일들, 그 일들을 그는 이후 2년 동안, 위에 언급된 그 젊은 여자를 여러 주 동안 연속으로 볼 수 없어서 그녀가 단순히 휴가를 낸 게 아니라 그 지점을 떠난 모양이라고 결론을 내릴 때까지 때때로 했다. (그녀가 다른 지점으로 발령받은 거라고 생각하지는 않았다. 그는 그녀를 지켜보았던 2년 동안 그녀가 승진한 걸 어김없이 알아차렸다. 그는 아마 그녀가 멜버른에 있는 본점으로 간 것 같다고 추측했다.) 그의 경마 내기 방식은 수익이 생기지도 손해를 보지도 않는 걸로 판명되었다. 그는 몇 주간 따다가 딴 것을 다 잃었고 다시 그런 주기가 시작되었다. 그러나 그가 사랑에 빠진 얼굴을 가진 젊은 여자를 창구에서 한 달에 한 번 혹은 그 이상 우연히 만나게 될 때마다 거액을 인출하거나 입금했다. 그는 야망 있는 여자 은행원이라면 경마장에 발을 들이지 않을 거라고 언제나 추측해 왔고, 그래서 그녀가 그녀의 마음속에서 그가 있는 것을 때로 보게 되는 경마장은 상상의 경마장일 거라고 추측했다. 그렇기 때문에 그녀 앞에 있을 때마다 자신을 헬베티아의 전문적 내기꾼으로 간주할 자격이 있다고 느꼈다.

그는 앞의 두 단락에 언급된 젊은 여자에 대한 자기의 생각을 그녀가 조금이라도 눈치채게 하고 싶다는 의도는 전혀 없었다. 처음 그녀를 보고 그녀의 얼굴과 사랑에 빠졌을 때, 자신이 그녀보다 나이가 더 많지 않을 뿐 아니라 심지어 더 어리다고 느꼈지만, 잠시 후 정신을 차리고 난 후에는 자신은 거의 쉰 살에 가깝지만 그녀는 20대 초반이고 자기 딸과 몇 살 차이도 안 난다는 사실을 단단히 명심했다. 그녀가 보이는 곳에 있는 동안 자신이 그녀를 쳐다보는 걸 절대 들키지 않으려고 노력했지만 때로 그녀는 그의 꿍꿍이속을 알고 있는 듯했다. 처음에는 자신이 그녀를 흠모한다는 사실을 알게 되면 그녀가 화를 내거나 당황할까 봐 두려웠지만, 그가 가까이서 비밀스럽게 그녀를 바라볼 때도 그녀는 항상 평정을 유지하는 듯했다. 가끔, 우연히 창구에서 그를 응대하게 될 때면 그녀는 주어진 업무보다 한발 더 나아가 그의 은행 통장에 기재된 기호에 대한 더 많은 정보를 주거나 최근에 은행 일과가 변경된 점에 대해 설명해 주기도 했다. 그런 이야기를 해 줄 때 그녀는 그의 눈을 바라보았고 그는 일상의 지루한 또 하나의 순간에 지나지 않는 듯한 태도로 그녀를 바라보았지만, 마음속으로는 헬베티아에서 아내가 될 여자가 그에게 청혼하는 걸 듣고 있었다.

앞에 언급된 금요일 오후에 이웃 교외 도시의 중심가로 향하는 순간에도, 그는 매우 기민한 상태였다. 이웃 교외 도시를 차로 지나간 적은 몇 번 있었지만 걸어서 간 적은 한 번도 없었다. 그가 사는 교외 도시와 그가 향하는 교외 도시에는 거리마다 집들이 늘어서 있었고, 많은 사람에게는 구분이 안 될 정도로 비슷해 보였을 것이다. 그러나 그는 걸어가면서 땅이 솟아오르는 걸 인지하고 있었다. 그리고 위에 언급된 중심가에 도착했을 때, 그 길이 북쪽에서 남쪽으로 이어진 작은 산등성이에 연결된 걸 보았다. 그는 걸음을 멈추고 주위를 둘러보았다. 그가 있는 곳은 여전히 멜버른의 북쪽 교외였지만, 북쪽을 바라보면 두 종류의 전원 사이의 경계선에 서 있는 것 같았다. 그의 오른쪽은 온통 계곡과 언덕이었고, 그가 이름을 알고 있는 교외 도시들이 언덕과 계곡을 뒤덮고 있었지만, 그 교외 도시들의 거리와 정원과 아직 점유되지 않은 땅의 나무들은 너무나 울창해서 전체 풍경이 교외 도시라기보다는 숲처럼 보였다. 그의 앞쪽에는 20여 년 전에 북쪽 교외로 이사 왔을 때부터 거의 매일 보아 왔던 가파른 푸른 산들과 언덕들이 지평선을 가로지르며 줄지어 서 있었다. 킹레이크산맥이었다. 그의 오른쪽으로 좀 떨어진 곳에는 멜버른의 교외에서 거의 본 적이 없는 산이 보였다. 자기 집에서 이렇게 가까운 곳에서 그 산을 이렇게 선명하게 볼 수 있을 줄 몰랐다. 댄디농산 역시 오른쪽 뒤쪽 부근으로 선명하게 보였지만, 그의 오른쪽에 있는 산이 비록 더 멀리 떨어져 있고 댄디농산의 풍부한 검푸른 색보다는 회청색에 가까운 색이었음에도 댄디농산보다 더 길고 더 높고 더 인상적이었다. 그의 오른쪽에 있는 산은 도나 부앙산이었다. 이웃 교외 도시의 중심가에서 사방을 둘러보았을 때 그는 이 이야기의 이 글 타래의 서두에 있는 단어들을 마음속에서 말했다.

이제 막 언급된 두 단어는 1966년에 앵거스 앤드 로버트슨에서 처음 출간된 D. E. 찰우드의 『시간의 오후』라는 책의 서두에 실린 작가의 말에서 나온 것이다. 그는, 즉 주인공은, 이 책이 처음 출간된 직후 읽었지만 읽은 직후 그 독서 경험을 모두 잊어버렸다. 단, 오랜 시간이 흐른 후 이 책의 특정한 구절이 오트웨이산맥의 숲들과 빅토리아주 서부 끝 쪽의 전원 지대를 묘사하고 있다는 건 기억해 냈다. 오트웨이산맥의 숲들은 헤이츠베리 숲이 동쪽으로 연장된 것이고, 빅토리아주 서부 끝 쪽의 전원 지대는 빅토리아주 남서쪽에 있는 전원 지대가 서쪽으로 연장된 것이다. 이 이야기의 주인공이 위에 언급된 책에서 나중에 기억한 또 다른 유일한 단어들은 이 이야기의 이 글 타래의 서두에 인용된 두 단어다. 그 단어들을 처음 읽은 직후 주인공은 빅토리아주 지도를 여러 개 들여다보았지만 그 어떤 지도에서도 이제 막 언급된 단어들을 볼 수 없었다. 그 이후로 여러 해에 걸쳐 주인공은 이전에 보지 못했던 빅토리아주 지도를 들여다보면서 이제 막 언급된 단어들을 찾으려고 해 보았으나 결코 찾을 수 없었다. 그럼에도 그는 1980년대 말 그날 오후에 이웃 교외 도시의 중심가에 처음으로 서서 사방을 둘러보았을 때 그 단어들을 기억했다.

이전 단락에 언급된 책의 서두에 실린 작가의 말에서 그 책의 저자는 기온이 화씨로 108도였고 자신은 플렌티산맥에서 크리켓을 했던 1950년대 중반 어느 날에 그 책 집필에 대해 생각하기 시작했다고 말했다. 그날의 열기가 다른 모든 것들과 더불어 그가 빅토리아주의 서쪽 끝에 살았던 1930년대의 다른 날들을 환기했다고 그는 설명했다. 이 이야기의 주인공은 이 이야기의 이 글 타래의 서두에 있는 단어들을 마음속에서 말했을 때, 다른 무엇보다도, 위에 언급된 책의 저자가 과거의 삶을 상기했던 장소인 크리켓 운동장은 1950년대에는 거대한 숲속의 빈터처럼 보였을 거라고 생각했다.

앞에 언급된 금요일 오후에 앞에 언급된 중심가에 서 있는 동안, 그는, 즉 주인공은, 자신이 지난 20년 동안 빅토리아주의 서부와 남서부 대부분을 차지하는 풀이 무성한 전원 지대의 동쪽 끝부분인 북쪽 교외 도시에서 살아 왔음을 보게 되었다. 그는 또한 자신이 지난 20년 동안 빅토리아주의 동부와 남동부 대부분을 차지하는 숲에 가장 가까운 장소인 북쪽 교외 도시에서 살아 왔음을 보게 되었다.

위에 언급된 젊은 여자를 처음 보았던 은행 지점에서 처음 나왔을 때 그는, 즉 주인공은, 그때 그의 마음속에 자리 잡은 젊은 여자의 얼굴이 이 이야기에서 앞서 언급된 대다수의 젊은 여자들의 얼굴을 닮았다는 걸 보게 되었다. 그 얼굴의 가장 명백한 특질을 지칭하거나 암시하는 단어 또는 단어들을 찾으려고 노력했을 때 그는 '날카로움'과 '따끔함'이라는 단어밖에 생각할 수 없었다.

## 우선 우리는 아주 먼 곳에서 풍기는 알싸한 연기 냄새를 맡았다

바로 위의 단어들은 1974년에 킬모어의 로든 출판사에서 출간된 로저먼드 더루즈의 책 『숲의 죽음』 8장에 등장하는 것이다. 책의 덧표지에 킬모어시는 빅토리아주의 가장 오래된 내륙 소도시로 묘사되어 있다.

이 이야기의 주인공은 위에 언급된 책을 읽기 훨씬 전에 그의 아버지가 아들에게, 즉 주인공에게, 그가, 즉 아버지가, 어린 시절 살았던 농장과 그 주변의 풀이 무성한 전원 지대를 처음 보여 주었을 때 어떤 말을 들려줬어야 했는지 알고 있었다. 즉 빅토리아주의 남서부 대부분을 구성하는 농장과 그 주변의 풀이 무성한 전원 지대와 대부분 평평한 초원은 예전에 숲으로 덮여 있었다는 걸 알려 줬어야 했다.

이 이야기의 주인공은 영국의 헤이츠베리 마을 또는 소도시가 그 나라의 남서부에 있다는 것과 솔즈베리 평원의 가장자리에 있다는 것을 위에 언급된 책을 읽기 전 어느 시점에 알게 되었다. 그는 솔즈베리 평원을 한 번도 본 적이 없지만, 대부분 평평한 초원이리라고 상상했다.

위에 언급된 책은 그가, 즉 이 이야기의 주인공이, 1970년대에 사 뒀다가 오랜 세월이 흐른 후에야 겨우 읽었던 많은 책 중 한 권이었다. 1980년대 말에 드디어 그 책을 읽었을 때 저자가 1950년대 초에 남편과 함께 헤이츠베리숲에 도착한 영국 여자라는 걸 알게 되었는데, 그해는 바로 그가 그의 가족

에메랄드 빛깔 푸른색

과 함께 멜버른의 서쪽 교외 도시에서 덤불숲 천지인 남동쪽의 외곽 교외 도시로 이사했던 해였다. 그 책의 대부분은 헤이츠베리 숲의 역사에 관한 것이었고, 그는 그 역사에 그럭저럭 관심이 있었으나 그 책을 두 번 읽지는 않았다. 처음 읽고 난 다음 여러 번 반복해서 읽었던 부분은 8장이었는데, 그 장의 제목은 「숲의 기억, 1950~1960」이었다. 그 부분에서 그는 헤이츠베리숲의 빈터나 가장자리에 살았던 농부들이 미래에 산불이 퍼지는 걸 막는다는 명분하에 숲의 많은 부분을 불태웠다는 것 등의 사실을 알게 되었다.

위에 언급된 책에서 그가 한 번만 읽었던 부분 중 가장 자주 기억나는 건 「발전과 파괴, 현대」라는 제목이 붙은 7장이었다. 이 부분은 1954년부터 1960년대 중반까지의 시골 재정과 정착 위원회의 활동을 묘사했다.

흑백 사진 복사본인 위에 언급된 책의 삽화 가운데 그가 나중에 가장 자주 들여다본 건 본문 17쪽을 마주 보고 있는 사진이었다. 사진 밑의 설명 일부는 다음과 같다. "이 땅은 25년 전에는 숲의 옷을 입고 있었다." 그 사진은 먼 곳에 줄지어 서 있는 나무 같은 것이 보이고 풀밭 이곳저곳에 무성하게 자란 덤불숲처럼 보이는 것이 전경에 있는, 풀이 무성한 전원 지대의 사진이었다.

## 그 소년의 이름은 데이비드였다

그 남자의 이름은 아무개였다. 그는 예순 살이 넘었고 홀로 거의 모든 시간을 보냈다. 절대 빈둥대지 않았지만 이제는 급여를 받는 직업이 없었고 최근의 인구 조사 양식에 스스로를 은퇴자라고 묘사했다.

자신이 어떤 전문직을 갖고 있다거나 경력을 추구한다고 한 번도 생각하지 않았다. 대략 생애 스무 번째 해부터 대략 예순 번째 해까지 시를 좀 썼고 많은 산문 픽션을 썼으며, 일부 픽션은 나중에 출간되었다. 그 세월 동안 그는 여러 방법으로 생계를 유지했다. 생애 마흔한 번째 해에 멜버른의 근접 교외 도시에 있는 하찮은 소위 고등 교육 전문 대학에서 픽션 창작 시간 강사직을 얻었다. 그의 첫 학생들은 모두 성인이었고, 일부는 그보다 나이가 많았다. 그가 보기에 그들은 그의 이력이나 교수법에 대해 큰 감흥이 없는 듯했고, 그는 그들을 경계하고 자신을 거의 드러내 보이지 않는 방식으로 대응했다.

그는 자신이 임시방편에 불과하다는 것과 전문 대학이 이런저런 저명한 작가, 즉 그 명성으로 문예 창작 과정에 신망을 가져다줄 수 있는 사람을 정규직 교수로 채용할 때까지만 강사직을 유지할 수 있다는 암묵적 언질을 받았다. 결과적으로 보자면, 이름이 아무것이라도 상관없는 그는 16년 동안 그곳에서 일하게 되었다. 그동안에 그가 고용된 곳은 종합 대학교가 되었고, 그가 가르치는 학생들 대부분은 고등학교를 졸업한 지 얼마 안 되는 이들이었다. 어떻게 그런 변화가 일어났는지는 이 픽션 작품이 다룰 부분이 아니다.

이 픽션 작품은 주인공이 픽션 창작 선생을 그만둔 지 몇 년 후, 그가 예전에 그런 선생이었다는 사실을 이따금 며칠씩 잊고 살기도 하던 때에 시작된다.

이 픽션에 등장하는 남자는 수학에는 전혀 관심이 없었지만, 평생 동안 산술을 사랑했다. 그는 출생 이후로 들이쉬고 내쉰 호흡의 대략적 총합이라든가, 기억에 또렷이 남아 있는 처음 맥주를 마셨던 날 이후로 마신 맥주 양을 병으로 환산하는 숫자 계산을 즐겨 했다. 극도의 성적 쾌락을 느꼈던 시간의 총 길이를 대략 합산하기도 했다. 이제까지 한 번도 측정된 적이 없었던 것을 수량화하는 몽상을 즐겼다. 기차의 객실 칸이나 극장에 앉아 있을 때마다 같은 곳에 있는 사람들 가운데 누가 가장 민감한 후각을 가졌는지, 누가 타인을 가장 자주 두려워하는지, 누가 사후의 삶에 대한 가장 강한 신념을 가졌는지 등등을 자유롭게 알아낼 수 있었으면 하고 바랐다.

그 남자의 산술 작업은 대부분 추정으로 끝났지만, 성실하게 기록을 보관하는 그는 어떤 사안에 관해서는 정확한 총합에 도달할 수 있었다. 달력, 은행 거래 내역서, 영수증, 그리고 기타 기록을 매년 말에 서류철 보관함에 보관했다. 그리고 기록과 측정에 대한 그의 사랑에 발맞춰 픽션 창작 선생으로서 자기 작품에 대한 정확하고 자세한 기록을 보관해 두었다.

물론 매 학기 말에 학생들 성적을 매길 수 있도록 특정한 기록을 보관할 의무가 있었지만, 그는 그것보다 훨씬 더 광범위한 작업을 했다. 자신만의 만족을 위해서뿐 아니라 성적에 대한 학생들과의 논쟁을 피하기 위해서 선생이 된 첫해에 평가 대상인 모든 픽션 작품에 대한 점수(1부터 100까지의 단위)를 매기는, 독특한 방법이 틀림없다고 자평한 것을 고안하고 완성했다. 그의 방법은 모든 픽션 작품의 모든 쪽의 여백에 그가 읽으면서 멈춰야 했던 때의 수를 기록하는 것이었다. 철자 실수나 문법 오류로 멈춰야 할 때, 구조가 엉망인 문장 때문에 혼란스러울 때, 화술의 타래를 놓치게 될 때, 읽는 내용이 지루할 때, 그럴 때마다 여백에 손실 점수라는 것을 썼고, 시간이 있으면 왜 읽기를 멈추고 그 점수를 매겼는지 설명하는 기록을 남겼다. 각 쪽의 하단에 그때까지 읽은 픽션의 줄 수와 여백에 매긴 손실 점수의 현행 총계를 냈다. 마지막 쪽의 하단에 픽션에서 오류가 없는 부분의 백분율 계산을 종합적으로 자세히 설명했다. 이 백분율 숫자가 픽션 작품에 대한 점수였다.

물론 그가 읽기를 멈춘 건 픽션에 나타난 오류 때문만은 아니었다. 잘 다듬어진 문장에 대한 순수한 즐거움이나 심오한 구절에 대한 경탄이나 많은 가능성을 보여 주는 구절을 더 읽어 나가는 즐거움을 지연시키고자 하는 소망 때문에 자주 읽기를 멈추었다. 이런 이유에서 멈출 때마다 그 픽션의 저자에게 따뜻한 문구를 적어 주었지만, 그가 어떤 방식으로든 뛰어난 구절로 손실 점수를 무효화하도록 시도했다면 그의 평가 방법은 그에게조차 너무나 복잡한 것이 되었을 것이다.

그는 불평이 많은 학생이 점수에 관해 이의를 제기하면 언제나 자신의 평가 방법을 방어할 준비가 되어 있었고 그렇게 하기를 기다렸으나 어떤 학생도 그렇게 하지 않았다. 그래도 그가 오류가 있다고 평가한 특정한 구절에 대한 그의 논평에 적지 않은 수의 학생이 반박하기는 했다. 매년 그는 작품을 정확히 평가했다고 자평하는 백분율 점수를 수많은 픽션 작품에 부여했다.

모든 학생의 최종 결과를 그가 일하는 곳의 행정 사무관에게 보내고 나면 평가의 어떤 상세한 사항도 보관할 의무가 없었다. 그러나 그는 본성상 자기 마음의 작업 일부를 기록한 단 한 장의 종이라도 버린다는 건 절대 생각할 수 없었다. 매년 말 한 해 동안 그에게 제출된 모든 픽션 작품의 제목, 각 작품의 글자 수, 그리고 그가 작품에 부여한 백분율 점수가 기록된 줄 쳐진 종이 서류철을 서류 보관함 하나에 집어넣었다. 픽션 작품 총합은 250편 미만인 적이 없었고 모든 작품에 나온 단어의 총계는 50만 자 미만인 적이 없었다. 기록을 보관하기 전 그는 종이를 넘겨 보며 각각 작품에 매긴 백분율 점수를 보여 주는 숫자란을 눈으로 만끽했다.

그는 어렸을 때 크리켓 선수들의 타수와 투구 평균을 종이에 빽빽이 적어 간직했다. 스크랩북에는 유명한 경마 대회에 나온 많은 경마장 말들의 최종 순위를 보여 주는 사진을 붙여 놓았다. 몇 달이 걸리는 이런 작업을 하는 동안 언제나 뭔가 놀랄 만한 발견을 통해 최종적 보상을 받게 되기를 기대했다. 첫 번째 숫자란이 오해를 불러일으킨 것으로 밝혀지거나, 치열한 결승선에서 질 것 같았던 말이 결국 이기게 되기를 바랐다. 그로부터 50년이 지난 후 그는 오래 끄는 대회와 지연되지만 확정적인 결과에 대해 평생 지속된 사랑을 만족시킬 게임을 고안해 내는 데 더 능숙해졌다. 그는 1년 내내 자신이 부여한 수백 개의 점수를 비교하지 않도록 주의를 기울였다. 물론 자신이 읽은 가장 인상적인 작품 열두어 편이 어떤 것이었는지 알고 있었지만, 어떤 작품이 다른 작품보다 더 낫다고 절대 생각하지 않도록 조심했다. 이제, 학년 말에, 마지막 학생이 캠퍼스에 출몰한 지 6주 정도 지났을 때, 그는 결과가 적힌 서류철 속 각각의 종이 면을 바라보면서 그 위에 빳빳한 하얀 종이를 놓았다. 픽션 작품의 백분율 점수 숫자 가운데 첫 두 숫자만 보이도록 종이를 놓았다. 어떤 종이 면을 내려다보더라도 그는 어떤 픽션 작품이 90퍼센트 이상을 받았는지만 알 수 있었고 어떤 작품이 가장 높은 점수를 받았는지는 알 수 없었다.

한 편당 90점 이상을 받은 픽션 작품의 제목을 훑어보는 동안 그 남자의 마음속으로 들어온 반쯤 형성된 이미지들 가운데 그는 최고 점수를 받은 픽션 작품들이 선두 말들로 나온 불가능한 경마 경주 영상이 스치듯 지나가는 것에 가장 강하게 사로잡혔다. 광활한 북미의 대평원이나 남미의 대초원에서 수백 마리의 말이 관중으로 가득 찬 특별관람석과 결승선을 향해 달려오고 있었다. 그는 오랫동안 불확실함에 시달렸기 때문에 무언가가 결정되리라는 것을 약속하는 듯한 이 이미지를 즐겨 음미했다.

바로 위에 묘사된 행위에는 결정적인 사건의 결과를 기다리는 상대적으로 단순한 경험 이상의 무언가가 있었다. 각 경쟁자의 강한 주장에 찬탄하고, 그런 주장조차 다른 경쟁자 그리고 또 다른 경쟁자의 더 강한 주장에 의해 추격당할 수 있다고 놀라거나 아쉬워하는 더욱 섬세한 즐거움까지도 넘어서는 무언가가 있었다. 이 픽션 작품 각각을 기억한다고 주장할 때마다 그는 정확히 말해 무엇을 생각하고 있는 것인가? 라는 (제기하기는 쉽지만 대답하기는, 불가능하지는 않지만, 난해한) 질문도 있었다. 그는 서류철 종이에서 제목을 보았고, 때로는 그 제목이 불러일으킨 이미지 이외에는 아무것도 보지 못했다. (그는 언제나 학생들에게 이야기의 제목으로 픽션의 중심 이미지나 되풀이되는 주제와 연결된 단어 또는 단어들을 고르라고 독려했다. 픽션과 대략적 관련성이 있는 추상적 단어나 구절은 쓰지 말라고 했다. 그렇기 때문에 선두 작품의 제목 가운데 '요청', '비밀', 또는 '관광객' 같은 제목보다는 '개미 죽이기', '길게 늘어선 나무들', 또는 '눈먼 생쥐 여섯 마리' 같은 제목을 보게 될 가능성이 훨씬 높았다.) 때로는 제목과 연결된 이미지에 이어서 다른 이미지들이 그의 마음속에 나타나기도 했다. 때로는 연속되는 이미지들이 상당히 길어서 픽션 작품이나 이야기의 플롯을 기억해 냈다고 말할 수 있을 때도 있었다. 때로는 앞서 언급된 이미지들이 전경에 남아 있는 가운데 마음의 배경이라고 생각되는 곳에서 픽션 작품의 저자를 보기도 했다. 때로는 앞에서 언급된 종류의 이미지를 보았든 보지 않았든 간에, 그와 학생들 한 무리가 그 픽션 작품을 읽고 나서 나중에 그것에 대해 지난해의 어느 아침 또는 오후에 토론했던 교실의 이미지를 보기도 했다. 그럴 때면 때때로 이런저런 독자의 특정한 논평을 마음속에서 듣거나 평범한 작품을 훌쩍 넘어서는 픽션 작품을 읽기 시작하자마자 언제나 학생들 위에 내려앉던 특유의 정적까지 마음속에서 듣기도 했다.

픽션 작품의 제목을 읽는 동안 그의 마음속에 떠오르는 일이 거의 없는 종류의 이미지는 떠올랐으면 하고 그가 가장 바라는 이미지였다. 그것은 문장이나 구, 또는 앞뒤가 맞지 않는 단어들까지도 포함한 그의 마음속에 있는 픽션의 실제 본문 일부의 이미지였다.

선생으로서, 그는 학생들에게 그 모든 픽션 가운데 그들 자신의 픽션이 문장으로 구성되었다는 것을 생각하라고 광적으로 강조했다. 물론 문장은 몇 개의 단어 또는 몇 개의 구나 절로 이루어진 것이지만, 그는 문장이란 그 한도에 비해서 가장 많은 양의 의미를 산출하는 단위라고 학생들에게 강력히 설파했다. 어떤 학생이 픽션 작품이나 하다못해 픽션에 나오는 짧은 구절이라도 좋아한다고 주장하면 그는 그 학생에게 그런 찬탄을 가장 많이 불러일으킨 문장을 찾아 보라고 했다. 픽션의 한 구절이 난해하다거나 짜증 난다고 주장하는 사람에게 난해함이나 짜증을 제일 먼저 유발한 문장을 찾으라고 촉구했다. 그가 수업 시간에 하는 대부분의 논평은 자신이 좋아하는 문장이나 흠결이 있는 문장을 가리켜 보이는 것으로 이루어졌다. 그는 매년 적어도 한 번씩 제임스 조이스의 회고록에서 기억나는 일화를 학생들에게 들려주었다. 누군가가 조이스에게 최근에 나온 어느 소설을 칭찬했다. 조이스는 왜 그 소설이 그토록 인상적인지 물었다. 문체가 뛰어나다, 주제가 강력하다 등등의 대답이 돌아왔다. 조이스는 그런 말을 귓등으로도 안 들었다. 산문 픽션 책이 인상적이었다면, 실제 산문이 독자의 마음속에 새겨져서 나중에 문장을 그대로 인용할 수 있어야 할 것이다.

문장에 그토록 큰 가치를 부여했던 선생은, 자신에게 가장 감명 깊었던 픽션 작품 찾기 작업을 엄청난 경마 대회의 마지막 50미터로 시각화할 때마다 마음속에서 '들은' 적이 별로 없다는 것을 아쉬워했다. 앞쪽의 단락에 언급된 이미지가 드물다면, 문장이나 구절에 대한 기억은 훨씬 더 드물었다. 문장들만의 경주를 목도할 수 있었더라면, 즉 경주가 끝나 갈 때 기억한 문장에서 야기된 시각적 이미지만을 마음속에 가질 수 있도록 선두 주자인 각각의 픽션 작품에서 짧은 문장이라도 자신에게 크게 되뇔 수 있었더라면 그는 환호했을 것이다.

이름이 아무것이라도 상관없는 그 남자는 픽션 창작을 가르치는 일을 그만둔 후 첫 몇 년 동안 이 픽션 작품의 앞 몇 단락에서 언급된 일부 이미지, 즉 마음속에서 불가능한 경마의 자세한 모습을 보았을 때마다 마음속에 떠올랐던 이미지들을 기억해 냈다. 그 이후의 세월 동안, 그는 자신이 응당 기억해야 한다고 여겼던 것보다 훨씬 적은 이미지를 기억한다는 걸 깨달았다. 그러던 어느 해에 자신이 3000권 이상의 픽션 작품과 연결된 세부 사항을 점점 더 기억하지 못한다는 사실 자체를 경마로 상상할 수 있다는 걸 깨닫기 시작했다.

  이제 막 언급된 경주는 이름이 아무것이라도 상관없는 그 남자의 마음속에서 결정될 모든 그런 유의 경주 가운데 마지막 경주가 될 것이다. 경주의 결승은 픽션 창작 선생으로 보낸 16년 동안 학년 말에 그의 마음속에서 이루어졌던 경주의 결승과 매우 다를 것이다. 이전의 경주에서는 첫 번째 승리마와 이내 승산이 있는 다른 말이 눈에 띄는 가운데 밀접하게 무리 지은 경마 주자들이 결승선으로 다가왔다. 이 마지막 경주의 마지막 부분은 출전마 두세 마리를 제외한 모든 출전마가 뒤로 한참 처진 장거리 장애물 경마의 마지막 부분과 더 비슷할 것이다. 경주 출전마들은 그 남자가 픽션 창작 선생이었을 때 읽고 평가했던 3000여 편의 픽션 작품 전부일 것이다. 아니, 출전마들은 16년의 삶 동안 읽었던 3000여 편의 픽션과 연관해서 그 남자가 기억했음 직한 모든 '세부 사항'일 것이다. 그리고 이 마지막 경주의 결승은 그 자체가 적어도 1년 동안 지속될 것이고, 그것은 자신의 마음속에서 이루어지고 있었던 경주에 그 남자가 주목하기 전 이미 5년 이상 진행되었던 전체 경주 지속 기간에 비춰 볼 때 적합한 길이의 시간이었다.

그 남자는 이 경주에 대해 느긋할 수 있었고, 며칠, 몇 주 동안 경주의 존재에 대해 잊어버릴 수도 있었다. 경주에 대해 생각을 덜 해야 다음에 경기 참가자를 찾아 볼 때 좀 더 적은 수의 참가자들이 마음속에 떠오를 것이다.

이 픽션 작품이 시작된 허구적 시점에, 아무라도 상관없는 그는 경주 중의 경주라고 할 수 있는 이 마지막 경주가 자기 마음속에서 결정된다는 것을 2년 넘게 인지하고 있었다. 그는 특히 경주의 공정한 운영에 방해되지 않도록 주의를 기울였다. 참가자들 가운데 눈에 띄는 열두어 명이 가장 결정적인 경주의 참가자들이었다는 걸 처음 알게 된 가운데, 그 어떤 참가자에게도 도움을 주고 싶지 않았다. 몇 주마다 한 번씩 경주의 추이를 살펴볼 때마다 어떤 참가자가 무리의 선두에 있는지 단순히 살펴보고는 다른 데로 주의를 돌렸다. 즉 그는 선생으로 일했던 16년 동안 읽었던 모든 픽션 작품에서 어떤 세부 사항을 마음속에 환기할 수 있는지 몇 주에 한 번씩 스스로에게 질문했던 것이다. 자신에게 이 질문을 한 후 1, 2분을 기다리면서 그동안 마음속에서 무엇이 떠오르는지 관찰했다.

경주에서 힘겨워하는 선두 주자 중 누군가에게 격려를 보내는 건 불공정한 일이라고 생각했다. 그래서 그는 이런저런 픽션에서 떠오르는 이런저런 이미지를 마음속에 고정함으로써 다른 픽션 작품에서 떠오르는 이런저런 이미지를 제거하는 데 도움이 될 만한 일을 절대 하지 않도록 조심했다. 그러나 지켜보기만 하려고 애를 써도 많은 해에 걸쳐 실제 경마를 지켜본 사람으로서 실제 승자를 예측하지 않기란 불가능했다.

그는 너무나 많은 경마장에서 너무나 많은 특별관람석에 앉아서 모든 치열한 경마마다 최후의 승자를 예견했기 때문에 마음속의 경주에서 승자를 예측하지 않을 수 없었다.

이 픽션 작품이 시작된 시점에는 여섯 명 정도의 경쟁자밖에 없었고, 그들 중 여러 명은 뒤로 처졌다. 남아서 결승선으로 향하는 주자들을 때때로 관찰하는 남자는 왜 셀 수 없이 많은 다른 이미지들이 아닌 이 소수의 이미지가 아직 그의 시야에 남아 있는지 자문할 때마다 놀라곤 했다. 그 남자는 이런 이미지들이 마음속에 생겨나도록 한 어떤 단어들이나 문장들을 처음 읽었던 경험을 기억할 수 없었다. 이렇게 기억할 수 없다는 사실로 미루어 볼 때, 그 남자는 셀 수 없이 많은 다른 이미지들이 오랫동안 더 이상 마음속에 나타나지 않자, 이 이미지들이 마음속에 남아 있으리라고 절대 기대하지 않았던 것 같다고 생각했다.

한 젊은 호주 남자가 동아프리카의 바에서 술을 마시고 있다. 소말리아 출신 창녀들을 쳐다보지 말라는 아프리카인 술친구들의 권고에도 불구하고 그는 자신이 빼어난 외모를 지닌 두 젊은 여자를 더욱더 자주 바라보고 있음을 깨달았다.

한 젊은 여자가 여름날 아침 호수의 얕은 곳에 있는 작은 배 안에 앉아 있다. 그녀의 일행은 인근의 모래톱에 있다. 일행 중에는 그 여자를 사랑하는 남자와 그 여자가 싫어하는 남자가 있다. 그 두 남자는 친구다. 그 젊은 여자는 지난밤 이 두 남자와 어울려 마셨던 맥주 때문에 속이 안 좋다. 지난밤에 일어났던 자세한 일들을 떠올리려고 애쓰는 사이 어느 특

그 소년의 이름은 데이비드였다

정한 순간에 그 젊은 여자는 배의 한쪽 너머로 몸을 기울여 호수에 토한다.
　한 어린 소녀가 학교에서 돌아와 여느 날들과 마찬가지로 자신의 어머니가 하루 종일 방에서 담배를 피우고, 커피를 마시고, 망상에 빠져 있었다는 사실을 알게 된다.
　1940년대의 어느 여름 저녁 늦은 시간에 열두세 살 정도 된 소녀가 어머니에게 자기가 한 행동을 설명하려 애쓰고 있었다. 몇 분 전 그 소녀는 뒷마당에서 이웃의 몇몇 소년과 크리켓을 하고 있었다. 소녀는 소년들과 자주 크리켓을 했다. 그녀는 말괄량이로 알려져 있었고 성적인 지식은 전무했다. 가장 최근에 벌어진 게임에서 그녀는 공을 쫓아 헛간 안으로 들어갔다. 가장 나이 많은 소년이 그녀를 따라갔다. 그는 발기한 성기를 꺼냈고 그녀의 옷을 벗기려고 했다. 크리켓 하는 아이들을 한동안 엿보고 있었던 듯한 소녀의 어머니가 헛간 안으로 들어왔다. 나중에 자신의 행동을 설명하려고 애쓰던 소녀는 어머니가 소녀도 부분적으로 책임이 있을 뿐 아니라 심지어 공모했다고 생각한다는 걸 알게 된다.
　앞의 네 단락은 제각각 이런저런 픽션 작품의 여러 문장에서 생겨난 사소한 이미지들의 다발에 둘러싸인 중심적 이미지의 자세한 모습을 묘사한 것이다. 이 단락들에는 픽션에서 인용된 단어가 하나도 없다. 이 이미지들을 인지하고 있는 남자가 이미지들을 인지하고 있는 한 그는 이 이미지들이 생겨나도록 야기한 문장을 마음속에 하나도 인용할 수 없었다.
　그것 때문에 그 남자, 이름이 아무것이라도 상관없는 남자는 계속해서 실망했다. 우울한 순간에는 픽션이 문장들로, 오직 문장들로만 구성되어 있다고 주장했던 건 픽션을 가르치는 선생으로서 무용한 주장이었던 것 같다고 추정할 각오가 되어 있었다. 그런 우울한 순간에 그는 학생들에게 쓰도록 가르쳤던 수천 편의 픽션 작품들에서 수백 명의 학생들이 픽션을 쓰는 대신 그의 앞에서 몇 주 동안 만나서 자신들의 기억과 상상에 대해 이야기했더라도 건질 수 있었을 이미지의 다발밖에 얻지 못했다고 추정할 각오가 되어 있었다.

그러나 그 남자는 마음속에서 광활한 경마장의 아득한 마지막 직선 경로를 시선으로 따라가며 '기억된 픽션 황금 컵'의 다섯 번째 경쟁자를 관찰하면서 우울함을 떨쳐 버릴 수 있었다. 경마 해설자 식으로 표현한다면, 이 경쟁자는 참가자 무리의 다른 이들처럼 힘차게 나아가고 있었다. 마음속에서 이 다섯 번째 경쟁자가 부상하는 것을 목도하고 진행 중인 모든 경주의 결과를 예견하지 않을 수 없는 그 남자는 결말에서, 해설자의 언어를 빌리자면, 극도로 아슬아슬하게 승부가 갈리겠지만, 다섯 번째 경쟁자가 결국 승리할 거라고 예견했다.

다섯 번째 경쟁자는 픽션 작품의 첫 문장인 하나의 문장이었다. 그 남자가 그 문장을 마음속에서 들을 때마다 몇 가지 희미한 이미지들이 마음속에 서성였지만, 그런 이미지들은 그에게 별 의미가 없었다. 그 이미지들이 첫 문장에 이어진 픽션을 처음 읽었을 때 생겨난 것인지, 아니면, 말하자면, 훗날에 그가 상상한 것인지조차 확실하지 않았다. 그 남자는 첫 문장, "그 소년의 이름은 데이비드였다."를 제외한 픽션 내용 대부분을 잊어버린 것 같았다.

바로 위의 문장에 이어진 픽션을 읽었던 경험에서 무엇을 잊어버렸든 간에, 그는 그 문장을 처음 읽으며 느꼈던 짜릿함은 잊지 않았다. 그리고 그 작품에 대한 그의, 즉 선생의, 평가의 일환으로 그 픽션의 저자에게 썼던 긴 글의 요지를 회상했다. 그리고 교실에서 그 픽션을 읽고 토론했을 때 학생들에게 했던 논평의 요지를 회상했다.

"그 소년의 이름은 데이비드였다." 이름이 아무것이라도 상관없는 그 남자는 문장을 읽는 순간 그 소년의 이름이 데이비드가 아니라는 걸 알아차렸다. 그와 동시에, 그는 이름이 아무것이라도 상관없는 픽션 저자의 이름과 소년의 이름이 같다고 추측할 정도로 어리석지도 않았다. 그런 문장을 쓴다는 건 어떤 역사학자나 어떤 전기 작가도 결코 주장할 수 없는 수준의 진실에 대한 권리를 주장하는 것이라는 사실을 그 문장을 쓴 남자가 이해했다는 걸 그는 이해했다. 데이비드라는 이름을 가진 소년은 없었지만, 만일 당신과, 즉 독자와, 내가, 즉 작가가, 그런 이름을 가진 소년이 있을 수도 있었다는 것에 동의할 수 있다면, 내가 말해 주지 않는다면 어떤 이름을 가진 어떤 소년에 대해서도 당신이 배울 수 없었을 것에 대해 말해 주는 작업을 맡도록 하겠다, 라고 그 픽션 작가가 쓴 것이나 다름없었다.

이름이 아무것이라도 상관없는 그 남자는 이름이 곧 잊힌 남자가 쓴 픽션 작품의 첫 문장을 읽음으로써 이것 및 다른 많은 것들을 깨달았다. 그리고 그 문장에 대한 논평에서 그 남자는, 읽었던 당시와 그 이후로도 계속 생각했던 것처럼, 픽션의 특이한 가치와 왜 자신 같은 사람들이 픽션을 쓰고 읽는데 삶의 많은 부분을 바치는지에 대해 최대한 역량을 발휘해서 설명했다.

이 픽션에서 자주 언급되었지만 단 한 번도 이름이 나오지 않은 그 남자는 평생 경마 대회나 텔레비전으로 방송된 경마 영상을 보았고 라디오 경마 방송을 들었지만, 결승선을 얼마 남겨 두지 않은 지점에서 궁극적 승리자가 순위권에 포함될 거라고 고려조차 되지 않았던 경기 결선은 상대적으로 많이 보지 못했다. 경마 해설자들은 그런 승리자를 홀연히 등장했다고, 혜성같이 또는 바람같이 나타났다고 표현했다. 그 남자는 다른 어떤 종류의 결승보다 이런 결승을 좋아했다. 이런 식의 결승에서 패한 말에 건 돈을 잃게 되었더라도 경주의 마지막 부분과, 최종적으로, 결승선에 도착하는 결승의 순간이 경주에 관심을 가진 사람들의 마음속에 불러일으키는 감정의 복잡한 상호 작용을 나중에 음미할 수 있었다.

바로 위에 묘사된 결승 같은 것은 단거리 경주에서도 상당히 드물었고 장거리 경주에서는 거의 전대미문의 일이었다. 그런 경주에서는 보통 소수의 선두 주자가 경주의 마지막 단계에도 선두 자리를 지켰고, 나머지는 지쳐서 훨씬 더 뒤로 처졌다. 그러나 이 픽션 속의 남자는 선두 주자들이 결승선 가까이에서 예상치 않게 지쳐서 주춤거리고, 생각치도 않았던 말이 그들보다 먼저 도착하는 것을 이따금 보았다.

이 픽션 작품이 시작된 허구적 시점으로부터 아마도 10년 전에 이 작품에서 가장 자주 언급된 남자는 첫 학기와 두 번째 학기 사이의 학년 중간 방학 동안 어느 춥고 흐린 날 오후에 자신의 연구실에 있었다. 캠퍼스에는 학생들이 거의 없었다. 그 방학은 한 해 중 그 남자가 방해받지 않고 몇 시간 동안 독서를 하거나 픽션을 쓸 수 있는 몇 안 되는 기간이었다. 그 기간에, 독서하거나 집필하는 동안, 한 해 내내 언제든 그렇듯, 그의 수업에 대해 소문을 듣고 등록 지원 전에 좀 더 알아보려는 사람이 그 남자를 찾아오곤 했다.

찾아온 사람은 젊은 여자였다. 그녀의 어떤 면모 때문에 그는 즉시 그녀에게 친밀감을 느꼈고, 그녀의 말에 그런 감정을 한층 더 깊이 느꼈지만, 모든 학생을 대할 때 그러하듯 침착하고 정중한 태도로 그녀를 대하려고 노력했다. 그와 젊은 여자는 아마 20분 정도 이야기를 나누었고, 그다음에는 서로에게 작별 인사를 했고, 그 젊은 여자는 떠났다. 마음속의 중요한 경주가 결승을 향해 가고 있다고 추측했던 때를 기점으로, 그 남자는 대략 15년 전에 그 여자가 연구실에 찾아왔던 그 춥고 흐렸던 날 오후 이후로 그 여자를 보거나 그녀와 소통한 적이 한 번도 없었다.

그 젊은 여자가 그에게 했던 말의 거의 모든 내용은 이 픽션 작품의 일부가 아니다. 독자는 그 젊은 여자가 이런저런 자격직이나 전문직을 구하려고 하지 않았기 때문에 그녀의 부모에게 얼마 전, 그녀의 표현에 의하면, 버림받았다는 것만 알면 된다. 그런 후 그녀는 호주의 북부 주에 있는 부모의 집을 떠나 태즈메이니아로 옮겨서 세련된 식당에서 보조직을 얻었다.

최근에 세련된 식당의 수석 요리사는 그의 아내와 함께 세 사람이 동등한 협력자로 식당을 열자는 제안을 해 왔다고 그녀는 연구실에 있는 남자에게 설명했다. 젊은 여자는 이 제안에 우쭐한 마음이 들었으나 받아들이지는 않았다고 연구실에 있는 남자에게 말했다. 그녀는 자신이 어떤 자격직이나 전문직을 갖게 되는 걸 상상할 수 없다고 했다. 몇 년 전 그녀는 픽션 창작에 투신하고 싶었다. 그녀는 그 남자가 가르치는 픽션 창작 과정에 대한 이야기를 들었고 과정에 대해 더 알아보고 그 과정에 합격할 확률을 높이기 위해 그 춥고 흐린 날 오후에 태즈메이니아에서 찾아왔던 것이다.

이름이 아무것이든 상관없는 남자는 15년 전에 이름이 아무것이든 상관없는 그 젊은 여자가 전 단락에 요약된 것을 그에게 이야기한 후 자신이 그녀에게 해 줬던 조언의 요지만 기억했다. 그는 어느 누구에게도 픽션을 쓰기 위해 이런저런 자격직이나 전문직을 추구할 기회를 포기하라는 충고는 절대 하지 않는다고 말했고, 그녀가 태즈메이니아로 돌아가서 동등하게 동업을 해서 새 식당을 열어야 한다고, 그렇지만 그녀는 앞으로 몇 달 동안 픽션 한 편을 써야 한다고 말했다. 만일 그녀가 픽션을 한 편 쓴다면 그리고 그 픽션을 앞으로 몇 달 안에 그에게 보내 준다면, 그는 그것을 즉시 읽고 그 픽션에 감명받았는지 서면으로 알려 주겠다고 젊은 여자에게 말했다. 그가 깊은 감동을 받았다면 그녀는 그의 창작 과정에 당당히 등록할 수 있을 거라고 그 남자는 말했다.

위에 언급된 춥고 흐린 날의 오후 이후로 몇 달 동안 그 남자는 연구실에서 아침에 온 우편물을 열어 보면서 픽션 작품 타자본을 담은 태즈메이니아에서 온 듯한 봉투는 없는 것 같다는 사실을 이따금 확인했다. 언급된 오후 이후의 세월 동안 그 남자는 그날 오후의 이런저런 순간들을 때때로 상기하곤 했다.

그 남자는 어떤 사람의 외모도 정확히 상기할 수 없었다. 그가 상기한 것은 사람의 현전이라고 그가 부르는 것과 연관된 세부 사항들이었다. 그가 태즈메이니아에서 찾아온 젊은 여자와 연관해 상기한 것은 그녀 목소리의 진지한 어조와 그녀 안색의 창백함과 면담하는 동안 그가 자주 쳐다보았던 손목의 상처였다. 그녀의 창백한 왼쪽 손목 옆 아래쪽에는 그녀가 요리사로 일할 때 칼이 미끄러져서 생긴 것으로 짐작되는 긴 자국이 있었다. 상처 위에 딱지가 생겼지만, 딱지 주변의 가는 붉은 부위가 여전히 남아 있었다.

픽션 창작 선생이었던 세월 동안 이 픽션에 나오는 남자는 픽션 작가들의 수많은 진술이나 그런 작가들에 관련된 일화를 학생들에게 낭독해 주고 그것에 대해 숙고해 보라고 촉구했다. 픽션 창작 선생을 그만두고 난 이후 시간이 흐르면서 그는 이런 진술과 일화를 거의 다 잊어버렸지만, 작가 플로베르가 아직 자신이 쓰지 않은 문장들의 리듬을 몇 장 앞서 들을 수 있다고 주장했다고, 혹은 주장했던 것으로 전해진다고, 이런저런 수업에서 말했던 것은 때때로 기억했다. 그 남자는 수업에서 이것을 말할 때마다 학생들이 특정한 부류의 작가의 마음에 그 문장이 가지는 힘에 대해 깊이 생각하게 되기를 바랐다. 그러나 그는, 즉 그 남자는, 플로베르의 주장, 또는 그가 했다고 전해지는 주장이 매우 과장되었다고 자주 생각했다. 그러다가, 그가 픽션 창작 선생을 그만둔 지 5년 후에, 그리고 때때로 '기억된 픽션 황금 컵'이라고 부르는 마음속 경주의 마지막 부분을 보고 있는 동안에, 그 경주에서 이전에 생각하지도 못했던 경쟁자는 아직 쓰이지 않은 문장이라는 것을 알게 되었다.

  그 남자가 플로베르가 가졌듯이, 혹은 가졌다고 추정되듯이, 문장에 대해 예리한 귀를 가졌더라면, 그는, 즉 그 남자는, 위에 언급된 문장이 마음속의 경주에 다른 경쟁자들과 함께 참여하기 한참 전에 그 문장의 리듬을 마음속에서 들었을 수도 있을 것이다. 그러나 쓰이지 않은 문장이 경주에 늦게 뛰어든 경쟁자라는 걸 인지하는 동안에도 그 문장의 리듬을 마음속에서 들었다고 주장하기는 어려웠다. 그 대신 그는 그 문장의 의미와 연관된 세부 사항들이라고 그가 부르는 것을 인지하고 있었다고 주장할 수 있었을 것이다. 아직 쓰이지 않은 문장이, 경마 중계자들이 표현하듯, 선두 주자들을 제칠 것처럼 보이는 동안에도, 마음속에서 경주가 열리고 있는 남자는 쓰이지 않은 문장의 의미를 아직도 인지하지 못했다. 그러나 그 의미가 마음속 태즈메이니아섬의 푸르름에, 마음속의 칼로 인해 상흔이 남은 피부의 흰색과 붉은색에, 그리고 픽션을 하나도 쓰지 않았거나 오래전 픽션 한 편을 쓰기 시작했으나 그 이후로 글쓰기를 그만둔 마음속의 사람과 연결되어 있다는 건 인지하고 있었다.

그 소년의 이름은 데이비드였다

## 조카에게 보내는 마지막 편지

나의 사랑하는 조카에게,

이 편지로 오랜 시간 지속되어 온 우리의 서신 왕래는 끝을 맺게 되겠구나. 앞으로 편지를 읽다 보면 그 이유를 명확히 알게 될 것이다. 그래, 이 편지는 나의 마지막 편지가 되겠지만, 그래도 나는 앞에 보냈던 모든 편지와 같은 전언으로 시작하겠다. 사랑하는 조카야, 다시 한번 말하건대 내게 답장을 쓸 필요는 없단다. 그리고 다시 덧붙이건대 나는 네게서 더 이상 소식을 듣지 않았으면 더 좋겠다는 생각이 들기도 하는구나. 많은 가능한 답장을 상상할 수 있을 테니 말이다.

이것은 가장 쓰기 힘겨운 편지였다. 앞서 보낸 모든 편지에서 나는 진실을 썼지만, 이 편지에는 소위 고차원 진리라는 것을 써야 한다. 그렇지만 우선 여느 때와 마찬가지로 너를 위해 상황을 설명하겠다.

　때는 저녁이고 하늘에는 어스름이 드리웠다. 오늘 날씨는 온화하고 고요했고, 이제 곧 별들이 보일 것이다. 그러나 바다는 이상하게 큰 소리를 내고 있다. 무거운 높은 파도가 치고 30초마다 거대한 파도가 절벽에 부딪혀 내는 커다란 갈라지는 소리가 들려오는 것으로 보건대 저 멀리 서쪽은 날씨가 나쁜 모양이다. 갈라지는 소리가 날 때마다 나는 절벽 위에 서 있다면 느끼게 될 진동을 발아래서 느낀다고 상상한다. 하지만 물론 절벽은 거의 1킬로미터 떨어진 곳에 있고, 낡은 농장은 언제나 그렇듯 견고하게 서 있다.

　어린아이였을 때 그리고 청년이었을 때, 나는 가족 가운데 독서가로 알려져 있었다. 형제자매들이 카드놀이를 하거나 축음기를 들을 때, 나는 구석에 앉아 앞에 책을 펼쳐 놓고 있었다. 어머니는 내가 언제나 책 속으로 빠져들어 헤맨다고 말하곤 했다. 낙농업자의 아내이자 일곱 아이의 어머니인 그녀는 독서할 기회가 거의 없었지만, 그녀의 그 단순한 발언은 내가 이 마지막 편지를 쓰는 동안 내 생각 속에 남아 있다. 몸, 마음, 영혼에 대해 어머니가 어떻게 이해했길래 맏아들의 몸과 얼굴과 눈이 그녀의 눈앞에 분명히 있는데도 어떤 영문인지 그가 손에 든 작은 물체의 틀 속에 갇혀 버리고, 더 나아가, 자신이 어디 있는지 모른다고 말했던 것일까?

　어머니가 나에 대해 한 다른 말이 있다. 즉 내가 책 애호가라는 말이었다. 조카 네가 이 편지를 읽고 나면, 어머니의 발언을 명백한 의미와는 다른 의미로 이해하려 할 수도 있을 것이다. 어머니는 내가 아주 많은 책을 읽는다는 의미로 한 말이었지만, 사실 그녀는 틀렸다. 과로로 지친 어머니가 주의 깊게 살펴봤다면 내가 겨울 어느 저녁에 부엌 탁자에 앉아 등유 램프 가까이 들고 있는 책이 지난해 여름 어느 일요일 아침에 뒤 베란다에서 손에 들고 햇빛을 가리던 책과 같다는 것을 때때로 보았을 것이다.

'책'이라고 내가 쓰는 것은, 너도 분명히 알다시피, 등장인물들, 배경, 그리고 이야기가 있는 종류의 책을 의미하는 것이다. 나는 다른 종류의 책은 거의 거들떠보지 않았다.

지난 여러 해 동안 보낸 많은 편지에서 내게 영향을 끼친 이런저런 책을 네게 알려 주었다. 그뿐 아니라 각 책에 나온 특정한 구절들을 언급했고 각 구절을 처음 읽었던 것을 상기하려고 자주 애쓴다고 네게 말했다. 내가 이제 전면적으로 말하고자 하는 바를 네가 얼마나 짐작했는지 궁금하구나. 사실 나는 어린 나이부터 책에 나오는 특정한 여성 등장인물에게 강하게 끌렸단다. 이런 편지에서조차 이런 인사[52]들에 대한 나의 감정을 일상의 언어로 쓰는 걸 다소 주저하고 있지만,

---

[52] 머네인은 자신 작품의 인물들, 그리고 그가 더 실제적이라고 느끼는 비가시적 픽션 인물을 부를 때 픽션 등장인물을 통상적으로 지칭하는 '인물(character)'이라는 단어보다 '인사(personage)'라는 단어를 선호한다. '인물'은 지어낸 모조 존재라는 암시가 강하다면 '인사'는 실제 인물과 더 가깝다는 함의를 지니고 있다. '가면'을 의미하는 '페르소나'와는 상관없다. 머네인이 '경탄스러운 인사(awsome personage)'라고 부르는 존재는 그의 작품 속에서 유일하게 현실적으로 느껴지는 인물, 그의 마음과 생각을 통해 이야기와 이미지들이 전달되는 인물, 즉 '내재적 저자'라 불리는 화자를 가리킨다.

내가 이 인사들과 사랑에 빠졌고 그 이후로 계속 사랑에 빠져 있다는 걸 네가 생각한다면 내 상황을 이해하기 시작할 수 있을지도 모르겠다.

앞으로 나에게 영감을 주고 나를 지탱해 줄 것이 무엇인지 처음 깨닫게 된 날의 나를 그려 보렴. 나는 겨우 아이에 불과하다. 나는 집의 그늘진 남쪽에 있는 빗물 저장고를 지지하는 사암 벽돌 단의 가장 낮은 층에 앉아 있다. 이곳은 날씨가 온화한 날 낮에 내가 가장 좋아하는 독서 장소다. 거대한 빗물 저장고 지지대는 바닷바람으로부터 나를 보호해 주고, 옆으로 몸을 기울이면 맨 위에 있는 벽돌 사이의 균열 부위에서 자라나 내 뒤의 크림색 표면까지 줄기를 내린 한련화의 길게 뻗친 잎이나 꽃잎이 얼굴에 닿는 걸 때때로 느낄 수 있다. 나는 내가 태어나기 거의 50년 전 죽은 영국인이 쓴 책을 읽고 있다. 나이가 좀 있는 아이들에게 적합한 책이라며 내게 건네졌지만, 성인을 대상으로 한 책이라는 사실을 한참 후에 알게 되었다. 책 속의 사건은 저자가 태어나기 거의 1000년 전 벌어진 것으로 되어 있다. 책의 주요 등장인물 중 나중에 주인공의 아내가 되었다가 또다시 나중에 그에게 버림받는 젊은 여자가 있었다. 책의 뒷부분에서 이 여성 인물의 환경에 대한 묘사를 읽는 동안 이런저런 순간에 나는 책 읽기를 멈춰야 했다. 우리 두 사람 모두 민망함을 느끼는 상황을 초래하기보다는, 나는 단어 하나하나씩 뜯어 생각해 보면 놀라운 의미를 지닌 진부한 표현을 빌려 그 순간 내 상황을 묘사하겠다. 사랑하는 조카야, 내가 순간적으로 내 감정에 굴복하고 말았다는 걸 고백해야겠구나.

강렬한 느낌의 순간 몇 번 그 자체가 내게 많은 것을 밝혀 주었다고 추측하지는 마라. 그러나 이제 막 묘사된 사건을 오랫동안 깊이 생각해 본 후, 나는 미래에 내 삶에 펼쳐질 특이한 경로를 예견하기 시작했다. 즉 나는 대개의 사람이 살아 있는 사람들에게서 추구하는 것을 책에서 추구하리라는 것이었다.

나는 다음과 같이 생각했다. 책에서 인사에 대해 읽으면 어떤 살아 있는 사람에 대해 느꼈던 것보다 더 강렬하게 느낄 수 있었다……. 여기까지 읽고 나면 너는 나에 대해 가졌던 예전의 긍정적 의견을 바꾸려 들지도 모르겠다. 사랑하는 조카야, 제발, 적어도, 계속 읽어 주기를 바란다. 우리가 편지를 주고받기 시작하던 때부터 내가 너에게 완전히 솔직한 모습을 드러냈다면 너는 오래전에 나와 관계를 단절했을 수도 있겠지. 그랬다면 나는 그 수많은 글을 누구에게 쓸 수 있었을까? 가장 결정적인 이 편지를 누구에게 보낼 수 있었을까? 오늘 이 편지 몇 장이라도 쓸 수 있다는 자체로 지금 바로 전까지 내가 행사했던 과묵과 회피를 백배로 정당화할 수 있을 것이다.

너는 지금 제대로 읽고 해석한 것이다. 나는 어릴 때부터 내 형제자매들보다, 심지어 나의 어머니와 아버지보다, 그리고 당연히 내게 얼마 없는 친구들보다, 책의 특정한 등장인물들에게 더 많은 관심을 가졌고 그 이후로도 죽 그래 왔다고 네게 거리낌 없이 털어놓는다. 그리고 네가 가지고 있을 급박한 질문에 대답하자면, 사랑하는 조카야, 너는 이제 막 언급된 사람들과는 다소 구별된단다. 네가 혈연인 건 맞지만, 우리가 한 번도 만나지 않았다는 사실과 절대 만나지 말자는 우리의 합의 덕분에 나는 우리가 네 아버지가 내 남동생이라는 사실 때문에 연결된 게 아니라 문학을 통해서만 연결되었다고 자주 여기곤 한다. 그렇지만, 너는 내 혈연이니 내가 밝힌 내용이 덜 이상하게 느껴질 게다. 어릴 때부터 우리 가족 사이에 존재하는 냉담함과 고독함에 익숙했을 테니 말이다. 내가 너의 유일한 독신 삼촌이나 고모는 아니잖니.

아직도 나에게 혹독한 판단의 잣대를 들이대고 싶다면, 내가 독신으로 살아오는 동안 살아 있는 어느 누구에게도 해를 끼친 적이 거의 없다는 걸 기억하렴. 어느 아내를 가혹하게 대하거나 외도를 한 적도 없었고, 어느 아이에게 폭군처럼 군 적도 없었다. 무엇보다도, 내 삶의 방식을 스스로 선택한 게 결코 아니라는 나의 주장을 곰곰이 생각해 보거라. 나의 진정한 동족이라고 할 수 있는 사람들에게, 나의 진정한 집이라고 할 수 있는 장소에, 더 가까이 다가가기 위한 노력의 일환으로 꿈꾸고 독서했을 뿐이라고 내 양심은 나를 자주 안심시켜 주었다. 나의 행동과 무위(無爲)는 내 의지가 아닌 본성에서 비롯된 것이었다.

그리고 이제 너는 나의 종교적 신념에 대해 궁금해한다. 예전에 보낸 편지에서 매주 성당에 가는 걸 언급했을 때마다 너를 속인 건 아니었지만, 오래전부터 우리 종교의 교리를 믿지 않았다는 사실을 고백해야겠구나. 우리 종교가 파생된 유래가 되는 책을 억지로라도 최대한 많이 읽었단다. 그 책에 나오는 인물들에게는 신이 거의 언급되지 않은 책들의 많은 등장인물에게 느꼈던 공감의 절반도 느낄 수 없었다.

혼란스러워하지 마라, 조카야. 우리의 서신이 오가는 동안 나는 매주 일요일에 성당에 앉아 있었다. 비록 독실한 마음보다는 무신경한 태도로, 그리고 내가 가장 좋아하는 이런저런 책에 나오는 지난 세기의 영국 노동자가 마을 교회에 앉아 있듯이 앉아 있긴 했지만 말이다. 성당에 있는 시간을 내 목적을 위해 사용했지만, 추문은 일으키지 않았다. 나는 눈을 내리깐 채 특정한 젊은 여자들을 훔쳐보았다. 나의 유일한 목적은 기억된 광경을 나의 집인 돌집 농가와 황량한 방목 들판으로 조금 저장해 가는 것이었다.

조카야, 내가 젊은 여자들을 거의 만나지 않는다는 사실을 상기해 보렴. 나는 매주 Y 소도시에서 몇 시간을 보내고, 그곳에서 상점과 사무실과 오솔길에서 수많은 젊은 여자들을 볼 수 있단다. 그렇지만 그간 살아오면서 젊은 여자들의 행동거지에 엄청난 변화가 생기는 걸 목격했다. 이 고립된 지방에 있는 물막이판 성당은 다소곳하게 옷을 입고 눈을 내리깔고 있는 젊은 여자들을 볼 가망이 있는 마지막 장소일 것이다.

그러나 나는 내 행동의 이유를 아직 설명하지 않았다. 다른 모든 책 속 인사들이 그렇듯 책 속의 여성 인사들과 그들이 거주하는 장소들이 비가시적이라는 합당한 이유로 나는 이곳, 일상의 가시적 세계에 있는 젊은 여자들의 외모와 행동거지에 관심을 갖는다.

너는 나를 믿기 힘들 것이다. 바로 이 순간 너의 마음속에는 인물들, 복장, 집의 내부, 풍경, 하늘이 있고, 그 모든 건 네가 읽고 기억한 책의 묘사적 구절에 나오는 상응하는 존재들과 똑같은 이미지이다. 내가 네 잘못된 생각을 고쳐주고 너를 진정한 독자로 만들어 주마.

나는 교육을 변변히 받지 못했지만, 평생 같은 집에서 거의 평생 혼자 살면 놀라운 것을 배우게 된다. 수다 소리나 논쟁 소리가 귀에 쟁쟁거리지 않으면 침대 옆에 두는 책에 나오는 문장들의 설득력 있는 리듬을 듣게 될 것이다. 새로운 것에 눈이 산만해지지 않으면 그 문장들이 진정으로 나타내는 걸 보게 될 것이다. 독서로 인해 처음 사랑에 빠졌던 때 이후로 나는 오랫동안 여전히 내 사랑의 대상이 가시적이라고 생각했다. 책을 읽는 동안 마음속에서 이미지들을 연달아 보지 않았던가? 이런저런 책을 덮고 나서 오랜 시간이 지난 후에도 내가 사랑했던 인사의, 그리고 다른 이들의, 얼굴, 옷, 손짓을 마음속에 환기할 수 있지 않았던가? 이 가장 단순한 사안에 있어 스스로를 얼마나 기꺼이 속였는지 생각할 때마다, 자기 마음의 내용을 점검하지 않고 그곳에 나타나는 것의 근원을 찾아 보지 않는 사람들이 절대 단순하지 않은 다른 많은 사안에서 얼마나 많이 속임수에 넘어갈지 궁금해진다. 그리고 네가 사는 훌륭한 대도시의 혼돈된 광경과 소리 때문에 주저하지 않기를, 교육받은 사람들의 뛰어난 언변에 속지 말기를, 그러나 네가 직접 자기 성찰을 통해 찾아낸 것만을 진실로 받아들이기를 네게 간청한다.

하지만 나 자신이 본보기로 알려 주어야 할 것을 훈계로 늘어놓고 있구나. 내가 읽은 또는 읽을 모든 책의 모든 내용이 비가시적이라는 사실을 결국 배우게 되었다고 이야기하면, 조카야, 너는 믿어 주겠지. 내가 사랑했던 또는 미래에 사랑할 인사들은 누구든 간에 영원히 내게서 감춰져 있었다. 당연히, 나는 읽으면서 보았다. 그러나 내가 본 것은 나의 빈약한 기억된 광경 저장고에서 비롯된 것에 불과했다. 그리고 내가 본 것은 내가 봤다고 믿었던 것의 파편에 불과했다. 예를 하나 들어 보마.

어젯밤에, 나는 지난 세기 중반 이전에 태어났지만 내가 태어나기 전 해까지 살았던 저자의 책을 다시 읽고 있었다. 여주인공을 지칭하는 단어 몇 개를 읽었을 때 다른 부류의 독자라면 책의 본문에서 어떤 식으로 촉발된 것이라고 추측했을 첫 이미지들이 마음속에 나타났다. 이제 나는 그런 과업에 능숙하기 때문에 이제 막 언급된 이미지의 원천을 알아내기 전 잠시 정신적 노력을 기울이기만 하면 되었다. 우선 세세한 부분의 이미지만 있다는 사실에 주목해라. 본문은 젊은 여자를 언급했다. 그렇다면 내 마음속에 생겨난 이미지가 젊은 여자의 이미지일 거라고 예상하지 않겠니? 하지만 단언컨대 나는 다소 창백한 이마 한쪽과 그 위를 가로지르는 짙은 색 머리 한 가닥의 이미지만 보았다. 그리고 추가로 단언컨대 이 세세한 부분은 본문의 어떤 문장에서 비롯된 게 아니라 본문을 읽는 사람, 즉 나 자신의 기억에서 비롯된 것이었다. 몇 주 전에 성당의 뒤쪽 구석에 내가 항상 앉는 자리에 앉아 있을 때 특정한 젊은 여자가 성체 수령대에서 돌아오는 걸 눈을 내리깔고 훔쳐보았다. 나는 그녀 외모의 많은 자세한 모습을 살펴보았고, 그 모두가 흥미로웠다. 교회에서 그리고 그 이후 어느 때에도 이런 세부적 모습이 내가 읽은 어떤 책의 어떤 인사와 연결되어 있다고 생각하지 않았다. 그런데도 내가 네게 편지를 써 왔던 세월보다 더 오랫동안 내가 소중히 여겼던 인사의 모습 중에 현재로서 내가 볼 수 있는 건 짙은 색 머리 한 가닥과 이마 한쪽의 이미지가 전부였다.

사랑하는 조카야, 이 경험에서 많은 것을 배울 수 있을지도 모르겠다. 나 자신도 분명 이와 비슷한 많은 발견을 통해서 많은 것을 배웠다. 항목: 편의상 책의 주제를 하나의 세계라고 부른다면, 그렇다면 내가 이런 글을 쓰고 네가 그 글을 읽는 이 세계의 거주민들에게 그 세계는 전혀 보이지 않는다. 나는 인사들의 이미지뿐 아니라 통상적으로 책의 배경이라고 생각하는 세부 사항들과 더 나아가 본문의 글에서 생겨난 것이라고 생각하는 세부적 묘사의 이미지도 연구했던 것이다. 여주인공이 이마를 가로지르는 머리 한 가닥으로만 내게 나타나는 바로 그 책, 그 책에는 영국 남부의 다양한 경관을 묘사하는 수백 개의 문장이 담겨 있다. 나는 소위 묘사적 문장들을 읽으면서 이 집에 아직 놓여 있는 죽은 누이의 잡지 곳곳에 실린 컬러 사진들 가운데 정확히 네 가지 세부 사항만을 마음속에서 보고 있는 나 자신의 모습을 관찰했다. 모든 사진은 영국 중부 지방의 풍경 사진이었다.

하지만 너는 주장과 실례를 충분히 읽었고 나는 글의 가닥을 거의 놓쳐 버렸다. 소년 시절부터 내가 헌신해 온 인사들은 내게 보이지 않으며, 그들의 집, 고향, 심지어 그 지방의 하늘

역시 보이지 않는다는 사실을 내가 알고 있다는 걸 믿어 주렴. 즉시 네겐 여러 질문이 떠오를 것이다. 내가 이곳, 이 가시적인 세상의 어떤 젊은 여자에게도 이끌린 적이 없으리라는 너의 추측은 옳다. 그리고 너는 일견 나의 결함인 듯 보이는 것에 대한 설명을 원한다.

나 역시 이런 질문을 자주 생각해 보았고, 만약 다음과 같은 두 가지 조건이 충족되었더라면 나는 이 지방 또는 심지어 Y 소도시 출신의 이런저런 젊은 여자에게 접근을 해 봤을 수도 있다는 것을 깨달았다. 나는 젊은 여자를 처음 보기 전 그녀에 대해 읽어 봤어야 하는데, 책에서 읽는 게 아니라면 내가 읽는 종류의 책들에 나올 법한 종류의 글 문구에서라도 읽어 봤어야 했고, 다른 방법으로는, 젊은 여자를 처음 보기 전 나는 그 젊은 여자가 이 문장의 앞부분에서 묘사된 것 같은 방식으로 나에 대해 읽어 봤다는 것을 알아야 했다.

조카야, 너는 이 조건이 지나치게 까다롭다고 생각하겠지. 이 조건이 충족될 가능성은 터무니없을 정도로 희박하다. 독신으로 계속 지내고 싶은 소망에 이런 조건을 고안해 냈다고 단 한순간도 의심하지 마라. 그보다는 실제가 아닌 것으로 의도된 글 속 문장의 주어만을 사랑할 수 있는 사람으로 나를 생각해 주렴.

어떤 책과 관련된 예비 단계 없이 이곳, 이 가시적인 세계의 젊은 여자와 상대하고 싶다고 이끌린 경우가 딱 한 번 있었다. 내가 아직 상당히 젊었을 때, 그리고 아직 나의 운명에 완전히 굴복하지 않았을 때, 수도승 같은 수행자, 망명자, 외진 곳 거주자 같은 다른 고독한 인물들에 대해 배움으로써 내 결심을 굳힐 수 있으리라 생각했다. 누군가가 나의 누이 한 명에게 빌려주었던 오래된 잡지 더미에서 남대서양에 있는 트리스탄다쿠냐에 대한 사진 딸린 기사를 우연히 발견했다. 그 기사를 통해 나는 그 섬이 모든 항로에서 멀리 떨어진 지구상 가장 외로운 유인도라는 사실을 알게 되었다. 섬 둘레의 절벽 때문에 어떤 배도 정박할 수 없다. 그곳에 가는 배는 트리스탄 주민들이 노를 저어 배로 다가가는 동안 바다에 닻을 내려야 한다. 그런 사실만으로도 내 흥미를 자극하기에 충분했다. 너는 이 농장의 상황을 알고 있을 것이다. 대륙 남쪽 가장자리의 좁은 땅. 그 한쪽은 내가 혼자 자주 걷는 높은 절벽을 경계로 하고 있다. 너는 이 농장에서 가장 가까운 만(灣)의 명칭이 지난 세기에 그곳에서 난파된 배의 이름을 따서 지어졌다는 점도 알 것이다. 그러나 잡지 기사에서 내가 태어나기 약 40년 전 일어났던 재난에 대해 알게 된 후 이 외로운 섬에 대한 나의 관심은 더 높아졌다. 몸이 온전한 섬의 남자들을 모두 싣고 가던 배가 바다에서 실종되었고, 트리스탄은 거의 여자들과 아이들의 정착지가 되었다. 그 이후로 여러 해 동안 젊은 여자들은 결혼 상대가 될 남자를 데려올 난파가 일어나게 해달라고 매일 밤 빌었다고 한다.

트리스탄다쿠냐의 특정한 젊은 여자의 이미지가 내 마음 속으로 들어왔고, 나는 내 방목 들판에서 절벽을 향해 시선을 들 때마다 그녀가 섬에서 가장 높은 절벽에 서서 바다를 바라보는 모습을 상상했다. 나는 Y 소도시에 있는 도서관에 가서 자세한 지도책을 참조해야겠다는 충동을 이길 수 없었다. 나는 트리스탄다쿠냐섬과 이 농장이 있는 지방이 같은 위도에 놓여 있다는 걸 알게 되어 상당히 흥분했다. 더 나아가 트리스탄과 이 해안 사이에 그 어떤 땅도, 심지어 점 같은 섬조차 놓여 있지 않다는 걸 알게 되었다. 자, 사랑하는 조카야, 이쪽 반구(半球)에서 우세한 풍향과 해류는 서쪽에서 동쪽으로 이동한다는 것을 내가 알듯 너도 알고 있을 것이다. 트리스탄섬의 절벽 꼭대기에 서 있는 젊은 여자가 전언을 써서 그것을 병에 넣고 섬의 서쪽에 있는 절벽에서 대서양에 던졌다면, 그녀의 전언은 드디어 이 지방의 해안으로 흘러왔을 수 있다.

조카야, 너는 이 부분을 읽으며 미소 지을지도 모르겠다만, 나는 처음 그런 추측을 한 다음 매주 한 번씩 이 농장에서 가까운 몇몇 해안을 따라 걷기 시작했다. 걸으면서 트리스탄의 젊은 여자가 보낸 전언의 다양한 형태를 마음속에서 지어 보았다. 나는 병을 하나도 발견하지 못했고, 그건 네게 그다지 놀라운 일이 아니겠지만, 내가 상상했던 전언이 내 평생 동안 내 고향의 절벽 밑의 어떤 웅덩이나 틈에 놓여 있을 수도 있다고 생각하며 자주 위로를 받았다.

너는 또 다른 문제를 제기한다. 내가 헌신했던 각각의 인사는 나로 하여금 그녀에게 처음 주목하도록 만든 글 저자의 마음속 어딘가에서 비롯된 것이라고 주장하고 싶어 한다. 네가 부르는 바 나의 환상들 밑에서 네가 부르는 바 현실을 발견하기 위해 내가 저자의 생애와 주장을 공부해야 한다고 너는 제안한다. 더 나은 방법은 생존 저자의 적합한 작품을 읽은 다음 저자에게 질문 목록을 보내서 서면으로 긴 대답을 받는 것일 게다.

사실, 사랑하는 조카야, 나는 오래전에 위에 기록된 조사 과정을 시도해 보았다가 곧 포기했다. 관련된 대다수의 저자는 지난 세기에 작품을 썼고 내가 태어나기 전 죽었다. (내 특유의 문체를 이 훌륭한 작가들에게 배웠다는 걸 너는 알아보았을 것이다.) 나는 좋아하는 책들 저자들의 전기를 상당히 읽어서 그들이 허영심이 강하고 거만한 사람들이며 옹졸할 때가 많다는 것을 알게 되었다. 그러면 현 세기의 작가들은 어떠한가? 이번 세기 책에 많은 변화가 일어났다. 그런 책들의 작가들은 쓰지 않고 그냥 두었더라면 나왔을 것을 묘사하려고 노력했다. 현 세기의 작가들은 비가시적인 것에 대한 존중을 잃어버렸다. 나는 그런 작가들에 대해 배우려는 노력을 기울인 적은 없었다. (북대서양에 있는 작은 섬 공화국의 특정한 작가는 위의 말에서 예외적이다. 나는 그의 책들의 존재를 놀라운 우연을 통해 알게 되었고 번역서로 여러 권을 읽었지만, 그 후에 절벽에 둘러싸인 고향에 사는 그에게 보낼 전언을 차마 쓰지 못했다.)

사랑하는 조카야, 나는 글쓰기란 비가시적 존재들이 가시적 존재를 매개로 하여 서로를 인식하게 되는 결과를 자아내는 일종의 기적이라고 희망하게 되었다. 하지만 그 인식 작용이 상호적으로 일어난다고 내가 어떻게 믿을 수 있을까? 내가 사랑하는 이런저런 인사들이 가까이 있는 현전이라고 때로 느끼기도 하지만, 그녀가 내 존재 가능성을 상상이라도 해 보았다고 추정할 근거는 전혀 없다.

오래전 어느 날, 이런 생각 때문에 다소 우울했을 때, 나는 네게 첫 번째 편지를 썼다. 나는 다음의 단순한 제안을 따름으로써 고립에서 벗어날 길을 찾았던 것이다. 글쓰기가 이전에 작가나 독자가 상상할 수 없었던 인사를 존재하게 한다면, 비록 내 글이 어떤 책의 일부가 되지는 못한다 하더라도, 나는 내 글쓰기를 통해 완전히 예상치 못한 결과를 감히 희망할 수 있는 것이다.

그 이후로 얼마나 많은 세월이 흘렀는지는 너와 나만이 알고 있고, 내가 말했던 대로, 이것이 나의 마지막 편지다. 비록 내가 거의 알지 못하더라도, 이 글에서 뭔가 좋은 결과가 나기를 나는 계속 희망한다.

이 글에서 뭔가 좋은 결과가 날 것이다. 나는 근대의 17세기에 트란실바니아에서 태어났다. 나는 젊은 시절에 페렌츠 라코치 대공의 추종자가 되었다. 대공이 독립 전쟁 후 망명했을 때, 나는 그와 함께 간 추종자 집단의 일원이었다. 18세기의 두 번째 10년 동안에 우리는 오스만 제국 술탄의 초청객으로 갈리폴리항에 도착했다. 도착하고 얼마 후에 나는 콘스탄티노플에 사는 고모 P 백작 부인에게 첫 편지를 보냈다. 페렌츠 라코치 대공의 추종자들인 우리는 망명 기간이 너무 길어지지 않기를 바랐지만, 우리 대다수는 여생 동안 오스만 제국에 남아 있었고, 오스만 제국을 떠난 소수의 사람도 그들의 고국, 나의 고국으로 다시는 돌아갈 수 없게 되었다. 41년 동안, 삶의 거의 마지막 해까지, 나는 고모에게 정기적으로 편지를 썼다. 그녀에게 내 삶에 대해 거의 모든 것을 써서 보냈다. 내가 솔직히 쓸 수 없었던 몇 가지 사안 가운데 하나는 독신인 내 처지였다. 망명자들 가운데 여자들은 소수에 불과했고, 그들은 모두 기혼이었다. 대부분 남자는 평생 독신으로 살았다.

독자에게

다음은 1984년에 출간된 『옥스퍼드 헝가리 문학사』에 나오는 켈레멘 미케시의 생애와 글에 대한 부분 일곱 쪽 가운데 한 쪽을 각색한 것이다.

『튀르키예에서 온 편지』는 오랫동안 비평가들에게 망명 역사의 자료로만 간주 되었다. 존재하지 않았던 것으로 판명된 미지의 P 백작 부인의 흔적을 찾기 위해 많은 헛된 조사 작업이 행해졌다. 미케시는 어떤 '고모'에게도 편지를 보내지 않았지만, 그것들을 그의 사후에 발견된 편지 모음집에 베껴 두었다.

## 감사의 말

이 책에 실린 일부 픽션은 원래 다음의 책과 정기 간행물에 실렸다. 「생쥐들이 도착하지 않았을 때」, 《스포츠》, 1989년 가을호, 「하천 체계」, 《에이지》 월간 리뷰 8권 9호 (1988년 12월-1989년 1월), 「토지 거래」, 《에듀케이셔널 매거진》, 3호 (1980년), 「유일한 아담」, 《스크립시》 3권, 2~3호 (1985년), 「채석장」, 《미안진》, 4호 (1986년), 「소중한 저주」, 『이상한 매력을 지닌 사람들』, 데미언 브로데릭 편집(헤일 앤드 아이어몽거, 1985), 「몇 나라들이 있었다」, 《밸리 보이스》 28호(1979년 3월) 안의 《태블로이드 스토리》, 「어핑턴의 하얀 소 떼」, 《서덜리》 55권 3호 (1995년), 「그 소년의 이름은 데이비드였다」, 『호주 최고 단편 소설』 2002년, 피터 크레이븐 편집(블랙 주식회사, 2002), 「조카에게 보내는 마지막 편지」, 『호주 최고 단편 소설』 2001년, 피터 크레이븐 편집(블랙 주식회사, 2001).

이 책에 실린 첫 일곱 편의 픽션은 함께 묶여 『벨벳 워터스』(맥피 그리블, 1990)로 출간되었다. 「아득한 들판에서」와 「에메랄드 빛깔 푸른색」은 『에메랄드 빛깔 푸른색』(맥피 그리블, 1995)으로 출간되었다. 「그 소년의 이름은 데이비드였다」와 「조카에게 보내는 마지막 편지」는 『책의 역사』(지라몬도, 2021)에 실렸다.

287쪽에 인용된 문장은 데이비드 톰슨의 『우드브룩』(빈티지, 1991)에서 발췌한 것이다.

**작품 해설**

# 머네인의 특이한 지리학

　제럴드 머네인의 작품은 독자를 낯설고 기이한 풍경 속으로 데려간다. 머네인의 거의 모든 작품의 배경이 되는 멜버른 및 그 교외 도시들, 그리고 빅토리아주와 같이 평범하고 일상적인 장소는 그의 정교하고 치밀한 서술을 통해 특이하고 독특한 패턴을 지닌 지형으로 변모된다. 그가 보여주고자 하는 것은 다름 아닌 자신의 마음속 풍경이다. 픽션 작가로서 머네인은 마음속 이미지와 그것의 변화와 행로를 철저하게 추적하고 따라감으로써 특정한 조망을 선사한다. 그곳은 '실재'하는 이곳과 맞닿아 있지만 '허구적인, 만들어낸 이야기(픽션)'라는 매개를 통해 역설적으로 "어떤 역사학자나 어떤 전기 작가도 결코 주장할 수 없는 수준의 진실"을 보여준다(「그 소년의 이름은 데이비드였다」). 머네인이 주장하는 이른바 '진정한 픽션'의 이러한 모순적이고 양가적인 입지는 『내륙』의 화자가 인용한 프랑스 시인 폴 엘뤼아르의 문구, "다른 세계가 존재하지만, 그것은 이 세계 안에 있다."로 절묘하게 표현된다.

머네인은 1939년 호주 멜버른의 교외 도시인 코버그에서 태어났다. 평생 별 소득 없이 경마와 노름에 열중했던 아버지의 영향으로 머네인은 경마에 관심에 가졌고 그것을 작품 속 주요한 이미지로 활용했다. 제럴드라는 이름도 경주마의 이름을 따서 지은 것이었다. 머네인은 가톨릭 교육을 받았고, 18세에는 신학교에 들어갔으나, 2주 후에 신학교를 자퇴했고 몇 년 후에는 가톨릭 신앙을 완전히 잃었다. J. M. 쿳시는 머네인이 비록 신앙을 잃었지만 가톨릭 신앙은 이 세계 이외의 또다른 세계가 존재한다는 믿음을 그에게 심어주었다고 주장한다. 머네인에게 있어 "일상적 세계와 이상적 세계는 상호적 긴장 속에서 유예되고 서로 존재하도록 지탱해준다"는 것이다.

대부분 이름 없는 남성인 머네인의 화자는 단조로운 어조로 평범한 일상과 독서와 글쓰기와 기억에 대한 이야기를 독백처럼 늘어놓는다. 의식의 흐름이나 자유 연상처럼 보일 수 있는 머네인의 플롯 없는 픽션은 사실 정교한 패턴과 리듬을 갖추고 있다. 예를 들어, 「하천 체계」에서 화자는 수역이 바라다보이는 현재의 위치까지 다다르기 위해 거쳐왔던 지형과 방향을 자세히 설명한다. 두 개의 수역 중 한 수역의 윤곽은 뒤틀린 심장 모양을 연상시키고, 그것은 어린 시절 독신 고모의 방에서 미국 쪽을 향한 채 앉아서 들여다보던 장신구 카탈로그 속의 목걸이 펜던트를 연상시킨다. 그리고 두 수역이 연결된 전체 모양은 처진 콧수염을 떠올리게 하고, 그런 콧수염을 갖고 있던 아버지의 아버지, 폭스테리어 개떼 주인인 남자와 연관된 이야기로 연결된다. 얼핏 여러 갈래로 흘러가는 물처럼 정처 없이 전개되는 듯 느껴지는 서술은 이러한 이미지의 겹침과 연상, 그리고 그에 연결된 사건과 기억에 의해 느슨한 통일성과 고유한 패턴을 갖춘 화자의 마음속 풍경을 드러낸다.

「아득한 들판에서」의 픽션 창작 교수인 화자는 지형을 그려낸 지도와 마음속 이미지를 그려낸 도해 사이의 유사성을 다음과 같이 표현한다.

"내 마음은 이미지와 감정으로만 구성되어 있다고, 나는 내 마음을 많은 해 동안 연구해 왔고 그 안에서 이미지와 감정만을 발견했다고, 내 마음의 도해는 이미지가 작은 소도시로 표시되고 감정이 소도시 사이의 풀이 무성한 전원 지대를 지나가는 도로로 표시된 방대하고 정교한 지도와 닮았을 거라고 이어 말했다."

지형과 풍경이 끊임없이 변화하듯이 머네인의 화자의 마음속 지형과 풍경 또한 고정되고 확정된 것이 아니다. 「아득한 들판에서」 첫 부분에서 화자가 학생에게 설명하듯이, 그가 하나의 이미지에 대해 쓰고 있을 때 또 다른 이미지가 떠오르는 것을 볼 수 있으며, 그것의 연결성과 확장성은 그 세세한 모습을 서술해 가는 과정에서 드러난다. 이미지가 마음속에 떠오르는 것을 머네인은 이미지가 자신에게 "눈 찡긋" 한다고 표현한다. 그러므로 머네인에게 글쓰기란 마음속 이미지들과 그것 사이의 연결성, 그리고 그것이 자아내는 감정들을 탐구하는 과정이다. 자주 등장하는 '추측했다,' '깨달았다,' '이해했다,' '알아차렸다' 같은 동사는 서술의 주체가 자아 탐구와 발견의 여정에 있음을 보여주고 머네인이 전문적으로 구사하는 정교한 접속법과 가정법은 모든 것의 불확정적 긴장 상태를 드러낸다.

머네인의 화자가 주로 관심을 가지는 풍경은 풀이 무성한 평평한 들판과 아득한 곳에 줄지어 서 있는 나무들과 상상적으로 떠올리는 미국의 대평원, 그리고 그가 태어나기 1주일 전 있었던 호주 역사상 최악의 산불로 사라져 버린 드넓은 숲, 그리고 유럽 정착민들 이주 전 존재했던 무성한 숲의 풍경("아우스트렐리아 펠릭스")이다. 더 나아가 그의 조망은 "가장 사적인 지도" 속에서 아라비아, 루마니아, 헬베티아 같이 "내가 거주하는 공간의 아득한 경계"까지 확장된다. (「생쥐들이 도착하지 않았을 때」, 「몇 나라들이 있었다」, 「에메랄드 빛깔 푸른색」). 그러한 광활함과 서술하는 사람이 위치한 좁은 방과 서재는 기묘한 대조를 통해 서로의 위상에 대한 반향을 불러일으킨다.

더 나아가 머네인의 화자가 거주하고 꼼꼼하게 파악하는 한정적 공간에 대한 구체적인 묘사와 탐사는 무한할 것으로 추정되는 마음속 지형을 전체적으로 조망하고 파악하게 해주는 조건이 된다. 머네인의 화자가 추구하는 비가시적 무한한 세계는 상상의 영역이 아니라 현실 경험에 기반을 둔 사변(思辨)과 추정의 결과인 것이다. 「에메랄드 빛깔 푸른색」에서 볼 수 있듯 멜버른 주변의 산과 숲, 화자가 기억하는 책의 내용, 삶의 세세한 경험과 사건들은 그 다양함을 아울러 그것을 관통하는 보편성을 파악할 수 있는 화자의 마음속에서 녹색과 파란색의 병치로 단순화되고, 궁극적으로 짙은 녹색과 옅은 파란색의 문장(紋章) 같은 지도로 수렴된다. 그리고 그 지도는 일종의 이상향인 "헬베티아"의 문인인 화자에게 글쓰기의 근원이 된다. 이렇게 구심적 움직임과 원심적 움직임이 동시에 진행되는 역설적인 머네인의 화자의 탐사와 추구는 첫 작품인 『태머리스크 로』부터 시작해서 『평원』, 「에메랄드빛깔 푸른색」, 『보리밭』, 그리고 『접경 지역』에 이르기까지 여러 작품에 반복적으로 언급되는 "진정한 집"을 찾기 위한 여정으로 연결된다.

  자신이 '진정한 픽션'이라고 부르는 '마음의 보고서'를 쓰는 머네인은 그의 작품의 특이성을 잘 인식하고 있으며, 따라서 그런 방식의 픽션을 제대로 읽어줄 '이상적 독자'에 대한 조바심을 내비친다. 그는 2018년에 한 인터뷰에서 첫 작품 집필할 때의 경험을 언급하면서 독서와 글쓰기는 무한히 복잡하고 다채로운 경험이라는 걸 아는 자신은 도저히 전통적인 방식으로 픽션을 쓸 수 없었다고 설명하며, 그것이 독자에게서 등을 돌리는 글쓰기는 아니라고 주장한다. 머네인의 화자의 이상적 독자는 실재하는 사람이 아닌 '이미지 사람'이며, 그중에서도 그가 '마음속의 얼굴,' '여성적 현전'이라고 부르는 존재이다. 「조카에게 보내는 마지막 편지」의 화자가 말하듯이 "글쓰기란 비가시적 존재들이 가시적 존재를 매개로 하여 서로를 인식하게 되는 결과를 자아내는 일종의 기적"이지만, 그의 전언이 그녀에게 가닿고 그녀의 전언이 내게 도달하리라는 보장은 어디에도 없다. 그래서 머네인의 화자들은 수십 년 후 완전히 잊힌 것이 될 수 있을 자신 글의 운명을 슬퍼하고(「소중한 저주」), 글을 쓰기 위해 자신과 자신 글의 독자가 존재하지 않는 세계를 상상하고(「채석장」), 결혼하고 가정을 꾸렸음에도 자신이 홀로 좁은 방에 존재하는 독신이라고 생각한다. 「조카에게 보내는 마지막 편지」에서 자신이 사는 농장과 같은 위도에 있는 트리스탄다쿠냐 섬에 사는 어떤 여인이 그 섬의 절벽 꼭대기에서 써 보냈을 수 있는 전언을 자신이 사는 해안에서 하염없이 기다리는 화자의 모습은 처연하고 비가적이다. 그럼에도 화자가 존재하지 않는 조카에게 일련의 글을 써서 고립을 벗어나려고 노력하듯이, 그리고 그것을 통해 무언가 좋은 결과가 나오기를 기대하듯이, 머네인은 그의 마음속 이미지들이 그에게 "눈 찡긋" 하듯 독자에게 신호를 보낸다. 그리고 그 신호를 알아차리고 다가가는 독자에게 전통적 픽션과 전혀 다른 방법으로 전통적 문학이 추구하는 아름다움과 숭엄함을 선보인다.

2025년 봄
차은정

## 작가 연보

1939년   2월 25일 호주 빅토리아주 멜버른의 교외 도시인 코버그에서 출생했다.

1944년   벤디고 지역으로 이사했다

1948년   웨스턴 디스트릭트로 이사했다.

1949년   멜버른으로 되돌아왔다.

1956년   성 장바티스트 드 라 살의 가르침에 근거한 한 교육을 제공하는 드 라 살 수도회에서 운영하는 멜버른의 드 라 살 칼리지(고등학교)를 졸업했다.

1957년   2월에서 5월까지 성 피우스 10세 메모리얼 칼리지에서 신부가 되기 위한 수련을 받았다. 6월에 신부 수련을 포기하고 멜버른으로 돌아와서 왕립 조폐국에서 임시 직원으로 일했다.

| | |
|---|---|
| 1958년 | 초등학교 교사가 되기 위해 투락 사범학교를 수학했다. |
| 1960년 | 초등학교 교사로 일하기 시작했고, 1960년부터 1968년까지 멜버른에 있는 여덟 군데 학교에서 재직했다. |
| 1963년 | 빅토리아 경마 클럽의 견습 기수 학교에서 일반 교육 의무 명예 강사직을 시작했다. |
| 1965년 | 멜버른 대학교에서 시간제 등록 학생으로 영문학과 아랍어 전공으로 학사 학위를 시작했다. |
| 1966년 | 5월 14일 캐서린 메리 랭커스터와 결혼했다. |
| 1969년 | 멜버른 대학교 졸업하고, 멜버른의 교외 도시인 매클라우드로 이사했다. 빅토리아주 정부 교육부의 출판지부에서 출판 사원으로 일하기 시작해서 이내 보조 편집자로 일하게 되었다. |
| 1월 16일 | 첫 아들인 자일스 프랜시스 머네인이 태어났다. |
| 1970년 | 5월 29일 쌍둥이 아들들인 개빈 에드릭 머네인과 마틴 베비스 머네인이 태어났다. |
| 1973년 | 전업 작가로 집필에 집중하기 위해 주정부 교육부 일을 사직했다. |
| 1974년 | 『태머리스크 로』를 출간했다. |
| 1976년 | 『구름 위에서 보낸 일생』을 출간했다. |
| 1980년 | 프란 고등교육 전문대학(이후 빅토리아 칼리지로, 그 다음에는 디킨 대학교로 바뀜)에서 픽션 창작 교수로 재직을 시작했다. |
| 1982년 | 『평원』을 출간했다. |
| 1985년 | 『풍경이 있는 풍경』을 출간했다. |

| | |
|---|---|
| 1987년 | 빅토리아 경마 클럽의 명예 회원이 되었다. 빅토리아 칼리지에서 종신 교수직을 취득했으며 빅토리아 주지사 문학상 심사위원장으로 활동했다. |
| 1988년 | 『내륙』을 출간했고, 라 트로브 대학교에서 입주 작가로 활동했다. |
| 1989년 | 머네인에 관한 다큐멘터리 영화「단어와 비단, 제럴드 머네인의 상상적 세계과 실제 세계」가 주립 영화관에서 처음 상영되었다. |
| 1990년 | 소설집『벨벳 워터스』를 출간했다. 호주 작가 빅토리아주 펠로십의 바버라 램스든 상을 수상했다. 뉴캐슬 대학교 입주 작가로 선정되었다. |
| 1991년 | 빅토리아주 예술부의 문학 자문단에 임명되었다. |
| 1995년 | 디킨 대학교에서 은퇴했다. 소설집『에메랄드 빛깔 푸른색』을 출간했다. |
| 1999년 | 패트릭 화이트 상을 수상했다. |
| 2001년 | 호주 뉴캐슬 대학교에서 머네인에 대한 최초의 주요 학회가 개최되고, 머네인은 '숨 쉬는 저자'라는 제목으로 강연했다. |
| 2005년 | 에세이 선집『비가시적이지만 영속적인 라일락』을 출간했다. |
| 2007년 | 뉴 사우스 웨일즈 주지사 문학상 평생 공로 특별상을 수상했다. |
| 2008년 | 『태머리스크 로』의 개정판을 출간했다. |
| 2009년 | 에세이와 흡사한 픽션『보리밭』을 출간했고, 이 작품으 |

로 애들레이드 페스티벌 문학상을 수상했다. 아내 캐서린의 사망 이후 빅토리아주의 외진 소도시 고록으로 이사했다.

| | |
|---|---|
| 2011년 | 『보리밭』이 미국에서 출간되었다. |
| 2012년 | 픽션 『책들의 역사』를 출간했다. |
| 2014년 | 『백만 개의 창문』을 출간했다. |
| 2015년 | 경마에 관한 회고록 『고통을 위한 무엇, 잔디밭의 회고록』을 출간했다. 이 책으로 2016년 빅토리아주 주지사 문학상을 수상했다. |
| 2017년 | 『접경 지역』을 출간했다. 머네인 작품에 관한 심포지엄 '이 세계 속의 다른 세계'가 고록에서 개최되고, 머네인은 '여전히 숨 쉬는 저자'라는 제목으로 강연했다. |
| 2018년 | 『접경 지역』으로 총리 문학상을 수상했고 마일스 프랭클린 문학상 후보작에 올랐으며, 『단편 전집』을 출간했다. |
| 2019년 | 시집 『초록 그림자 및 다른 시들』, 『구름 위에서 보낸 일생』의 무삭제판인 『지상의 한 계절』을 출간했다. 『접경지』로 크리스티나 스티드 픽션상을 수상했다. |
| 2021년 | 『독자에게 보내는 마지막 편지』를 출간했다. |

세계문학전집 466

# 소중한 저주

1판 1쇄 찍음 2025년 4월 7일
1판 1쇄 펴냄 2025년 4월 21일

지은이  제럴드 머네인
옮긴이  차은정
발행인  박근섭, 박상준
펴낸곳  (주)민음사

출판등록  1966. 5. 19. (제 16-490호)
서울특별시 강남구 도산대로1길 62(신사동) 강남출판문화센터 5층 (우편번호 06027)
대표전화 02-515-2000  팩시밀리 02-515-2007
www.minumsa.com

한국어 판 © (주)민음사, 2025. Printed in Seoul, Korea

ISBN 978-89-374-6466-9 04800
ISBN 978-89-374-6000-5 (세트)

* 잘못 만들어진 책은 구입처에서 교환해 드립니다.